Diakon von Aquileia Paul

Paulus Diakons und die übrigen Geschichtschreiber der Langobarden

Diakon von Aquileia Paul

Paulus Diakons und die übrigen Geschichtschreiber der Langobarden

ISBN/EAN: 9783743653597

Hergestellt in Europa, USA, Kanada, Australien, Japan

Cover: Foto ©Andreas Hilbeck / pixelio.de

Weitere Bücher finden Sie auf **www.hansebooks.com**

Die
Geſchichtſchreiber der deutſchen Vorzeit

in deutſcher Bearbeitung unter dem Schutze
Sr. Maj. des Königs Friedrich Wilhelm IV. von Preußen
herausgegeben von
G. H. Pertz, J. Grimm, K. Lachmann, L. Ranke, K. Ritter,
fortgeſetzt von
W. Wattenbach.

Das deutſche Volk beſitzt einen großen Schatz an den zahlreichen
Chroniſten und anderen Berichterſtattern, welche uns in ihren Aufzeichnungen die Kunde der Vorzeit überliefert haben. Aber theils die lateiniſche, oft auch geradezu barbariſche Sprache dieſer alten Schriftſteller,
theils der Umſtand, daß ihre Werke nur in großen Sammlungen enthalten und ſchwer, an vielen Orten gar nicht zugänglich ſind, waren
einer rechten Verbreitung und Wirkſamkeit dieſer echteſten Quellen
unſerer Geſchichte hinderlich.

Deßhalb hat ſchon der Freiherr vom Stein, als er die große
Sammlung der Monumenta Germaniae historica begründete, Ueberſetzungen der hier zuerſt vereinigten und kritiſch geſichteten Denkmäler
ins Auge gefaßt, und nachdem jenes Unternehmen hinlänglich vorgeſchritten war, hat 1843 G. H. Pertz, der Herausgeber der Monumenta,
die lang gehegte Idee zur Ausführung gebracht. Es gelang ihm, von
dem König Friedrich Wilhelm IV eine Unterſtützung dafür zu erwirken, und die Leitung des Unternehmens wurde den oben genannten
Mitgliedern der k. Akademie der Wiſſenſchaften anvertraut. Die Sorge
für die wirkliche Ausführung hat jedoch G. H. Pertz allein übernommen,
und die in der Commiſſion entſtandenen Lücken ſind deßhalb auch niemals ausgefüllt worden. Als Pertz bei zunehmendem Alter der Laſt
der von ihm übernommenen und einſt mit rüſtigſter Thatkraft beſorgten
Aufgaben nicht mehr zu genügen im Stande war, trat eine bedauerliche
Unterbrechung ein, welche dem Unternehmen ſehr ſchädlich war und ihm
viele frühere Freunde entfremdete.

Freunde aber hatte es viele gefunden, und es bedarf einer eigentlichen Empfehlung nicht mehr; dafür zeugen die nothwendig gewordenen
neuen Ausgaben einer anſehnlichen Zahl von Schriftſtellern. Um ſo
läſtiger aber wurde die Lückenhaftigkeit der Sammlung und ihr unfertiger
Zuſtand empfunden, und die Verlagshandlung hofft deshalb nicht ohne
Grund, daß die Theilnahme des Publikums ſich den „Geſchichtſchreibern“
wieder in alter Weiſe zuwenden werde, wenn ſie nun mit friſcher Kraft
in Angriff genommen werden.

Es hat deßhalb der Unterzeichnete es unternommen, die Fortführrung der Ueberſetzungen zu leiten, und es wird derſelbe namentlich
darauf bedacht ſein, ſo bald wie möglich die Lücken der erſten Jahrhunderte auszufüllen. Der urſprüngliche Plan bleibt dafür maßgebend,
ohne gerade eine zweckmäßig erſcheinende Ergänzung auszuſchließen, wie
denn gerade jetzt Ekkehart's Kloſterchronik von St. Gallen
in der Ueberſetzung des Prof. Gerold Meyer von Knonau in Zürich

erscheint, welche auffallender Weise in dem ersten Prospect fehlt, sicherlich aber willkommen sein wird. Vorzüglich jedoch soll, wo nicht gerade eine so günstige Gelegenheit sich darbietet, die Ausführung des schon 1846 veröffentlichten Verzeichnisses erstrebt werden.

Wir lassen dasselbe mit Hervorhebung der schon erschienenen Lieferungen und mit den nöthig gewordenen Modificationen hier folgen.

Urzeit.

Bd. 1. Die Römerkriege aus Plutarch, Cäsar, Velleius, Suetonius, Tacitus' Germania. Uebersetzt von Joh. Horkel. Mit einer Vorrede von G. H. Pertz. 1849. Lief. 1—3.
„ 2. Auszüge aus Ammianus Marcellinus. (In Arbeit.)

Sechstes Jahrhundert.

Bd. 1. Das Leben des heiligen Severinus. Uebersetzt von E. Rodenberg. 1878. Lief. 55.
„ 2. Jordanis Geschichte der Geten nebst Stellen aus seiner römischen Geschichte.
„ 3. Auszüge aus Agathias und Procopius.
„ 4,5. Gregor von Tours, Zehn Bücher fränkischer Geschichten. Uebersetzt von W. v. Giesebrecht. 1851. Zweite Aufl. 1878. Lief. 12 u. 16.

Siebentes Jahrhundert.

Bd. 1. Leben des Pabstes Gregor I.
„ 2. Isidors Geschichte der Gothen, Vandalen und Sueben. Spaniens Preis.
„ 3. Die Chronik Fredegars und der Frankenkönige, die Lebensbeschreibungen des Abts Columban, der Bischöfe Arnulf und Leodegar, der Königin Balthilde. Uebersetzt von O. Abel. 1840. Zweite Auflage 1876. Lief. 5.

Achtes Jahrhundert.

Bd. 1. Leben der Aebte Gallus und Ottmar. Uebersetzt von J. Potthast. 1857. Lief. 31.
„ 2. Leben des h. Bonifacius von Willibald, der h. Lioba von Rudolf von Fulda, des Abtes Sturmi von Eigil, des h. Lebuin von Hucbald. Uebersetzt von W. Arndt. 1863. Lief. 44.
„ 3. Leben des Bischofs Willehad, von Anskar. Uebersetzt von M. Laurent. 1856. Lief. 27.
„ 4. Paulus Diakonus und die übrigen Geschichtschreiber der Langobarden. Uebersetzt von O. Abel. 1849. Zweite Auflage, besorgt von R. Jacobi. 1878. Lief. 6.

Neuntes Jahrhundert.

Bd. 1. Kaiser Karl's Leben von Einhard. Uebers. von O. Abel. 1850. Lief. 8.
„ 2. Einhards Jahrbücher. Uebersetzt von O. Abel. 1850. Lief. 9.
„ 3. Ermoldus Nigellus Lobgedicht auf Kaiser Ludwig und Elegien an König Pippin. Uebersetzt von Ch. G. Pfund. Lief. 26.
„ 4,5. Kaiser Ludwigs des Frommen Leben von Thegan. Uebersetzt von J. v. Jasmund. 1850. Lief. 11.
„ 6. Nithard's 4 Bücher Geschichten. Uebersetzt von J. v. Jasmund. 1851. Zweite Auflage 1877. Lief. 13.
„ 7. Uebertragung des h. Alexander. Uebers. von Richter. 1856. Lief. 29.
„ 8. Leben der Erzbischöfe Anskar und Rimbert. Uebersetzt von M. Laurent. 1856. Lief. 28.
„ 9. Die Jahrbücher von Fulda und Xanten. Uebersetzt von C. Rehdantz. 1852. Lief. 17.
„ 10. Annalen des Prudentius und Hinkmars von Reims.
„ 11. Annalen von St. Vaast. Uebers. von J. v. Jasmund. 1857. Lief. 34.
„ 12. Leben der Aebtissin Hathumod von Gandersheim.
„ 13. Der Mönch von St. Gallen über die Thaten Karls des Großen. Uebersetzt von W. Wattenbach. 1850. Zweite Auflage 1877. Lief. 10. (mit Band 3 bezeichnet.)
„ 14. Die Chronik des Abtes Regino von Prüm. Uebersetzt von E. Dümmler. 1857. Lief. 30.

Dreizehntes Jahrhundert.

Bd. 1. Die großen Kölnischen Jahrbücher. Uebersetzt von C. Platner.
  1867. Lief. 49.
  „ 2. Annalen von Lüttich.
  „ 3. Die Chronik Arnold's von Lübeck. Uebersetzt von M. Laurent.
  1853. Lief. 20.
  „ 4. Die Jahrbücher Albert's von Stade.
  „ 5. Stellen des Matthäus von Paris.
  „ 6. Jahrbücher von Straßburg und Marbach.
  „ 7. Annalen und Chronik von Colmar. Uebersetzt von J. Pabst.
  1867. Lief. 48.
  „ 8. Jahrbücher von Genua. Auszugsweise übersetzt von W. Arndt.
  1. Band. 1866. Lief. 47.
  „ 9. Die Werke des Abtes Hermann von Altaich nebst Fortsetzung.
  Uebersetzt von E. Weiland. 1871. Lief. 52.

Vierzehntes Jahrhundert.

Bd. 1. Leben Heinrich's VII.
  „ 2. Nicolaus von Butrinto. Bericht von Heinrich's VII. Zug nach Italien.
  „ 3. Das Leben Ludwig's des Baiern.
  „ 4. Ludwig der Baier von Albertinus Mussat.
  „ 5. Leben Karl's IV.
  „ 6. Matthias von Neuburg.
  „ 7. Heinrich von Rebdorf.
  „ 8. Johannes von Victring.

Funfzehntes Jahrhundert.

Bd. 1. Eberhard Windeck's Leben des Kaisers Sigismund.
  „ 2. Geschichte Friedrich's III. von Aeneas Silvius.
  „ 3. Leben Friedrich's III. und Maximilian's von Joseph Grünbeck.

～～～

Der Unterzeichnete hat es übernommen, für den Fortgang des Unternehmens zu sorgen und die Ausführung der Uebersetzungen zu überwachen.

Berlin, 1878. **W. Wattenbach.**

———

Indem die Verlagshandlung auch an dieser Stelle der Freude Ausdruck gibt, daß Herr Prof. Wattenbach in Berlin an die Spitze des Unternehmens getreten ist, hofft sie, daß hierdurch das von echt vaterländischem Geist getragene Werk der großen Anzahl früherer Freunde eine nicht minder beträchtliche neuer Gönner zuzufügen haben werde. Sie hofft ferner, daß auch diejenigen Subscribenten, welche in Folge der verzögerten Erscheinungsweise dem Unternehmen den Rücken gekehrt haben, in der jetzt gebotenen sicheren Aussicht auf rasche Vervollständigung als solche wieder eintreten werden. Sie wird ihrerseits nichts verabsäumen, was dem raschen Fortgang des Unternehmens förderlich sein kann. Ein Verzeichniß der bisher erschienenen Lieferungen mit dazu gefügter Angabe der Preise ist nachstehend abgedruckt.

Leipzig, 1878. **Franz Duncker,** Verlagshandlung.

Lief. 33.	X.	Jahrh.	7.	Bd.	Leben des Bischofs Adalbert von Prag	Mk.	— 80
„ 34.	IX.	„	11.	„	Annalen von St. Bertin u. St. Vaast	„	2. 40
„ 35.	X.	„	4.	„	Das Leben der Königin Mathilde . . .	„	— 60
„ 36.	XI.	„	2.3.	„	Leben der Bisch. Bernward u. Godehard	„	1. 60
„ 37.	XII.	„	2.	„	Leben Kaiser Heinrich des Vierten .	„	— 60
„ 38.	X.	„	5.	„	Die Hrotsuitha	„	— 80
„ 39.	X.	„	9.	„	Die Jahrbücher von Quedlinburg . .	„	— 80
„ 40.	XII.	„	5.	„	Die Jahrbücher von Hildesheim . . .	„	1. —
„ 41.	XII.	„	12.	„	Die Jahrbücher von Magdeburg . .	„	1. —
„ 42.	XII.	„	11.	„	Die Jahrbücher von Pöhlde	„	1. —
„ 43.	XI.	„	10.	„	Die Chr. Bernolds von St. Blasien .	„	1. —
„ 44.	VIII.	„	2.	„	Leben des heiligen Bonifazius :c. . .	„	1. 60
„ 45.	XII.	„	5.	„	Der sächsische Annalist	„	1. 60
„ 46.	XII.	„	11.	„	Die Chronik von Steberburg	„	— 80
„ 47.	XIII.	„	8.	„	Jahrbücher von Genua 1. Band . . .	„	2. 80
„ 48.	XIII.	„	7	„	Annalen und Chronik von Kolmar .	„	2. —
„ 49.	XIII.	„	1.	„	Die großen Kölnischen Jahrbücher . .	„	2. 80
„ 50.	XII.	„	6.	„	Leben des Bischof Otto von Bamberg	„	1. 60
„ 51.	XI.	„	9.	„	Die größeren Jahrbücher von Altaich	„	1. —
„ 52.	XIII.	„	0.	„	Hermann von Altaich	„	1. 20
„ 53.	XI.	„	4.	„	Wipo, Leben Konrads II.	„	1. —
„ 54.	X.	„	11.	„	Ekkehart's Chronik von St. Gallen .	„	4. —
„ 55.	VI.	„	1	„	Eugippius, Leben d. h. Severin . . .	„	1. —

Bei Abnahme von 10 divers. Lieferungen auf einmal oder von 10
Exempl. einer Lieferung ist jede Sortimentsbuchhandlung in den Stand
gesetzt, einen Nachlaß von 5 %, bei Abnahme von 20 Lieferungen und
darüber einen solchen von 10 % zu gewähren. Die ganze vorstehende
Sammlung, Lieferung 1 bis 55, wird gegen baare Zahlung anstatt zu
88 Mark 80 Pfennig

für 72 Mark — Pfennig

geliefert.

Leipzig.   **Franz Duncker.**

Paulus Diakonus.

(Geschichtschreiber. Achtes Jahrhundert. Vierter Band.)

Die Geschichtschreiber

der

deutschen Vorzeit

in deutscher Bearbeitung

unter dem Schutze

Sr. Maj. des Königs Friedrich Wilhelm IV. von Preußen

herausgegeben von

**G. H. Pertz, J. Grimm, K. Lachmann,
L. Ranke, K. Ritter.**

Fortgesetzt
von
W. Wattenbach.

— — —

Achtes Jahrhundert. Band IV.
Paulus Diakonus und die übrigen Geschichtschreiber
der Langobarden.

— • —

Leipzig,
Verlag von Franz Duncker.
1878.

Paulus Diakonus

und die übrigen

Geschichtschreiber der Langobarden.

Uebersetzt

von

Dr. Otto Abel.

Zweite Auflage

bearbeitet von

Dr. Reinhard Jacobi.

Geschichtschreiber der deutschen Vorzeit.
Achtes Jahrhundert. Vierter Band.

Leipzig,
Verlag von Franz Duncker.
1878.

Vorwort zur zweiten Auflage.

Bei der Bearbeitung der zweiten Auflage dieses Theiles der „Geschichtschreiber der deutschen Vorzeit" ist der Grundsatz befolgt worden, die von Otto Abel gegebene Uebersetzung und seine werthvollen Abhandlungen über Wanderung, Christenthum und Erbfolge bei dem Langobardenvolk, sowie seine Einleitung, thunlichst unverändert zu belassen. Nur wo die Uebersetzung allzufrei zu sein schien und neue Ausgaben einen verbesserten Text darboten, sind Berichtigungen erfolgt. Für die Einleitung und die erklärenden Anmerkungen wurden die seither erschienenen neueren Forschungen auf dem Gebiet der Langobardischen Geschichte und im Besonderen über Paulus Diakonus, berücksichtigt.

Durch die Güte des Vorsitzenden der Central-Direction der Monumenta Germaniae, Herrn Geh. Regierungs-Rath Dr. G. Waitz war mir die Benutzung der neuen Ausgabe der Langobardengeschichte des Paulus gestattet. Herrn Geh. Rath Waitz wie den Herren Professoren Dr. Dümmler und Dr. Wattenbach bin ich für die mir erwiesene mannigfache Förderung und Theilnahme zu größtem Dank verpflichtet.

Halle a. S. im December 1877.

Dr. Reinhard Jacobi.

Einleitung.

In verhältnißmäßig später Zeit, nachdem bereits wieder mehrere
der auf den Trümmern des römischen Reichs gegründeten deutschen
Staaten, wie der ostgothische, vandalische, burgundische, dem Unter=
gang verfallen waren, ist das Reich der Langobarden in Italien
aufgerichtet worden. Diesem Umstande, noch mehr freilich dem
harten, kernigen Charakter des Volkes mag es zuzuschreiben sein,
daß sich hier die deutsche Art so lange und so scharf ausgeprägt
erhielt. Der Schauplatz der langobardischen Geschichte liegt allerdings
fast durchaus jenseits der Grenzmarken des heutigen Deutschlands,
nur bisweilen streift sie wie zu den Zeiten Autharis und Liutprands
in die baierischen Lande herüber: aber war auch der Boden wälsch,
das Volk erwies sich in Thaten und Sitten als ein kerndeutsches
und hat sich unter den ungünstigsten Verhältnissen Jahrhunderte
lang sein Deutschthum mit einer Zähigkeit bewahrt, wie wir sie
nur bei den Angelsachsen wiederfinden.

Was aber der langobardischen Geschichte ihren ganz eigen=
thümlichen Werth und Reiz gibt, das ist der reiche Sagenschatz,
den kein anderer deutscher Stamm in gleicher Fülle und Reinheit
aufzuweisen hat. Wie ein voller frischer Kranz schlingen sich diese
herrlichen Nationalsagen durch die ganze Geschichte der Langobarden
von jener grauen Zeit, da sie ausziehen aus dem Lande Skadan
und ihnen Wodan ihren Namen gibt, bis herab zum Untergang
des Reichs: „sie bilden ein aneinanderhängendes Stück der schönsten
epischen Dichtung, von wahrem, epischem Wesen durchdrungen.“
(Grimm.)

Während bei andern deutschen Stämmen die Verbindung mit romanischen Völkerschaften und die Einführung des Christenthums gegen die einheimischen Sagen gleichgültiger machte und sowohl hieburch, als durch die Geringschätzung derselben von Seiten der Geistlichkeit eine schriftliche Aufzeichnung der Sagengeschichte nur in sehr spärlichem Maße stattfand, die mündliche Ueberlieferung aber mehr und mehr ihre Treue und Reinheit verlor und allmählich ganz erlosch, hat über der langobardischen Stammessage ein besserer Stern gewaltet. „Die Langobarden, ein kleiner in sich geschlossener Stamm, nicht wie die Gothen in unzählige Theile getrennt, auch auf ihrem Zuge nach Süden beisammen gehalten, nicht wie die Gothen gleich der ausgebreitetsten Besitzungen mächtig, in Italien nicht nachgiebig gegen das Römische, wie die Ost= und Westgothen, wie selbst die Franken, die zum Theil ihre nationale Poesie nach ihrer Auswanderung ganz verloren zu haben scheinen, sondern wild, zerstörend, mit dem römischen Element in steter Feindschaft, nicht durch weitläufige Eroberungen zersplittert, sondern immer in sich zusammenhaltend, diese Langobarden hielten eine üppigere Sagengeschichte, historische Lieder voll der schönsten Züge fest [1]." Noch zu Anfang des neunten Jahrhunderts floß der Strom leben= biger Ueberlieferung und führte bis zu den frühesten Zeiten des Volks zurück [2]. Da sich noch gerade zu rechter Zeit in Paulus Diakonus ein Mann fand, der mit ebensoviel nationaler Pietät, als poetischem Sinn diese Sagen sammelte und wiedererzählte, so wird der sonst so bedeutende Uebelstand weniger fühlbar, daß eine langobardische Geschichtschreibung erst nach dem Untergang des Reichs beginnt.

Zwar gab es schon früh ein Geschichtswerk bei den Lango- barden, dessen Verfasser der Abt Secundus von Trient († 612) war, aber es ist verloren und die Annahme, der Fortsetzer der Chronik des Prosper [3] vom Jahre 641, der auch werthvolle Nachrichten für die langobardische Geschichte bringt, habe es benutzt, hat sich als eine trügerische erwiesen. So sind wir für unsere

<hr>

1) Gervinus Nationalliteratur I, S. 30. — 2) S. unten S. 235, 238. — 3) Herausg. von Hille, Berlin 1866.

Kenntniß desselben allein auf die Angaben des Paulus[1] angewiesen, dem es als Quelle gedient hat. Wahrscheinlich in annalistischer Form behandelte Secundus vermuthlich die Zeit vom ersten Eingreifen der Langobarden in die italienischen Verhältnisse (ca. 550) bis gegen das Ende seines Lebens herab.

Nur eine einzige einheimische Geschichtsquelle besitzen wir demnach aus der Blüthezeit langobardischer Macht, die schon darum, noch mehr aber um ihres bedeutsamen Inhalts und ihres alterthümlichen, echt nationalen Gepräges willen übersetzt zu werden verdiente. Es ist dieß die kurze Volksgeschichte, welche nach den Worten, mit denen sie anhebt, am passendsten die Geschichte von der Herkunft des Langobardenvolkes genannt zu werden schien. Dieses merkwürdige historische Denkmal wurde früher, so z. B. von Muratori, für einen Auszug aus Paulus gehalten und erst von Dr. Bethmann[2] und gleichzeitig von dem gelehrten Italiener Baudi di Vesme[3] als eine der Hauptquellen für die Langobardengeschichte des Paulus erkannt. Und zwar erwähnt sie dieser selbst (Buch I, Kap. 21) als das „Vorwort zu dem Gesetzbuch Rotharis". Zu dieser irrthümlichen Bezeichnung kam er dadurch, daß er diese kurze Geschichte in einigen Handschriften des Edictus Rothari fand, wie das ähnlich bei den Gesetzbüchern der Westgothen und Franken wiederkehrt. Von den drei jetzt bekannten Handschriften endet die älteste im Jahre 991 geschriebene Modeneser mit dem Tod Kaiser Konstantins und im siebenten Jahre König Grimualds, also im Jahr 669, während die 1023 geschriebene Caveser und die ziemlich gleichzeitige Madrider noch König Perctarit aufführen. Ist es nun auch nicht unmöglich, daß die Schrift in ihrer ältesten Fassung über Grimuald, ja noch über Rothari hinaufreichte, so ist es doch das wahrscheinlichere, daß sie wirklich erst im Jahre 669, also gerade hundert Jahre nach Gründung und etwa ein Jahrhundert vor Untergang des Reichs abgefaßt wurde.

---

1) Vergl. Langobardengesch. III, 29; IV, 27, 40. — 2) Archiv der Ges. für ält. deutsche Geschichtskunde X, S. 247—414. — 3) Edicta Regum Langobard. Aug. Taur. 1855 p. LXXI—LXXXII.

Diese alterthümliche und gedrängte Erzählung hat Paulus Diakonus, wenn auch mit Veränderung oder Weglassung mancher einzelnen Züge, zu einer Geschichte des Lango= barbenvolks erweitert und das nackte Gerippe mit Fleisch und Blut überzogen. Sein bei allen Mängeln durch die Anmuth der Form nicht minder als durch den Reichthum des Inhalts aus= gezeichnetes Werk lenkt unsere Aufmerksamkeit auch auf das Leben des Schriftstellers, der in wissenschaftlicher Beziehung der Ruhm seines Volkes und, wie sein nahes Verhältniß zu Karl dem Großen beweist, eine Zierde seines Zeitalters war.

Paulus Diakonus wurde um 720—725 geboren. Er gehörte einem edeln langobardischen Geschlecht an, dessen Ahnherr Leupchis einst mit König Alboin aus Pannonien nach Italien gekommen war und sich in dem Herzogthum Friaul (an den Ufern des Timavus lag nach Paulus Grabschrift das Gut) niedergelassen hatte. Die merkwürdigen Schicksale seines Lopichis ´oder Lupichis genannten Sohnes hat der Urenkel Paulus in schlichter anmuthiger Weise erzählt (IV, 37). Warnefrid, des Arichis Sohn, hatte von seinem Weibe Theudelinda drei Kinder, eine Tochter, welche schon in frühen Jahren in's Kloster ging, und zwei Söhne, den Arichis, den Stammhalter des Geschlechts, und unsern Paulus.

Dieser erhielt eine sehr sorgfältige Erziehung. Sein Lehrer war Flavianus, dessen Oheim Felix in nahen Beziehungen zum König Kuninkpert (VI, 7) gestanden hatte. So ist es möglich, daß auch Flavianus am Hofe zu Pavia, oder wie es damals hieß, Ticinus, lehrte. Doch läßt des Paulus enge Verbindung mit König Ratchis auch die Annahme nicht unangemessen erscheinen, daß er an dessen oder seines Vaters Pemmo herzoglichem Hofe in der Stadt Forojuli (dem heutigen Cividale dal Friuli) seinen Unterricht empfing (vergl. VI, 25). Des Flavianus Schule scheint übrigens nach dem großen Umfange von Paulus späterer Bildung zu schließen vortrefflich gewesen zu sein. Sogar griechisch lernte er dort, wenn er auch, wie er selbst gesteht, es nicht weit darin brachte. Ueber sein Verhältniß zu des Ratchis Nachfolgern, Aistulf

und Desiderius, für dessen Gemahlin Ansa er die Grabschrift
verfaßt haben soll, wissen wir nichts zuverlässiges; was der Mönch
von Salerno darüber berichtet, gehört in's Gebiet der Sage.

Desto sicherer ist seine treue Anhänglichkeit an Herzog Arichis
von Benevent und dessen Gemahlin Adelperga, die Tochter
des letzten Langobardenkönigs Desiderius. Schon im Jahre 763
feiert er sie in einem Gedichte über die sechs Weltalter, dem
frühesten das uns von ihm erhalten ist[1]). Nach einem mehrere
Jahre später an sie geschriebenen Briefe war Paulus fortwährend
der Leiter ihrer Studien gewesen, er hatte ihr kürzlich Eutrops
zehn Bücher römischer Geschichten zu lesen gegeben. Da sie aber
klagte, daß diese so kurz seien und von der Geschichte des Christenthums gar nichts enthalten, so schrieb Paulus für sie eines seiner
Hauptwerke, „die römische Geschichte“, indem er den Eutrop
aus andern Quellen erweiterte und in sechs weiteren Büchern vor-
läufig bis auf den Fall der Gothenherrschaft fortsetzte, mit der
Absicht, später noch bis auf seine eigene Zeit herunterzugehen.
Mit jenem Briefe, der das schönste Denkmal der frommen und
hochgebildeten Fürstin ist, überreichte er ihr sein Werk zwischen den
Jahren 766 und 781[2]). Aber weit über diese Zeit und diesen
Kreis hinaus ist es beinahe ein Jahrtausend hindurch ein Lehrbuch
des gesammten Abenblandes gewesen.

Paulus machte auch die Verse, mit denen Arichis seinen neuen
Palast und die Kirche St. Peter und Paul in Salerno verzierte;
und als Arichis im Jahr 768 die Gebeine des h. Merkurius nach
Benevent bringen ließ, soll Paulus zu dieser Feier einen Lobgesang verfaßt haben, der noch jetzt in Benevent alljährlich gesungen wird. Auch das berühmteste der ihm zugeschriebenen
Gedichte, der Lobgesang auf Johannes den Täufer, den Schutz-
heiligen der Langobarden, das noch jetzt von der ganzen katholischen Kirche gesungen wird und von dessen ersten Vers-

---

1) Es ist ein Akrostichon: Adelperga pia. — 2) Wie Dahn, Langobard. Studien,
S. 14 vermuthet, vor 774.

anfängen [1]) Guido von Arezzo die Namen für seine Noten und die
noch jetzt gebräuchliche Solmisation hernahm, mag, wenn anders es
von unserem Paulus herrührt, dieser Zeit angehören.

Es ist hiernach und namentlich nach dem Briefe an Adelperga
sehr wahrscheinlich, daß Paulus längere Zeit an Arichis Hof gelebt
hat, ganz sicher jedoch keineswegs. Jedenfalls war er aber damals
schon in den geistlichen Stand eingetreten, denn Laien schrieben
und dichteten in jener Zeit nicht, wenigstens nicht in solchem Um=
fange. Wann aber und wo er die Weihen empfing ist unbekannt.
Eben so ungewiß ist es, wann und warum er in's Kloster ging;
sicher ist nur, daß er es in Montecassino that, dem berühmtesten
Kloster jener Zeit. Folgte er vielleicht seinem Gönner Ratchis
hierher, als dieser der Krone entsagte? War es der Schmerz um
den Fall seines Volkes, der ihn trieb, den Schauplatz zu verlassen,
wo er dem Eroberer seines Landes, dem Feinde seines Königs hätte
dienen müssen? Oder war es nur der Ueberdruß am weltlichen
Leben, was ihn in die Stille des Klosters zog? Gewiß ist, daß er
darin schon vor seiner Reise nach Frankreich, also vor 782 war.

Karl der Große hatte wahrscheinlich nach Hrodgauds
Aufstand in Friaul um Ostern 776 unter dessen Anhängern auch
des Paulus Bruder Arichis in die Gefangenschaft weggeführt und
sein Vermögen eingezogen, wodurch dessen Gattin mit ihren vier
Kindern in Elend und Armuth gerathen war. Im siebenten Jahre
dieser Gefangenschaft, also um Ostern 782, richtete Paulus an den
König eine Elegie, worin er um Freilassung seines Bruders und
um Rückgabe des eingezogenen Vermögens bittet. Ob er sie dem
Könige durch einen andern überreichen ließ, oder sie in Rom selbst
überreichte, oder persönlich nach Frankreich brachte, ist ganz ungewiß.
Um seiner Bitte größeren Nachdruck zu verleihen, entschloß sich
nemlich Paulus zu einer Reise in's Frankenreich an Karls Hof.

Von größtem Interesse ist es nun, einen tieferen Blick in des

---

1) UT queant laxis   REsonare fibris
    MIra gestorum   FAmuli tuorum
    SOlve polluti   LAbii reatum, Sancte Johannes.

Paulus Leben am Hofe und seine persönlichen Verhältnisse zu Karl dem Großen zu thun. Und glücklicher Weise geben uns hierüber die Briefe und Gedichte des Paulus reichen Aufschluß.

Am zehnten Januar ohne Zweifel des Jahrs 783 schreibt er von der Mosel, von Diedenhofen oder Metz aus an den Abt Theudemar von Montecassino unter anderem folgendes: „Wenn gleich eine weite Ferne mich von euch trennt, so verbindet mich doch eine feste Liebe mit euch, die sich nie trennen läßt; und fast jeden Augenblick quält mich ein solch' Verlangen nach euch und meinen Herren und Brüdern, daß kein Brief noch Blatt ausreichte es zu sagen. Denn wenn ich an die Zeit denke, wo ich nur mit göttlichen Dingen mich abgab, an die anmuthige Lage meiner kleinen Zelle, an eure wohlwollende Zuneigung, an die fromme Schaar so vieler eifriger Streiter Christi, an die leuchtenden Vorbilder einzelner Brüder in allerlei Tugenden, an die süßen Gespräche über die Vollkommenheit des himmlischen Vaterlandes: dann faßt mich ein Verlangen und ich kann unter tiefem Seufzen des Herzens die Thränen nicht zurückhalten. Ich lebe hier unter guten Christen, alle nehmen mich gut auf; Freundlichkeit wird mir um die Wette erwiesen um unsers Vaters Benedikt und um euretwillen. Aber im Vergleich mit eurem Kloster ist mir der Hof ein Kerker, gegen die Ruhe bei euch ist das Leben hier ein Sturmwind. Nur mit meinem armen schwachen Körper hänge ich an diesem Lande; mit ganzer Seele, die mir allein gesund ist, bin ich bei euch, und glaube bald euren ach so süßen Gesängen zuzuhören, bald mit euch im Speisesaal mehr am Vorlesen, als am Essen mich zu erquicken, bald die verschiedenen Beschäftigungen eines jeden zu beobachten, bald zu sehen, wie es den Alten und Kranken geht, bald die heilige Schwelle zu betreten, die mir lieb ist wie das Paradies. Glaube mir, Herr und Vater, glaube mir du ganze fromme Schaar: nur das Gefühl des Mitleids, nur das Gebot der Liebe, nur die Förderung der Seele hält mich hier für eine Weile, und was mehr ist als dieß alles, unseres Herrn und Königs stille Macht. Sobald ich aber gesund bin und der Herr mir durch unsern gnädigen König die Nacht der Trübsal und meinen Gefangenen [1]) das Joch des Elends abnimmt, werde ich gleich, sobald ich nur vom gnädigsten Fürsten Urlaub erhalten — kann, zu euch ohne den allergeringsten Aufenthalt zurückwandern, und weder Geld noch Gut, noch Schätze Goldes, noch irgend eines Menschen Liebe sollen mich von eurem Kreise trennen. Darum bitte ich, süßester Vater, und ihr, theuerste Väter und Brüder, flehet alle unabläſſig zu unserem gemeinsamen Vater und Lehrer Benedikt, daß er es durch sein Verdienst bei Christo auswirke, daß ich recht bald wieder bei euch sei. Das hoffe ich zu Gott, der einen niemals in guten Wünschen zu Schanden werden läßt. Ich brauche euch nicht erst zu schreiben, daß ihr für unsere Herren [2]) und ihr Heer betet, denn das thut ihr ohne Unterlaß. Bittet Christum auch für den Herrn Abt [3]), von dessen besonderer Güte nächst der Großmuth des Königs ich hier lebe. Ich grüße euch alle insgemein und bitte euch, meiner nicht zu vergessen. Dich aber mein Herr und ehrwürdiger Abt ersuche ich, mir über Dein und Deiner Brüder Befinden schreiben zu lassen und dabei zugleich die Namen der Brüder zu bemerken, die aus den irdischen Banden erlöst heimgegangen sind zu Christo. Denn ich höre, daß ihrer viele gestorben seien, namentlich aber . . . . . [4]), der, wenn dem wirklich so ist, keinen kleinen Theil meines Herzens mit sich ge= nommen hat.“

Wir sehen hieraus, daß Paulus auch noch für andere Ge= fangene außer seinem Bruder gebeten hatte, Karl aber mit der Bewilligung lange zögerte und den Paulus gegen dessen Neigung durch Anerbietungen von Geld und Gut bei sich zu halten suchte. Endlich aber entschloß er sich zu bleibeu. Darüber spricht König Karl in einem von Petrus von Pisa verfaßten Gedichte seine große Freude aus, und preist sich glücklich, daß der gelehrteste der

1) Er hatte also zu der Zeit die Freilaſſung seines Bruders von Karl noch nicht erlangt. — 2) Karl und seine Söhne Pippin und Ludwig, die Ostern 781 in Rom vom Papst Hadrian zu Königen geweiht worden waren. — 3) Wohl von St. Vincenz oder St. Arnulf in Metz. — 4) Der Name fehlt.

Dichter und Seher, ein Homer im Griechischen, Virgil im Lateinischen, Philo im Hebräischen, Tertullus in den Künsten, Horaz in der Verskunst, Tibullus im Ausdruck, — daß der im Boden seiner Liebe Wurzel schlagen wolle und nicht mehr nach der alten Heimath sein Herz wende. Insbesondere dankt er ihm für den Unterricht im Griechischen, den er so vielen ertheile, namentlich den Geistlichen, die seine Tochter Rotrud bald nach Konstantinopel begleiten sollten. Paulus lehnt in seiner Antwort bescheiden alle diese Ansprüche ab: er wisse gar wenig; nur der Anker seiner Liebe halte ihn am Hofe zurück; nicht eiteln Ruhm suche er in den Wissenschaften. Wenn jene Geistlichen nicht mehr Griechisch in Konstantinopel vorbrächten, als was sie bei ihm lernten, würden sie dastehen wie die stummen Bildsäulen. Doch um sich nicht ganz unkundig in Sprachen zu nennen, fügt er die Uebersetzung eines griechischen Epigramms hinzu, dessen er sich aus seiner Schulzeit erinnere.

Endlich aber scheint auch die Freilassung der Gefangenen erfolgt zu sein; denn Paulus dankt in einem jetzt verlorenen Gedichte dem Könige, daß er nun frohlocken könne, weil er von ihm zu Ehren angenommen sei, und pries den Himmel, der ihn habe nach der Finsterniß das Licht schauen lassen. Karl freut sich in seiner Antwort über die Veränderung in Paulus Stimmung; er habe jedoch drei Fragen unbeantwortet gelassen, nemlich, ob er wolle schwere Ketten tragen oder in hartem Kerker liegen, oder zu den Nortmannen gehen und deren König Sigifyrt taufen? Wahrscheinlich hatte Karl im Scherz diese Fragen als Bedingungen der Freilassung gestellt. Er fügt zuletzt noch ein Räthsel bei, das Paulus lösen soll. Ein andermal schreibt Petrus von Pisa ebenfalls in Versen an Paulus, es sei ihm ein Räthsel aufgegeben, das er nicht zu rathen wisse; was seine schwachen Arme nicht vermöchten, das werde Paulus können, die große Leuchte auf dem Berge, er, der Büchergewaltige, der ohnlängst starke Fesseln habe lösen können (vielleicht eine Anspielung auf die Freilassung der Gefangenen), möge auch dieß lösen. In seiner Antwort löst Paulus das Räthsel und gibt dafür ein neues auf; er vertraut noch auf die königliche Gewährung seiner Hoffnungen, womit er vielleicht seine Rückkehr nach Montecassino meint.

Wir sehen aus diesen Gedichten, wie der König selber Theil nahm an den Versen, Späßen, Räthseln, Wettkämpfen, dramatischen Darstellungen und Lösung von allerlei Fragen, womit der gelehrte Kreis an seinem Hofe, ähnlich wie zu derselben Zeit an den Höfen der arabischen Herrscher in Spanien und Asien, sich unterhielt.

Wie er jedoch alle diese Kräfte, jede in ihrer Weise, auch zu nützlichen Zwecken zu verwenden verstand, so wußte er auch aus Paulus vielseitigen Kenntnissen allerlei Nutzen zu ziehen. Auf seinen Befehl dichtete Paulus die Grabschriften für die Königin Hildegard, ihre Töchter Adelheid und Hildegard. und Pippins Töchter Adelheid und Rotaid, womit der König ohne Zweifel im Sommer 783 deren Gräber in St. Arnulf zu Metz schmücken ließ. Um dieselbe Zeit überreichte Paulus dann dem Könige seinen Auszug aus des Festus Werk de verborum significatione, als einen Beitrag zur Bibliothek.

Sein wichtigster Auftrag jedoch war die Homiliensammlung, die er aber erst nach der Rückkehr in's Kloster vollendete. Karl sagt in dem darüber erlassenen Rundschreiben: „Da wir gefunden haben, daß die Vorlesungen für den Nachtgottesdienst von einigen zwar in guter Absicht, aber in wenig zweckmäßiger Weise zusammengestellt sind, indem sie ohne Namen der Verfasser sind und von zahllosen Fehlern strotzen: so beabsichtigen wir, die Fassung dieser Vorlesungen in bessern Stand zu bringen, und haben dies Werk dem Diakonus Paulus unserm lieben Getreuen übertragen, der Art, daß er die Schriften der katholischen Väter durchgehen und wie in blumenreichen Wiesen die schönsten Blüthen derselben auslesen und alles brauchbare gleichsam in einen Kranz flechten solle. Derselbe hat in Folge dieses unseres hohen Auftrages die Abhandlungen, Predigten und Homilien verschiedener katholischer Väter durchgelesen, das beste herausgezogen und in zwei Bänden als Vorlesungen für alle Feste des ganzen Jahrs klar und ohne Fehler uns vorgelegt. Nachdem wir nun selbige mit Umsicht geprüft haben, verordnen wir hiemit beide Bände zu beständigem Gebrauche und übergeben sie Euer Ehrwürden für die christlichen Kirchen zum Vorlesen." So ist denn Paulus Sammlung ein Jahrtausend hindurch in der gesammten katholischen Kirche in Gebrauch, und es erhellt auch ohne weitere Ausführung, welch' tiefen Einfluß nicht bloß in kirchlicher Hinsicht, sondern auch auf Kultur und Litteratur er dadurch geübt hat.

Noch im Frankenreiche aber schrieb Paulus auf den Wunsch des Bischofs Angilramn von Metz, der im Jahr 791 verstarb, die Geschichte der Metzer Bischöfe nach Art der Geschichte der römischen Päpste. Es geschah nach Karls Vermählung mit Fastrada (Okt. 783), aber noch ehe sie Kinder hatte. Während das übrige ziemlich dürftig erscheint, behandelt Paulus mit besonderer Ausführlichkeit die Ahnen und die Familie Karls des Großen, vielleicht auf dessen eigenen Wunsch oder wenigstens ihm zu Gefallen. Doch ist es wohl zu viel gesagt, wenn man der Schrift die Absicht beigelegt hat, die Thronbesteigung der Karolinger zu rechtfertigen und sie als ein durch Heilige gleichsam legitimes Herrscherhaus darzustellen.

Nach mehrjährigem Aufenthalt im Frankenlande kehrte dann Paulus nach dem geliebten Kloster zurück, vielleicht daß er im Dezember 786 mit König Karl nach Italien zog. Im Sommer 787 finden wir ihn wieder in Benevent. Um diese Zeit, wohl auf der Rückreise nach Monte Cassino, verfaßte er in Rom eine kurze und unbedeutende Lebensbeschreibung des heiligen Gregor des Großen.

Der Mönch von Salerno erzählt, Paulus habe aus alter Liebe zu Desiderius dreimal König Karl nach dem Leben gestanden und sei darum von ihm auf eine Insel verbannt worden, von wo er dann nach Benevent zu Herzog Arichis gelangt sei. Aber die ganze Erzählung ist eine bloße Volkssage, der auch nicht die geringste geschichtliche Wahrheit zu Grund zu liegen scheint. Vielmehr sind die beiden Gedichte voll inniger Liebe, die Karl später an Paulus nach Montecaſſino ſchrieb, das ſicherſte Zeugniß von dem fortwährend freundſchaftlichen Verhältniß, das zwiſchen beiden beſtand.

Aber auch das alte Verhältniß zu Herzog Arichis von Bene=vent hatte ſich inzwiſchen ungetrübt erhalten. Denn als dieſer im Jahre 787 ſtarb, feierte Paulus ſein Andenken durch eine ſchöne in Tiſtichen abgefaßte Grabſchrift, ein ehrendes Denkmal für den treuen Sinn des Dichters wie für den Fürſten, der ſolch' Lob und ſolche Treue fand.

Den letzten Theil ſeines Lebens brachte Paulus ununterbrochen auf ſeinem geliebten Montecaſſino zu. Der Ruhm ſeiner Ge=lehrſamkeit ſammelte viele Schüler um ihn, unter denen ſich be=ſonders hervorthaten Hildric von Benevent, der Verfaſſer ſeiner Grabſchrift, und Johannes, einer von den jungen Geiſtlichen, welche Biſchof Stephan von Neapel ihm zum Unterricht zugeſandt hatte. Montecaſſino war aber damals nicht bloß eine hohe Schule für die Wiſſenſchaften und ein angeſehenes Kloſter, in das Könige von ihrem Throne ſich zurückzogen: es war zugleich immer noch das Muſterkloſter, und bedeutende Männer, wie Adalhard, Liutger, Willibrord hielten ſich dort längere Zeit auf, um das Kloſterweſen an der Urquelle kennen zu lernen. Auch König Karl beſuchte die berühmte Stätte, und noch heutiges Tags zeigt man die rothe Marmorplatte, auf welcher er im Frühjahr 787 vor dem Grab des heiligen Benedikt kniete. Damals wohl faßte er den Gedanken, das Kloſterweſen im fränkiſchen Reiche danach zu verbeſſern und erſuchte bald nach ſeiner Heimkehr den Abt Theudemar, ihm zu dieſem Zwecke eine treue Abſchrift der Regel aus Benedikts eigen=händiger Urſchrift und zugleich den Mönch Joſeph zu ſchicken, den er an die Spitze ſeines Muſterkloſters ſtellen wollte. Die Antwort an den König im Namen des Kloſters übertrug der Abt unſerm Paulus. Sie iſt wohl auch der Anlaß zu der ausführlichen Er=läuterung der Ordensregel geworden, welche Paulus, wenn anders der Mönch von Salerno wahr berichtet, auf Bitten des Abts und der Mönche verfaßte.

In dieser Zeit schrieb Paulus das bedeutendste Werk seines Lebens und zugleich sein letztes, die Geschichte der Langobarden. Als er der Adelperga die römische Geschichte überreichte, hatte er die Absicht, sie späterhin bis auf seine Zeit herabzuführen. Anderes war dazwischen gekommen, der Fall des Reichs hatte viel geändert. Jetzt am Abend eines langen, bewegten Lebens, auf den sonnenhellen Höhen des ruhigen Klosters, wo an dem freien Auge die Geschicke der Völker, wie die Wolken ohne Schatten vorüberziehen: da gedachte er wieder jenes alten Plans und führte ihn aus in veränderter Gestalt, als Geschichte seines Volks, in die er die griechische und fränkische gelegentlich mit hinein verwob. Aber noch vor der Vollendung ereilte den Greis der Tod am 13ten April. Das Jahr ist unbekannt, doch ist er in das neue Jahrhundert wohl nicht mehr eingetreten. Er wurde begraben im Kloster neben dem Kapitelsaale und sein Schüler Hildric schmückte seine Gruft mit einer Grabschrift, die der Mönch von Salerno noch sah. Es heißt darin:

„Durch dein leuchtendes Beispiel begann die fromme Ver=
sammlung
Hier bald wie ein schimmernd Gestirn in Strahlen zu
glänzen.
Denn in dir war Frömmigkeit stets, sanftmüthige Liebe,
War Friedfertigkeit auch und siegende Langmuth,
Einfalt emsig und still, in dir war christliche Eintracht,
In dir würdiger Vater war alles Gute lebendig.
Darum wohnest du nun im Glanze des himmlischen
Reiches
Und in Ewigkeit trägst du die Sternenkrone des Lebens.“

Paulus Leben ist das Leben eines Gelehrten. Große Eigen=
schaften zu entfalten war ihm nicht gegeben. Still und bescheiden, aber geehrt und geliebt von allen die mit ihm lebten, theuer seinen Fürsten und selbst dem großen Karl, fand er volle Befriedigung

in der Zurückgezogenheit und im Wirken durch Lehre und Schrift.
Kein Tadel wird irgendwo gegen ihn erhoben, nicht Ein unedler
Zug erscheint in seinem Wirken wie in seinem Leben; nur Liebe
und Verehrung spricht alles aus, was an ihn und über ihn ge=
schrieben ist. Hoher Schwung war seinem Wesen fremd; aber als
Grundzug erscheint darin treue Anhänglichkeit an seine Fürsten
und Liebe für sein Volk. Seine religiöse Richtung ist vor=
wiegend praktisch und verständig, dogmatischen Streitfragen eben so
wie beschaulicher Speculation entschieden abgeneigt. In Gregors
Leben erklärt er es für unnöthig, Wunder zu erzählen, da es ihrer
nicht bedürfe, um Menschen zu beurtheilen. Dagegen gibt er in
dem Hange zum Aberglauben, zum Fabelhaften und Wunderbaren
seinen Zeitgenossen nicht viel nach. In der Homilie auf Mariä
Himmelfahrt spricht er ganz schüchtern die Ansicht aus, auch ihr
Leib sei mit der Seele zum Himmel erhoben, aber er fügt sogleich
hinzu, man müsse auf diesen Punkt kein Gewicht legen, sondern
nur das für gewiß halten, daß Mariä Lohn groß sei. Ebenda
führt er sehr einfach, und man darf sagen wahrhaft schön, den
Gedanken aus, wie das beschauliche Leben und das thätige immer
zusammen nöthig sei und sich wechselseitig durchdringen müsse, und
wie eins ohne das andre einseitig und nur schädlich werde. Eben
so spricht er sich aus in der lesenswerthen Erklärung zu der Regel
des heil. Benedikt, dessen Grundgedanke Ora et labora eben kein
anderer ist. Wegen der Art, wie er III, 26 die aquilejischen Streitig=
keiten über die drei Kapitel erzählt, hat man ihm den Vorwurf
schismatischer Gesinnung gemacht. Aber mit Unrecht. Paulus steht
dort auf der Seite, welche die gesammte Geistlichkeit seiner Hei=
math zwei Jahrhunderte lang mit voller Ueberzeugung und mit
gutem Rechte vertheidigte, als wirklich innerhalb der Kirche stehend
und von den Päpsten Pelagius und Vigilius gebilligt und als
katholisch anerkannt.

Paulus Bildung gehört zu den umfassendsten seiner Zeit.
Langobarde von Geburt, lernte er von Kindheit an die Sprache
seines Volks, sein Recht, seine Sagen und seine alten Helden=

lieder. Die lateinische Sprache, die alten und die christlichen Schriftsteller und was sonst zur Bildung eines Geistlichen gehört, studirte er an Ratchis Hofe, unter den besten Lehrern des langobardischen Reiches und nach Hildrics Angabe vom Könige selbst dabei aufgemuntert; wie denn Theudelinda, Kuninkpert, Liutprand und Ratchis persönliche Gönner und Beschützer der Gelehrten waren. Daß dieser Unterricht gründlich gewesen, zeigt die Gewandtheit und verhältnißmäßige Reinheit seines Ausdrucks, der Umfang seiner Kenntnisse und seine Belesenheit. Was ihn aber besonders auszeichnete, namentlich im Frankenreich, war die dort so seltene Kenntniß des Griechischen. Paulus hat das Griechische aber nicht etwa in Unteritalien gelernt, wo es noch bis nach Friedrich II. in einigen Gegenden gesprochen wurde, sondern wie er selbst sagt schon als Knabe: ein merkwürdiges Zeugniß für die hohe Blüthe des dortigen Unterrichts unter den Langobardenkönigen, während diesseits der Alpen erst Karl der Große das Studium des Griechischen einführte.

Seine Schreibart läßt auf ein fleißiges Lesen der Klassiker und auf viele Uebung schließen: seine Sprache ist im ganzen richtig und rein von Barbarismen, die ausgenommen, welche dadurch, daß die lateinische Sprache im Mittelalter keineswegs eine todte war, sondern als eine wirklich lebende eine eigenthümliche, nicht zu hindernde Entwicklung hatte, gewissermaßen unvermeidlich und zur Regel geworden waren. Jedenfalls gehört er, was Sprache und Ausdruck anlangt, zu den besten des früheren Mittelalters, wenngleich hierin die Langobardengeschichte, welche er unvollendet hinterließ, den übrigen Schriften nachsteht.

Zum Dichter war Paulus nicht geboren, wenngleich es einzelnen seiner Gedichte, wie besonders dem auf den Comersee [1]) nicht an Schönheiten fehlt und er sich mit Leichtigkeit in den verschiedenen Dichtungsformen bewegt. Im Charakter wie im Ausdruck ist er ohne hohen Schwung, natürlich, schmucklos, stets von

---

1) Herausg. von Dümmler in Haupts Ztschrft. f. d. A. Bd. XII.

gleicher Ruhe; nur wenn sein Gemüth mitredet, färbt auch den Ausdruck ein warmer Hauch der Innigkeit.

Um nun des näheren auf die Geschichte der Langobarden einzugehen, so ist hier vor allem zu bemerken, daß sie nicht im entferntesten den Anspruch macht, ein selbständiges Werk zu sein. Vielmehr ist sie wesentlich eine Compilation und zu einem großen Theil aus älteren Schriftstellern zusammengetragen, eine Art der Geschichtschreibung, die durchs ganze Mittelalter geht und in der Art des Bücherwesens ihre volle Begründung und Rechtfertigung findet. Aus Beda, Gregor von Tours, den Leben der Päpste sind oft große Stellen ganz wörtlich abgeschrieben. Doch ist es nie ein rohes Zusammenstoppeln. Paulus wählt und prüft seine Quellen, sucht ihre Nachrichten in Uebereinstimmung zu bringen und ist überhaupt bemüht Kritik zu üben, wenngleich er hierin nicht immer glücklich ist. Seine schwächste Seite ist, zum Theil mit eine Folge seines Abschreibens, die Chronologie: die so häufigen Ausdrücke „zu dieser Zeit“, „nach einigen Jahren“, „in diesen Tagen“ dienen meist nur dazu, die verschiedenen Quellen zu verbinden und sind für Zeitbestimmungen niemals entscheidend. Auch an andern Irrthümern fehlt es bei ihm nicht und er ist vielfach darüber angefochten, doch sind diese meist seinen Quellen zuzuschreiben. Seine Wahrheitsliebe ist unbezweifelt: er will stets und überall die Wahrheit geben und bei aller Liebe zu seinem Volk wird er doch niemals parteiisch.

Was uns das Werk des Paulus so lieb und werthvoll macht, das sind die herrlichen Stücke, die er aus dem reichen Schatz der mündlichen Ueberlieferung seines Volks gehoben und für die Nachwelt erhalten hat. „Wer liest die Geschichten von Alboins Jugendthaten und Ritterschlag, oder die grausige Sage von Rosamunda, oder die liebliche Werbung des Authari um Theudelinde, wer die Feindschaften zwischen Grimoald und Bertarit, oder die Nachstellung Cuniberts gegen Aldo und Grauso, oder den Tod des Ferdulf, ohne hier überall den vortrefflichsten Romanzenstoff zu entdecken und die schönsten Stücke poetischer Erzählung, deren

Stoff zu abgerundet, deren Zahl zu groß ist, als daß sie für Ge=
schichte gelten könnten, die aber längst eine zweckmäßige deutsche
Bearbeitung für die Jugend verdient hätten. Ueberall tragen diese
Geschichten nordische Züge, vieles erinnert an die skandinavischen
Sagen, aber nicht zu verkennen ist, daß ein freundlicherer, mil=
derer Charakter bei aller Rohheit, die unterläuft, darüber liegt,
daß Planheit und geschichtliche Klarheit sie auszeichnen, Eigen=
schaften, die, wenn sie nicht den Liedern selbst eigenthümlich ge=
wesen wären, so gut in Paulus Darstellung mangeln würden, als
sich die entgegengesetzten in einigen seiner Sagen im Eingang er=
halten haben, wo die Geschichte noch im Norden spielt." (Gervinus).

Von jenen deutschen Heldenliedern, „in denen die Thaten und
Schlachten der alten Könige besungen waren", die Karl der Große
sammeln und aufschreiben ließ, ist so gut wie nichts auf uns ge=
kommen: seinem Einfluß haben wir es indeß vielleicht mit zuzu=
schreiben, daß sein Zeitgenosse und Freund, dessen litterarischer
Thätigkeit er so große Theilnahme zuwandte, den Stoff der lan=
gobardischen Heldenlieder auf die Nachwelt brachte. Aber auch
nur dem warmen, volksthümlich schlagenden Gemüth des Paulus,
verbunden mit jener Anmuth und Klarheit der Erzählung, in der
ihn kein Schriftsteller des Mittelalters übertroffen hat, war es
möglich, die vaterländischen Sagen so ganz im einfachen echten
Volkston wiederzugeben, der uns beim ersten Lesen erkennen läßt,
daß es deutsche Sagen sind und daß es nur der Rückübersetzung
bedurfte, um sie wieder in ihrem ursprünglichen Gewande vor uns
zu haben. Der anziehende Inhalt nicht minder, als die schöne
Form der Erzählungen ist es nun auch, die dem Werk des Pau=
lus seine große Verbreitung gaben und es, soweit im Mittelalter
davon überhaupt die Rede sein kann, zu einem wahren Volksbuch
machten, wie die Menge der Handschriften (wir wissen von 100)
und zahlreiche Bearbeitungen und Auszüge der Langobardenge=
schichte beweisen.

Sehr zu beklagen ist es, daß das Werk des Paulus gerade
da aufhört, wo er, unabhängig von andern Quellen, ganz aus

der reichen Fülle seiner eigenen Erlebnisse schöpfen konnte und sein
Talent als Geschichtschreiber darzulegen die beste Gelegenheit hatte.
Erchempert, der seine Langobardengeschichte von Arichis bis zum
Jahr 889 herabführte, sagt, Paulus habe den Untergang seines
Volkes nicht erzählen mögen und deßwegen mit dem Tode Liut=
prands, unter dem es den Gipfel der Macht erreichte, geschlossen.
Aber Paulus widerlegt dieß selbst, indem er im letzten Kapitel
des sechsten Buchs auf ein Wunder des Bischofs Petrus von
Pavia hinweist, daß er später erzählen werde, und so spricht alle
Wahrscheinlichkeit dafür, daß ihn nur der Tod abgehalten hat,
sein Werk bis auf seine Zeit herabzuführen. Für die Geschichte
ist dieß ein unersetzlicher Verlust. Bei seiner Stellung zu den
langobardischen Fürsten einer=, zu den Franken und zu der Kirche
andererseits wäre, ganz abgesehen von seinen litterarischen Eigen=
schaften, unser Paulus vor allen andern befähigt gewesen, eine
gründliche sowohl, als unparteiische Geschichte der letzten Zeiten
des Langobardenreichs zu schreiben. So aber sind wir für die am
folgenreichsten und entscheidendsten in die allgemeine Geschichte ein=
greifende Zeit der Langobarden neben den dürftigen Aufzeichnun=
gen fränkischer Schriftsteller lediglich auf die päpstlichen Partei=
schriften angewiesen, deren trüber, von leidenschaftlichem Hasse
eingegebener Darstellung die poetisch verklärten Gestalten der Sage
gegenüberzustellen die historische Gerechtigkeit zu verlangen schien.

Die wichtigste und zuverlässigste Quelle für das letzte halbe
Jahrhundert des langobardischen Reichs bilden die Lebens=
beschreibungen der römischen Päpste[1]), die von Mit=
gliedern der Curie und, wie es scheint, für deren Bedürfniß, meist
gleichzeitig verfaßt sind und in der zweiten Hälfte des neunten
Jahrhunderts von Anastasius zusammengestellt wurden. An Werth
und Ausdehnung unter einander sehr verschieden sind sie sämmtlich
in durchaus roher und nachlässiger Form geschrieben, die um so

---

1) Schon sehr frühe hatten sich die Papstverzeichnisse zu längeren oder kürzeren
Biographien erweitert, die sich bis auf die Sammlung des Dionysius Exiguus im
sechsten Jahrhundert zurückverfolgen lassen.

fühlbarer wird, wenn man unmittelbar vorher den Paulus Dia=
konus gelesen hat.

Erläuternd und ergänzend gehen die Briefe der Päpste an
die Frankenkönige neben den Biographieen derselben her. Sie
sind der im Jahre 791 von Karl dem Großen veranstalteten Samm=
lung neunundneunzig vom Jahr 739 an geschriebener Briefe ent=
nommen, dem sogenannten Codex Carolinus. Wenn sie auch,
dunkle Verhältnisse und Ereignisse als bekannt voraussetzend, die
Wißbegier häufig mehr reizen als befriedigen, so lassen sie doch
einen so tiefen Blick in das Getriebe der päpstlichen Politik thun,
daß sie zumal bei der Dürftigkeit der übrigen Quellen nicht über=
gangen werden durften. Aber sich auf Auszüge zu beschränken
war nirgends mehr geboten als hier: abgesehen von der gänzlichen
Bedeutungslosigkeit einzelner Briefe sind auch die für die Lango=
bardengeschichte wichtigsten so voll von leeren, immer wiederkeh=
renden Redensarten und in einem so abscheulichen, oft ekelhaft
schwülstigen Styl abgefaßt, daß eine getreue Uebersetzung wenn
nicht unmöglich, doch für den Leser unerträglich wäre.

Zu der ungemein dürftigen Ausbeute, welche die Chronik
des Mönchs Benedikt vom Berg Sorakte für die Ge=
schichte gewährt, gehört die schätzbare und zuverlässige Nachricht,
welche er über die Thronentsagung des Königs Ratchis uns erhal=
ten hat. Der bei aller Belesenheit höchst ungebildete Verfasser
lebte gegen das Ende des zehnten Jahrhunderts als Mönch des
Klosters von S. Andrea auf dem eine Tagereise nördlich von Rom
entfernten Berg Sorakte[1]). Sein über allen Begriff barbarischer
Stil gibt ein bedeutsames Zeugniß von dem Stand der Bildung,
zu dem das Italien jener Zeit herabgesunken war.

Mit den Schriftstellern, die den letzten Langobardenkönig und
sein Haus verherrlichen, betreten wir wieder das Gebiet der Sage.
Das schöne Stück aus der Legende von der heiligen Julia,
deren Leichnam die Königin Ansa aus Korsika in das von ihr zu

---

1) Jetzt Monte Sant Oreste.

Brescia gestiftete Nonnenkloster bringen ließ, findet sich in einer Handschrift der Chronik des Bischofs Sichard von Cremona aus dem dreizehnten Jahrhundert, wonach sich freilich das Alter der Sage selbst nicht bemessen läßt.

Aehnlich verhält es sich mit dem Leben der **heiligen Amelius und Amicus**. Die Heiligkeit der beiden Freunde wie die Wahrheit der an sie geknüpften historischen Begebenheiten hat vor der kritischen Untersuchung des Jesuiten Berthod nicht bestehen können [1]). Die älteste bekannte Handschrift ihres Lebens ist aus dem Ende des zwölften Jahrhunderts. Wie festgewurzelt aber die Sage war, geht daraus hervor, daß die beiden Helden aus dem Frankenland zu Novara, Mortaria und Mailand in besonderen Kirchen als Heilige verehrt wurden.

Den reichsten Sagenschatz birgt die in der ersten Hälfte des eilften Jahrhunderts geschriebene **Chronik von Novalese**. Der Verfasser, ein Mönch des unweit Susa am Fuß des Mont Cenis gelegenen, noch bis vor wenigen Jahren blühenden Klosters, hatte hier so nahe am Schauplatz der das Schicksal des Langobarden= reichs entscheidenden Kämpfe die beste Gelegenheit, die mündliche Ueberlieferung zu erkunden. Auch tragen seine Geschichten ganz unverkennbar das Gepräge unmittelbar dem Munde des Volks entnommener Erzählungen.

Die **Chronik von Salerno** wurde ums Jahr 978 von einem Benediktinermönch abgefaßt, der, was barbarische Schreib= art betrifft, seinem Zeitgenossen, dem Mönch von Sorakte, den Rang streitig macht: eine Probe davon ist in der Anmerkung auf S. 200 gegeben. Dagegen ist der Stoff weit reichhaltiger und auch zuverlässiger. Das letztere erleidet zwar nur sehr bedingte Anwendung auf den in der Uebersetzung gegebenen Theil, der we= sentlich Sagen enthält, denen, wie schon beim Leben des Paulus bemerkt wurde, sehr wenig historische Wahrheit zu Grunde liegt.

Diese kurze Beschreibung der Quellen zeigt schon zur Genüge, nicht nur wie mangelhaft unsre Kenntniß von der letzten Zeit des

---

1) Acta Sanctorum Oct. VI.

langobardischen Staates ist, sondern auch wie vorsichtig das we=
nige, was uns Aufklärung verspricht, benützt werden muß. Für
die im höchsten Grad auffallende Erscheinung, daß ein kräftiges,
freiheitsliebendes Volk fünfzig Jahre, nachdem es unter seinem
größten König Liutprand den Gipfel seiner Macht erreicht hatte,
die Beute seines Nachbarn wurde, geben uns die Geschichtschreiber
der Zeit keine Erklärung. Bei tieferer Forschung finden wir, daß
sie in den Mängeln des Thronfolgerechts [1]), so wie in dem immer
schwieriger sich gestaltenden Verhältniß zu der Kirche und in den
von beiden bedingten inneren Zwistigkeiten begründet war.

Den kraftvollen langobardischen Königen hätte es, so sollte
man erwarten, um so eher gelingen müssen, ein festes, das ganze
Italien umfassendes Reich aufzurichten, als die dem Staat der
arianischen Ostgothen einst so verderblichen religiösen Zwistigkeiten
mit dem Uebertritt der Langobarden zur katholischen Kirche weg=
gefallen waren. Aber seit Gregor I. hatten mit der Macht auch
die Ansprüche des päpstlichen Stuhles ungemein zugenommen und
sich zugleich mehr und mehr dem weltlichen Besitz zugewendet.
Die Verhältnisse im griechischen Reich kamen dem trefflich zu
statten.

Die griechischen Kaiser hatten außer den Inseln sich auch noch
im Besitz des südlichen Calabriens, des Exarchats von Ravenna,
Roms und Neapels mit deren Umgebung erhalten und dadurch
immer noch eine Macht, mit der sie den Langobarden furchtbar
werden, den Papst je nach Umständen schützen oder im Schach
halten konnten. Mit der Schwäche der Griechen wuchs die Selb=
ständigkeit der Päpste und ihr Gefallen an weltlicher Herrschaft;
aber freilich damit nicht auch ihre wirkliche Macht. Vielmehr
strebte Liutprand immer erfolgreicher nach der Herrschaft über das
gesammte Italien: gegen seinen Unternehmungsgeist vermochte den
heiligen Stuhl die staatskluge Benützung innern Zwistes, so ins=
besondere die Unterstützung der aufrührerischen Herzoge von Spo=

---

1) S. hierüber die Abhandlung III. im Anhang.

leto und von Benevent nicht mehr zu sichern, nur von den Fran=
ken war noch Hülfe zu erwarten. Jedoch das Abendland vor den
Anfällen der Sarazenen zu schützen schien Karl dem Hammer ein
christlicher Thun, als sich zum Werkzeug für die Absichten und
Ansprüche des Priesterthums herzugeben; Freundschaft sowohl als
das gegenseitige Bedürfniß verbanden ihn aufs engste mit dem
Langobardenkönig und die Bitten Gregors III. blieben ohne Erfolg.

Glücklicher war Papst Zacharias. Das innige Verhältniß,
das zwischen dem fränkischen und langobardischen Fürstenhaus be=
standen hatte, hörte von selbst auf, nachdem Liutprand gestorben,
sein Neffe vom Throne gestoßen war, und wurde mehr und mehr
ein entschieden feindseliges. Zwar hatte die Kirche, so lange
Ratchis regierte, keine Veranlassung, die Hülfe der Franken in
Anspruch zu nehmen: gab doch der König den römischen Einflüssen
so sehr Raum, daß er darüber den Thron verlor. Jedoch sein
Nachfolger war Aistulf. Wir kennen diesen Fürsten fast bloß
nach den einseitigen Schilderungen seiner Feinde, selbst die Sage
scheint ihn über dem größere Theilnahme erweckenden Mißgeschick
des Desiderius vergessen zu haben. Aber aus den leidenschaftlichen
Ergüssen der Päpste ist es nicht schwer herauszulesen, daß der
„verruchte“ [1]) Aistulf ein ungewöhnlich entschlossener, thatkräftiger
und seines Ziels sich klar bewußter Mann war. „Zu seinen
Zeiten“, sagt der Chronist Andreas von Bergamo, „fürchteten sich
die Langobarden vor keiner Nation.“ Unter ihm schürzte sich der
Knoten des großen Drama, das mit dem Untergang des Lango=
bardenreichs enden sollte. Im Juli 751 erließ Aistulf seine Be=
fehle bereits aus dem Palast von Ravenna: der Rest der griechischen
Besitzungen in Mittelitalien war in seine Hände gefallen und auch
Rom schien nicht mehr wiederstehen zu können. Dieß trieb den
Papst zu den größten Anstrengungen und ein Kampf auf Leben
und Tod erhub sich zwischen Rom und den Langobarden, zwischen
Kirche und Staat, der entscheidend geworden ist für das ganze

---

1) Impius, iniquus, nequissimus, nefandissimus sind seine stehenden Beiwörter.

Mittelalter. Schon damals bewies die Kirche ihre vollendete Meister=
schaft in der Benützung geistlicher Mittel zu weltlichen Zwecken.
Es kam für sie darauf an, einen eigenen, unabhängigen Länder=
besitz zu gewinnen. Und es gelang.

Von dem durch Bilderstreit zerrütteten Griechenreich war nichts
mehr weder zu hoffen noch zu fürchten, darum sagte sich der Papst
von demselben los und warf sich ganz dem Franken Pippin in
die Arme. Gegenseitig gemachte Schenkungen von fremdem Gut
besiegelten das neue Bündniß: der Papst verfügte über die alte
Königskrone der Merwinger und ließ sich dafür von Pippin das
Exarchat und das Herzogthum Rom schenken, worauf keiner von
beiden den allergeringsten rechtlichen Anspruch hatte. Damit hatte
der heilige Stuhl seinem rechtmäßigen weltlichen Oberherrn, dem
griechischen Kaiser, offene Feindschaft erklärt, die er freilich wenig
zu scheuen hatte, da die von Kaiser Leo dem Isaurier (717—741)
veranlaßte Bilderstürmerei die näheren Beziehungen zwischen Mor=
gen= und Abendland mehr und mehr lockerte, die unter seinem
Sohne Konstantinus Kopronymus im Jahr 754 von der konstan=
tinopolitanischen Synode ausgesprochene förmliche Verwerfung der
Bilder den Riß vollendete und dem Papst eine mächtige religiöse
Waffe gegen die ketzerischen Griechen in die Hand gab. Eine kluge
aber in der Wahl der Mittel wenig gewissenhafte Politik war es,
wenn die Päpste von nun an ihre Ansprüche auf das Exarchat,
je nachdem es die Umstände zu fordern schienen, von der Schen=
kung Pippins oder den alten Rechten des römischen Reichs ablei=
teten, dabei die Ausdrücke „der römische Staat", „die heilige
Kirche" oder „der heilige Petrus" mit frommem Trug als gleich=
bedeutend gebrauchten, und bald auch, um sich der lästigen Ver=
bindlichkeit gegen die Franken zu entledigen, auf die fabelhafte
Schenkung Konstantins an die Kirche sich zu berufen anfingen [1]).

1) Die erste Spur dieser in den Pseudoisidorischen Dekretalen (um 840) durch eine
falsche Urkunde erhärteten Schenkung findet sich in einem Briefe Hadrians (Cod. Ca=
rol. 49) vom Jahre 778 an König Karl, wo es heißt: „Wie zu den Zeiten Papst
Sylvesters die heilige römische Kirche von dem frommen Kaiser Konstantin dem Großen
erhöht worden ist, und er ihr die Gewalt im Abendland verliehen hat, so" u. s. w.

Mit Aistulfs frühem, kinderlosen Tode war das Schicksal des
Langobardenstaats entschieden. Zwar trat Desiderius trotz seiner
Verpflichtungen gegen den Papst, wie in späteren Zeiten Kaiser
Otto IV., in die Bahn seines Vorgängers, die jedem Langobardenkönig so gebieterisch vorgezeichnet war, und die Klugheit und
Umsicht, die er bewies, blieben nicht erfolglos; aber die Schuld,
die er gegen das Vaterland begangen, als er sich aus Ehrgeiz
und Herrschsucht dem Nationalfeinde verpflichtet hatte, blieb nicht
ungestraft. Die Kirche und die innern Parteiungen, mit deren
Hülfe er sich auf den Thron geschwungen hatte, stürzten ihn auch
ins Verderben: nicht sowohl die Uebermacht des Feindes, als die
eigene Uneinigkeit war es, was ein tapferes und freiheitsstolzes
Volk fast widerstandslos in die Hände der Franken lieferte.

Zweihundertundvier Jahre, nachdem Alboin auf dem Königsberg
im Osten gestanden war¹), brach Karl der Frankenkönig über die westlichen Alpenpässe in Italien ein und machte dem Reich der Langobarden ein Ende. Ein Ereigniß, dessen gewichtige Folgen noch
Jahrhunderte lang in ungeschwächter Kraft fortwirkten. Die groß-
artige, das ganze Mittelalter beherrschende Entwicklung des Papstthums war dadurch bedingt, aber der germanische Staat hat den
Preis theuer bezahlen müssen. Alle die Thaten und Siege der
drei gewaltigen Männer, die ein Jahrhundert hindurch das Frankenreich regierten, vermochten nicht jenen Grund- und Eckstein des
deutschen Staats zu ersetzen, den Pippin zertrümmerte, als er das
selbständige, im Volksrecht wurzelnde, durch den Volksglauben ge-
heiligte Fürstenthum vernichtete, um sich dafür die Krone von
Papstes Gnaden aufzusetzen. Auch in Italien strafte sich die an
einem deutschen Bruderstamm begangene Schuld: die Romanisirung
der Langobarden wurde beschleunigt seitdem sie ihre Freiheit verloren, die deutsche Sprache erlosch allmählich unter ihnen²), aber

____

1) Paulus Diak. II, 8. — 2) Der Mönch von Salerno spricht von der „lingua
todesca, quod ollm Langobardi loquebantur“, der deutschen Sprache, welche
die Langobarden vor Zeiten sprachen. Die deutsche Form ihres Namens „Langobarden“ ging erst im zwölften Jahrhundert allgemein in die latinisirte „Longo-
barden“ über, woraus dann sehr bald Lombarden wurde.

damit nicht auch die deutsche Kraft und Freiheitsliebe und die Geschichte des zwölften und dreizehnten Jahrhunderts erzählt davon, wie das Unglück der Väter von den Enkeln gerächt wurde an den Nachfolgern auf dem Stuhle Kaiser Karls. Jedoch das Ziel, nachdem die Väter gerungen, trat damit nur in immer weitere Ferne zurück: ein einheitliches, in sich geschlossenes Reich, wie es von deutschen Stämmen in Spanien, Gallien, Britannien gegründet war, ließ die Kirche in Italien nicht aufkommen; die Langobarden allein hätten es herzustellen vermocht. Vergeblich mühten sich noch eilfhundert Jahre die Völker Italiens in krampfhaftem Ringen ab um die Einheit „des Landes, das die Berge und das Meer umgrenzen" (Dante). Erst unseren Tagen war es vorbehalten, die nationale Einigung Italiens und den Zusammenbruch der weltlichen Herrschaft des Papstthums sich vollziehen zu sehen.

Wer vom höheren, weltgeschichtlichen Standpunkt über die Trümmer untergegangener Reiche und Völker zurückschaut in die Vergangenheit und sich verletzt fühlt von der Härte und scheinbaren Ungerechtigkeit des Geschicks, das einzelne Menschen oder Geschlechter traf, der findet Beruhigung und Versöhnung für sein Gemüth, indem er den tieferen Zusammenhang von Ursachen und Wirkungen und die höheren menschheitlichen Zwecke erkennt, zu deren Erreichung es der schweren Opfer ganzer Geschlechter und Nationen bedurfte. Für einzelne Zeiten und Völker ist es die Sage, welche diese versöhnende Kraft ausübt; tröstend und erhebend steht sie dem gefallenen Volke zur Seite und zaubert ihm in dem hellen Spiegel seiner auf eine neue Größe gerichteten Wünsche und Hoffnungen das Bild einer ruhmvollen und schöneren Vergangenheit hervor. Bei den Langobarden, die in so jähem Sturze Herrschaft mit Knechtschaft vertauschten, bei denen das tragische Geschick rein und ungeschwächt zurückwirkte auf den poetischen Sinn eines naturkräftigen Geschlechtes, vermochte die Sage ihre schönsten Gebilde zu schaffen. Sie wischt die Flecken ab von ihrem Helden Desiderius und setzt ihm die Schlangenkrone[1] aufs schuldlose Haupt, seinen

<hr>

1) Vgl. die Erzählung S. 203.

Sohn Adalgis erhebt sie zu einer Größe, vor der selbst König
Karl klein wird, nicht ruhm= und kampflos dürfen ihre Lieblinge
untergehen, sie läßt sie drei Tage lang in der Völkerschlacht strei=
ten auf jenem „Todtenfeld", auf dem auch um die Mitte unseres
Jahrhunderts wieder das Schicksal des Lombardenlandes entschieden
ward [1]), sie feiert die Anfänge des Langobardenstaats, der wie ein
frischer Sprößling des alten Reichs in Benevent neu auflebte, und
vergißt dankbar auch des Mannes nicht, der den Ruhm und die
Thaten der Ahnen mit warmem, vaterlandsliebendem Gemüthe
geschildert hatte.

[1]) Die Schlacht bei Novara und Mortara, am 23sten März 1849, in der Karl
Albert von Radetzky geschlagen wurde.

I.

Der Langobarden Herkunft.

Im Namen unsers Herrn Jesu Christi! Hie beginnt die Urgeschichte unseres Langobardenvolkes.

Nemlich es gibt eine Insel, die Skadan genannt wird, das heißt im Norden, und da wohnten viele Völker.

Unter diesen war ein kleines Volk, das man Winniler nannte, und bei ihnen war ein Weib mit Namen Gambara, die hatte zwei Söhne: der eine hieß Ybor[1] und der andere hieß Ajo. Die führten mit ihrer Mutter Gambara die Herrschaft über die Winniler.

Es erhoben sich nun gegen sie die Herzoge der Wandalen, nemlich Ambri und Assi mit ihrem Volk und sprachen zu den Winnilern: „Entweder zahlet uns Zins oder rüstet euch zum Streit und streitet mit uns."

Darauf antworteten Ybor und Ajo mit ihrer Mutter Gambara und sprachen: „Es ist besser für uns, zum Streit uns zu rüsten, als den Wandalen Zins zu zahlen."

Da baten Ambri und Assi, die Herzoge der Wandalen, Godan, daß er ihnen Sieg verleihe über die Winniler.

Godan antwortete und sprach: „Die ich bei Sonnenaufgang zuerst sehen werde, denen will ich den Sieg geben."

---

[1] Das heißt Eber.

Zu derselben Zeit baten auch Gambara und ihre beiden Söhne Ybor und Ajo, welche die Fürsten der Winniler waren, Frea, Godans Frau, daß sie den Winnilern helfe.

Da gab Frea den Rath, wenn die Sonne aufgehe, sollten die Winniler kommen, und die Weiber sollten ihr Haar wie einen Bart ins Gesicht hängen lassen und mit ihren Männern kommen.

Da ging, als der Himmel hell wurde und die Sonne aufgehen wollte, Frea die Frau Godans um das Bett, wo ihr Mann lag, und richtete sein Antlitz gen Morgen und weckte ihn auf.

Und als er aufsah, so erblickte er die Winniler und ihre Weiber wie ihnen das Haar um das Gesicht hing. Und er sprach: „Wer sind diese Langbärte?"

Da sprach Frea zu Godan: „Herr, du hast ihnen den Namen gegeben, so gib ihnen nun auch den Sieg."

Und er gab ihnen den Sieg, so daß sie nach seinem Rathschluß sich wehrten und den Sieg erlangten. Seit der Zeit wurden die Winniler Langobarden genannt.

Und darnach brachen die Langobarden auf und kamen nach Golaida und hierauf besaßen sie Aldonus, Anthaib und Bainaib und Burgundaib.

Und es wird erzählt, daß sie sich einen König machten mit Namen Agelmund, den Sohn Ajo's vom Geschlecht der Guginger.

Und nach ihm herrschte Lamicho; und nach ihm herrschte Leth und es wird erzählt, daß er ungefähr vierzig Jahre geherrscht habe. Und nach ihm herrschte Aldihoc der Sohn von Leth. Und nach ihm herrschte Godehoc.

Zu der Zeit zog König Audoachari[1]) aus von Ravenna mit dem Volk der Alanen und kam nach Rugilanda und kämpfte mit den Rugiern und tödtete Thewane[2]) den König der Rugier und führte viele Gefangene mit sich nach Italien.

Da erhoben sich die Langobarden aus ihren Sitzen und wohnten etliche Jahre in Rugilanda. Hernach herrschte Claffo der

---

1) Odoaker. — 2) Fewa.

Sohn Godehoc's. Und nach ihm herrschte Tato der Sohn Claf=
fo's. Zu der Zeit wohnten die Langobarden drei Jahre in der
Ebene „Feld." [1]

Und es stritt Tato mit Rodolf dem Könige der Heruler und
tödtete ihn und trug sein Banner [2] und seinen Helm [3] davon.
Nach ihm hatten die Heruler keinen König mehr.

Und es tödtete Wacho der Sohn des Unichis den König Tato,
seines Vaters Bruder, in Verbindung mit dem Zuchilo. Und es
stritt Wacho mit Ildichis dem Sohne Tato's. Und Ildichis floh
zu den Gippiden und starb daselbst. Um das ihm geschehene Un=
recht zu rächen begannen die Gippiden den Streit mit den Lango=
barden.

Zu der Zeit beugte Wacho die Schwaben unter die Herrschaft
der Langobarden.

Wacho hatte drei Frauen, die Ranigunda, eine Tochter Fi=
fub's [4] des Königs der Turinger. Nachher heurathete er die Au=
ftrigufa, vom Stamm der Gippiden; und es hatte Wacho von der
Auftrigufa zwei Töchter: die eine war Wifecarda genannt, die gab
er dem Frankenkönig Theudipert zur Ehe; und der Name der an=
dern war Waldrada, die hatte Chufubald [5] der König der Franken
zum Weibe, aber da sie ihm verhaßt war, so gab er sie dem Gaire=
pald dem Fürsten der Baiern zum Weibe. Und später heurathete
Wacho eine Tochter des Herulerkönigs mit Namen Sigelenda [6],
von der hatte er einen Sohn mit Namen Waltari.

Und Wacho starb und es herrschte sein Sohn Waltari sieben
Jahre.

Diese alle sind Lethinger gewesen.

Und nach Waltari herrschte Auboin. [7] Der führte die Lango=
barden nach Pannonien.

1) in campis feld. Die Handschrift von Modena hat feldach. — 2) Vandonem,
bandonem. — 3) Die Modeneser Handschrift fügt zu capsides in einer Gloffe bei:
que nos elmos dicimus. — 4) So hat die Madrider Handschrift; die von La Cava hat
Fifue, die von Modena Sulbl — 5) Die Handschriften von Modena und La Cava
haben Excufobald. — 6) Die Handschrift von Modena hat Ellinda, die von
Madrid Eflinga. — 7) „Vom Geschlechte Gaufus" ist in dem Königs=
verzeichniß in Rotharis Prolog beigefügt.

Und es herrschte nach ihm Alboin sein Sohn, dessen Mutter war Rodelinda. Zu der Zeit stritt Alboin mit dem Gyppidenkönig Namens Kunimund; und Kunimund fiel in der Schlacht und die Gyppiden wurden unterjocht. Und Alboin vermählte sich mit Rosemunda der Tochter Kunimunds, die er erbeutet hatte. Denn seine Frau Flotsuinda, eine Tochter Flothars des Frankenkönigs, war schon gestorben; von der hatte er eine Tochter mit Namen Albsuinda.

Und die Langobarden wohnten zwei und vierzig[1]) Jahre in Pannonien. Dieser Alboin führte die Langobarden nach Italien, gerufen von Narses. Und Alboin der Langobardenkönig brach auf aus Pannonien im Monat April, zu Ostern, in der ersten Indiction. In der zweiten Indiction fingen sie an Italien zu verheeren; in der dritten Indiction aber warb er Herr von Italien.

Und Alboin herrschte drei Jahre in Italien und wurde ermordet zu Verona im Palast von Hilmichis und Rosemunda seiner Frau nach dem Rathschlage des Peritheus.

Und Hilmichis wollte König sein, und konnte es nicht, weil ihn die Langobarden umbringen wollten. Da wandte sich Rosemunda an den Statthalter Longinus, daß er sie aufnähme in Ravenna. Wie das Longinus hörte, freute er sich und schickte ein kaiserliches Schiff: und sie holten Rosemunda und Hilmichis und Albsuinda, König Alboins Tochter, und den ganzen Schatz der Langobarden und führten sie mit sich nach Ravenna. Da fing der Statthalter Longinus an der Rosemunda zuzureden, sie solle den Hilmichis umbringen und des Longinus Gemahlin werden. Sie gab seinem Rathe Gehör, mischte Gift und gab es dem Hilmichis nach dem Bade in einem Becher[2]) zu trinken. Sobald es aber Hilmichis getrunken hatte, merkte er, daß er etwas schlimmes getrunken. Er gebot der Rosemunda, obwohl sie es nicht wollte, ebenfalls zu trinken, und als auch sie getrunken hatte starben sie beide. Da nahm der Statthalter Longinus den Schatz der Langobarden und

<hr>

1) Die Handschrift von La Cava hat vierzig, die von Modena zwölf. — 2) in caldo, daher unser deutsches Gelte, Wasserbehälter.

Albsuinda, die Tochter König Alboins, ließ sie auf ein Schiff setzen und schickte sie nach Konstantinopel zum Kaiser.

Die übrigen Langobarden setzten sich zum König den Cleph, vom Stamme Beleos, und es herrschte Cleph zwei Jahre und starb.

Und darauf walteten die Herzoge der Langobarden zwölf Jahre und hatten keinen König.

Alsdann setzten sie sich einen König mit Namen Authari den Sohn des Cleph. Und Authari nahm die Theudelinda zum Weibe, die Tochter Gairepalds und der Walderada aus Baierland; und mit ihr kam ihr Bruder mit Namen Gunduald, und König Authari bestellte ihn zum Herzog in der Stadt Asta. Und es herrschte König Authari sieben Jahre.

Und es zog aus Aggo, der Turiner Herzog,[1]) von Turin und vermählte sich mit der Königin Theudelinda und wurde König der Langobarden. Und er ließ die gegen ihn aufrührerischen Herzoge tödten, den Zangrolf von Verona, den Mingulf von der Insel des heiligen Julian und den Gaidulf von Bergamum und andere, die sich gegen ihn empört hatten.

Und Aggo zeugte mit der Theudelinda eine Tochter mit Na= men Gunperga und einen Sohn mit Namen Adroald. Und Aggo herrschte zwölf[2]) Jahre und nach ihm Adroald zwölf[3]) Jahre.

Und nach diesem herrschte Rothari vom Geschlechte Arodus, und er zerstörte die Städte und Burgen der Römer, die an der Küste lagen von der Gegend von Luna[4]) bis zum Lande der Franken, und im Osten bis Ubitergium[5]).

Und er stritt am Fluß Scultenna[6]) und es fielen auf Seiten der Römer achttausend.

1) In dem Königsverzeichniß in Rotharis Prolog ist beigefügt: aus dem Ge= schlecht Anawas. — 2) So nach der Handschrift von La Cava, nach der Madrider aber sechs. — 3) So nach der Madrider und Modeneser Handschrift, nach der von La Cava aber sieben. Im Prolog folgt auf Aggo: „der fünfzehnte Adal= wald, der Sohn des Agilulf. Der sechszehnte Arionald vom Ge= schlecht Caupus." — 4) Nordwestlich von Lucca. — 5) Oderzo nördlich von Ve= nedig. — 6) In Modena.

Und Rothari herrschte siebzehn Jahre. Und nach ihm herrschte Aripert neun Jahre. Und nach ihm herrschte Grimoald sieben Jahre.

Zu der Zeit zog Kaiser Konstantinus aus von Konstantinopel und kam nach Kampanien nnd kehrte zurück nach Sicilien und ward daselbst von seinen Leuten umgebracht.

Des Paulus Diakonus Geschichte der Langobarden.

Des Paulus Diakonus Geschichte der Langobarden.

Erstes Buch.

1. Je weiter der nördliche Himmelstrich von der Hitze der Sonne entfernt und von Schnee und Eis kalt ist, um so gesunder ist er für die Körper der Menschen und günstig für die Vermehrung der Völker, wie umgekehrt alles mittägliche Land, je näher es der Gluth der Sonne liegt, immer voll Krankheiten und für die Erziehung der Sterblichen weniger geeignet ist. Daher kommt es, daß so große Völkermassen im Norden geboren werden, und nicht mit Unrecht wird jener ganze Landstrich vom Tanais [1]) bis zum Sonnenuntergang mit dem allgemeinen Namen Germania bezeichnet, wenn auch einzelne Gegenden wieder ihre besonderen Benennungen haben. Die Römer indeß nannten zwei Provinzen jenseits des Rheins, als sie jene Gegenden in Besitz hatten, das obere und untere Germanien. Aus diesem volkreichen Germanien [2]) nun werden oftmals zahllose Schaaren Gefangener fortgeführt und an die südlichen Völker verkauft; oftmals sind auch viele Völkerschaften von da ausgezogen, weil das Land so viel Menschen hervorbringt, die es nicht ernähren kann, und haben zwar auch Theile von Asien, vorzugsweise aber das ihnen näher liegende Europa heimgesucht. Das bezeugen die allenthalben zerstörten Städte in ganz Illyrien und Gallien, besonders aber in dem unglücklichen Italien, das die Wuth fast aller jener Völker erfahren hat. Die Gothen, Wandalen, Rugier, Heroler, Turcilinger und noch andere wilde und barbarische Stämme sind aus Germanien gekommen. Gleichermaßen ist auch das Volk der Winniler oder Langobarden, das nachmals glücklich in Italien herrschte, von ger-

---

1) Don. — 2) Paulus leitet mit Isidor, Etymol. XIV, 4, 4, das Wort Germania vom lat. germinare, hervorsprossen ab.

manischen Völkern herstammend, von der Insel S k a n d i n a v i a hergekommen, obwohl auch noch andere Ursachen ihres Auszuges angegeben werden.

2. Auch Plinius Secundus thut in seinen Büchern von der Natur der Dinge jener Insel Erwähnung. Wie uns nun Leute erzählt haben, die dieselbe besucht haben, so liegt sie nicht eigentlich im Meere, sondern sie wird von den Fluthen des Meeres umspült, welche die flachen Ufer umgeben.¹) Als nun die Bevölkerung dieser Insel so angewachsen war, daß sie nicht mehr zusammen dort wohnen konnte, so theilte man, wie erzählt wird, die ganze Masse in drei Theile und erforschte durchs Loos, welcher von der Heimath ausziehen und neue Wohnsitze aufsuchen solle.

3. Die nun, welche durch das Loos bestimmt wurden, den väterlichen Boden zu verlassen und fremde Gefilde aufzusuchen, wählten sich zwei Brüder zu Anführern, dem I b o r und A j o, die in der Blüthe des Mannesalters standen und sich vor allen auszeichneten, dann sagten sie den Ihrigen und der Heimath Lebewohl und machten sich auf den Weg, ein Land zu suchen, das sie bebauen und wo sie feste Sitze einnehmen könnten. Die Mutter der beiden Anführer, Gambara mit Namen, war ein Weib, das sich unter ihren Landsleuten durch scharfen Verstand und vorsichtigen Rath auszeichnete, auf deren Klugheit man daher auch in bedenklichen Zuständen kein geringes Vertrauen setzte.

4. Ich halte es nicht für unnützlich, einen Augenblick den Gang der Erzählung zu unterbrechen und da die Feder sich noch mit Germanien beschäftigt, ein Wunder, das daselbst in aller Munde ist, nebst einigem andern kurz zu berichten. An den fernsten Grenzen Deutschlands nach Westen zu erblickt man am Strande des Meeres unter einem hohen Felsen eine Höhle, wo sieben Männer, man weiß nicht seit wann, in langem Schlafe liegen, nicht bloß am Leib, sondern auch an den Kleidern ganz unversehrt, so daß sie gerade darum, weil sie so viele Jahre hindurch ohne jede Verwesung ge-

---

1) Paulus schreibt: Non tam in mari est posita, quam marinis fluctibus propter planiciem marginum terras ambientibus circumfusa.

blieben sind, bei jenen rohen und ungelehrigen Völkern in großer Verehrung stehen. Der Kleidung nach zu schließen muß man sie für Römer halten. Als einmal jemand aus Vorwitz einen derselben entkleiden wollte, so dorrten ihm bald darauf, wie erzählt wird, die Arme ab, und diese seine Strafe verbreitete solchen Schrecken, daß seitdem keiner mehr dieselben anzurühren wagte. Es wird sich noch zeigen, zu welchem Zweck die göttliche Vorsehung sie so lange Zeiten hindurch aufbewahrt. Vielleicht sollen durch ihre Predigt — denn man hält sie für nichts anderes als für Christen — jene Völker noch einmal zum Heil berufen werden.

5. In der Nähe dieses Orts wohnt das Volk der Skritobinen — so nemlich heißt das Volk — die auch zur Sommerszeit Schnee haben und, wie sie denn von wilden Thieren sich nicht unterscheiden, nichts anderes als das rohe Fleisch wilder Thiere essen, von deren rauhen Fellen sie sich auch ihre Kleidung anfertigen. Nach dem Worte ihrer barbarischen Sprache haben sie ihren Namen vom Springen.[1] Denn springend und mit einem gekrümmten, bogenähnlichen Holze erlegen sie geschickt die wilden Thiere. Bei ihnen gibt es ein dem Hirsch nicht unähnliches Thier, aus dessen Fell, so rauhhaarig es war, ich ein nach Art der Tunika bis aufs Knie reichendes Kleid gesehen habe, wie es die genannten Skritobinen tragen sollen. In jenen Gegenden ist es um die Zeit der Sommersonnenwende einige Tage lang auch bei Nacht ganz hell und die Tage sind viel länger als anderswo; umgekehrt wird es zur Zeit der Wintersonnenwende zwar hell, doch die Sonne nicht sichtbar und die Tage sind kürzer, die Nächte länger, als sonst irgendwo: denn je weiter man sich von der Sonne entfernt, um so näher kommt die Sonne dem Anschein nach der Erde zu stehen und die Schatten nehmen an Länge zu. In Italien wird, wie schon die Alten schreiben, zu Weihnachten um die sechste Stunde[2] der Schatten der menschlichen Gestalt neun Fuß lang gemessen. Ich selbst aber habe im belgischen Gallien, in dem Orte, der Totonisvilla[3] heißt,

---

1) Paulus scheint an ein dem deutschen „schreiten" verwandtes Wort zu denken. —
2) Mittag. ⊥ 3) Diedenhofen, Thionville an der Mosel.

meinen Schatten gemessen und 19½ Fuß gefunden.[1]) So werden auch umgekehrt, je näher man nach Mittag zu der Sonne kommt, die Schatten immer kürzer, so daß zur Zeit der Sommersonnenwende um Mittag in Aegypten, Jerusalem oder in benachbarten Orten gar kein Schatten erscheint. Zu derselben Jahreszeit sieht man aber in Arabien um Mittag die Sonne im Norden stehen und umgekehrt die Schatten nach Süden zu.

6. Nicht ferne von jenem Meeresstrand, den ich besprochen habe, nach Westen zu, wo sich der unendliche Ocean ausbreitet, ist jener unergründlich tiefe Wasserschlund, den wir hergebrachter Weise den Nabel des Meeres nennen, der zweimal des Tages die Fluthen verschlingen und wieder ausstoßen soll, wie sich das an jener Küste durch die ungemeine Schnelligkeit der kommenden und wieder gehenden Wogen erweist. Ein solcher Schlund oder Wirbel wird von dem Dichter Virgilius Charybdis genannt, die sich nach seinem Gedicht in der sicilianischen Meerenge befindet und welche er[2]) so beschreibt:

Rechts hält Scylla den Strand, und die unfriedsame
　　　　　　　　　　　　　　　　　　Charybdis
Links; und zum untersten Wirbel des Abgrunds schlürfet
　　　　　　　　　　　　　　　　　　sie dreimal
Jäh die unendlichen Fluthen hinab, dann wieder zur
　　　　　　　　　　　　　　　　　　Luft auf
Schnellt sie die wechselnden hoch, und schlägt die Gestirne
　　　　　　　　　　　　　　　　　　mit Meerschaum.

Von jenem oben besprochenen Schlunde aber werden, so wird versichert, oftmals die Schiffe plötzlich mit solcher Schnelligkeit angezogen, daß sie dem durch die Luft fliegenden Pfeile zu gleichen scheinen und nicht selten gehen sie in jener Tiefe schrecklich zu Grunde. Oft aber, wenn sie schon daran sind, verschlungen zu werden, werden sie plötzlich von der Gewalt der Fluthen zurückgetrieben mit derselben reißenden Schnelligkeit wieder entfernt, mit der sie vorher angezogen

1) Ueber diese Stelle hat 1751 ein italienischer Graf eine mathematische Untersuchung geschrieben und herausgebracht, daß unser Paulus 5′ 11″ 11‴ oder 5½ Pariser Fuß groß gewesen. — 2) Aeneis III, 420—23.

waren. Man behauptet, ein ähnlicher Schlund befinde sich auch
zwischen der brittanischen Insel und der Provinz Gallicien 1), wofür
auch die Küsten von Sequanica 2) und Aquitania sprechen, die zweimal des Tages so plötzlich überschwemmt werden, daß wer sich
vielleicht zu nahe am Ufer überraschen läßt, sich kaum retten kann.
Dann kann man sehen, wie die Flüsse jener Länder in schnellem
Laufe nach der Quelle hin zurückkommen und viele Meilen weit
hinauf dem süßen Flußwasser den herben Salzgeschmack mittheilen.
Ungefähr dreißig Meilen von der sequanischen Küste entfernt liegt
das Eiland Evodia 3), auf dem man, wie die Bewohner desselben
versichern, das Rauschen der in die Charybbis strömenden Wasser
vernimmt. Ich habe einen sehr vornehmen Gallier erzählen hören,
wie mehrere schon vorher von einem Sturm hart mitgenommene
Schiffe hierauf von eben dieser Charybbis verschlungen wurden.
Nur Einer von der ganzen Mannschaft dieser Schiffe blieb, als
die Uebrigen alle umkamen, am Leben und wurde, während er noch
athmend auf den Fluthen schwamm, von der Gewalt der strömenden
Wasserfluth bis zu der Mündung jenes fürchterlichen Schlundes
getragen. Als er aber bereits in den unendlich tiefen und weiten
Abgrund hineinsah und nun von Furcht halbtodt schon hinunter=
zustürzen erwartete, da ward er plötzlich ganz unvermuthet auf
einen Felsen gesetzt. Denn da die Wasser, welche verschlungen
werden sollten, schon ganz abgelaufen waren, so wurde der Rand
des Schlundes blosgelegt. Und wie er nach solchen Gefahren vor
Angst zitternd kaum erst fest saß und immer noch den nur etwas
verzögerten Tod erwartete, da sah er es auf einmal wie große
Berge von Wassern aus der Tiefe sich erheben und die versunkenen
Schiffe emportauchen. Als eines davon in seine Nähe kam, so
hing er sich mit aller Macht daran und fuhr dann unverweilt
wie im Fluge nach der Küste. So entrann er dem fürchterlichen
Untergang und konnte nachmals selbst seine große Gefahr berichten. ·

1) Im nordwestlichen Spanien. — 2) Darunter versteht Paulus das französische
Küstenland am Kanal, östlich und westlich von der Sequana, Seine. — 3) Alderney
nahe der Normandie.

Auch von unserem Meer, dem abriatischen nemlich, das obwohl mit geringerer Heftigkeit, doch in ähnlicher Weise an die venetiani= sche und istrische Küste schlägt, ist es wahrscheinlich, daß es der= gleichen nur geringe und verborgene Kanäle habe, von welchen die abfließenden Wasser verschlungen und dann wieder gegen die Ufer ausgeworfen werden. Nach diesem Abschweife will ich nun wieder zu der angefangenen Erzählung zurückkehren.

7. Die Winniler zogen also aus von Skandinavien und kamen unter der Führung des Ibor nnd Ajo nach dem Land, das Skoringa heißt, und blieben hier einige Jahre sitzen. Zu der Zeit nun suchten Ambri und Assi, die Heerführer der Wandalen, alle benachbarten Länder mit Krieg heim. Uebermüthig bereits durch viele Siege schickten sie zu den Winnilern Boten und ließen ihnen sagen,, sie sollten den Wandalen entweder Zins zahlen oder sich auf Krieg gefaßt machen. Da sprachen Ibor und Ajo mit Zustimmung ihrer Mutter Gambara, es sei besser die Freiheit mit den Waffen zu schützen, als sie durch Zinszahlung zu beflecken, und ließen die Wandalen durch Gesandte wissen, sie wollen lieber streiten, als dienen. Es standen nun damals zwar alle Winniler in der Blüthe des Mannesalters, aber sie waren wenig an Zahl, da sie nur den dritten Theil der Bevölkerung einer nicht gerade sehr großen Insel ausmachten.

8. Es berichtet an dieser Stelle die alte Erzählung ein lächerliches Mährchen: die Wandalen seien vor Godan getreten und haben bei ihm um Sieg über die Winniler gefleht: er habe geantwortet, denen wolle er den Sieg verleihen, die er zuerst bei Sonnenaufgang erblicke. Darauf sei Gambara vor die Frea, Godan's Gemahlin getreten und habe bei ihr um Sieg für die Winniler gefleht. Frea habe den Rath ertheilt, die Weiber der Winniler sollten ihr Haar wie einen Bart ins Gesicht hängen lassen, dann in aller Frühe mit ihren Männern auf dem Platze sein und sich zusammen da aufstellen, wo Godan sie sehen müsse, wenn er wie gewöhnlich aus dem Fenster gen Morgen schaue. Und so sei es auch geschehen. Als sie

Godan bei Sonnenaufgang erblickte, habe er gefragt: „Wer sind diese Langbärte?" Da sei Frea eingefallen, er solle denen den Sieg verleihen, welchen er jetzt selbst den Namen gegeben. Und so habe Godan den Winnilern den Sieg verliehen. Das ist indeß lächerlich und nichts werth; denn nicht in der Gewalt der Men=schen liegt der Sieg, vielmehr kommt er vom Himmel.

9. Gewiß ist jedoch, daß die Langobarden, während sie ur=sprünglich Winniler hießen, von der Länge ihres Barts, an den kein Scheermesser kam, nachmals so genannt wurden. Denn in ihrer Sprache bedeutet das (lateinische) Wort longus lang, und barba Bart. Wotan aber, den sie mit Beifügung eines Buchstabens Godan nannten[1]), ist der nemliche, der bei den Römern Mercurius heißt und von allen Völkern Deutschlands wie ein Gott verehrt wird, jedoch nicht in dieser Zeit, sondern weit früher, und nicht in Deutschland, sondern in Griechenland gewesen sein soll.

10. Als es nun zum Treffen mit den Wandalen kam, stritten die Winniler oder Langobarden tapfer, da es den Ruhm der Freiheit galt, und trugen den Sieg davon. Nachher aber erlitten sie in dem=selben Lande eine schwere Hungersnoth, und wurden dadurch sehr betrübt.

11. Wie sie nun hier auszogen und sich nach Mauringa wandten, so stellten sich ihnen die Assipiter in den Weg und ver=wehrten ihnen auf alle Weise den Zug durch ihr Gebiet. Als die Langobarden die gewaltigen Schaaren ihrer Gegner erblickten und wegen der geringen Anzahl ihres eigenen Heeres sich nicht mit ihnen in eine Schlacht einzulassen wagten und schwankten was sie thun sollten, da schaffte die Noth endlich Rath. Sie thaten als hätten sie in ihrem Lager Kynokephaler, das heißt Menschen mit Hunds=köpfen, und breiteten bei den Feinden aus, diese kämpfen mit großer Hartnäckigkeit, trinken Menschenblut und, wenn sie den Feind nicht in ihre Gewalt bekommen, ihr eigenes. Und um dieser Aussage Glauben zu verschaffen, dehnten sie ihre Zelte weit aus und zün=deten sehr viele Feuer im Lager an. Als das die Feinde sahen

---

1) Viele Handschriften haben die Lesart Guodan, was hierzu besser stimmt.

und hörten, so glaubten sie es und wagten die Schlacht nicht
mehr, mit der sie gedroht hatten.

12. Sie hatten jedoch unter sich einen ungemein tapfern
Mann, durch dessen Kraft sie was sie wollten sicher zu erreichen
glaubten: den allein stellten sie für alle in den Kampf. Den Lan=
gobarden ließen sie sagen, sie sollten einen von ihren Leuten,
welchen sie wollten, stellen, daß er mit jenem einen Zweikampf
ausfechte und zwar unter der Bedingung, daß wenn ihr Kämpfer
den Sieg davon trüge, die Langobarden auf dem Wege, den sie
gekommen, wieder umkehrten; sollte er dagegen von dem andern
überwunden werden, so wollten sie den Langobarden den Zug durch
ihr Gebiet nicht mehr verwehren. Als nun die Langobarden nicht
wußten, wen sie von den Ihrigen jenem gewaltigen Manne ent=
gegenstellen sollten, da bot sich einer aus dem Sklavenstande von
freien Stücken dazu an: er versprach mit dem herausfordernden
Feinde zu streiten, nur sollten sie, im Fall er Sieger bleibe, ihn
und seine Nachkommen aus den Banden der Knechtschaft befreien.
Gerne versprachen sie seiner Bitte zu willfahren. Er zog aus gegen
den Feind, kämpfte und siegte. So erwarb er den Langobarden
die Erlaubniß zum Durchzug, sich und den Seinigen, wie er ge=
wünscht hatte, die Freiheit.

13. Als die Langobarden nun endlich nach Mauringa kamen,
so entrissen sie viele Sklaven ihrem Joche und machten sie zu
Freien, um die Zahl ihrer Streiter zu vergrößern; und damit sie
für freigeboren gelten könnten, bekräftigten sie ihnen in herkömm=
licher Weise vermittelst eines Pfeils die Weihe und murmelten da=
bei noch einige Worte in ihrer Sprache, um der Sache Festigkeit
zu verleihen.[1]　Die Langobarden zogen nun aus Mauringa und
gelangten nach Golanda, wo sie längere Zeit verweilten, und nach=
dem sollen sie mehrere Jahre lang Anthab, Banthaib und gleicher=
maßen auch Burgundaib besessen haben, was wir für Gaunamen
oder irgendwelche Ortsnamen ansehen können.

---

1) Vgl. Edict. Rothari cap. 224, wo aber der Pfeil nicht erwähnt wird.

14. Mittlerweile starben die Herzoge Ibor und Ajo, welche die Langobarden aus Skandinavien hergeführt und bis dahin regiert hatten. Jetzt wollten aber die Langobarden nicht länger unter Herzogen stehen, sondern sie setzten sich einen König nach dem Muster der übrigen Völker. Es herrschte nun zunächst über sie Agelmund, der Sohn Ajo's, der seinen Stamm herleitete von dem Geschlecht der Gunginger, das bei ihnen für besonders edel galt. Er war, wie von den Voreltern überliefert wird, drei und dreißig Jahre lang König der Langobarden.

15. In diesen Zeiten gebar eine feile Dirne auf einmal sieben Kinder und die jedes Thier an Grausamkeit übertreffende Mutter warf dieselben in einen Fischteich, um sie da umkommen zu lassen. Wenn dieß jemanden unmöglich scheint, so lese er die Geschichtsbücher der Alten [1]) nach, und er wird finden, daß ein Weib nicht bloß sieben, sondern sogar neun Kinder auf einmal geboren habe, und es ist sicher, daß das besonders bei den Aegyptern vorkam. Es geschah nun, daß König Agelmund unterwegs an den nemlichen Fischteich kam: er sah staunend die armen Kinder, hielt sein Pferd an und wie er sie mit dem Speer, den er in der Hand trug, hin und herwandte, so ergriff eines derselben mit dem Händchen den Speer des Königs. Dieser von Mitleid bewegt und sich höchlich darüber verwundernd sprach, das werde ein großer Mann werden, ließ das Knäblein aus dem Fischteich ziehen und einer Amme übergeben und befahl es auf das sorgsamste zu pflegen; und weil er es aus einem Teich, der in ihrer Sprache Lama (Lehm, Schlamm) heißt, gezogen hatte, so gab er ihm den Namen Lamissio. Als der Knabe groß geworden, wurde er ein so tüchtiger Mann, daß er auch der streitbarste war und nach Agelmunds Tode als König herrschte. Es wird erzählt, daß er, als die Langobarden auf ihrem Zug unter ihrem Könige [2]) an einen Fluß kamen und ihnen von den Amazonen der Uebergang verwehrt wurde, mit der tapfersten derselben im Flusse schwimmend gekämpft, sie getödtet und so sich großen Ruhm,

---

1) Plinius Naturgesch. VII, 3. — 2) Agelmund.

den Langobarden aber den Uebergang erstritten habe. Denn zuvor sei zwischen beiden Heeren ausgemacht worden, daß wenn die Amazone den Lamissio überwinde, die Langobarden umkehren, wenn dieselbe aber, wie es denn wirklich geschah, von Lamissio besiegt werde, freien Uebergang über den Fluß haben sollten. Es ist nun aber offenbar, daß diese Erzählung wenig Wahrscheinlichkeit hat. Denn alle, die in der alten Geschichte bewandert sind, wissen, daß das Volk der Amazonen schon lange, ehe dies hätte geschehen können, untergegangen war, wenn es nicht etwa bis auf diese Zeit ein derartiges Weibergeschlecht daselbst gegeben haben könnte, weil die Gegend, wo sich dies zugetragen haben soll, den Geschichtschreibern nicht hinlänglich bekannt war und kaum von einem derselben be= schrieben worden ist. Habe ich aber doch von etlichen gehört, daß bis auf den heutigen Tag im hintersten Deutschland das Volk dieser Weiber noch bestehe.

16. Die Langobarden überschritten nun den Fluß, von dem ich sprach, und als sie in das jenseitige Land gekommen waren, ver= weilten sie längere Zeit daselbst. Als sie sich aber nichts böses vermutheten und durch die lange Ruhe sorglos geworden waren, brachte die Unachtsamkeit, die immer die Mutter des Schadens ist, nicht geringes Unglück über sie. Denn als sie, in Sorglosigkeit er= schlafft, einstmals allesammt sich dem Schlafe überlassen hatten, fielen die Bulgaren in der Nacht plötzlich über sie her, erschlugen viele von ihnen, verwundeten noch mehr und wütheten so furchtbar in ihrem Lager, daß sie sogar den König Agelmund tödteten und seine einzige Tochter in die Gefangenschaft fortschleppten.

17. Nachdem jedoch die Langobarden von diesem Unfall sich wieder erholt hatten, machten sie den Lamissio, von dem ich oben sprach, zu ihrem König. Dieser in Jugendkraft glühend und ein eifriger Kriegsmann kehrte die Waffen gegen die Bulgaren, um den Tod seines Pflegevaters Agelmund zu rächen. Aber gleich im ersten Treffen flohen die Langobarden vor dem Feind ins Lager zurück. Wie das der König Lamissio sah, erhob er laut seine Stimme und rief dem ganzen Heere zu, sie möchten sich der erlittenen Schmach

erinnern und sich den schimpflichen Anblick wieder vergegenwärtigen, wie ihren König die Feinde erschlagen und seine Tochter, die sie sich zur Königin gewünscht, jammervoll in die Gefangenschaft fortgeführt hätten. Zum Schluß ermahnte er sie, sich und die Ihrigen mit den Waffen zu schützen; besser sei es, sein Leben im Kriege zu wagen, denn als schlechtes Sklavenvolk dem Feind zum Gespötte zu werden. Indem er dies und ähnliches ihnen zurief und ihren Muth bald mit Drohungen, bald mit Versprechungen zur Bestehung des Entscheidungskampfes stärkte, wo er einen Sklaven mitstreiten sah, ihm die Freiheit und Belohnung verwilligte, stürzten sie sich endlich, angefeuert durch die Ermahnungen wie durch das Beispiel ihres Fürsten, der als der Erste in den Kampf stürmte, auf die Feinde, kämpften mannhaft und brachten den Gegnern eine schwere Niederlage bei. Indem sie endlich über die früheren Sieger den Sieg davon trugen, rächten sie ihres Königs Tod wie ihre eigene Schmach. Damals trugen sie große Beute · von den Feinden davon, und seit der Zeit wurden sie kühner zur Unternehmung von Kriegszügen.

18. Nach dem Tode Lamissio's der als der zweite geherrscht hatte, kam als der dritte L e t h u an die Regierung. Nachdem dieser ungefähr vierzig Jahre regiert hatte, hinterließ er seinen Sohn H i l d e o c, der der vierte war, als Nachfolger im Reich. Als auch dieser gestorben war, erhielt G u d e o c als der fünfte die Herrschaft.

19. In dieser Zeit entbrannte zwischen O d o a k a r, der bereits[487] seit einigen Jahren in Italien geherrscht hatte, und dem Feletheus, der auch Feva hieß, dem König der Rugier heftiger Streit. Dieser Feletheus saß in jenen Tagen auf dem jenseitigen[1]) Ufer der Donau, das diese von Norikum scheidet. In diesem Norikum war damals das Kloster des heiligen Severinus, der mit der ganzen Heiligkeit der Enthaltsamkeit ausgestattet, schon durch viele Tugenden berühmt war. Bis ans Ende seines Lebens wohnte er in dieser Gegend, seinen Leichnam aber besitzt jetzt Neapel. Er hatte den schon ge=nannten Feletheus und dessen Gemahlin, die Gisa hieß, schon oft=mals mit frommer Rede ermahnt, ihr unrechtes Treiben zu lassen.

---

1) D. i. nördlichen.

Da sie aber seine frommen Worte verachteten, so verkündete er ihnen schon lange vorher, was ihnen nachmals widerfuhr. Odoakar bot also die Völkerschaften auf, die ihm gehorchten, nemlich die Turcilinger, die Heroler und einen Theil der Rugier, die er alle schon längst beherrschte, dazu noch die Völker Italiens, zog gen Rugiland, kämpfte mit den Rugiern, brachte ihnen eine vollständige Niederlage bei und erschlug obenein ihren König Feletheus. Nachdem er das ganze Land verwüstet hatte, zog er mit einer großen Anzahl Gefangener wieder nach Italien. Hierauf wanderten die Langobarden aus ihren Sitzen und kamen nach Rugiland, welches lateinisch Rugorum patria heißt, und blieben da, weil es einen fruchtbaren Boden hatte, viele Jahre.

20. Mittlerweile starb Gudeoc; auf ihn folgte sein Sohn Claffo. Als auch Claffo starb, bestieg dessen Sohn T a t o als der siebente König den Thron. Die Langobarden zogen jetzt auch aus Rugiland und wohnten in den weiten Ebenen, welche in ihrer Sprache „Feld" genannt werden [1]). Nachdem sie hier drei Jahre zugebracht hatten, erhob sich Krieg zwischen Tato und R o b u l f dem Herolerkönig. Zwischen beiden hatte zuvor ein Bündniß bestanden; die Ursache des Streits war folgende. Der Bruder Robulfs war zu Tato gekommen, um einen Frieden zu schließen. Als dieser seine Botschaft ausgerichtet hatte und nun wieder heimkehrte, begab es sich, daß er vor dem Hause der Königstochter, die Rumetruda hieß, vorbeizog. Wie diese die vielen Männer und das vornehme Geleite sah, fragte sie, wer es wohl sein könnte, der ein so hohes Gefolge habe. Wie man ihr sagte, der Bruder des Königs Robulf kehre, nachdem er seine Botschaft ausgerichtet habe, nun nach Hause zurück, so ließ das Mädchen ihn einladen, er möge geruhen einen Becher Weines entgegenzunehmen. Er einfältigen Herzens folgte der Einladung: weil er aber klein von Gestalt war, so blickte das Mädchen in hochmüthigem Stolz auf ihn herab und machte sich über ihn lustig. Er von Scham wie von Entrüstung übermältigt, erwiderte

1) Paulus schreibt: in campis patentibus, qui sermone barbarico feld appellantur.

ihr in solchen Worten, daß sie noch mehr gereizt wurde. Da
konnte sie in weiblichem Zorn entbrannt ihr verletztes Herz nicht
mehr bekämpfen und sie beschloß das Verbrechen, das ihr in den
Sinn kam, auszuführen. Sie heuchelte Gelassenheit, machte ein
heiteres Gesicht, besänftigte ihn mit freundlichen Worten, nöthigte
ihn sich niederzulassen und setzte ihn so, daß er das Fenster der
Wand im Rücken hatte. Dieses Fenster ließ sie nun, anscheinend
um den Gast zu ehren, in Wahrheit aber, damit ihm kein Arg=
wohn ankäme, mit einem kostbaren Teppich verdecken, und dann gab
das grausame Ungeheuer ihren Dienern den Befehl, jenen, sobald sie
wie zu dem Mundschenken redend, „mische", gerufen habe, von hinten
mit ihren Speeren zu durchbohren. Und so geschah es: bald gab
das grausame Weib das Zeichen, worauf der ungerechte Befehl
ausgeführt wurde. Jener von Wunden durchbohrt stürzte zu Boden
und gab den Geist auf. Wie das dem König Rodulf gemeldet
wurde, da jammerte er über den grausamen Tod seines Bruders
und entbrannte, seines Schmerzes nicht mächtig, von dem Verlangen
den Bruder zu rächen; er brach das eben erst mit Tato abge=
schlossene Bündniß und erklärte ihm den Krieg. Die beiderseitigen
Heere trafen im Blachfeld zusammen: Rodulf schickte die Seinen
in den Kampf, er selbst aber blieb, am Siege gar nicht zweifelnd,
im Lager beim Brettspiel sitzen. Es waren aber damals die
Heroler äußerst kriegsgeübt und hatten durch viele Siege, die sie
schon erfochten, einen großen Namen; entweder um leichter zu
streiten, oder um zu zeigen, daß sie die vom Feinde kommenden
Wunden verachten, zogen sie nackt in die Schlacht und bedeckten
nur die Schamtheile. Auf deren Stärke baute nun der König
ganz fest und hieß, während er selbst sorgenlos am Spiele saß,
einen seiner Leute auf einen danebenstehenden Baum steigen, damit
er ihm den Sieg der Seinigen gleich melden könne, drohte ihm
aber dabei das Haupt abzuschlagen, wenn er von der Flucht der
Heroler berichte. Als dieser nun die Schlachtreihe der Heroler
wanken und sie von den Langobarden bedrängt werden sah, so gab
er auf die häufigen Fragen des Königs, wie es mit den Herolern

stehe, immer die Antwort, sie kämpfen vortrefflich. Und da er nicht
frei zu sprechen wagte, so that er das Unglück, das er mit ansah,
nicht früher kund, als bis das gesammte Heer vor dem Feinde
floh. Jetzt brach er, wiewohl zu spät, in den Ruf aus: „Wehe
dir armes Herolervolk, das durch den Zorn des himmlischen
Herrschers gestraft wird." Durch diese Worte beunruhigt sprach
der König: „Fliehen denn etwa meine Heroler?" Jener erwiderte:
„Nicht ich, sondern du selbst o König hast das gesagt." Als nun,
wie es in solchen Fällen zu gehen pflegt, der König und alle um
ihn in ihrer Bestürzung unschlüssig waren, was zu thun sei, kamen
die Langobarden über sie und hieben sie nieder. Auch der König
selbst, so mannhaft er sich auch hielt, ward umgebracht. Wie aber
die Heroler da und dorthin auseinander flohen, traf sie der Zorn
des Himmels, also daß sie die grünen Flachsfelder für Wasser ansahen, das sie durchschwimmen könnten; wie sie aber die Arme
zum Schwimmen ausbreiteten, wurden sie vom Schwert der Feinde
jämmerlich erschlagen.[1]) Nach gewonnenem Siege theilten die
Langobarden die reiche Beute, die sie im Lager machten, unter sich.
Tato aber trug Rodulfs Banner, das sie Bandum nennen, so wie
den Helm davon, den derselbe im Streit gewöhnlich getragen hatte.
Und seit der Zeit war die Kraft der Heroler gebrochen, so daß
sie von da an keinen eigenen König mehr über sich hatten. Die
Langobarden aber wurden seitdem gewaltiger, ihre Mannschaft war
von den verschiedenen Völkerschaften, die sie besiegt hatten, gewachsen
und sie fingen jetzt an, auch ohne Anlaß zu Kriegen auszuziehen
und den Ruhm ihrer Tapferkeit allenthalben zu verbreiten.

21. Jedoch Tato konnte sich seines Sieges nicht mehr lange
freuen: Waccho, der Sohn seines Bruders Zuchilo überfiel und
ermordete ihn. Tato's Sohn Hildechis bekämpfte nun den Waccho,
wurde aber von diesem, der die Oberhand behielt, besiegt und floh
zu den Gepiden, wo er bis ans Ende seines Lebens als Flüchtling

---

1) Dasselbe Abenteuer widerfuhr bekanntlich den „sieben Schwaben", jedoch ohne
die übeln Folgen. Die Erzählung des Volksbuchs ist ohne Zweifel auf die obige uralte
Volkssage zurückzuführen.

blieb. Das gab die Veranlassung zu den Feindseligkeiten, die seit=
dem zwischen Gepiden und Langobarden obwalteten. In der nem=
lichen Zeit fiel Waccho über die Schwaben[1]) her und unterwarf
sie seiner Herrschaft. Sollte das Jemand für Lüge und nicht für
wahre Thatsache halten, so lese er das Vorwort nach, welches
König Rothari zu den Gesetzen der Langobarden verfaßt hat, und
er wird es fast in allen Handschriften, so wie ich es in meine Ge=
schichte aufgenommen habe, erzählt finden. Es hatte aber Waccho
drei Frauen, zuerst nemlich die Ranikunda, die Tochter des Königs
der Turinger. Sodann heirathete er die Austrigusa, die Tochter
des Gepidenkönigs, von der er zwei Töchter hatte: Wisegarda hieß
die eine, die er dem Frankenkönig Theudepert zur Ehe gab, die
andere hieß Walderada, diese wurde mit Cusupald, einem andern
König der Franken vermählt, der sie aber, da sie ihm zuwider war,
einem seiner Leute Namens Garipald zur Ehe gab[2]). Die dritte
Gemahlin Waccho's war die Tochter des Königs der Heroler und
hieß Salinga. Diese gebar ihm einen Sohn, den er Waltari[3])
nannte und der nach Waccho's Tode als der achte König über die
Langobarden herrschte. Diese alle waren Lithinger, so hieß nemlich
bei ihnen ein sehr vornehmes Geschlecht.

22. Nachdem nun Waltari sieben Jahre lang die Herrschaft
geführt hatte, fand er seinen Tod. Nach ihm wurde als der neunte
Auduin König, der bald darauf die Langobarden nach Panno=
nien führte.

23. Zwischen den Gepiden und Langobarden kam jetzt der schon
lange genährte Streit endlich zum Ausbruch, und beide Theile
rüsteten sich zum Krieg. Als nun in dem Treffen, das geliefert 551
wurde, beide Schlachtreihen tapfer kämpften, keine zum Weichen
gebracht werden konnte, da geschah es, daß mitten im Streit Alboin
Auduins Sohn und Turismod Turisinds Sohn auf einander stießen
und Alboin diesen mit dem Schwert durchbohrte, also daß er todt
vom Pferde fiel. Wie die Gepiden sahen, daß ihres Königs Sohn,
der hauptsächlich den Krieg herbeigeführt hatte, gefallen sei, so

1) Suavi. — 2) Vergleiche jedoch damit Gregor von Tours IV, 9. — 3) Walther.

wandten sie sich entmuthigt zur Flucht. Die Langobarden verfolgten sie heftig und kehrten, nachdem sie eine große Anzahl erschlagen hatten, zurück, um den Gefallenen die Rüstungen auszuziehen. Als die Langobarden nach erfochtenem Siege wieder heimgekehrt waren, lagen sie ihrem König Audoin sehr an, er möge den Alboin, durch dessen Tapferkeit sie in der letzten Schlacht den Sieg erlangt hätten, zu seinem Tischgenossen machen, damit er seinem Vater wie in der Gefahr, so auch beim Mahl zur Seite wäre. Audoin antwortete darauf, er könne das durchaus nicht thun, um nicht die Volkssitte zu verletzen. „Ihr wißt", sprach er, „wie bei uns der Brauch besteht, daß der Sohn des Königs nicht eher mit seinem Vater tafeln darf, als bis er von dem König eines fremden Volks die Waffen erhalten hat."

24. Wie das Alboin von seinem Vater gehört hatte, machte er sich mit bloß vierzig Jünglingen auf zu Turisind, dem Gepiden= könig, mit dem er erst vor kurzem gekriegt hatte, und eröffnete ihm, warum er gekommen sei. Dieser nahm ihn freundlich auf, lud ihn an seine Tafel und setzte ihn hier zu seiner Rechten, wo sonst immer sein Sohn Turismod gesessen hatte. Wie nun aber die verschie= denen Gerichte aufgetragen wurden, da trat dem Turisind, welchem schon längst der Sitz seines Sohnes in dem Sinn lag, dessen Tod vor die Seele, und wie er jetzt den, der ihn getödtet hatte, den Platz desselben einnehmen sah, seufzte er laut auf und konnte sich nicht mehr halten, sondern machte seinem Schmerz Luft, indem er ausrief: „Lieb ist mir dieser Platz, aber der Anblick des Mannes, der jetzt darauf sitzt, fällt mir sehr schwer." Da begann durch des Vaters Rede aufgestachelt des Königs zweiter Sohn, der mit zugegen war, die Langobarden mit Spottreden zu reizen, meinte, sie seien, weil sie von den Waden abwärts die Beine mit weißen Binden umwickelten, den Stuten zu vergleichen, die bis zum Beine weiße Füße haben und sprach: „Stuten mit weißen Fesseln sind es [1]), denen ihr gleicht."

1) fetilae sunt equae etc. fetilus = petilus, cf. Festus de verb. sign. 205, 22 (Müll.) petilam suram siccam et substrictam vulgo interpretatur. Scaevola ait ungulam albam equi ita dici Der Zusammenhang ergibt, daß nur die letztere, übrigens auch sonst bezeugte Bedeutung hier Anwendung finden kann. Fessel

Darauf ließ sich aber einer der Langobarden folgendermaßen ver=
nehmen: „Geh nur hinaus auf das Asfeld [1]), dort wirst du sonder
Zweifel erschauen können, wie kräftig deine Stuten mit den Hufen
ausschlagen; daselbst liegen die Gebeine deines Bruders wie die von
schlechtem Vieh auf dem Anger zerstreut umher." Wie das die Ge=
piden hörten, konnten sie ihre innere Wuth nicht mehr verbergen,
mit Heftigkeit brach ihre Erbitterung aus, und sie wollten bereits
den offenbaren Schimpf thätlich rächen. Auch die Langobarden alle
legten jetzt, zum Kampf bereit, die Hand ans Schwert. Da sprang
aber der König hinter dem Tisch hervor, warf sich in die Mitte,
dämpfte den Zorn und die Streitsucht seiner Leute und drohte dem
unverzügliche Bestrafung, der den Kampf beginnen würde, denn es
sei, so sprach er, kein Gott wohlgefälliger Sieg, wenn man den
Gastfreund im eigenen Hause erschlage. Als so endlich der Zwist
beigelegt war, setzten sie das Gelage fröhlichen Sinnes wieder fort.
Turisind langte die Waffen seines Sohnes Turismod herab und
übergab sie dem Alboin und entließ ihn dann wohlbehalten in
seines Vaters Reich. Nach seiner Rückkehr wurde Alboin nun
endlich vom Vater zu seinem Tischgenossen gemacht. Und wie er
jetzt vergnügt die Gerichte der königlichen Tafel mitkostete, da er=
zählte er der Reihe nach alles, was ihm bei den Gepiden in Turis=
mods Palast begegnet war. Alle Anwesenden bewunderten und
lobten Alboins Kühnheit, nicht minder aber rühmten sie Turisinds
große Treue.

25. Zu dieser Zeit herrschte der Kaiser Justinian mit Glück 527
über das römische Reich, denn er war siegreich im Kriege und be= bis
wundernswürdig im Regiment. Durch den Patricius Belisar be= 565
siegte er tapfer die Perser, durch denselben brachte er das Volk der
Wandalen zur Vernichtung, ihren König Gelismer gefangen in seine
Gewalt und ganz Afrika nach sechs und neunzig Jahren wieder an
das römische Reich. Wiederum mit Belisars Hülfe überwand er

ist der untere Theil des thierischen Fußes, pars pedis ungulae proxima, vgl. Grimm
deutsch. Wörterb. — fetilus, welches Paulus ganz richtig erklärt, mag die vulgäre Form
für petilus sein. — 1) in campum Asfeld.

das Volk der Gothen in Italien und nahm ihren König Witichis gefangen. Auch die Mauren, die hierauf die afrikanische Provinz angriffen, und ihren König Anthala bändigte er durch den Exconsul Johannes mit wunderbarer Tapferkeit. Gleichermaßen siegte er auch über andere Völker, und ob all' dieser Siege wurde er der Alamanische, Gothische, Fränkische, Germanische, Antische, Alanische, Wandalische und Afrikanische genannt und er verdiente diese Namen. Auch verbesserte und sammelte er die Gesetze der Römer, deren Weitläuftigkeit sehr groß und deren Mangel an Einklang schädlich war: alle kaiserlichen Gesetze, die durch viele Bände gingen, brachte er in zwölf Bücher zusammen und befahl diesen Band den Justinianeischen Codex zu nennen. Sodann führte er die Gesetze der einzelnen Obrigkeiten und Richter, die fast bis zu zweitausend Büchern angewachsen waren, auf die Zahl von fünfzig Büchern zurück und nannte das den Codex der Digesten oder Pandekten. Ferner ließ er vier Bücher Institutionen, in denen der Inhalt sämmtlicher Gesetze in kürzerer Form enthalten ist, neu abfassen. Endlich brachte er die neuen, von ihm selbst erlassenen Gesetze in einen Band, und befahl ihn die Novellen zu nennen. Derselbe Fürst erbaute in der Stadt Konstantinopel dem Herrn Christus, der die Weisheit Gottes des Vaters ist, einen Tempel, den er mit dem griechischen Worte Agia Sophia, das heißt heilige Weisheit nannte. Dieses Bauwerk übertrifft alle andern Gebäude, so daß auf der ganzen weiten Erde nichts dem ähnliches gefunden wird. Es war übrigens dieser Fürst von katholischem Glauben, rechtschaffen in seinen Handlungen, gerecht in seinen Urtheilen und darum schlug ihm alles zum guten aus. Zu seiner Zeit war Cassiodor in der Stadt Rom durch seine Gelehrsamkeit in weltlichen und geistigen Dingen berühmt; außer andern trefflichen Schriften erklärte er auch die dunkeln Stellen der Psalmen ganz vortrefflich. Er war zuerst Consul, dann Senator, zuletzt aber Mönch. In derselben Zeit fertigte auch Dionysius, der Abt in der Stadt Rom war, eine Bestimmung der Osterzeit durch wunderbar scharfsinnige Berechnung an. Damals ergründete, so zu sagen, in Konstantinopel Priscianus von Cäsarea die Tiefen der Grammatik, und Arator, Unterhelfer an der Kirche zu Rom, ein herrlicher Dichter, beschrieb die Thaten der Apostel in Hexametern.

26. In diesen Tagen lebte der heilige Vater Benedikt zuerst an dem Orte, der Sublacu [1]) heißt und etwa vierzig Meilen [2]) von Rom entfernt liegt, später auf der Burg Cassinum [3]) und glänzte durch die Verdienste seines großen Lebens und seine apostolischen Tugenden. Sein Leben hat, so weit es bekannt ist, der heilige Vater Gregor in seinen Dialogen in schöner Sprache beschrieben. Auch ich habe mit meinem geringen Talent zur Ehre des hohen Vaters seine einzelnen Wunderthaten in elegischem Versmaß besungen und auf einige Wunder auch einen Hymnus in archilochischen Jamben gedichtet [4]). Es mag hier noch in der Kürze angeführt werden, was der heilige Vater Gregorius in seinem Leben Benedikts unerwähnt ließ. Als dieser einer göttlichen Mahnung Folge leistend von Sublacu nach dem ungefähr fünfzig Meilen davon entfernten Orte, wo er jetzt ruht, wanderte, so flogen fortwährend drei Raben, die er zu füttern pflegte, um ihn und mit ihm. An jedem Scheideweg, bis er hierher kam, erschienen ihm zwei Engel in Gestalt von Jünglingen und wiesen ihm den Weg, den er einschlagen sollte. In Cassinum aber hatte damals ein Diener Gottes seine Wohnung, zu dem sprach eine Stimme vom Himmel:

„Weiche von hier, denn schon nahet ein anderer Freund!"
Hier aber, auf der Burg von Cassinum nemlich, lebte er immer in der größten Enthaltsamkeit, besonders aber zur Zeit der Fasten ganz abgeschlossen und zurückgezogen vom Geräusch der Welt. Dieß alles entnehme ich dem Gedichte des Markus, der zu dem Vater Benedikt hierher kam und einige Verse zu dessen Lob dichtete; diese habe ich jedoch, um nicht zu weitläuftig zu werden, nicht ganz in dieses Buch eintragen mögen. Gewiß ist indeß, daß der treffliche

529 bis 544

1) Unter dem See, Subiaco. — 2) Fünf italienische Meilen gehen auf eine deutsche Meile. — 3) Das berühmte Kloster Monte Cassino im nördlichen Neapel. — 4) Leser und Uebersetzer werden sich wohl gerne diese 64 Disticha gegenseitig erlassen, ebenso ben darauf folgenden Hymnus von 16 vierzeiligen Strophen. Auch weiterhin werden wir die eingelegten metrischen Epitapbien fortlassen.

Vater darum vom Himmel an dieſen fruchtbaren, über ein üppiges Thal ſich erhebenden Ort berufen wurde, damit hier, wie es nun unter Gottes Beiſtand auch wirklich geſchehen iſt, eine Genoſſenſchaft von Mönchen entſtände. Nachdem dies, was doch nicht übergangen werden durfte, in der Kürze erzählt worden, nehme ich nun den Faden meiner Geſchichtserzählung wieder auf.

27. Audoin alſo der Langobardenkönig, von dem ich oben ſprach, hatte die Rodelinda zur Gemahlin, die ihm den Alboin, einen kriegeriſchen und in allen Dingen tüchtigen Mann gebar. Audoin ſtarb nun und jetzt erhielt Alboin als der zehnte König nach dem Wunſche aller die Herrſchaft. Da er allenthalben einen großen und ob ſeiner Macht berühmten Namen hatte, ſo gab ihm Chlothar der Frankenkönig ſeine Tochter Chlotſuinda zur Frau[1]), von der ihm nur eine Tochter mit Namen Albſuinda geboren wurde. Unter= deſſen ſtarb Turiſind der Gepidenkönig und ihm folgte Kunimund in der Herrſchaft, der die alten Beleidigungen zu rächen begehrte und darum das Bündniß mit den Langobarden brach und den Krieg statt des Friedens erwählte. Alboin aber ſchloß mit den Avaren, die urſprünglich Hunnen, nachmals nach ihrem König Avaren ge= nannt wurden, einen ewigen Bund. Hierauf zog er in den von den Gepiden veranlaßten Krieg. Als dieſe in Eile ihm entgegen= rückten, fielen die Avaren der mit Alboin getroffenen Verabredung gemäß in ihr Land ein. Traurig kam ein Bote zu Kunimund und verkündete ihm dieſe Nachricht. Er, obwohl ſehr niedergeſchlagen und von zwei Seiten hart bedrängt, ermahnte ſeine Leute dennoch, ſich zuerſt mit den Langobarden zu ſchlagen, vermöchten ſie dieſe zu überwinden, dann erſt wollten ſie das Heer der Hunnen aus dem Lande jagen. Es kam alſo zur Schlacht und auf beiden Seiten wurde mit aller Macht geſtritten, die Langobarden aber blieben Sieger und wütheten ſo ſchrecklich gegen die Gepiden, daß dieſe faſt völlig aufgerieben wurden und von dem zahlreichen Heere kaum ein Bote der Niederlage am Leben blieb. In dieſer Schlacht tödtete Alboin den Kunimund, ſchlug ihm das Haupt ab und ließ ſich

---

1) Vergl. Gregor von Tours, IV. 3.

daraus einen Trinkbecher machen. Diese Art Becher heißt bei ihnen Skala, lateinisch aber patera. Kunimunds Tochter mit Namen Rosimunda führte er mit einer großen Menge verschiedenen Alters und Geschlechts gefangen mit sich fort und machte sie, da Chlotsuinda gestorben war, zu seiner Gemahlin, aber wie sich nachmals zeigte zu seinem Verderben. Damals machten die Langobarden eine so große Beute, daß sie zum größten Reichthum gelangten; der Stamm der Gepiden aber kam so herab, daß sie seitdem nicht einmal mehr einen eigenen König hatten, sondern alle, die den Krieg überlebten, unterwarfen sich theils den Langobarden, theils seufzen sie bis auf den heutigen Tag in harter Knechtschaft, da die Hunnen im Besitz ihres Landes sind. Alboins Name aber ward weit und breit so berühmt, daß bis heute sein Edelmuth und sein Ruhm, sein Glück und seine Tapferkeit im Kriege bei den Baiern [1]), Sachsen und andern Völkern dieser Sprache in Liedern gepriesen wird. Auch ganz besondere Waffen sollen unter ihm geschmiedet worden sein, hört man noch jetzt von vielen sagen.

Zweites Buch.

1. Als nun ringsum das Gerücht von den vielen Siegen der Langobarden erscholl, so sandte Narses der kaiserliche Geheimschreiber, der damals Italien unter sich hatte und jetzt sich zum Krieg gegen Totilas den Gothenkönig rüstete, Gesandte an Alboin [2]) und ersuchte ihn, wie er denn auch schon vorher mit den Langobarden verbündet war, ihm in seinem Kampf gegen die Gothen Hülfe zu leisten. Alboin schickte ihm darauf auserlesene Truppen zu, um die Römer gegen die Gothen zu unterstützen. Sie fuhren über den Busen des adriatischen Meeres nach Italien hinüber und

550

---

1) Bajuvarii. — 2) Paulus irrt hier, dies geschah noch unter Audoin. — Vergl. Procop VI, 26. 33.

552 begannen mit den Römern verbündet den Kampf wider die Gothen. Nachdem sie diese sammt ihrem König Totilas bis zur Vernichtung geschlagen hatten, kehrten sie durch reiche Geschenke geehrt als Sieger nach Hause zurück. Und die ganze Zeit, daß sie Pannonien in Besitz hatten, unterstützten die Langobarden das römische Reich gegen seine Feinde.

2. Zu der Zeit bekriegte Narses auch den Herzog Buccelli= 554 nus [1]), den der Frankenkönig Teudepert, nachdem er selbst wieder nach Gallien heimgezogen war, neben dem Herzog Aming in Ita= lien gelassen hatte, um das Land zu erobern. Dieser Buccellinus überzog nun fast ganz Italien mit Plünderung und schickte seinem König Theudepert aus dem italischen Raub viele Beute heim; als er sich aber anschickte, in Kampanien ein Winterlager zu beziehen, so ward er endlich von Narses bei dem Orte Tannetum in schwerer Schlacht besiegt und getödtet. Als dann Aming dem gothischen Grafen Widin, der sich gegen Narses empört hatte, Beistand leisten wollte, so wurden beide von Narses überwunden, Widin gefangen nach Konstantinopel abgeführt, Aming aber, der ihm Hülfe gebracht hatte, fiel unter des Narses Schwerdt. Der dritte fränkische Herzog endlich mit Namen Leuthar und des Buccellinus Bruder starb, als er mit reicher Beute beladen nach Hause zurückziehen wollte, zwischen Verona und Trident bei dem See Benacus [2]) eines natürlichen Todes.

3. Nichtsdestoweniger hatte Narses noch einen Kampf gegen Sinduald den König der Brenter [3]), der vom Stamm der Heruler noch übrig war, die Odoakar auf seinem Zuge nach Italien einst mit sich geführt hatte. Dieser Sinduald hatte zuerst treulich zu Narses gehalten und darum große Belohnung von ihm bekommen; wie er sich nun aber neuerdings übermüthig gegen ihn auflehnte und selbst den König machen wollte, so ward er von ihm in der Schlacht überwunden, gefangen genommen und an einem hohen Galgen aufgehängt. In derselben Zeit bekam der Patricius Narses

1) Von Alemannien. — 2) Gardasee. — 3) Um den Berg Brenner in Tirol. —

durch seinen Unterfeldherrn Dagisteus, einen kriegslustigen und tapfern Mann, das gesammte Italien in seine Gewalt. Dieser Narses war anfänglich Geheimschreiber, darauf gelangte er ob seiner großen Verdienste zur Würde des Patriciats. Er war im übrigen ein sehr frommer und der Lehre der Kirche streng ergebener Mann, gegen die Armen mildthätig, in Wiederherstellung[1]) der Gotteshäuser thätig und so eifrig im Wachen und Beten, daß er mehr durch sein demüthiges Flehen zu Gott, als durch seine Kriegswaffen den Sieg erlangte.

4. Zu dieser Zeit brach besonders in der Provinz Liguria 565 eine fürchterliche Pest aus. Denn plötzlich kamen an Häusern, Thüren, Gefäßen, Kleidern eigenthümliche Flecken zum Vorschein und wurden, wenn man sie abwaschen wollte, immer stärker. Nach Umlauf eines Jahres aber entstanden an den Leisten der Menschen und an andern empfindlichen Stellen Geschwulste wie Nüsse oder Datteln, worauf bald unerträgliche Fieberhitze und am dritten Tage der Tod erfolgte. Ueberlebte aber Einer den dritten Tag, so hatte er Hoffnung durchzukommen. Da war allenthalben Trauer, allenthalben Weinen. Weil unter dem Volke der Glaube verbreitet war, durch die Flucht entgehe man dem Verderben, so wurden die Häuser von den Bewohnern verlassen und standen leer, nur von den Hunden wurden sie noch gehütet. Die Heerden blieben allein auf dem Felde, die Hirten fehlten. Da konnte man sehen, wie Dörfer und Städte, noch jüngst von ganzen Haufen Menschen angefüllt, am andern Tag von allen verlassen in Todesstille dalagen. Die Söhne flohen von den unbestatteten Leichen ihrer Eltern hinweg; die Eltern vergaßen herzlos ihre Pflicht und ließen die Kinder in der Fieberhitze liegen. Wollte Einer von alter Anhänglichkeit getrieben, seinen nächsten Verwandten begraben, so blieb er selber unbegraben; während man bestattete, kam man selbst um; gab man einer Leiche das Trauergeleite, so entbehrte das eigene Leichenbegängniß dieses Liebesdienstes. Da konnte man glauben, die Welt sei in ihre

---

1) Indem sie durch die arianischen Gothen entweiht zu sein schienen.

uranfängliche Stille wieder zurückgesunken: kein Laut auf dem Felde, kein Pfeifen der Hirten, kein wildes Thier lauerte mehr dem Vieh auf, kein Schaden geschah mehr den Hausvögeln. Die Saatfelder blieben über die Erndtezeit hinaus stehen und warteten unangerührt auf den Schnitter; die Weingärten voll üppigglänzender Trauben betrat Niemand, als bereits das Laub abgefallen war und der Winter vor der Thür stand. Zu jeder Stunde des Tags und der Nacht klang das Schmettern der Kriegstrompeten in den Ohren, die Meisten glaubten den Lärmen wie von einem heranziehenden Heer zu vernehmen. Zwar zeigte sich nirgends der Fußtritt wandelnder Menschen, Niemand der getödtet hätte, aber die Leichname der Gestorbenen redeten stärker als das Sehen der eigenen Augen. Das freie Feld verwandelte sich in eine Begräbnißstätte der Menschen, in die menschlichen Wohnungen zogen die wilden Thiere ein. Und dieses Unglück verbreitete sich nicht über die Grenzen Italiens hinaus zu den Alamannen und Baiern, sondern traf allein die Römer.

Mittlerweile schied Kaiser Justinian aus dem Leben und Justinus der Jüngere übernahm die Herrschaft. Damals bekam der Patricius Narses, dessen Eifer alles überwachte, endlich den Bischof Vitalis von Altina in seine Gewalt, der vor vielen Jahren schon ins Frankenreich nach der Stadt Agontum [1]) geflohen war, und verbannte ihn nach Sicilien.

5. Nachdem nun Narses, wie oben erzählt wurde, das gesammte Volk der Gothen überwunden und vernichtet und auf gleiche Weise auch über die anderen von denen ich geredet, gesiegt [2]), dazu eine große Masse Gold und Silber nebst andern reichen Schätzen gesammelt hatte, so widerfuhr ihm von den Römern, für die und gegen deren Feinde er doch sehr thätig gewesen war, große Mißgunst. Sie verleumdeten ihn also bei dem Kaiser Justinus und dessen Gemahlin Sophia und sprachen diese Worte: „Für die Römer war es wahrlich besser, den Gothen dienstbar zu sein, als

<hr>

1) Innichen am Ursprung der Drau in Tirol. — 2) S. Cap. 2 3. —

den Griechen, wo der Eunuche Narses befiehlt und uns in drücken=
der Knechtschaft hält. Unser gnädigster Fürst weiß das nicht: ent=
weder aber befreie uns aus Jenes Hand, oder sei versichert, wir
überliefern die Stadt Rom und uns selbst den Heiden." Als das
dem Narses zu Ohren kam, erwiderte er ganz kurz die Worte:
„Wenn ich mit den Römern schlecht umgegangen sein soll, so will
ich es auch schlecht finden." Dadurch wurde der Kaiser so heftig
gegen Narses aufgebracht, daß er augenblicklich den Longinus nach 567
Italien schickte, um des Narses Stelle zu übernehmen. Narses
erschrak über diese Nachricht nicht wenig und fürchtete sich besonders
vor der Kaiserin Sophia so sehr, daß er nicht nach Konstantinopel
zurückzukehren wagte. Unter anderem habe sie ihm, wie erzählt
wird, weil er ein Eunuch war, sagen lassen, sie werde ihn den
Mägden im Weibergemach die tägliche Wolle zutheilen lassen. Da=
rauf soll nun Narses das zur Antwort gegeben haben, er wolle
ihr ein Gespinnst anfangen, das sie ihre Lebtage nicht mehr werde
endigen können. Hierauf zog er sich aus Haß und Furcht nach
der Stadt Neapel in Campania zurück und schickte bald nachher
Boten an das Volk der Langobarden mit der Aufforderung, sie
sollten doch ihre ärmlichen Felder in Pannonien verlassen und sich
in den Besitz von Italien setzen, das reich an allen Schätzen sei;
zugleich schickte er verschiedene Arten von Obst und andere Erzeug=
nisse, an denen Italien reich ist, mit, um dadurch ihre Gemüther
noch mehr anzureizen, zu kommen. Die Langobarden nahmen freudig
die gute und erwünschte Botschaft auf und faßten große Gedanken
und Hoffnungen für die Zukunft. Sofort wurden in Italien Nachts
schreckliche Zeichen sichtbar, feurige Schlachtreihen erschienen am
Himmel als Vorbedeutung des vielen Bluts, was bald nachher ver=
gossen ward.

6. Wie aber Alboin mit den Langobarden gen Italien ziehen
wollte, so sandte er noch zu seinen alten Freunden den Sachsen um
Hülfe, um in größerer Anzahl von dem ausgedehnten Land Italien
Besitz zu nehmen. Es stießen also auf seinen Wunsch mehr als
20,000 sächsische Männer mit Weib und Kind zu ihm, um mit

ihm nach Italien zu ziehen [1]). Wie Chlothar und Sigipert die
Frankenkönige das hörten, verpflanzten ſie Schwaben und andere
Völkerſchaften in die von den Sachſen geräumten Gegenden [2]).

7. Jetzt überließ Alboin das eigene Land, nemlich Pannonien,
ſeinen Freunden den Hunnen, unter der Bedingung jedoch, daß wenn
die Langobarden irgend einmal wieder heimzukehren genöthigt würden,
ſie auch ihr altes Land wieder anſprechen könnten. Die Lango=
barden verließen alſo Pannonien und zogen mit Weib und Kind
und Hab und Gut Italien zu, um es in Beſitz zu nehmen. Sie
hatten aber 42 Jahre in Pannonien gewohnt, und zogen aus im
Monat April, in der erſten Indiction, am Tag nach dem heiligen
Oſterfeſt, das der Berechnung gemäß in jenem Jahr gerade auf
den erſten April fiel, nachdem ſeit der Menſchwerdung des Herrn
568 Jahre verfloſſen waren.

8. Wie nun König Alboin mit allen ſeinen Kriegsmannen
und einem großen Haufen allerlei Volks an die Grenze Italiens
kam, ſo ſtieg er auf den Berg, der ſich in jener Gegend erhebt,
und beſchaute ſich da, ſoviel er von Italien überſehen konnte. Da=
rum, wie man ſagt, heißt ſeit der Zeit dieſer Berg der Königs=
berg [3]). Auf eben dieſem Berge ſoll es wilde Ochſen geben, was
kein Wunder iſt, da Pannonien, das dieſe Thiere hervorbringt, bis
dahin ſich erſtreckt. Es hat mir auch ein wahrhafter alter Mann
erzählt, er habe die Haut eines ſolchen auf jenem Berge erlegten
Ochſen geſehen, auf der wie er ſagte fünfzehn Menſchen neben ein=
ander hätten liegen können.

9. Nachdem jetzt Alboin Venetia, was die erſte Provinz Ita=
liens iſt, ohne irgend ein Hinderniß erreicht und das Gebiet der
Stadt oder vielmehr der Burg Forojuli [4]) betreten hatte, ſo über=
legte er, wem er wohl dieſe erſte eroberte Provinz anvertrauen
könnte. Ganz Italien nemlich dehnt ſich nach Süden oder beſſer
nach Südoſten aus und wird von den Fluthen des tyrreniſchen und

<hr>

1) Vgl. unten II, 26 und Gregor von Tours IV, 34. — 2) Vgl. Gregor von
Tours V, 15. — 3) Monte Maggiore, auch Monte del Re genannt. — 4) Civi=
dale in Friaul.

abriatischen Meeres umspült, gegen Abend und Mitternacht aber von der Kette der Alpen so eingeschlossen, daß man nur durch Eng= pässe oder über den Rücken des Gebirgs hereinkommen kann. Von der Morgenseite aber her, wo es an Pannonien stößt, steht ein breiter und ganz ebener Zugang offen. Als nun Alboin, wie schon bemerkt, darüber nachsann, wen er zum Herzog dieses Land= strichs machen sollte, so entschloß er sich, wie erzählt wird, seinen Neffen Gisulf, einen durchaus tüchtigen Mann, der zugleich sein Stallmeister war, den sie in ihrer Sprache „Marpahis" [1]) nennen, über die Stadt Forojuli und jene ganze Gegend zu setzen. Dieser Gisulf aber erklärte, er werde hier nicht eher die Herrschaft über Stadt und Volk annehmen, als bis ihm die langobardischen Faren, [2]) das heißt die Geschlechter oder Stämme überlassen würden, die er sich selbst auslesen wolle. Und so geschah es, da der König ihm seinen Wunsch gewährte. Er erhielt demnach die hervorragenden langobardischen Geschlechter, welche er sich gewünscht hatte, daß sie mit ihm wohnten, und jetzt erst übernahm er das Ehrenamt eines Herzogs. Er forderte sobann noch von dem König eine Zucht edler Stuten; und auch hierin willfahrte ihm der König freigebig.

10. In den Tagen als die Langobarden in Italien einrückten, wurde das Frankenreich, da König Chlothar gestorben war, von dessen Söhnen in vier Theile getheilt. Der erste von ihnen, Aripert, hatte seinen Sitz zu Paris, der zweite, Gunthramnus, in der aure= liensischen Stadt [3]), der dritte, Hilperich, in Suessionä [4]), wo sich sein Vater aufgehalten hatte, Sigisbert endlich, der vierte, herrschte in der Stadt Metz [5]). Zu derselben Zeit leitete der heilige Papst Benedikt die römische Kirche. Der Stadt Aquileja und deren Volk stand der heilige Patriarch Paulus vor, der aber jetzt aus Furcht vor der Wildheit der Langobarden sich aus Aquileja auf die Insel Grabus [6]) hinüber flüchtete und den ganzen Kirchenschatz mit sich nahm. In diesem Jahr zu Anfang des Winters fiel ein so tiefer

---

1) Marpahis ist nach Grimm von Mar, Märe, Pferd und paizan (goth. beitan, althochdeutsch pizan) Gebiß anlegen abzuleiten. — 2) Davon das Wort Faron oder Baron. — 3) Orleans. — 4) Soissons. — 5) Vgl. Gregor von Tours VI, 22. — 6) Grado an der Mündung des Isonzo.

Schnee in der Ebene, wie es gewöhnlich nur auf den höchsten Alpen der Fall ist; im nachfolgenden Sommer aber war auch eine Frucht= barkeit, wie man nie von einer ähnlichen gehört hat. Zu der Zeit fielen die Hunnen oder Avaren, bei der Nachricht von König Chlo= thars Tode über dessen Sohn Sigisbert her. Dieser stieß in Thü= ringen auf sie und schlug sie an der Elbe mit Macht und bewilligte ihnen dann den Frieden, um den sie baten [1]). König Sigisbert vermählte sich mit der Brunihilde, die aus Spanien kam und ihm nachmals einen Sohn mit Namen Childepert gebar [2]). Abermals stritten sodann die Avaren mit Sigisbert in derselben Gegend wie das erste Mal, und brachten dem Frankenheer eine vollständige Niederlage bei [3]).

11. Narses aber kehrte jetzt aus Campania nach Rom zurück und verstarb hier bald nachher. Sein Leichnam wurde in einem bleiernen Sarg beigesetzt und mit allen seinen Schätzen nach Kon= stantinopel gebracht.

12. Als nun Alboin an den Fluß Plave [4]) kam, zog ihm der Bischof Felix von Tarvisium [5]) entgegen. Der König ließ ihm, wie er denn höchst freigebigen Sinnes war, auf seine Bitte das sämmtliche Vermögen seiner Kirche und bekräftigte das durch eine eigens darüber ausgestellte Urkunde.

13. Da ich nun gerade dieses Felix Erwähnung gethan habe, so mögen hier auch einige Worte über den ehrwürdigen und weisen Fortunatus Platz finden, der erzählt, dieser Felix sei sein Genosse gewesen. Dieser Fortunatus nun, von dem hier die Rede ist, wurde geboren in dem Orte, der Duplabilis heißt und nicht weit von der Burg Ceneta und der Stadt Tarvisium entfernt liegt. Erzogen und gebildet wurde er jedoch zu Ravenna und erwarb sich in der Grammatik, Rhetorik und Metrik einen berühmten Namen. Als er einst die heftigsten Augenschmerzen hatte und sein Freund Felix gleichfalls an den Augen litt, so gingen beide zusammen nach der in dieser Stadt gelegenen Kirche der Apostel Paulus und Johannes.

<hr>

1) Vgl. Gregor IV, 23. — 2) Gregor IV, 27. — 3) Gregor IV, 29. — 4) Pi= ave. — 5) Treviso.

Darin ist auch ein Altar zu Ehren des heiligen Bekenners Martinus errichtet und in dessen Nähe befindet sich eine mit Glas verschlossene Nische, in der eine brennende Lampe hängt, um sie zu erleuchten. Mit dem Oel davon benetzten nun Felix und Fortunatus ihre Augen und alsbald wich der Schmerz und sie erhielten die ersehnte Gesundheit wieder. Das erfüllte den Fortunatus mit so tiefer Verehrung vor dem heiligen Martinus, daß er seine Heimath verließ und kurz vor dem Einbruch der Langobarden in Italien zu des Heiligen Grabe nach Turones [1]) zog. Er erzählt selbst in seinen Gedichten, daß er auf seiner Reise über die Flüsse Tiliamentum [2]), Reunia [3]) und über Osupus [4]), dann über die Julischen Alpen nach der Burg Aguntum [5]), über die Flüsse Dravus und Byrrus [6]) und über Briones [7]) nach der Stadt Augusta [8]) gekommen sei, wo Virdo [9]) und Lecha vorbeifließen. Nachdem er in Turones seinem Gelübde gemäß angekommen war, so zog er weiter nach Pictavis [10]) und wohnte daselbst und beschrieb das Leben vieler Heiligen in gebundener wie in ungebundener Rede. Später wurde er in derselben Stadt erst Priester, dann Bischof, und liegt auch dort mit gebührenden Ehren begraben. Er hat ein Leben des heiligen Martinus in vier Büchern und in heroischem Versmaß [11]) verfaßt, und noch viele andere schöne und treffliche Gedichte, durch die er keinem Dichter nachsteht, geschrieben, hauptsächlich Hymnen auf einzelne Festtage und Episteln an seine Freunde. Als ich um zu beten dorthin gekommen war, habe ich auf die Bitte des dortigen Abts Aper eine eigene Grabschrift, die auf sein Grabmal gesetzt werden soll, in Versen für ihn verfaßt [12]). Dies wenige wollte ich von dem vortrefflichen Manne anführen, damit sein Leben bei seinen Mitbürgern nicht gänzlich in Vergessenheit komme. Jetzt aber kehre ich zu meiner Erzählung zurück.

14. Alboin eroberte nun Vincencia, Verona und die übrigen

<hr>

1) Tours. — 2) Tagliamento. — 3) Ragogna. — 4) Osopo. — 5) Innichen, f. Kap. 4. — 6) Rienz. — 7) Den Brenner. — 8) Augsburg. — 9) Wertach. — 10) Poitiers. — 11) d. h. Hexametern. — 12) In 6 Distichen.

Städte Venetiens, ausgenommen Patavium [1]), Mons silicis [2]) und Mantua. Venetia besteht nemlich nicht blos aus etlichen Inseln, die wir jetzt Venedig nennen, sondern sein Gebiet breitet sich von der Grenze Pannoniens bis an den Fluß Abdua [3]) aus. Es ergibt sich das aus den Jahrbüchern, in welchen Pergamus [4]) eine venetianische Stadt genannt wird. Auch vom Benacussee [5]) heißt es in den Geschichtsbüchern folgendermaßen: „der venetianische See Venacus, aus dem der Fluß Mincius kommt." Die Eneter, wozu die Lateiner nur noch einen Buchstaben gesetzt haben, heißen übrigens in der griechischen Sprache die Lobenswerthen. An Venetia stößt Istria und beide zusammen machen Eine Provinz aus. Istria aber hat seinen Namen vom Flusse Ister, der nach den römischen Schriftstellern vormals größer gewesen sein muß, als er jetzt ist. Die Hauptstadt von Venetia war früher Aquileja, jetzt ist es Forojuli, das daher seinen Namen hat, daß Julius Cäsar daselbst für den Handel einen Markt einrichtete.

15. Ich glaube, es wird nichts schaden, wenn ich auch die andern Provinzen Italiens kurz aufführe. Die zweite Provinz ist Liguria, die ihren Namen vom Lesen d. h. dem Sammeln der Gemüse [6]) hat, die sie in großer Menge hervorbringt. In ihr liegen Mediolanum [7]) und Ticinus, das auch den Namen Papia [8]) führt. Sie dehnt sich bis an die Grenze der Gallier aus. Zwischen Ligurien aber und Schwaben, das ist dem Lande der Alamannen, das gegen Mitternacht liegt, sind in den Alpen noch die zwei Provinzen, das erste und zweite Retia, die von den eigentlichen Retiern bewohnt werden.

16. Die fünfte Provinz heißt die kottischen Alpen, die von dem Könige Kottius, der zu Neros Zeit lebte, so genannt wurden. Sie erstreckt sich von Ligurien nach Südosten zu bis ans tyrrenische Meer, im Westen aber reicht sie bis an die gallische Grenze. In ihr liegen Aquis [9]), wo warme Quellen sind, Dertona [10]),

1) Padua. — 2) Der Kieselberg, jetzt Monselice in den Euganeen bei Este südlich von Padua. — 3) Abba. — 4) Bergamo. — 5) Gardasee. — 6) ligumina. — 7) Mailand. — 8) Pavia. — 9) Acqui an der Bormida. — 10) Tortona.

das Kloster Bobium, sodann die Städte Genua und Saona. Die sechste Provinz ist Tuscia, das seinen Namen von dem Weih=rauch [1]) hat, den das abergläubische Volk bei seinen Götteropfern zu verbrennen pflegte. Sie theilt sich in Aurelia, das gegen Abend, und Umbria, das gegen Morgen liegt. In dieser Provinz ist Rom, das einst die Hauptstadt der ganzen Welt war, gelegen. In Umbria aber, welches hierzu gerechnet wird, liegen Perusium [2]), der See Clitorius [3]) und Spoletum. Umbrien hat übrigens seinen Namen daher, daß es die Regengüsse überdauerte, als einst die Völker in der großen Wasserfluth untergingen.

17. Campania, die siebente Provinz, reicht von der Stadt Rom bis an den Fluß Siler [4]) in Lukania. In ihr liegen die reichen Städte Capua, Neapel und Salernus. Campania aber heißt sie von der üppigen Ebene [5]) um Capua; zum größten Theil ist sie übrigens gebirgig. Die achte Provinz ist Lukania, die ihre Benennung von einem Walde [6]) erhalten hat; sie beginnt am Flusse Siler und reicht mit Brittia [7]), das seinen Namen von einer alten Königin hat, bis zur sicilischen Meerenge, gleich den beiden vorhergehenden Provinzen immer dem tyrrenischen Meer entlang, und bildet das rechte Horn Italiens. Hier liegen die Städte Pestus, Lainus [8]), Cassianum [9]), Consentia [10]) und Regium [11]).

18. Als neunte Provinz werden die appenninischen Alpen gerechnet, die da anfangen, wo die kottischen Alpen aufhören. Sie ziehen sich durch die Mitte von Italien und scheiden Tuscia von Emilia und Umbria von Flaminia. In dieser Provinz liegen die Städte Ferronianus [12]), Montembellium [13]), Bobium [14]), Urbinum und Ve=rona [15]). Die appenninischen Alpen sind nach den Puniern benannt worden, denn Hannibal nemlich und seinem Heer die dieses Gebirge auf dem Zuge gegen Rom überschritten. Einige machen aus den kottischen und appenninischen Alpen Eine Provinz, aber es widerlegt sie das Geschichtswerk [16]) des Victor, welches die kottischen Alpen als

1) Tus. — 2) Perugia. — 3) Lago di Bolsena. — 4) Sele. — 5) Campus. — 6) Lucus. — 7) Bruttium. — 8) Lao. — 9) Cassano. — 10) Cosenza. — 11) Reggio. — 12) An den Quellen des Panaro. — 13) Westlich von Bologna. — 14) Galeata zwischen Rimini und Florenz. — 15) Mir unbekannt. — 16) Im Leben Kaiser Neros. —

eine besondere Provinz nennt. Emilia, die zehnte Provinz, erstreckt sich von Liguria zwischen den Appenninen und den Gewässern des Padus [1]) bis gegen Ravenna hin. Diese Provinz zeichnet sich durch ihre reichen Städte aus, Placentia [2]), Parma, Regium [3]), Bononia [4]) und Forum Cornelii, dessen Burg Imolas heißt. Manche behaupteten auch, daß Emilia, Valeria und Nursia eine einzige Provinz bilden, aber diese Ansicht hält nicht Stich, da Emilia durch Tuscia und Umbria von Valeria und Nursia geschieden ist.

19. Die eilfte Provinz ist Flamminia, die sich zwischen den Appenninen und dem abriatischen Meere ausbreitet. Hier liegt das vor allen berühmte Ravenna und noch fünf andere Städte, die man mit dem griechischen Worte Pentapolis bezeichnet. Im übrigen ist bekannt, daß Aurelia, Emilia und Flamminia nach den gepflasterten Straßen, die von Rom kommen, und nach den Männern, die diese angelegt haben, benannt sind. Auf Flamminia folgt als die zwölfte Provinz Picenus, die im Süden an die Appenninen, auf der andern Seite an das abriatische Meer stößt, und sich bis an den Fluß Piscaria [5]) erstreckt. In ihr liegen die Städte Firmus [6]), Ascalus [7]), Pinnis [8]) und das vor Alter verfallene Abria, das dem abriatischen Meere seinen Namen gegeben hat. Als die Einwohner einst aus dem Sabinerland hierher zogen, setzte sich ein Specht [9]) auf ihre Fahne, und darum wurde das Land Picenus genannt.

20. Die dreizehnte Provinz ist Valeria nebst Nursia, sie liegt zwischen Umbria, Campania und Picenum und grenzt im Osten an das Land der Samniter. Ihr westlicher Theil, der bei der Stadt Rom beginnt, hieß vormals nach dem Volk der Etrusker Etruria. Sie enthält die Städte Tiburis [10]), Carseoli, Reate [11]), Furkona [12]) und Amiternum [13]), ferner das Land der Marser und deren See Fucinus. [14]) Auch das Marserland glaubte ich zur Provinz Valeria rechnen zu müssen, da es von den Alten in dem Verzeichniß der

1) Po. — 2) Piacenza. — 3) Reggio. — 4) Bologna. — 5) Pescara. — 6) Fermo. — 7) Ascoli — 8) Penna. — 9) Picus. — 10) Tivoli. — 11) Rieti. — 12) Aquila — 13) Terni. — 14) Der See von Celano.

italienischen Provinzen nicht aufgeführt wird. Sollte indeß Jemand durch genügende Gründe darthun, daß es eine eigene Provinz ge= wesen, so müßte man allerdings seiner Ansicht folgen. Die vier= zehnte Provinz ist Samnium, sie fängt bei Piscaria an und brei= tet sich zwischen Campania, dem abriatischen Meere und Apulia aus. Ihre Städte sind Theate[1], Aufidena, Isernia, das alte, bereits verfallene Samnium, nach dem die ganze Provinz genannt wird, und endlich das reiche Beneventus, die Hauptstadt dieser Provinzen. Die Samniten erhielten übrigens vor Zeiten ihren Namen von den Lanzen, die sie führten, und die die Griechen Saunia nannten.

21. Die fünfzehnte Provinz bildet Apulia mit Calabria, wozu noch das salentinische Land gehört. Gegen Westen und Süd= westen wird sie von Samnium und Lukania, gegen Morgen aber vom abriatischen Meer begrenzt. Hier sind die nicht geringen Städte Luceria, Sepontum, Canusium[2], Agerentia, Brundisium, Tarentum und in dem linken Horn Italiens, das sich fünfzig Meilen in die Länge erstreckt, das zum Handel trefflich gelegene Idrontum[3]. Apulien hat vom Verderben seinen Namen: denn durch die Sonnen= gluth verdirbt daselbst alles was grünt, schneller als sonstwo.

22. Als sechzehnte Provinz wird die Insel Sicilien aufge= führt, die vom tyrrenischen und ionischen Meere bespült wird und ihren Namen von dem Anführer Siculus hat. Die siebzehnte Provinz ist Korsica, die achtzehnte Sardinia, die beide von den Fluthen des tyrrenischen Meers umgeben sind; Korsica ist nach dem Anführer Korsus, Sardinia nach des Herkules Sohn Serbis genannt.

23. Gewiß ist indeß, daß Liguria und ein Theil von Vene= tia, sowie auch Emilia und Flamminia von den alten Geschicht= schreibern Gallia cisalpina[4] genannt wurden. Darum sagt auch der Grammatiker Donatus in seiner Erklärung des Virgilius, Mantua liege in Gallien, darum liest man auch in der römischen Geschichte, Ariminum[5] sei eine gallische Stadt. In der ältesten

1) Chieti. — 2) Canosa. — 3) Otranto. — 4) Diesseits der Alpen. — 5) Rimini.

Zeit nemlich kam der Gallierkönig Brennus, der in der Stadt
Senonä [1]) herrschte, mit 300,000 senonischen Galliern nach Italien
und nahm es bis zu der Stadt Senogallia [2]), das seinen Namen
von den senonischen Galliern hat, in Besitz. Als die Veranlas=
sung der gallischen Wanderung nach Italien wird aber folgendes
erzählt. Als die Gallier einmal italienischen Wein gekostet hat=
ten, zogen sie von der Begierde danach gereizt, nach Italien.
Hunderttausend von ihnen fielen nicht weit von Delphi durch das
Schwert der Griechen, andere hunderttausend aber zogen weiter
nach Galicia [3]) und wurden zuerst Gallogräci, nachher aber Gala=
ter genannt, und diese sind es, an die der Heidenbekehrer Paulus
seinen Brief schrieb. Die hunderttausend Gallier, welche in Ita=
lien zurückblieben, erbauten Ticinus, Mediolanum, Pergamus und
Brixia [4]) und gaben dem Lande den Namen des cisalpinischen
Galliens. Das sind auch jene senonischen Gallier, die einstmals
die Stadt des Romulus eroberten. Im Gegensatz aber von dem
transalpinischen Gallien, das jenseits der Alpen gelegen ist, spre=
chen wir von einem cisalpinischen diesseits der Alpen.

24. Italien, das alle jene Provinzen in sich faßt, hat sei=
nen Namen von Italus, dem Anführer der Siculer erhalten, der
in uralter Zeit das Land einnahm. Oder auch es heißt Italien,
weil es große Ochsen, das heißt Itali darin giebt. Denn es heißt
davon so, daß Italus durch Verkürzung, d. h. durch Hinzufügung
eines Buchstabens und Veränderung eines zweiten soviel ist wie
Vitulus [5]). Italien wird auch Ausonia genannt von Ausonus des
Ulixes Sohn. Ursprünglich führte blos die Gegend um Benevent
diesen Namen, später erst ward er auf ganz Italien ausgedehnt.
Italien heißt auch noch Latium, weil Saturnus, als er vor seinem
Sohn Jupiter floh, hier einen Versteck [6]) fand. Jetzt mag über
die Provinzen und den Namen des Landes Italien, in dem sich
die von mir berichteten Thaten zutrugen, genug gesagt sein und
ich nehme den Faden meiner Erzählung wieder auf.

Sens. — 2) Sinigaglia. — 3) Vielmehr Galatia in Kleinasien. — 4)
Brescia. — 5) Ein junges Rind. — 6) Latebra. —

25. Alboin erreichte also Liguria und zog im Anfang der [569]
dritten Indiction[1] am fünften September zur Zeit des Erzbischofs
Honoratus in Mailand ein. Von da aus eroberte er sämmtliche
Städte Liguriens außer den am Meere gelegenen. Der Erzbischof
Honoratus verließ jedoch Mailand und floh nach Genua. Der
Patriarch Paulus[2] starb nach zwölfjähriger Führung seines prie-
sterlichen Amts; auf ihn folgte Probinus.

26. Die Stadt Ticinus[3] bestand damals eine mehr als dreijährige
Belagerung und hielt sich tapfer. Das Heer der Langobarden hatte
sich in nicht großer Entfernung westlich von der Stadt gelagert.
Unterdessen nahm Alboin, nachdem er die Besatzungen vertrieben,
alles bis nach Tuscien hin in Besitz, ausgenommen Rom, Ravenna
und noch einige feste Plätze an der Meeresküste. Die Römer waren
nicht stark genug, um Widerstand zu leisten, da die zu Narses Zeit
wüthende Pest in Liguria und Venetia sehr Viele weggerafft und
nach dem Jahr des Ueberflusses, von dem ich sprach, eine große
Hungersnoth in ganz Italien geherrscht hatte. Gewiß ist übrigens,
daß Alboin damals Menschen aus allen den verschiedenen Völkerschaften, die er selbst oder frühere Könige unterworfen hatten, nach
Italien brachte, daher nennen wir die Ortschaften, in denen sie
wohnen, bis auf den heutigen Tag nach ihnen, gepidische, bulgarische,
sarmatische, pannonische, schwäbische, norische und so fort.

27. Nachdem aber Ticinus eine Belagerung von drei Jahren
und etlichen Monaten ausgehalten hatte, ergab es sich endlich dem [72]
Alboin und dessen Langobarden. Als nun Alboin von Osten her
durch das St. Johannisthor in die Stadt einzog, da stürzte sein
Pferd mitten im Thor und konnte, obwohl es durch die Sporen des
Reiters angetrieben und von allen Seiten mit den Lanzen geschlagen
wurde, nicht wieder auf die Beine gebracht werden. Da sprach ein
Langobarde zu dem König: „Erinnere dich, mein Herr König, was
für ein Gelübde du gethan hast; brich dieses grausame Gelübde,
und du wirst alsbald in die Stadt einziehen; denn wahrhafte

1) Die mit dem 1. September 569 begann. — 2) Von Aquileja. — 3) Pavia. —

Christen sind es, die sie bewohnen." Alboin hatte nemlich gelobt, die gesammte Bevölkerung, weil sie sich nicht hatte ergeben wollen, mit dem Schwert umzubringen. Als er nun aber jetzt sein Gelübde brach und den Bürgern Gnade versprach, da erhob sich sein Pferd sogleich und als er in die Stadt eingezogen war, so hielt er sein Versprechen und that Niemandem etwas zu Leide. Da strömte alles Volk zu ihm in den Palast, den einst König Theuderich erbaut hatte, und faßte nach so großem Elend wieder frohe Hoffnung für die Zukunft.

28. Nachdem Alboin drei Jahre und sechs Monate in Italien regiert hatte, fiel er durch die Anschläge seiner Gemahlin. Die Ur= sache seiner Ermordung war aber folgende: Als er in Verona länger, als er hätte thun sollen, fröhlich bei einem Gelage saß, den Becher vor sich, den er aus dem Schädel seines Schwiegervaters des Königs Kunimund hatte machen lassen, da befahl er auch der Königin Wein zu reichen, und forderte sie selbst auf, lustig mit ihrem Vater zu trinken. Möge dies Keiner für unmöglich halten, ich rede die Wahrheit in Christo, und ich selbst habe diesen Becher gesehen, wie ihn der Fürst Ratchis bei einer festlichen Gelegenheit einst in Händen hielt und ihn seinen Gästen zeigte. Wie nun Rose= munda solches hörte, da regte sich tiefer Schmerz in ihrem Herzen, den sie nicht mehr zu unterdrücken vermochte; und sie glühte von dem Verlangen, durch die Ermordung des Gemahls den Tod des Vaters zu rächen, und verschwor sich bald darauf mit Helmechis, der des Königs Stilpor, das ist Schildträger, und Milchbruder war, zur Ermordung Alboins. Helmechis rieth der Königin, den Peredeo, der ein ungemein starker Mann war, zu dem Anschlag beizuziehen. Als aber Peredeo sich nicht zu so schwerer That verstehen wollte, so legte sie sich Nachts in das Bett ihrer Kammerfrau, mit welcher Peredeo unzüchtigen Umgang pflog, und als nun Peredeo kam, so schlief er ohne es zu wissen bei der Königin. Als aber das Verbrechen begangen war, so fragte sie ihn, für wen er sie halte, er nannte nun den Namen seiner Freundin, für welche er sie hielt. Da fiel aber die Königin ein und sprach: „Es ist nicht so, wie du glaubst, sondern ich bin Rosemunda. Jetzt aber hast du, o

Peredeo, eine solche That gethan, daß du den Alboin entweder tödten, oder unter seinem Schwerte fallen mußt." Jetzt erkannte Jener, was er verbrochen hatte, und gab so gezwungen zu des Königs Ermordung seine Einwilligung, zu der er sich von freien Stücken nicht hatte verstehen wollen. Rosemunda hieß nun, als sich Alboin um Mittag zur Ruhe gelegt hatte, alles im Palast stille sein, schaffte alle Waffen bei Seite bis auf des Königs Degen, den sie zu Haupten seines Ruhebettes festband, daß er ihn weder auf= heben, noch aus der Scheide ziehen konnte, und dann ließ das un= natürlich grausame Weib nach dem Rathe des Peredeo den Mörder Helmechis herein. Alboin, plötzlich von seinem Schlummer erwachend, erkannte die Gefahr, die ihm drohte, und griff schnell nach seinem Schwert, aber es war so fest angebunden, daß er es nicht wegreißen konnte, da nahm er einen Fußschemel und wehrte sich damit einige Zeit. Aber ach! der streitbarste und kühnste Mann vermochte nichts gegen seinen Feind und ward wie ein Schwächling umge= 572 bracht; er der durch die Besiegung so vieler Feinde sich den größ= ten Kriegsruhm erworben hatte, fiel durch die Ränke eines Weibes. Sein Leichnam wurde unter lautem Jammern und Klagen der Langobarden unter den Stufen einer zum Palast hinaufführenden Treppe beigesetzt. Er war schlank von Gestalt und sein ganzer Körper trefflich zum Kampf. Sein Grab hat in unsern Tagen Giselbert, der vormalige Herzog von Verona, öffnen lassen, und daraus das Schwert und was sich von Schmuck darin fand fortgenommen, und dann mit seiner gewöhnlichen Eitelkeit bei ungebildeten Leuten geprahlt, er habe den Alboin gesehen.

29. Helmechis suchte nun nach Alboins Ermordung die Herr= schaft an sich zu reißen, aber es gelang ihm nicht, da die Lango= barden voll Schmerz über den Tod ihres Königs ihn umzubringen trachteten. Rosemunda schickte daher alsbald zu Longinus dem Statt= halter von Ravenna und ließ ihn bitten, ihr so schnell als möglich ein Schiff zu schicken, das sie aufnehmen könnte. Longinus freute sich über diese Kunde und sandte eiligst ein Schiff ab, welches dann Helmechis mit Rosemunda, die bereits sein Weib geworden war,

bestiegen und bei Nacht entflohen sie. Sie nahmen die Albsuinda, des Königs Tochter und den ganzen langobardischen Schatz mit sich fort und gelangten schnell nach Ravenna. Da lag der Statthalter Longinus der Rosemunda an, den Helmechis umzubringen und sich mit ihm zu vermählen. Sie zu jeder Schlechtigkeit gern bereit und zugleich von dem Wunsche erfüllt, Herrin von Ravenna zu werden, erklärte sich einverstanden damit, und als Helmechis einst sich badete, reichte sie ihm, wie er aus dem Bade kam, einen Gifttrank dar, den sie für besonders gesund ausgab. Wie jener aber merkte, daß er den Becher des Todes getrunken, so zog er das Schwert gegen Rosemunda und zwang sie, den Rest zu trinken. Und also starben durch das Gericht des allmächtigen Gottes die ruchlosen Mörder in Einer Stunde.

30. Als diese so umgekommen waren, schickte der Statthalter Longinus die Albsuinda sammt den langobardischen Schätzen nach Konstantinopel zum Kaiser. Einige versichern, Peredeo sei gleichfalls mit Helmechis und Rosemunda nach Ravenna gekommen und von da mit Albsuinda nach Konstantinopel geschickt worden, wo er in einem Kampfspiele vor dem Volke und dem Kaiser einen Löwen von wunderbarer Größe getödtet habe. Damit er aber nicht, weil er ein so starker Mann war, in der königlichen Stadt[1]) etwas schlimmes anstellte, so wurden ihm, wie erzählt wird, auf kaiserlichen Befehl die Augen ausgerissen. Nach einiger Zeit verschaffte er sich aber zwei Messer, verbarg diese unter seine Aermel und ging nun nach dem Palast, wo er versprach, dem Kaiser, wenn er vor ihn gelassen werde, einige wichtige Mittheilungen zu machen. Der Kaiser sandte nun zwei Patricier aus seiner nächsten Umgebung zu ihm, um ihn anzuhören. Als diese aber zu Peredeo gekommen waren, so ging er näher auf sie zu, als wollte er ihnen etwas ganz im Geheimen sagen, und brachte ihnen, in beiden Händen die Messer, die er verborgen gehalten hatte, schwere Wunden bei, so daß sie alsbald zu Boden stürzten und den Geist aufgaben. Also rächte er, dem starken Samson nicht unähnlich, das ihm zugefügte Leid und

---

1) Konstantinopel.

tödtete zur Sühne für den Verlust seiner beiden Augenlichter zwei dem Kaiser besonders nützliche Männer.

31. Die sämmtlichen Langobarden aber wählten nach gemein= 573 samer Berathung den Cleph, den edelsten Mann unter ihnen, in der Stadt Ticinus zu ihrem König. Dieser ließ viele mächtige Römer mit dem Schwerte umbringen oder jagte sie aus Italien. Nachdem er aber mit seiner Gemahlin Ansane ein Jahr und sechs Monate auf dem Thron gesessen war, wurde er von einem seiner Sklaven mit dem Schwert erschlagen.

32. Die Langobarden blieben nach seinem Tode zehn Jahre ohne König und standen unter Herzogen. Jeder Herzog nemlich herrschte in seiner Stadt, Zaban in Ticinus, Wallari in Ber= gamus, Aladhis in Brixia, Evin in Tridentum, Gisulf in Foro= juli. Außer diesen gab es noch dreißig Herzoge in verschiedenen Städten. Zu jener Zeit wurden viele vornehme Römer aus Ge= winnsucht ermordet, die Uebrigen wurden zinspflichtig gemacht und den langobardischen Fremdlingen in der Art zugetheilt, daß sie den dritten Theil ihrer Früchte an sie zu entrichten hatten. Unter diesen langobardischen Herzogen und im siebenten Jahr seit dem Ein= bruch Alboins und des ganzen Volks geschah es, daß die Kirchen geplündert, die Priester ermordet, die Städte zerstört, die Ein= wohner, die den Saaten gleich aufgeschossen waren, umgebracht und der größte Theil Italiens von den Langobarden erobert und unter= jocht wurde, ausgenommen die Gegenden, die schon Alboin einge= nommen hatte. [1])

1) Vgl. Gregor VI, 41.

Drittes Buch.

1. Mehrere Herzoge der Langobarden fielen nun mit Heeres=
macht in Gallien ein.[1] Ihre Ankunft hatte Hospitius, der Mann
Gottes, der in Nicäa[2] sich dem alleinigen Dienst des Herrn ge=
widmet hatte, durch eine Offenbarung des heiligen Geistes schon
lange vorhergesehen und den Bürgern dieser Stadt das Unglück
verkündigt, das im Anzuge sei. Er war aber ein Mann von
strengster Enthaltsamkeit und rechtschaffenem Lebenswandel; eiserne
Ketten und darüber ein härenes Kleid trug er auf dem Leibe, und
seine ganze Mahlzeit bestand aus einem einzigen Brode und wenigen
Datteln; in den Tagen der Fasten aber nährte er sich blos von
den Wurzeln der ägyptischen Kräuter, die der Einsiedler Speise aus=
machen und die ihm von Handelsleuten gebracht wurden. Ihn
würdigte der Herr, ein Werkzeug trefflicher Thaten zu werden, die
geschrieben stehen in den Büchern des ehrwürdigen Mannes Gregor,
des Bischofs von Turones.[3] Jener heilige Mann also sagte das
Erscheinen der Langobarden in Gallien mit diesen Worten vorher:
„Es werden die Langobarden, sprach er, nach Gallien kommen und
sieben Städte verwüsten, darum weil ihre Bosheit groß geworden
ist vor dem Herrn. Denn alles Volk daselbst lebt in Meineid,
Diebstahl, Raub, Todtschlag und keine Furcht der Gerechtigkeit ist
an ihm zu finden: kein Zehnte wird gegeben, kein Armer gespeist,
kein Nackter gekleidet, kein Fremdling beherbergt. Darum wird
solche Strafe kommen über dieses Volk.“ Seinen Mönchen aber
gebot er und sprach: „Weichet auch ihr von diesem Orte und nehmet
mit euch von hinnen, was ihr habt. Denn siehe, das Volk ziehet
heran, von dem ich geredet habe.“ Als sie nun sagten: „Wir
verlassen dich nicht, heiligster Vater!“ sprach er: „Habt keine Furcht
um mich, denn es wird geschehen, daß sie mir Leid anthun, aber
bis auf den Tod werden sie mir nicht schaden.“

---

1) Vgl. Gregor IV, 45. — 2) Nizza. — 3) VI, 6. —

2. Nachdem die Mönche von dannen gegangen waren, kam das Heer der Langobarden. Als diese nun alles, was sie fanden, verwüsteten, gelangten sie auch an den Ort, wo der heilige Mann ganz abgeschlossen lebte; durch ein Fenster des Thurms zeigte er sich ihnen. Da gingen sie um den Thurm herum und suchten eine Thüre, um zu ihm zu kommen. Als sie aber keine finden konnten, so stiegen zwei von ihnen auf das Dach und deckten es ab, und wie diese nun den Hospitius mit Ketten gefesselt und einem härenen Gewande angethan erblickten, sprachen sie: „Das ist ein Bösewicht, der einen Mord begangen hat, darum wird er in Banden gehalten." Sie ließen ihn dann durch einen Dolmetscher fragen, ob welcher Uebelthat er in solch strenger Haft sei? Er aber erklärte, er sei ein Mörder und jedes Verbrechens schuldig. Da zog einer sein Schwert und wollte ihm den Kopf abschlagen, aber mitten im Hiebe erstarrte seine Rechte und er konnte sie nicht mehr an sich ziehen; er ließ das Schwert fahren und stürzte zu Boden. Wie das seine Gesellen sahen, so erhoben sie ein lautes Geschrei und drangen in den Heiligen, daß er ihnen gnädig offenbaren möchte, was sie thun sollten. Da machte er durch das Zeichen des Heils den verdorrten Arm wieder gesund, der geheilte Langobarde bekehrte sich alsbald zu dem Glauben an Christus, trat in den geistlichen Stand, wurde später Mönch und verharrte bis an sein Lebensende im Dienst des Herrn an diesem Orte. Der heilige Hospitius predigte nun den Langobarden das Wort des Herrn und zwei Herzoge, die mit Ehrfurcht auf seine Worte hörten, gelangten wohlbehalten in ihre Heimath zurück; einige andere aber, die seine Predigt verachteten, kamen auf wunderbare Weise noch in der Provinz [1]) um.

3. Als nun die Langobarden die gallischen Lande verwüsteten, zog Amatus, der Patricius der Provinz, der unter Gunthramnus dem Frankenkönig stand, mit einem Heere gegen sie, aber in der Schlacht floh er und wurde getödtet. Und ein solches Blutbad

---

1) Provence.

4*

richteten die Langobarden unter den Burgundern an, daß man die Menge der Erschlagenen gar nicht zählen konnte. Mit unermeß= licher Beute bereichert, zogen sie dann nach Italien heim. [1]

4. Nach ihrem Abzug berief König Gunthramnus den Eunius, der auch Mummulus hieß, vor sich und ertheilte ihm die Würde des Patricius. Wie nun abermals die Langobarden in Gallien einbrachen und bis nach Musciascalmes [2] bei der Stadt Ebredunum [3] kamen, so bot Mummulus die Mannen auf und rückte mit den Burgundern dahin, er umzingelte die Langobarden mit dem Heere, machte sich Bahn durch das Dickicht des Waldes, überfiel sie und machte viele nieder, etliche nahm er auch gefangen und sandte sie seinem König Gunthramnus zu. Die Langobarden aber kehrten hierauf nach Italien zurück.

5. Hernach brachen die Sachsen, die mit den Langobarden nach Italien gekommen waren, in Gallien ein, schlugen im Ge= biet von Regia bei dem Dorfe Stablo [3] ein Lager, durchzogen das Gebiet der benachbarten Städte, raubten, führten die Einwohner in die Gefangenschaft und verwüsteten alles. Sobald das dem Mummulus zu Ohren kam, so überfiel er sie mit seinem Heere, tödtete viele von ihnen und erst die Nacht machte seinem Schlachten ein Ende. Denn er hatte die Sachsen ganz achtlos und nichts von dem, was über sie kam, vermuthend gefunden. Am andern Morgen aber ordneten sie ihr Heer und rüsteten sich tapfer zum Streite; indeß wurde durch Botschafter ein Friede vermittelt, sie machten dem Mummulus Geschenke und zogen mit Zurücklassung der Gefangenen und der gesammten Beute nach Italien heim.

6. Nach ihrer Rückkehr nach Italien aber beschlossen die Sachsen, abermals gen Gallien zu ziehen und Weib und Kind und ihren gesammten Hausrath mitzunehmen, um bei König Sigispert Aufnahme zu finden, dann unter seinem Beistand in ihr altes Vater= land heimzukehren. Gewiß ist, daß diese Sachsen mit Weib und

---

1) Vgl. Gregor IV, 42 ff. — 2) Moutiers Departement Basses Alpes. — 3) Embrun. — 4) Eſtablon in der Nähe von Moutiers.

Kind nach Italien gekommen waren, um sich daselbst niederzulassen, daß sie aber, wie es den Anschein hat, nicht unter den Langobarden stehen mochten: denn diese wollten ihnen nicht einmal nach eigenem Rechte zu leben zugestehen; und darum, glaubt man, suchten sie ihre alte Heimath wieder auf. Als sie nun das gallische Gebiet betraten, bildeten sie zwei Haufen, der eine zog über die Stadt Nicea, der andere aber auf demselben Weg, auf dem sie das Jahr zuvor zurückgekommen waren, über Ebredunum. Weil aber gerade Erndtezeit war, so schnitten und droschen sie das Getreide und nährten sich davon und gaben es auch ihren Thieren zum Futter; dabei raubten sie das Vieh und ließen es auch nicht ohne Feuers= brunst abgehen. Als sie an den Fluß Rodanus [1] kamen, um hin= über in das Reich Sigisperts zu ziehen, trat ihnen Mummulus mit einem starken Heer entgegen. Bei seinem Anblick kam große Furcht über sie, sie zahlten für die Gewährung freien Weges viele Goldstücke und durften dann über den Rodanus gehen. Auf ihrem Wege zu König Sigispert betrogen sie viele, mit denen sie handelten, indem sie ihnen eherne Stücke gaben, die ich weiß nicht wie gefärbt waren, so daß sie den Schein von ächtem und erprobtem Golde hatten. Manche wurden durch diesen Betrug getäuscht, arme Leute, indem sie Gold ausgaben und Erz empfingen. Wie sie aber zu König Sigispert kamen, so erlaubte er ihnen nach der Gegend heim= zukehren von der sie vormals ausgezogen waren.

7. Als sie jedoch ihre Heimath erreicht hatten, fanden sie diese von Schwaben und anderen Völkerschaften, wie ich schon oben [2] berichtet habe, besetzt. Da erhoben sie sich gegen diese und suchten sie auszutreiben und zu vernichten. Jene aber boten ihnen den dritten Theil des Landes an und sprachen: „Wir können zu= sammen leben und ohne Streit das Land gemeinschaftlich bewohnen." Als sich jedoch die Sachsen damit nicht zufrieden gaben, so boten sie ihnen die Hälfte an, endlich zwei Drittel und wollten nur den Rest für sich behalten. Wie jene auch das nicht wollten, so

1) Rhone. — 2) Buch II, Kap. 6. —

boten sie ihnen außer dem Land auch noch all' ihr Vieh, nur um vom Kriege frei zu bleiben. Aber die Sachsen waren nicht einmal damit zufrieden, sondern wollten Krieg und machten schou vorher unter sich aus, wie sie die Weiber der Schwaben vertheilen wollten. Aber es ging nicht so, wie sie meinten. Denn als es zum Treffen kam, wurden Zwanzigtausend von ihnen erschlagen, von den Schwaben fielen nur 480, die Uebrigen trugen den Sieg davon. Sechstausend Sachsen, die die Schlacht überlebten, gelobten weder Bart noch Haupthaar zu scheeren, bis sie an ihren Feinden, den Schwaben, Rache genommen hätten. Sie begannen den Kampf aufs neue, erlitten aber eine schwere Niederlage und ließen nun den Krieg ruhen. [1]

8. Hierauf brachen drei langobardische Herzoge, Amo, Zaban und Rodanus in Gallien ein. Amo kam über Ebredunum bis nach dem Hofgut Machao [2], das Mummulus vom König zum Geschenk erhalten hatte, und schlug hier sein Lager auf. Zaban zog über die Stadt Dea [3] nach Valencia hinab. Rodanus endlich griff die Stadt Gratianopolis [4] an. Amo unterwarf die Provinz Arelate [5] mit allen umliegenden Städten und verheerte was er fand im ganzen Land bis zu der steinigen Ebene bei der Stadt Massilia [6]. Als er sich Aquä [7] zu belagern anschickte, zahlten ihm die Einwohner zwei und zwanzig Pfund Silber, worauf er abzog. Rodanus und Zaban richteten in ähnlicher Weise wohin sie kamen alles durch Raub und Brand zu Grunde. Als das dem Patricius Mummulus gemeldet wurde, so rückte er mit starker Mannschaft heran und schlug sich zuerst mit dem Rodanus, der Gratianopolis belagerte; er machte viele von seinem Heere nieder und nöthigte den Rodanus selbst, der einen Lanzenstich erhalten hatte, auf die Höhe des Gebirges sich zu flüchten, von wo er dann mit fünf=hundert Leuten, die ihm geblieben waren, durch das Dickicht der Wälder zu Zaban sich durchschlug, der gerade Valencia belagerte,

---

1) Vgl. Gregor V, 15. — 2) Manosque an der Durance. — 3) Die im Depart. Drome. — 4) Grenoble. — 5) Arles. — 6) Marseille. — 7) Aix.

und ihm nun alles, was sich zugetragen hatte, kundthat. Als sie aber alles verwüstend nach Ebredunum gekommen waren, so stieß Mummulus auf sie mit einem zahlreichen Heere und besiegte sie in der Schlacht. Hierauf kamen Zaban und Rodanus auf dem Rückzug nach Italien nach der Stadt Secusium [1]), die der Unterbefehlshaber Sisinnius noch im Namen des Kaisers besetzt hielt. Zu diesem schickte nun Mummulus einen Diener mit einem Briefe, worin er seinen schleunigen Anzug meldete. Als Zaban und Rodanus davon hörten, brachen sie sofort auf und eilten heim. Amo brachte auf diese Nachrichten hin seine ganze Beute zusammen und trat den Rückzug nach Italien an; aber über dem großen Schneefall mußte er seine Beute großentheils im Stich lassen und nur mit Noth konnte er mit seinem Heer über die Alpen herüberkommen. Und so gelangte er nach Hause.

9. In diesen Tagen ergab sich die Burg Anagnis [2]), die oberhalb von Tridentum auf der Grenze Italiens gelegen ist, an die herbeirückenden Franken. Deßwegen zog der langobardische Graf von Lagaris [3]), mit Namen Ragilo, nach Anagnis und plünderte es. Als er aber mit seiner Beute zurückkehrte, stieß Chramnichis der Frankenherzog im rotalianischen Felde auf ihn und machte ihn und viele von seinen Leuten nieder. Nicht lange nachher kam dieser Chramnichis alles verheerend bis nach Trident. Jedoch Evin, der Herzog von Trident verfolgte ihn, erschlug ihn sammt seinen Leuten bei dem Orte Salurnis, nahm ihm alle Beute, die er gemacht hatte, wieder ab, verjagte die Franken und eroberte das ganze Gebiet von Trident wieder.

10. In dieser Zeit wurde Sigispert der König der Franken 575 durch die Hinterlist seines Bruders Hilperich, gegen den er zu Felde lag, ermordet. Sein Reich kam an seinen Sohn Childepert, der noch ein Knabe war, und zusammen mit seiner Mutter Brunichilde die Regierung führte. [4]) Evin der obengenannte Herzog von Trident nahm eine Tochter Garibalds des Königs der Baiern zur Gemahlin.

<hr>

1) Susa. — 2) Nano. — 3) Lägerthal unterhalb Trient. — 4) Vergl. Gregor IV, 52.

11. Damals herrschte in Konstantinopel, wie schon oben erwähnt wurde, Justinus der Jüngere, ein Mann jeglicher Art von Habsucht ergeben, ein Verächter der Armen, Plünderer der Senatoren und von so wüthendem Geiz erfüllt, daß er eiserne Kisten machen ließ, in denen er die Talente Goldes, die er raubte, sammelte; auch in die pelagianische Ketzerei soll er verfallen sein.[1] Als er aber das Ohr seines Herzens abwandte von den göttlichen Geboten, da verlor er nach Gottes gerechtem Richterspruch den 574 Verstand und wurde wahnsinnig. Er machte den Tiberius zu seinem Cäsar, der im Palast und in den Provinzen herrschen sollte, einen gerechten, tüchtigen, eifrigen und weisen Mann, der dabei mildthätig, billig im Urtheil, berühmt durch Siege, und was mehr als dies alles sagen will, der ein gläubiger Christ war. Da er von den Schätzen, die Justinus gesammelt hatte, viel an die Armen vertheilte, so machte ihm die Kaiserin Sophia oftmals den Vorwurf, daß er den Staat arm mache und sprach: „Was ich in vielen Jahren gesammelt habe, das zerstreust du durch deine Verschwendung in kürzester Frist." Er aber antwortete: „Ich baue auf den Herrn, daß es unserm Schatz nicht an Geld fehlen wird, um den Armen Almosen zu geben und die Gefangenen auslösen zu können. Denn das erste ist ein großer Schatz nach dem Worte des Herrn: Sammelt euch Schätze im Himmel, da sie weder Motten noch Rost fressen und da die Diebe nicht nachgraben noch stehlen.[2] Laß uns also von dem, was der Herr verliehen hat, Schätze im Himmel sammeln, so wird uns der Herr auch reich machen in dieser Welt." Nachdem Justinus eilf Jahre regiert hatte, nahm endlich der Wahnsinn, in den er verfallen war, mit 578 seinem Leben ein Ende. Zu seinen Zeiten aber sind durch den Patricius Narses die Kriege gegen Gothen und Franken geführt worden, von denen ich vorgreifend schon oben sprach. Als zu den Zeiten Papst Benedikts die Langobarden alles rings um Rom verheerten, und dadurch in der Stadt eine Hungersnoth ausbrach,

1) Vgl. Gregor IV, 39. — 2) Matth. 6, 20.

da ließ er viele tausend Scheffel Getreide auf Schiffen von Aegypten herbeiführen und half der Stadt durch den Eifer seiner Barmherzigkeit.

12. Nach des Justinus Tode bestieg nun Tiberius Konstantinus als der fünfzigste der römischen Herrscher den Thron. Als er, wie schon angeführt, noch unter Justinus als Cäsar im Palast regierte und täglich viel Almosen gab, so verlieh ihm der Herr einen großen Haufen Goldes. Wie er nemlich einst durch den Palast ging, so erblickte er auf dem Estrich eine Marmorplatte, auf der das Kreuz des Herrn eingegraben war, und er sprach: „Siehe, das Kreuz des Herrn, durch das wir Stirn und Brust segnen sollen, treten wir mit Füßen." Und alsbald befahl er, die Platte wegzunehmen. Als sie ausgegraben und aufgestellt war, fand sich darunter eine zweite mit dem nemlichen Zeichen. Er befahl auch diese wegzubringen: darunter fand sich eine dritte; als auch diese weggeschafft war, kam ein großer Schatz zum Vorschein, der über 100,000 Pfund Gold betrug. Er ließ ihn heben und beschenkte nun die Armen noch reichlicher als bisher.

Narses, der Patricius von Italien, besaß in einer Stadt dieses Landes ein großes Haus; nach dieser Stadt kam er nun mit großen Schätzen und ließ in seinem Hause ein verborgenes und geräumiges Gewölbe graben und legte darin viele hundert tausend Pfund Gold und Silber nieder, dann ließ er alle, die darum wußten, umbringen und vertraute nur einem einzigen alten Manne das Geheimniß unter einem Eidschwur an. Als aber Narses gestorben war, so kam dieser Greis zu dem Cäsar Tiberius und sprach: „Wenn es mir einen Vortheil bringt, so will ich Dir, Cäsar, eine wichtige Sache mittheilen." Tiberius versetzte darauf: „Sprich was du willst, es soll dir Vortheil bringen, wenn du etwas uns nützliches vorbringen wirst." Jener sagte: „Ich habe den Schatz des Narses versteckt, was ich, da ich am Ende meines Lebens stehe, nicht verheimlichen kann." Da freute sich der Cäsar Tiberius und schickte seine Diener an jenen Ort; erstaunt folgten sie dem Greise, der voranging. Sie kamen nun zu dem Gewölbe, es wurde geöffnet und sie stiegen hinein. Darin fanden sie so viel Gold und Silber, daß sie mehrere Tage brauchten, um es heraus= zuschaffen. Tiberius aber gab nach seiner Gewohnheit fast alles in reichlichen Spenden den Armen hin. Als er aber die Kaiserkrone erhalten sollte und ihn, wie es Sitte war, das Volk bereits zu den Spielen der Ringbahn erwartete, dabei aber eine Verschwörung an= gezettelt war, um des Justinus Neffen Justinianus auf den Thron zu heben, so besuchte er zuerst die geweihten Stätten, rief dann den Patriarchen der Stadt zu sich und zog in Begleitung der Konsuln und Präfekten, im Purpurmantel und mit dem Diadem auf dem Haupt in den Palast, setzte sich auf den kaiserlichen Thron und wurde mit unermeßlichem Jubel in seiner glorreichen Herrschaft bestätigt. Als das seine Widersacher hörten, so kam große Bestürzung über sie, da sie dem, der seine Hoffnung auf Gott gesetzt hatte, nichts anhaben konnten. Nach wenigen Tagen aber erschien Justinian, warf sich dem Kaiser zu Füßen, und überreichte ihm, um seine Gnade zu verdienen, 1500 Pfund Gold. Tiberius nahm ihn in seiner Weise gelassen auf und setzte ihn im Palast an seine Seite. Die Kaiserin Sophia aber vergaß des Versprechens, das sie dem Tiberius vormals gegeben hatte und machte einen Anschlag gegen ihn. Und wie er auf sein Landschloß ging, um hier nach kaiserlicher Sitte dreißig Tage lang die Freuden der Weinlese zu genießen, so rief sie insgeheim den Justinianus zu sich, und wollte ihn auf den Thron erheben. Als Tiberius das vernahm, kehrte er in höchster Eile nach Konstantinopel zurück, ließ die Kaiserin ergreifen, beraubte sie ihrer Schätze und ließ ihr nur soviel, als sie zu ihrem täglichen Unterhalt bedurfte; ent= fernte dann auch ihre Diener von ihr und setzte andere von seinen Leuten an deren Stelle, auf deren treuen Gehorsam er sich ver= lassen konnte und gab den strengen Befehl, keinen der früheren wieder vor sie zu lassen. Den Justinian aber strafte er nur mit Worten und gewann ihn später so lieb, daß er dessen Sohne seine Tochter zur Ehe versprach und umgekehrt für seinen Sohn Justinians Tochter begehrte. Jedoch kam dieser Plan, aus welchem

Grunde ist mir unbekannt, nicht zur Ausführung. Er schickte ein Heer gegen die Perser, das diese gänzlich schlug und siegreich mit zwanzig Elephanten und so großer Beute zurückkam, daß jede menschliche Habsucht schien dadurch befriedigt werden zu können.

13. Als Hilperich der Frankenkönig Gesandte an ihn abschickte, erhielt er viele Schmucksachen und auch einpfündige Goldstücke von ihm zurückgesandt, die auf der einen Seite das Bild des Kaisers und ringsherum die Inschrift hatten: „Tiberius Konstantinus, allezeit Kaiser"; auf der Rückseite aber ein Viergespann mit einem Lenker darauf und der Inschrift: „der Ruhm der Römer."[1] Zu des Tiberius Zeit verfaßte der heilige Diakonus Gregorius, der nachmals Papst wurde, und damals päpstlicher Gesandter[2] in der königlichen Stadt war, sein Buch von der Sittenlehre, und widerlegte den Euthicius, den Bischof dieser Stadt, der irrige Ansichten über die Auferstehung lehrte, im Beisein des Kaisers.

Zu der Zeit rückte Faroald, der erste Herzog von Spoletum mit einem langobardischen Heere gegen Classis[3], plünderte die reiche Stadt gänzlich aus und zog dann wieder ab.

14. Nach dem Tode des Patriarchen Probinus von Aquileja, der nur ein Jahr lang seiner Kirche vorgestanden hatte, wurde zum Leiter dieser der Priester Elias erwählt.

15. Nachdem Konstantinus Tiberius sieben Jahre die Herrschaft geführt hatte, fühlte er, daß sein Ende bevorstehe, berief mit dem Beirath der Kaiserin Sophia den Kappadocier Mauricius, einen tapferen Mann, zur Herrschaft und übergab ihm seine in königlichem Schmuck erscheinende Tochter mit den Worten: „Dir sei mit diesem Mädchen mein Reich verliehen, regiere es glücklich und vergiß nie, an Billigkeit und Gerechtigkeit deine Freude zu haben." Als er dies gesprochen hatte, ging er aus diesem Leben ein in die ewige Heimath, und ließ bei dem Volke tiefe Trauer über seinen Tod zurück. Denn er war ein Mann von großer Güte, freigebig mit Almosen, gerecht in seinen Richtersprüchen,

582

---

1) Vergl. Gregor V, 20. 21. VI, 2. — 2) Apokrisiarius. — 3) Die eine Meile südwestlich von Ravenna gelegene Hafenstadt.

besonnen im Urtheil, verachtete Niemanden, umfaßte alle mit seinem guten Willen, liebte alle und ward selbst auch von allen geliebt. Nach seinem Tode zog Mauricius mit dem Purpurmantel bekleidet und das Diadem auf dem Haupte nach der Ringbahn: alles jubelte ihm zu, er vertheilte reichliche Gaben unter das Volk, und er war der erste von griechischem Geschlechte, der in der Herrschaft bestätigt wurde. [1])

584	16. Die Langobarden aber machten, nachdem sie zehn Jahre lang unter Herzogen gestanden hatten, nach gemeinsamem Beschluß den Authari, den Sohn des oben erwähnten Fürsten Cleph zu ihrem Könige. Sie gaben ihm wegen seiner Würde den Beinamen Flavius [2]), den von nun an alle langobardischen Könige mit Glück führten. In dieser Zeit gaben wegen Wieder=herstellung des Königthums alle damaligen Herzoge die Hälfte ihres Besitzes zur Deckung der königlichen Bedürfnisse her, damit hiervon der König selbst, sein Gefolge und alle, welche ihm in ver=schiedenen Aemtern dienten, unterhalten würden. Die bedrückten Völker aber wurden vertheilt unter die langobardischen Fremd=linge [3]). Und das war in der That wunderbar im Reiche der Langobarden: keine Gewaltthätigkeit wurde begangen, keine geheimen Anschläge wurden gemacht, Niemand wurde ungerechterweise zu Frohn=diensten gezwungen, Niemand plünderte, Diebstahl und Räubereien

---

1) Vergl. Gregor VI, 35. — 2) Diesen dem Familiennamen des Vespasianus und Titus entlehnten Beinamen hatten sich schon die Kaiser Klaudius, Konstan=tius Chlorus, Konstantin) und die byzantinischen Kaiser beigelegt, von wo er dann auch auf andere hochgestellte Personen überging. Wie die langobardischen seit Authari, so führten ihn auch die westgothischen Könige in Spanien seit Recared 586—601. Authari wollte sich damit den unterworfenen Römern als denjenigen bezeichnen, der an die Stelle ihrer früheren Beherrscher getreten sei. — 3) Vgl. II, 32. S a v i g n y Gesch. d. römischen Rechts im Mittelalter I, §. 118 und besonders H e g e l Gesch. der Städteverfassung von Italien I. S. 352 u. d. flg. Bei allen germanischen Land=Ansiedlungen auf vormals römischem Gebiet wurde ein Theil des Privat=Grundbesitzes oder ein Theil vom Ertrag desselben, gewöhnlich ein Drittel, einer germanischen Familie zugewiesen. Im letzteren Falle ist die Streit=frage, ob die auf solche Weise zinspflichtigen Römer Hörige der Deutschen geworden seien, oder ihre Freiheit bewahrt haben. Hierüber ist mit Rücksicht auf die Lango=barden viel hin und hergeschrieben worden.

fielen nicht vor, Jeder konnte wohin es ihm gefiel ohne Furcht und Sorge gehen.

17. Zu der Zeit schickte der Kaiser Mauricius dem Franken=könig Childepert durch eine Gesandtschaft 50,000 Schillinge, auf daß er mit einem Heere über die Langobarden herfiele und sie aus Italien verjagte. Childepert brach nun plötzlich mit einer zahllosen Menge Franken in Italien ein, aber die Langobarden verschanzten sich in den Städten, ließen Gesandte mit Geschenken an Childepert abgehen und machten Frieden mit ihm. Als er nach Gallien heimgekehrt war, so ließ der Kaiser Mauricius auf die Nachricht, daß er sich mit den Langobarden vertragen habe, das Geld, das er ihm zur Schädigung der Langobarden gegeben hatte, zurückfordern. Aber Childepert gab im Vertrauen auf seine Macht nicht einmal eine Antwort in dieser Sache [1]).

18. Hierauf zog König Authari vor die Stadt Brexillus [2]), die am Ufer des Pabus liegt, und belagerte sie; es hatte sich nemlich Herzog Droctulft von den Langobarden dahin geflüchtet, sich auf die Seite des Kaisers geschlagen und leistete nun mit dessen Soldaten verbunden dem Heere der Langobarden tapfern Wider=stand. Er stammte aus dem Volk der Schwaben oder Alamannen, war unter den Langobarden aufgewachsen und hatte, weil er von trefflicher Gestalt war, das Ehrenamt eines Herzogs erlangt; aber sobald er eine Gelegenheit fand, sich für seine Gefangenschaft zu rächen, erhob er sich gegen die Langobarden. Diese hatten einen schweren Kampf gegen ihn zu führen, endlich aber besiegten sie ihn nebst seinen Hülfsgenossen und trieben ihn nach Ravenna. Brexillus wurde erobert und seine Mauern dem Erdboden gleich gemacht. Hierauf schloß König Authari mit dem Patricius Smaragdus, der damals in Ravenna befehligte, auf drei Jahre 585 Frieden.

19. Mit Hülfe des genannten Droctulft stritt die Besatzung von Ravenna häufig gegen die Langobarden, und vertrieb mit

1) Vergl. Gregor VI, 42. — 2) Brescello nordöstlich von Parma.

einer Flotte, die sie erbaut hatten, unter seiner Mitwirkung die Langobarden aus der Stadt Classis. Nach seinem Tode wurde er ehrenvoll vor der Kirche des heiligen Märtyrers Vitalis [1]) bestattet und ihm eine rühmende Grabschrift [2]) gesetzt.

578   20. Nach dem Papst Benedikt (I) wurde Pelagius (II) ohne Erlaubniß des Kaisers erwählt, da die Langobarden Rom ringsum belagerten, so daß Niemand aus der Stadt herauskommen konnte. Dieser Pelagius richtete an den Bischof Elias von Aquileja, der die drei Capitel der Synode von Chalcedon [3]) nicht anerkennen wollte, einen sehr vortrefflichen Brief, den der heilige Gregorius, der damals noch Diakonus war, abgefaßt hatte.

21.   Unterdessen führte Childepert, der König der Franken, Krieg mit den Spaniern und besiegte sie in einer Schlacht. Die Veranlassung zu diesem Krieg war aber folgende: König Childepert hatte seine Schwester Ingunde dem Herminigild, dem Sohn des Königs Levigild von Spanien, zur Ehe gegeben. Dieser Herminigild aber war, durch die Predigt des Bischofs Leander von Hispalis [4]) und die Ermahnungen seiner Gemahlin bestimmt, von der arrianischen Ketzerei, von der sein Vater befangen war, zum katholischen Glauben übergetreten. Darum ließ ihn sein gottloser Vater am heiligen Ostertag mit dem Beil hinrichten. Ingunde wollte nach dem Tode des Märtyrers ihres Gemahls aus Spanien fliehen, fiel aber auf dem Weg nach Gallien in die Hände von Soldaten, die auf einem Grenzposten gegen die spanischen Gothen standen, wurde nebst ihrem kleinen Sohn von ihnen gefangen und nach Sicilien [5]) geführt, wo sie ihr Leben beschloß; ihr Sohn aber wurde zu dem Kaiser Mauricius nach Konstantinopel geschickt.

22. Der Kaiser Mauricius schickte nun abermals Gesandte an Childepert ab, und bewog ihn, ein Heer gegen die Langobarden in Italien einrücken zu lassen. Childepert, in der Meinung, seine Schwester Ingunde lebe noch in Konstantinopel, war den Gesandten des Mauricius zu Willen, um seine Schwester wieder zu bekommen,

---

1) Zu Ravenna. — 2) In dreizehn Distichen. — 3) Vom Jahre 451. — 4) Sevilla. — 5) Wie Gregor VIII, 28 erzählt, nach Afrika.

und ließ ein fränkisches Heer gegen die Langobarden rücken. Als 585
aber die Langobarden ihnen entgegenzogen, geriethen die Franken
und Alamannen mit einander in Streit, und sie kehrten ohne irgend
einen Gewinn erlangt zu haben, nach Hause zurück.

23. Zu der Zeit war in Venetia, Liguria und andern Theilen
Italiens eine Ueberschwemmung, wie sie seit Noah's Zeiten wohl
nicht mehr stattgefunden hatte. Ganze Besitzungen und Landgüter
gingen zu Grunde und Menschen wie Thiere kamen in großer
Menge um, Straßen wurden zerstört, Wege verschüttet, und der
Fluß Athesis [1]) trat damals so weit aus, daß an der Kirche des
heiligen Märtyrers Zeno, die vor den Mauern von Verona liegt,
das Wasser bis an die oberen Fenster reichte; in das Innere der
Kirche jedoch drang, wie auch der heilige Gregorius, der nach=
malige Papst, schrieb, das Wasser nicht im mindesten ein. Auch
ein Theil der Mauern von Verona stürzte durch die Ueberschwem=
mung ein. Sie ereignete sich am 17. Oktober; aber es blitzte und
donnerte so stark, wie sonst kaum zur Sommerszeit. Zwei Monate
nachher brannte ein großer Theil derselben Stadt Verona nieder.

24. In der Stadt Rom trat bei jener Ueberschwemmung
der Tiber so sehr aus, daß seine Wasser über die Mauern liefen
und einen großen Theil der Stadt überflutheten. Damals kam
mit dem Strome außer einer großen Menge Schlangen auch ein
Drache von wunderbarer Größe und schwamm zur See hinunter.
Auf diese Ueberschwemmung folgte unmittelbar eine schwere Pest,
die sogenannte Leistenkrankheit, die so furchtbar unter der Bevölke=
rung wüthete, daß von der unzähligen Menge nur eine kleine An=
zahl am Leben blieb. Zuerst befiel sie den ehrwürdigen Papst
Pelagius und raffte ihn alsbald weg; nach des Hirten Tod ver= 590
breitete sie sich über das ganze Volk.

In dieser großen Drangsal ward der heilige Gregorius,
der damals Levita [2]) war, von Allen einstimmig zum Papst ge=
wählt. Als nach seiner Anordnung eine siebenfältige Litanei ab=

1) Etsch. — 2) Diakonus.

gehalten wurde, so stürzten im Verlauf einer Stunde, während sie zu Gott flehten, achtzig von den Anwesenden plötzlich zu Boden und gaben den Geist auf. Der Name siebenfältige Litanei kommt aber daher, daß das gesammte Volk der Stadt von dem heiligen Gregor in sieben Theile getheilt wurde, um so zu dem Herrn zu flehen. Zu dem ersten Chor gehörte dabei die gesammte Geistlich=keit, zu dem zweiten alle Aebte mit ihren Mönchen, zu dem dritten alle Aebtissinnen mit ihren Nonnen, zu dem vierten alle Kinder, zum fünften alle nicht geistlichen Männer, zum sechsten alle Wittwen, zum siebenten alle verehelichten Weiber. Mehr von dem heiligen Gregor zu sagen unterlasse ich, weil ich schon vor einigen Jahren mit Gottes Beistand sein Leben abgefaßt habe, und dabei alles, was zu sagen war, nach meinen schwachen Kräften aufge=zeichnet habe.

25. Zu der Zeit schickte der heilige Gregor den Augustinus, Mellitus und Johannes mit mehreren andern gottesfürchtigen Mönchen nach Britannien und ließ durch ihre Predigt die Angeln zum Christenthum bekehren.

587   26. In diesen Tagen starb Elias der Patriarch von Aqui=leja, nachdem er fünfzehn Jahre lang sein Amt verwaltet hatte, und es übernahm als sein Nachfolger Severus die Leitung der Kirche. Diesen riß der Patricius Smaragdus, als er von Ravenna nach der Insel Grabus kam, in eigner Person aus seiner Kirche und führte ihn mit noch drei andern istrischen Bischöfen, dem Johannes von Parentium, dem Severus [1]) und dem Vindemius, dabei noch dem Antonius, dem schon bejahrten Schutzvogt der Kirche, mit Gewalt nach Ravenna ab. Er drohte ihnen mit Verbannung, verübte Ge=waltthätigkeiten gegen sie und zwang sie dadurch, sich an den Bischof Johannes von Ravenna anzuschließen, der die drei Kapitel [2]) ver=dammte und zur Zeit des Papstes Vigilius oder Pelagius von der römischen Kirche abgefallen war. Nach Verlauf eines Jahres aber kehrten sie von Ravenna nach Grabus zurück. Jedoch weder das Volk

1) Von Triest. — 2) Von Chalcedon.

wollte etwas mit ihnen zu schaffen haben, noch wurden sie von den andern Bischöfen anerkannt. Der Patricius Smaragdus wurde zur gerechten Strafe von einem bösen Geist ergriffen und kehrte, nachdem er den Patricius Romanus zu seinem Nachfolger erhalten hatte, zurück nach Konstantinopel. Hierauf wurde in Marianum [1]) eine Synode von zehn Bischöfen abgehalten, auf welcher Severus, der Patriarch von Aquileja wieder anerkannt wurde, nachdem er eine Schrift eingereicht hatte, worin er es als einen Fehltritt eingestand, sich in Ravenna an die angeschlossen zu haben, welche die drei Punkte verdammten. Die Namen der Bischöfe aber, welche sich an jenem Schisma nicht betheiligten, sind folgende: Petrus von Altinum [2]), Clarissimus [3]), Ingenuinus von Sabiona [4]), Agnellus von Trident, Junior von Verona, Horoncius von Vicentia, Rusticus von Tarvisium [5]), Fontejus von Feltria [6]), Agnellus von Acilum [7]), Laurentius von Bellunum [8]), Maxentius von Julii [9]) und Adrianus von Pola. Auf der Seite des Patriarchen aber standen die Bischöfe Severus, Johannes von Parentium, Patricius, Vindemius und Johannes.

27. In dieser Zeit schickte König Authari ein Heer nach Istrien ab und machte den Herzog Evin von Trident zu seinem Anführer. Dieser schloß, nachdem er das Land mit Rauben und Brennen heimgesucht hatte, Frieden auf ein Jahr und brachte dann dem König viel Geld heim. Ein anderes langobardisches Heer belagerte den Unterbefehlshaber Francio auf der Insel Comacina [10]), der noch von des Narses Zeit her war und sich bereits zwanzig Jahre gehalten hatte. Nach sechsmonatlicher Belagerung übergab Francio die Insel den Langobarden; er selbst erhielt nach seinem Wunsche mit seiner Frau und Hab und Gut freien Abzug vom Könige und zog nach Ravenna. Es fanden sich auf der Insel große Schätze vor, die von einzelnen Städten hier niedergelegt waren.

1) Marano bei Aquileja. — 2) Altino in den Lagunen von Venedig. — 3) Von Concordia. — 4) Seben bei Brixen. — 5) Treviso. — 6) Feltre. — 7) Asolo nordwestlich von Treviso. — 8) An der Piave. — 9) Zuglio oberhalb Tolmezzo am Tagliamento. — 10) Im Cömer See gelegen.

28. Es schickte aber der König Flavius Authari Gesandte an Childepert und hielt bei ihm um die Hand seiner Schwester an. Childepert hatte schon reiche Geschenke von den Gesandten der Lan= gobarden entgegengenommen und seine Schwester ihrem Könige zu geben versprochen, als jedoch Gesandte aus Spanien ankamen, und er hörte, daß das Volk der Gothen zum katholischen Glauben über= getreten sei, so sagte er seine Schwester diesen zu.

29. Unterdessen schickte Childepert auch an den Kaiser Mau= ricius eine Gesandtschaft ab und ließ ihm sagen, daß er jetzt, was er früher unterlassen hatte, das Volk der Langobarden bekriegen, und im Einverständniß mit ihm sie aus Italien vertreiben wollte. Er ließ auch unverweilt zur Unterjochung der Langobarden ein Heer nach Italien rücken. Aber König Authari und die langobardischen Mannen zogen ihm rüstig entgegen und stritten tapfer für ihre Freiheit: sie trugen in dieser Schlacht den Sieg davon und die Franken erlitten eine schwere Niederlage, viele wurden gefangen genommen, mehr noch entflohen und erreichten nur mit Noth ihre Heimath wieder, und es ward ein Blutbad im Heer der Franken angerichtet, wie man von keinem ähnlichen sonst weiß. Sehr zu verwundern ist, daß Sekundus, der mehreres von den Thaten der Langobarden schrieb, diesen so bedeutenden Sieg ganz überging, während meine obige Erzählung von der Niederlage der Franken sich fast wörtlich in deren Geschichte [1]) findet.

30. Hierauf schickte der König Flavius Authari Gesandte nach Baiern und ließ durch sie um die Tochter König Garibalds für sich werben. Garibald nahm sie freundlich auf und versprach dem Authari seine Tochter Theudelinda zu geben. Als die Gesandten mit dieser Nachricht zu Authari zurückkamen, so kam ihm das Verlangen an, seine Braut mit eigenen Augen zu sehen, er suchte sich wenige, aber rüstige Leute und darunter einen ihm ganz treu ergebenen Mann, gleichsam ihr Haupt, unter seinen Langobarden aus und zog mit ihnen alsbald gen Baiern. Als sie nach Ge=

---

1) Bei Gregor von Tours IX, 25.

sandtenbrauch vor den König Garibald geführt worden waren und jener, der das Haupt der mit Authari gekommenen Gesandten vorstellte, nach der Begrüßung die gebräuchlichen Worte gesprochen hatte, so trat Authari, der von Niemand erkannt wurde, näher auf König Garibald zu und sprach: „Mein Gebieter, der König Authari hat mich eigens darum gesandt, damit ich eure Tochter, seine Braut, die unsere künftige Herrin ist, sehen soll, auf daß ich meinem Herrn sicherer berichten kann, wie ihre Gestalt ist." Wie das der König hörte, so ließ er seine Tochter holen, und als nun Authari sie schweigend angeschaut hatte, wie schön sie war, und sie ihm in allem sehr wohl gefiel, so sprach er zu dem Könige: „Da uns die Gestalt deiner Tochter wohl gefällt und wir sie darum zu unsrer Königin wünschen, so möchten wir, falls es eurer Herrlichkeit beliebt, einen Becher Weins aus ihrer Hand entgegennehmen, wie sie ihn uns später reichen wird." Als der König einwilligte, daß es so geschehe, so reichte Theudelinda zuerst jenem den Becher mit Wein, der das Haupt zu sein schien, und hierauf dem Authari, von dem sie nicht wußte, daß es ihr Bräutigam sei: als dieser getrunken hatte und ihr nun den Becher zurückgab, so berührte er, ohne daß es Jemand bemerkte, ihre Hand mit dem Finger und strich ihr mit seiner Rechten von der Stirne über Nase und Wangen herab. Ganz schamroth erzählte das Theudelinda ihrer Amme; da sagte diese zu ihr: „Wenn dieser Mann nicht selbst der König und dein Bräutigam wäre, so hätte er auf keinen Fall dich zu berühren gewagt. Laß uns aber einstweilen stille sein, damit dein Vater nichts davon erfährt. Denn wahrlich es ist ein Mann, der es wohl verdiente König zu sein und mit dir vermählt zu werden." Es blühte aber damals Authari in jugendlichem Mannesalter, war von edler Gestalt, wallendem hellem Haare und sehr würdigem Antlitz. Bald nachher machten sie sich mit königlichem Geleite wieder auf den Weg zurück nach ihrer Heimath und zogen eilig durch das Gebiet der Noriker. Die Provinz Norikum, welche von dem Volk der Baiern bewohnt wird, grenzt aber gegen Morgen an Pannonien, gegen Abend an Schwaben, gegen Mittag an Italien, gegen Mitternacht an die Donau. Als nun Authari in die Nähe der Grenze von Italien gekommen war und die Baiern, die ihm das Geleite gaben, noch um sich hatte, so erhob er sich, so sehr als er konnte, auf dem Pferd, das ihn trug, und stieß mit aller Macht die Streitaxt, die er in der Hand trug, in einen nahe stehenden Baum und ließ sie darin stecken und sprach dazu die Worte: „Solche Hiebe führt Authari". Wie er das gesprochen hatte, da erkannten die Baiern, die ihm das Geleite gaben, daß er der König Authari selber sei. Als nun nach einiger Zeit Garibald durch den Anzug der Franken in Noth kam, da floh seine Tochter Theudelinda mit ihrem Bruder, der Gundualb hieß, nach Italien und ließ ihrem Verlobten Authari ihre Ankunft melden. Der ging ihr sogleich in stattlichem Aufzuge zur Hochzeit entgegen und traf sie auf dem Sardisfeld oberhalb Verona, wo am fünfzehnten Tage des Wonnemonats unter allgemeinem Jubel das Beilager vollzogen wurde. Es war aber damals neben andern langobardischen Herzogen auch Agilulf zugegen, der Herzog von Turin. Wie nun daselbst bei einem Gewitter, das sich erhob, ein Stück Holz, das im königs= lichen Hofe lag, unter gewaltigem Krachen des Donners von einem Blitzstrahl getroffen wurde, so sprach einer seiner Sklaven, der ein Wahrsager war und vermöge teuflischer Kunst wußte, was für ein zukünftiges Ereigniß der Blitzstrahl bedeute, heimlich zu Agilulf, als diesen ein natürliches Bedürfniß bei Seite zu gehen zwang: „Dieses Weib, das sich soeben mit unserem Könige vermählt hat, wird nach nicht langer Zeit deine Gemahlin werden". Als das Agilulf hörte, so drohte er ihm, den Kopf herunterzuschlagen, wenn er noch ein einziges Wort davon spräche. Jener aber versetzte: „Ich mag ge= tödtet werden, aber gewiß ist, daß diese Frau dazu in unser Land gekommen ist, daß sie dir angetraut werde". Und so geschah es auch in der Folge. — Zu der Zeit wurde, aus welcher Ursache ist ungewiß, Ansul, ein Anverwandter des Königs Authari, zu Verona ermordet.

590   31. Als Grippo, der Gesandte Childeperts des Frankenkönigs, aus Konstantinopel zurückkehrte und seinem Könige berichtete, wie

ehrenvoll er vom Kaiser Mauricius empfangen worden sei, und wie
der Kaiser nach dem Willen des Königs Childepert für die Belei=
digung, die er zu Karthago zu erdulden gehabt, Genugthuung zu
geben versprochen habe, so ließ Childepert unverzüglich abermals [1]
ein Frankenheer mit zwanzig Herzogen zur Besiegung des Lango=
bardenvolks nach Italien rücken; von diesen Herzogen waren Auduald,
Olo und Cedinus die angesehensten. Als aber Olo sich unvorsichtig
der Burg von Bilitio [2] näherte, so fiel er von einem Wurfspieß
unter die Brustwarze getroffen und starb. Die übrigen Franken
wurden, als sie auf Plünderung ausgezogen waren, von den Lango=
barden überfallen und an einzelnen Orten zerstreut niedergemacht.
Auduald aber und sechs andere Herzoge der Franken kamen bis
vor Mailand und schlugen in einiger Entfernung von der Stadt
ein Lager. Hier kamen Gesandte des Kaisers zu ihnen mit der
Nachricht, es stehe ein Heer zu ihrer Unterstützung bereit, und
sprachen: „In drei Tagen werden wir mit demselben erscheinen und
das soll euch ein Zeichen sein: wenn ihr die Häuser jenes Landguts,
das dort auf dem Berge gelegen ist, im Brand stehen und den
Rauch zum Himmel aufsteigen seht, so wisset, daß wir mit dem
versprochenen Heere heranziehen“. Die Herzoge der Franken war=
teten der Verabredung gemäß sechs Tage, aber sie erschauten nichts
von dem, was die kaiserlichen Gesandten versprochen hatten.
Cedinus aber mit dreizehn Herzogen zog nach der linken [3] Seite
Italiens, eroberte fünf Burgen und ließ sich von den Einwohnern
Treue geloben. Bis vor Verona kam das Heer der Franken; die
meisten Burgen ergaben sich ohne Widerstand, nachdem sie den
eidlichen Versprechungen Glauben geschenkt hatten, daß ihnen kein
Leid widerfahre. Die Namen der Burgen aber, die im Tridentiner=
lande zerstört wurden, sind: Tesana, Maletum, Sermiana, Appia=
num, Fagitana, Cimbra, Vitianum, Brentonicum, Volanes, Enne=
mase, zwei in Alsuca [4] und eine in Verona. Und nachdem alle
diese Burgen von den Franken zerstört worden waren, wurden die

---

1) Vgl. Kap. 22. 29. — 2) Bellinzona. — 3) b. i. östlichen. — 4) Valsugana.

sämmtlichen Einwohner von ihnen gefangen fortgeführt. Die Burg
Ferruga durfte sich durch die Vermittlung der Bischöfe Ingenuinus
von Sabiona und Agnellus von Tribent loskaufen und es mußten
für den Kopf jedes Mannes ein Schilling [1]), im ganzen sechshundert
Schillinge ausbezahlt werden. Unterdessen griff im Heer der Franken,
da es Sommer war, wegen der ungewohnten drückenden Hitze heftiger Durchfall um sich, woran viele starben; und nachdem es sich
drei Monate lang ohne etwas auszurichten in Italien herumgetrieben
hatte, sich an seinen Feinden nicht zu rächen vermochte, die sich in
die festesten Plätze zurückgezogen hatten, auch nicht den König, an
welchem man sich rächen wollte, erreichen konnte, der sich hinter
den Mauern von Ticinus hielt, so beschloß das wie schon erwähnt
durch das ungewöhnliche Klima und durch Hunger geschwächte Heer,
nach Hause zurückzukehren. Sie zogen also ab, jedoch es trat eine
solche Hungersnoth bei ihnen ein, daß sie ihre eigenen Kleider, sogar
ihre Waffen hingaben um sich Unterhalt zu kaufen, ehe sie den
heimathlichen Boden erreichten [2]).

32. Um diese Zeit glaubt man sei geschehen, was vom König
Authari erzählt wird. Die Sage geht nemlich, der König sei damals
nach Spoletum und Beneventum gekommen und habe diese Gegend
erobert und sogar bis nach Regium der äußersten und nahe bei
Sicilien liegenden Stadt Italiens sei er gezogen. Und hier sei er
auf seinem Pferde bis zu einer Säule geritten, die daselbst im
Meere stehen soll, habe sie mit seiner Lanze berührt und dabei die
Worte gesprochen: „Bis hieher soll das Gebiet der Langobarden
reichen“. Und diese Säule stehe, so sagt man, noch bis auf den
heutigen Tag und werde die Säule des Authari genannt.

33. Der erste langobardische Herzog aber in Benevent hieß
Zotto und es regierte derselbige zwanzig Jahre lang daselbst.

34. Mittlerweile hatte König Authari eine Gesandtschaft mit
Friedensanträgen an den Frankenkönig Gunthramnus, den Oheim
König Childeperts, abgehen lassen. Dieser nahm sie freundlich auf,

<hr>

1) Der byzantinische Goldsolidus betrug beinahe 2½ Thlr. preuß., der fränkische
nicht ganz 2 Thlr. — 2) Vergl. Gregor X, 2.

schickte sie dann aber zu Childepert seines Bruders Sohn, damit
durch dessen Beitritt der Friede mit dem Volk der Langobarden
fest abgeschlossen werde. Es war aber dieser Gunthramnus ein
friedfertiger und in allen Dingen wohlgesinnter Mann [1]). Ein sehr
merkwürdiger Vorfall aus seinem Leben mag hier in der Kürze in
meiner Geschichte erzählt werden, zumal da sie, wie ich weiß, in der
Geschichte der Franken [2]) gar nicht erwähnt ist [3]). Gunthramnus
war einstmals in den Wald auf die Jagd gegangen; als nun wie
es zu geschehen pflegt, sein Gefolge sich nach allen Seiten hin zer=
streut und er nur noch Einen ihm vor allen treuen Mann um sich
hatte, da überkam ihn große Müdigkeit. Und so legte er sein Haupt
in die Knice seines Begleiters und schlief fest ein. Da kam aus
seinem Munde ein kleines Thierchen, wie eine Schlange, und suchte
dann über das Bächlein, das vorbeifloß, hinüberzukommen. Da
zog der, in dessen Schoße der König ruhte, sein Schwerdt aus der
Scheide und legte es über den Bach, worauf nun das kleine
Thierchen nach der andern Seite hinüber ging. Hier kroch es in
ein nicht weit entferntes Loch des Berges, kam dann nach einiger
Zeit wieder heraus, auf dem Schwerdte wieder über das Bächlein
herüber und schlüpfte in den Mund Gunthramns zurück, wo es
herausgekommen war. Als Gunthramnus hierauf vom Schlaf er=
wachte, sagte er, er habe einen wunderbaren Traum gehabt. Er
erzählte nun, wie er im Schlaf geglaubt habe, auf einer eisernen
Brücke über einen Fluß und in einen Berg hineinzugehen, wo er
eine große Masse Goldes gesehen habe. Der, in dessen Schoße des
schlafenden Königs Haupt geruht hatte, berichtete nun ganz der
Ordnung gemäß, was er gesehen hatte. Sofort wurde jene Stelle
aufgegraben und es fanden sich unermeßliche Schätze, die hier seit
alten Zeiten niedergelegt waren. Von diesem Golde ließ sich Gun=
thramnus nachmals einen massiven Altardeckel [4]) von ungemeiner
Größe und schwerem Gewicht machen und mit vielen kostbaren
Edelsteinen verzieren und wollte ihn zu dem Grab des Herrn nach

---

[1]) Vergl. Gregor X, 3. — [2]) Von Gregor. — [3]) Vergl. Grimms Sagen I,
247, 249. II, 428. — [4]) Ciborium.

Jerusalem schicken; aber da ihm dies nicht möglich war, so ließ er ihn bei dem Leichnam des heiligen Märtyrers Marcellus nieder=legen, der in der Stadt Caballonnum [1]) begraben ist, woselbst auch seine Residenz war, und dort befindet er sich bis auf diesen Tag, und nirgends ist ein aus Gold gearbeitetes Werk, das sich mit ihm vergleichen ließe. Nachdem ich aber diesen merkwürdigen Vorfall in der Kürze berichtet habe, kehre ich jetzt zu meiner Erzählung zurück.

590   35. Während seine Gesandten im Frankenreiche verweilten, starb König Authari am fünften September in der Stadt Ticinus, wie man sagt an Gift, das er bekommen hatte, nach sechsjähriger Herrschaft. Sofort wurde von den Langobarden eine Gesandtschaft an Childepert den König der Franken geschickt, ihm den Tod des Königs Authari zu melden und ihn um Frieden zu bitten. Er nahm zwar bei dieser Nachricht die Gesandten wohl auf, erklärte aber erst später Frieden schließen zu wollen. Doch entließ er die erwähnten Gesandten nach einigen Tagen mit dem Versprechen des Friedens. — Der Königin Theudelinda aber erlaubten die Lango=barden, weil sie ihnen so wohl gefiel, ihre königliche Würde zu behalten, und riethen ihr, sich aus sämmtlichen Langobarden einen Mann auszuwählen, welchen sie wollte, nur aber einen solchen, der das Regiment kräftig führen könnte. Sie ging nun mit verstän=digen Männern zu Rath und wählte Agilulf, den Herzog von Turin, sich zum Gemahl, dem Volk der Langobarden zum König. Es war dieser Agilulf ein tüchtiger und streitbarer Mann und an Leib und Seele zur Führung der Herrschaft wohl geeignet. Die Königin entbot ihn sogleich zu sich und zog ihm selbst bis nach der Stadt Laumellum [2]) entgegen. Als er zu ihr gekommen war, so ließ sie sich, nachdem sie einige Worte mit ihm gewechselt, Wein bringen, trank zuerst und reichte dann den Rest dem Agilulf hin. Wie dieser den Becher von ihr entgegennahm und dann ihre Hand mit Ehrfurcht küßte, so sprach die Königin lächelnd und erröthend, der dürfe ihr nicht die Hand küssen, der ihr einen Kuß auf den

1) Chalon an der Saone. — 2) Lomello.

Mund drücken sollte. Darauf hieß sie ihn sich erheben und sie küssen und sprach ihm von Hochzeit und Königthum. Was weiter? unter großem Jubel wurde die Vermählung gefeiert, und Agilulf, der von mütterlicher Seite ein Verwandter des Königs Authari war, erhielt Anfangs November die königliche Würde. Später jedoch ward er in einer allgemeinen Versammlung der Langobarden im Monat Mai zu Mailand auf den königlichen Thron erhoben. 591

————·——

Viertes Buch.

1. Nachdem nun Agilulf oder Ago, wie er auch heißt, in seiner königlichen Würde bestätigt war, schickte er wegen derer, welche aus den tribentinischen Schlössern von den Franken in die Gefangenschaft abgeführt worden waren, den Bischof Agnellus von Trident ins Frankenland. Dieser kam mit einer ziemlichen Anzahl von Gefangenen zurück, welche Brunihilde die Frankenkönigin mit ihrem eigenen Gelde losgekauft hatte. Auch Evin, der Herzog von Trident, war nach Gallien abgegangen, um Frieden abzuschließen; als ihm dies gelungen war, kehrte er wieder heim.

2. In diesem Jahre war vom Januar bis zum September eine schreckliche Dürre, und es entstand eine schreckliche Hungersnoth. Auch eine Menge von Heuschrecken kam ins Tridentinerland, die größer waren als die andern Heuschrecken, und sonderbarer Weise Kräuter und Sumpfgewächse abfraßen, die Ackersaaten aber fast unberührt ließen. Im folgenden Jahre erschienen sie gleichfalls.

3. In diesen Tagen ließ König Agilulf Mimulf den Herzog von der Insel des heiligen Julian [1]), tödten, weil er sich neulich verrätherischer Weise den Herzogen der Franken ergeben hatte.

----

1) Westlich vom Lago Maggiore.

Gaidulf der Herzog von Pergamus [1]) empörte sich und vertheidigte sich hinter den Mauern seiner Stadt gegen den König, gab jedoch dann Geißeln und schloß Frieden mit dem König. Hierauf stand Gaidulf abermals auf und zog sich auf die Insel Commacina zurück. König Agilulf aber besetzte die Insel, jagte Gaidulfs Leute davon und ließ den Schatz, den er daselbst gefunden und der noch von den Römern niedergelegt war [2]), nach Ticinus bringen. Gaidulf aber entkam von neuem nach Pergamus, wurde daselbst von dem König Agilulf gefangen, dann aber wieder zu Gnaden angenommen. Auch der Herzog Ulfari von Tarvisium empörte sich gegen den König Ago, wurde aber von ihm belagert und gefangen genommen.

4. In diesem Jahre brach die Leistenpest abermals mit großer Wuth aus in Ravenna, Grabus und Istrien, wie sie vor dreißig Jahren geherrscht hatte. Zu der Zeit auch schloß König Agilulf einen Frieden mit den Avaren ab. Childepert führte Krieg mit seinem Vetter [3]), dem Sohne Hilperichs, wobei gegen 30,000 Mann in der Schlacht fielen. Es war damals ein furchtbar strenger Winter, wie man sich kaum eines ähnlichen erinnern konnte. Im Lande der Brionen regneten die Wolken Blut, und in den Gewässern des Renus [4]) floß ein Blutbach.

593   5. In diesen Tagen verfaßte der gelehrte und fromme Papst Gregorius, nachdem er schon sonst vieles zum Nutzen der heiligen Kirche geschrieben hatte, auch vier Bücher vom Leben der Heiligen; diese Schrift nannte er Dialogus, das ist Zwiegespräch, weil er sich darin mit seinem Diakonus Petrus redend eingeführt hatte. Der genannte Papst sandte diese Bücher der Königin Theudelinda zu, von der er wußte, daß sie dem Glauben an Christum treu ergeben und stark in guten Werken sei.

6. Durch diese Königin erlangte die Kirche Gottes viele Vortheile. Denn die Langobarden hatten, als sie noch in heidnischem Unglauben befangen waren, fast das gesammte Kirchenvermögen in Besitz genommen; aber durch ihr fruchtbares Flehen bestimmt,

<hr>

1) **Bergamo.** — 2) **Vergl.** III, 27. — 3) **Chlothar** II. — 4) **Reno.**

hielt der König feſt am katholiſchen Glauben, begabte die Kirche Chriſti mit vielen Beſitzthümern und wies den Biſchöfen, die bisher gedrückt und mißachtet geweſen waren, ihre alte ehrenvolle Stellung wieder an.

7. In dieſen Tagen ward Taſſilo von dem Frankenkönig Childepert in Baiern als König eingeſetzt. Er zog alsbald mit Heeresmacht ins Land der Sklaven[1]) und kehrte ſiegreich und mit großer Beute wieder in ſein eigenes Land zurück.

8. In derſelben Zeit reiſte Romanus, der Patricius und 592 Exarch von Ravenna, nach Rom. Auf ſeiner Rückkehr nach Ravenna ſetzte er ſich wieder in den Beſitz der von den Langobarden eingenommenen Städte. Die Namen derſelben ſind: Sutrium, Polimarcium, Horta, Tuber[2]), Ameria, Peruſia, Luceoli[3]) und einige andere. Als König Agilulf davon Kunde bekam, zog er ſogleich mit einem ſtarken Heer von Ticinus aus und rückte vor die Stadt Peruſium, hier belagerte er einige Tage den langobardiſchen Herzog Mauriſio, der auf die Seite der Römer getreten war, nahm ihn gefangen und ließ ihn ohne Verzug hinrichten. Bei dem Anzug des Königs erſchrack der heilige Papſt Gregor ſo ſehr, daß er die Erklärung des Tempels, von dem man bei Ezechiel lieſt, abbrach, wie er ſelbſt in ſeinen Homilien berichtet. König Agilulf kehrte, nachdem die Sache ſo beigelegt war, nach Ticinus zurück, und nicht lange nachher ſchloß er vornehmlich auf Zureden ſeiner Gemahlin, der Königin Theudelinda, die dazu von dem heiligen Vater Gregor öfters in Briefen ermahnt worden war, mit eben dieſem und mit den Römern einen feſten Frieden. Um ihr dafür zu danken, richtete der ehrwürdige Prieſter noch folgendes Schreiben an die Königin.

9. „Gregorius an Theudelinda die Königin der Langobarden. Wie ſich Eure Hoheit mit gewohntem Eifer und Edelmuth den Abſchluß des Friedens hat angelegen ſein laſſen, haben wir aus dem Bericht unſers Sohnes, des Abts Probus,

---

1) Slaven. — 2) Todi. — 3) Sämmtlich im ehemaligen Kirchenſtaat.

erſehen. Und nicht anders war es von Eurem chriſtlichen Sinn
zu erwarten, als daß Ihr in der Sache des Friedens Eure Mühe
und Güte vor allen darlegtet. Darum ſagen wir Dank dem all=
mächtigen Gott, daß er in ſeiner Gnade Euer Herz lenkt und wie
er Euch den wahren Glauben verliehen hat, ſo auch immer das
ihm wohlgefällige Euch vollbringen läßt. Denn ſei überzeugt,
treffliche Tochter, daß kein geringer Lohn Dir zufällt von dem
Blut, das auf beiden Seiten ſonſt hätte vergoſſen werden müſſen.
Darum danken wir Euch für Eure gute Geſinnung, und flehen
die Barmherzigkeit unſeres Gottes an, daß er Euch dafür mit
Gütern des Leibs und der Seele hier und dort lohne. Dabei
grüßen und ermahnen wir Euch mit väterlicher Liebe, es bei Eurem
hohen Gemahl dahin zu bringen, daß er nicht länger ſich fern
halte von der Gemeinſchaft der Chriſten. Denn es wäre, wie Ihr
das ſicherlich ſelbſt wiſſet, von mannigfaltigem Nutzen, wenn er
ſich mit ihr befreunden wollte. Ihr aber befleißiget Euch jederzeit,
wie Ihr es gewohnt ſeid, deſſen was zum Wohle der Parteien
dient, und bemühet Euch, wo ſich eine Gelegenheit findet, Gottes=
lohn zu verdienen und auch fernerhin Eure irdiſchen Güter dem
Allmächtigen darzubringen.“ — Desgleichen ſchrieb er auch an den
König Agilulf.

„Gregorius an Agilulf den König der Langobar=
den. Wir danken Eurer Hoheit, daß Ihr unſerem Verlangen
nachgekommen ſeid und den Frieden, der beiden Theilen Nutzen
bringen ſollte, angeordnet habt, wie wir es auch von Euch nicht
anders erwarteten. Darum loben wir auch ſehr die Klugheit und
Milde Eurer Hoheit, denn indem Ihr den Frieden liebt, zeiget
Ihr auch, daß Ihr Gott liebet, der der Schöpfer des Friedens iſt.
Wäre er nemlich, was ferne ſei, nicht geſchloſſen worden, was
anders wäre geſchehen, als daß zu Sünd’ und Schaden der Par=
teien das Blut der armen Landleute, deren Arbeit doch beiden
Theilen zu Gute kommt, vergoſſen worden wäre? Damit wir
jedoch verſpüren, daß dieſer Friede, wie er von Euch geſchloſſen iſt,
ſich uns wirklich nützlich erweiſe, fügen wir zu unſrem Gruße aus

väterlicher Liebe den Wunsch bei, Ihr möchtet bei jeder Gelegenheit an Eure Herzoge in den verschiedenen Gegenden, besonders aber an die in unsrer Nähe den schriftlichen Befehl erlassen, sie sollen diesen Frieden, wie es versprochen ist, unverletzt halten und keine Veranlassung zu Streit oder irgend einer Unbill suchen, auf daß wir Euerm guten Willen recht zu Dank sein können. Die Ueber= bringer dieses Briefs haben wir als Eure Leute mit der schuldigen Gesinnung aufgenommen, denn es war billig, weise Männer, die den unter Gottes Beistand abgeschlossenen Frieden verkündeten, mit Liebe aufzunehmen und zu entlassen."

10. Im folgenden Januar war ein Komet Morgens und Abends den ganzen Monat hindurch sichtbar. In demselben Monat starb Johannes, der Erzbischof von Ravenna, an dessen Stelle Marianus ein römischer Bürger kam. Auch Evin, der Herzog von Trident starb; zu seinem Nachfolger wurde Gaidoald, ein guter und der katholischen Kirche angehöriger Mann gemacht. In den nemlichen Tagen fielen die Baiern fast 2000 Mann stark über die Slaven her, wurden aber vom Kakan überfallen und sämmtlich nieder= gemacht. Damals wurden zuerst wilde Pferde und Büffel [1]) nach Italien gebracht und vom Volk als Wunderthiere angestaunt.

11. Zu dieser Zeit ward Childepert, der König der Franken, im fünf und zwanzigsten Jahre seines Alters sammt seiner Ge= 596 mahlin, wie man sagt, durch Gift umgebracht. Die Hunnen, die auch Avaren heißen, fielen aus Pannonien in Thüringen ein und führten schweren Krieg mit den Franken. Die Königin Brunichilde herrschte damals mit ihren Enkeln Theudepert und Theuderich, die noch Knaben waren, in Gallien; diese ließ den Hunnen Geld aus= zahlen, worauf sie wieder heimzogen. Auch Gunthramnus der Frankenkönig [2]) starb und sein Reich fiel an die Königin Bruni= childe und deren noch junge Enkel, die Söhne Childeperts.

12. Zu derselben Zeit schickte der Kakan, der König der

---

1) Die Bedeutung des lateinischen Worts bubalus ist übrigens sehr bestritten; Manche halten es für ein hirschähnliches Thier. — 2) In Burgund.

Hunnen, Gesandte an Agilulf nach Mailand und schloß Friede mit ihm. Damals starb auch der Patricius Romanus; Gallicinus 599 folgte auf ihn und machte Frieden mit König Agilulf.

13. In der Zeit schloß Agilulf auch mit Theuderich, dem Könige der Franken einen ewigen Frieden. Darauf ließ König Ago den Herzog Zangrulf von Verona tödten, der sich gegen ihn empört hatte. Auch Gaidulf, den Herzog von Pergamus, den er schon zweimal begnadigt hatte, ließ er umbringen, und gleicher= maßen den Warnekautius in Ticinus.

14. In der folgenden Zeit wüthete abermals die Pest über= aus heftig unter den Bewohnern von Ravenna und der Meeres= küste. Auch im nächsten Jahre herrschte starke Sterblichkeit unter der Bevölkerung von Verona.

15. Damals erschien auch ein Zeichen von Blut am Himmel, blutige Lanzen und ein hell leuchtendes Licht die ganze Nacht hin= durch. Theudepert, der König der Franken, führte zu der Zeit Krieg mit seinem Vetter Clothar und brachte dessen Heer eine schwere Niederlage bei.

601   16. Im nachfolgenden Jahre starb Herzog Ariulf, der dem Farualld in Spoletum gefolgt war. Als dieser Ariulf bei Came= rinum mit den Römern sich geschlagen hatte und Sieger geblieben war, so fragte er unter seinen Leuten, was das für ein Mann gewesen, den er in der Schlacht so tapfer habe streiten sehen. Wie ihm darauf seine Leute zur Antwort gaben, sie hätten keinen sich mannhafter halten sehen, als ihn den Herzog selber, so sprach er: „Ganz gewiß ich habe einen gesehen, der in allem mich weit überbot, und so oft mich Jemand von der feindlichen Seite treffen wollte, hat mich dieser tapfere Mann mit seinem Schild beschützt." Als nun der Herzog nach Spoletum kam, wo die Kirche des heiligen Märtyrers, des Bischofs Sabinus liegt, in welcher dessen ehr= würdiger Leichnam ruht, so fragte er, wem dieses so große stattliche Haus angehöre. Da wurde ihm von den gläubigen Männern geantwortet, hier liege der Märtyrer Sabinus, den die Christen zu

ihrem Beistand anzurufen pflegen, wann sie gegen ihre Feinde in
den Krieg ziehen. Ariulf aber, der noch ein Heide war, antwortete:
„Ist es denn möglich, daß ein verstorbener Mensch einem noch
Lebenden irgend Hülfe bringe?" Nachdem er dieß gesprochen hatte,
sprang er vom Pferde und trat in die Kirche, um sie zu beschauen
und fing nun, während die Andern beteten, die Gemälde zu be=
wundern an. Wie er das Bild des heiligen Märtyrers Sabinus
erblickte, so betheuerte er alsbald mit einem Schwur, ganz so sei
die Gestalt und Kleidung des Mannes gewesen, der ihn in der
Schlacht beschützt habe. Da wurde offenbar, daß der heilige
Märtyrer Sabinus ihm in der Schlacht Hülfe gebracht hatte. Nach
dem Tode dieses Ariulf nun stritten sich die zwei Söhne Farualds,
des früheren Herzogs, um das Herzogthum; der eine von ihnen
mit Namen Teudelapius wurde mit Sieg gekrönt und erhielt das
Herzogthum.

17. Um diese Zeiten wurde das Kloster des heiligen Vaters 589
Benedikt, das auf der Burg von Casinum liegt, Nachts von den
Langobarden eingenommen; Alles wurde von ihnen geplündert, aber
nicht einen Einzigen von den Mönchen konnten sie ergreifen, auf
daß des ehrwürdigen Vaters Benedikt Wort, das er lange zuvor
gesprochen hatte, in Erfüllung ginge: „Mit Mühe habe ich es von
Gott erhalten können, daß er mir die Seelen von diesem Orte
überließ." Die Mönche flohen von Casinum nach Rom und
nahmen dabei das Buch, das die von dem genannten Vater auf=
gestellte heilige Regel enthielt, sodann einige andere Schriften, ein
Pfund Brod, ein Maß Wein und was sie noch von ihrem Haus=
rath aufraffen konnten, mit sich. Es hatte übrigens nach dem
heiligen Benedikt Konstantin, nach diesem Simplicius, nach diesem
Vitalis, zuletzt Bonitus die Gemeinschaft geleitet; unter diesem
letzten begab sich die Zerstörung.

18. Nach dem Tode Zotto's, des Herzogs von Benevent, folgte 591
Arigis an dessen Stelle, von König Agilulf gesandt. Dieser stammte
aus Friaul, hatte die Söhne des Herzogs Gisulf von Friaul er=

zogen, und war selbst ein Blutsverwandter Gisulfs. An diesen
Arigis schrieb der heilige Papst Gregorius folgenden Brief:

19. „Gregorius an den Herzog Arogis [1]). Durch das
Vertrauen, das wir in Eure erlauchte Person, wie in unsern
wahren Sohn setzen, werden wir bewogen einige Bitten an Euch
zu stellen, und glauben, daß Ihr uns nicht werdet betrüben wollen,
zumal in einer Sache, die Eurer Seele den größten Nutzen wird
bringen können. Wir machen Euch also die Anzeige, daß wir zu
der Kirche der heiligen Petrus und Paulus eine Anzahl von Holz=
stämmen nöthig haben und darum unserem Unterhelfer Sabinus
auftrugen, sie im Lande der Brutier fällen und an einen gelegenen
Platz am Meere schaffen zu lassen. Weil er nun dabei Unter=
stützung braucht, so grüßen und bitten wir Euch mit väterlicher
Liebe, daß Ihr Euren dortigen Beamten den Befehl ertheilet, ihre
Dienstleute mit Ochsen zu seiner Hülfe auszuschicken, damit er mit
Euerm Beistand unsern Auftrag besser ausführen kann. Wir aber
versprechen, sobald die Sache geschehen ist, Euch ein würdiges und
Euch nicht beleidigendes Geschenk zu überschicken. Denn wir wissen
uns zu bedenken und unsern Söhnen, die uns einen freundlichen
Willen beweisen, Gegendienste zu leisten. Darum bitten wir Euch
nochmals, erlauchter Sohn, so zu handeln, damit wir für den
geleisteten Dienst Eure Schuldner seien, und Ihr für die Kirchen
der Heiligen belohnt werdet.“

601   20. In jenen Tagen wurde die Tochter König Agilulfs mit
ihrem Mann Namens Godescalk in der Stadt Parma von dem
Heere des Patricius Gallicinus gefangen genommen und nach der Stadt
Ravenna gebracht. Zu der Zeit schickte König Agilulf dem Kakan,
dem König der Avaren, Handwerker zur Erbauung von Schiffen,
mit welchen dann dieser Kakan eine Insel in Thracien eroberte [2]).

602   21. Um dieselbe Zeit ließ die Königin Theudelinda die Kirche

---

1) So steht hier in den ältesten Handschriften und auch in denen der Briefe
Gregors. — 2) Man hat diese Stelle auf die Herrschaft der Avaren im Peloponnes
bezogen, wo Navarin nach ihnen benannt sein soll; die von Paulus erwähnte Insel
könnte danach Ephacteria sein. Aber die Richtigkeit dieser Annahme wird jetzt stark
bezweifelt.

des heiligen Johannes des Täufers einweihen, die sie in dem zwölf
Milien [1]) oberhalb Mailand gelegenen Modicia [2]) erbaut hatte und
schmückte sie mit vielen goldenen und silbernen Zierrathen aus
und machte ihr große Verleihungen. Ebendaselbst hat auch vor=
mals der Gothenkönig Theuderich einen Palast erbaut, weil der
Ort zur Sommerszeit durch die Nähe der Alpen ein gemäßigtes
und gesundes Klima hat.

22. Auch die Königin Theudelinda baute sich hier einen Palast,
den sie mit Stücken aus der langobardischen Geschichte ausmalen
ließ. Auf diesen Gemälden sieht man deutlich, wie sich die Lango=
barden zu der Zeit das Haupthaar schoren und wie ihre Tracht
und ihr Aussehen war. Nacken nemlich und Hinterkopf hatten
sie glattgeschoren, die andern Haare hingen ihnen über die Wan=
gen bis zum Mund herab und waren in der Mitte der Stirne
gescheitelt. Ihre Kleidung war weit und meist leinen, wie sie
die Angelsachsen tragen, zum Schmuck mit breiten Streifen von
andrer Farbe verbrämt. Ihre Schuhe waren oben fast bis zur
großen Zehe offen und durch herübergezogene lederne Nesteln zu=
sammengehalten. Nachher aber fingen sie an Hosen [3]) zu tragen,
über die sie beim Reiten wollene Gamaschen zogen; diese Tracht
haben sie indeß erst von den Römern angenommen.

23. Bis auf diese Zeit hatte die Stadt Patavium [4]) von der
Besatzung aufs tapferste vertheidigt den Langobarden widerstanden;
endlich aber ging sie durch hineingeworfene Feuerbrände vollständig
in Flammen auf und wurde auf Befehl König Agilulfs bis auf
den Grund zerstört. Die Soldaten indeß, die darin waren, durften
nach Ravenna abziehen.

1) etwa zwei deutsche Meilen. — 2) Monza. — 3) osis uti. In dem lango=
bardischen Königsverzeichniß des Mönchs von Salerno heißt es von König Adaloald
(616—626), er habe zuerst Hosen getragen. Noch in einer Konstanzer Kleiderordnung
vom Jahre 1390 wird gesagt: „It. wär auch ob dehain man in ainen bloßen
wamsel gon wölt ze tantz oder ze straß, der soll deß Erbarlich machen, daß er sin
scham hinten vnd vornen decken müg, daß man die nit sehe." Uebereinstimmend da=
mit wird in einer Chronik von St. Gallen erzählt, daß an dem Rhein die Sitte,
Hosen (Hustecken) zu tragen, von den Engländern entlehnt worden sei, die 1365 in
das Elsaß kamen. — 4) Padua.

24. Zu der Zeit kamen Agilulfs Gesandte vom Kakan zurück und meldeten, daß sie einen Frieden auf ewige Zeiten mit den Avaren abgeschlossen hätten. Mit ihnen kam auch ein Gesandter des Kakan an, der dann weiter nach Gallien reiste und die Könige der Franken ersuchte, wie mit den Avaren so auch mit den Langobarden Friede zu halten. Während dessen rückten die Langobarden mit den Avaren und Slaven in Istrien[1]) ein und verheerten alles durch Rauben und Brennen.

25. Dem König Agilulf wurde damals in dem Palast zu Modicia von der Königin Theudelinda ein Sohn geboren, der den Namen Adaloald erhielt. In der folgenden Zeit eroberten die Langobarden die Burg von Mons Silicis.[2]) Um dieselbe Zeit kehrte nach der Vertreibung des Gallicinus Smaragdus nach Ravenna zurück, der schon früher Patricius daselbst gewesen war.

26. Der Kaiser Mauricius wurde nach ein und zwanzigjähriger Herrschaft sammt seinen Söhnen Theodosius, Tiberius und Konstantinus von Focas, dem Stallmeister des Patricius Priscus, ermordet. Er war aber dem Staate sehr nützlich gewesen: denn oftmals hatte er im Kampf gegen seine Feinde den Sieg davon getragen, auch die Hunnen oder Avaren vermöge seiner Tapferkeit überwunden.

27. In diesem Jahre wurden die Herzoge Gaidoald von Trident und Gisulf von Friaul, die bisher mit König Agilulf in Feindschaft gelebt hatten, von diesem wieder zu Gnaden angenommen. Damals wurde auch der obengenannte Knabe Adaloald, König Agilulfs Sohn, zu St. Johann in Modicia getauft, wobei Secundus, der Knecht Christi aus Trident, dessen ich schon öfters Erwähnung gethan habe, die Pathenstelle vertrat. Es fiel aber damals der Ostertag auf den siebenten April.

28. Es herrschte aber in diesen Tagen noch Streit zwischen den Langobarden und Römern wegen der Gefangenschaft von des Königs Tochter. Darum zog König Agilulf im Monat Juli aus Mailand und belagerte Cremona in Verbindung mit den Slaven,

---

1) Das noch bis zum Jahre 751 unter byzantinischer Herrschaft stand. —
2) Monselice südlich von Padua.

die ihm der Katan, der Avarenkönig, zur Hülfe geschickt hatte, eroberte die Stadt am 21sten August und zerstörte sie bis auf den Grund. Gleichermaßen eroberte er auch Mantua: er durchbrach die Mauern der Stadt mit Sturmböcken, ließ die Besatzung frei nach Ravenna abziehen und rückte am 13ten September in die Stadt ein. Damals ergab sich auch die Burg Vulturina an die Langobarden, die Soldaten aber brannten auf ihrer Flucht noch das Städtchen Brexillus nieder. Auf diese Erfolge hin wurde die Tochter des Königs sammt ihrem Gemahl, ihren Kindern und ihrem ganzen Vermögen vom Patricius Smaragdus herausgegeben; und im neunten Monat Friede bis zum ersten April der achten Indiction[1]) geschlossen. Die Tochter des Königs kehrte von Ravenna nach Parma zurück, starb aber an einer schweren Niederkunft alsbald. — In diesem Jahre stritten Theudepert und Theuderich, die Könige der Franken, wider ihren Oheim Chlothar, wobei auf beiden Seiten viele Tausend fielen. *(604)*

29. Damals ging auch der heilige Papst Gregorius ein zu Christo, als Fokas in der achten Indiction bereits im zweiten Jahre herrschte: an seiner Stelle wurde Sabinianus auf den apostolischen Stuhl gesetzt. *(604. 12ten März)* Es war aber zu der Zeit ein überaus harter Winter, und fast überall erfroren die Weinreben; auch die Kornernte schlug fehl, indem sie theils von den Mäusen, theils vom Brand zu Grunde gerichtet wurde. Es mußte aber damals die Welt Hunger und Durst leiden, weil nach dem Hintritt eines so großen Lehrers in den Herzen der Menschen Dürre und Mangel an geistiger Nahrung herrschte. Es mag hier diesem Werke eine Stelle aus einem Briefe des heiligen Papstes Gregorius einverleibt werden, auf daß man es klar erkenne, wie demüthig dieser Mann gewesen und von welcher Reinheit und Heiligkeit. Als er einmal bei dem Kaiser Mauricius und dessen Söhnen angeklagt worden war, einen Bischof Malchus, Schulden halber, im Gefängniß getödtet zu haben, so schrieb er in dieser Sache an seinen Legaten Sabinianus, der zu Konstantinopel sich be

---

1) Die mit dem ersten September 604 begann.

fand., einen Brief, in dem es unter anderem so heißt: „Eine Sache ist es, die Du unsern Herren in Erinnerung bringen magst, daß nemlich, wenn ich, ihr Knecht, mich hätte an der Ermordung von Langobarden betheiligen wollen, heutiges Tags das langobardische Volk weder einen König, noch Herzoge und Grafen haben, und in der größten Verwirrung und Spaltung leben würde. Aber weil ich Gott fürchte, so scheue ich mich, an der Ermordung irgend eines Menschen mich zu betheiligen. Jener Bischof Malchus aber befand sich weder im Gefängniß, noch sonst in einer unglücklichen Lage; sondern an dem Tage, an dem er vor Gericht sich vertheidigte und verurtheilt wurde, wurde er ohne mein Wissen von dem Notarius Bonifacius in sein Haus geführt, daselbst frühstückte er und wurde von jenem ehrenvoll behandelt und Nachts starb er plötzlich." Siehe da, von welcher Demuth dieser Mann war, der sich einen Knecht nannte, obwohl er der höchste Priester war! und von welcher Unschuld, da er sich an dem Tod der Langobarden nicht betheiligen wollte, obwohl sie Ungläubige waren und alles verwüsteten.

30. Im Monat Julius nun des folgenden Sommers wurde Adaloald zu Mailand im Cirkus auf den Thron der Langobarden gesetzt in Gegenwart seines Vaters des Königs Agilulf und der Gesandten Theudeperts des Frankenkönigs. Und es ward die Tochter König Theudeperts mit dem königlichen Knaben verlobt und ewiger Friede mit den Franken geschlossen.

31. Zu derselben Zeit stritten die Franken mit den Sachsen und es ward auf beiden Seiten ein großes Blutbad angerichtet. Zu Ticinus wurde in der Kirche des heiligen Apostels Petrus der Sangmeister Petrus vom Blitz erschlagen.

32. Im folgenden Monat November schloß König Agilulf Frieden mit dem Patricius Smaragdus auf ein Jahr und erhielt von den Römern 12000 Schillinge. Auch wurden die tuscischen Städte Balneus Regis und Urbs Vetus [1]) von den Langobarden

---

1) Bagnarea und Orvieto im ehemaligen Kirchenstaat.

erobert. Damals erschien auch in den Monaten April und Mai am Himmel ein Stern, den man einen Kometen nennt. Hierauf schloß König Agilulf abermals Frieden mit den Römern auf drei Jahre.

33. In diesen Tagen wurde nach dem Tode des Patriarchen Severus an dessen Stelle der Abt Johannes zum Patriarchen von Alt-Aquileja gemacht unter Beistimmung des Königs und Herzog Gisulfs. Auch in Grabus wurde den Römern Candidianus zum Bischof bestellt. In den Monaten November und Dezember wurde abermals ein Kometstern sichtbar. Nach dem Tode des Candidianus wurde Epiphanius, der vormals päpstlicher Obernotar gewesen war, von den unter den Römern stehenden Bischöfen zum Patriarchen gewählt; und seit dieser Zeit gab es zwei Patriarchen.

34. Zu der Zeit nahm Johannes von Consia Neapel ein, wurde aber schon nach wenigen Tagen von dem Patricius Eleutherius wieder aus der Stadt gejagt und getödtet. Hierauf maßte sich eben dieser Patricius Eleutherius, ein Eunuche, die Reichsgewalt an; als er aber von Ravenna nach Rom zog, wurde er auf der Burg Luceoli[1]) von den Soldaten ermordet und sein Haupt dem Kaiser nach Konstantinopel geschickt.

35. In derselben Zeit sandte König Agilulf seinen Notar Stabilicianus nach Konstantinopel zu dem Kaiser Fokas. Er kam, nachdem er Frieden auf ein Jahr abgeschlossen hatte, mit den Gesandten des Kaisers zurück, die dem König Agilulf kaiserliche Geschenke darbrachten.

36. Fokas hatte also, wie bereits oben erzählt worden ist, nach der Ermordung des Mauricius und seiner Söhne das römische Reich an sich gebracht und herrschte acht Jahre lang. Er bestimmte auf die Bitten des Papstes Bonifacius[2]), daß der Sitz der römischen und apostolischen Kirche das Haupt sämmtlicher Kirchen sein solle, weil die konstantinopolitanische Kirche sich in einem Ausschreiben die erste von allen nannte. Nach dem Wunsche

1) Bei Gubbio gelegen. — 2) Bonifacius III. 606—607.

eines andern Papstes Bonifacius [1]) befahl er, aus dem alten Tempel, der den Namen Pantheum trug, den götzendienerischen Wust wegzuschaffen und aus ihr eine Kirche der heiligen Jungfrau Maria und aller Märtyrer zu machen, auf daß da, wo vormals der Dienst nicht aller Götter, sondern aller Götzen gefeiert wurde, nun das Gedächtniß aller Heiligen begangen würde. Zu der Zeit lagen die Prasiner und Veneter im Morgenland und in Aegypten im Bürgerkrieg gegen einander und metzelten sich gegenseitig nieder. Zugleich führten die Perser schweren Krieg gegen die Römer, entrissen ihnen viele Provinzen und selbst die Stadt Jerusalem, zerstörten die Kirchen, entweihten die Heiligthümer und nahmen außer dem Schmuck heiliger wie gemeiner Stätten auch die Fahne von dem Kreuze Christi mit sich fort. Gegen diesen Fokas nun empörte sich Heraklianus, der in Afrika befehligte, zog mit einem Heere heran und nahm ihm Herrschaft und Leben, worauf 610 Heraklius, des obigen Sohn, die Regierung des römischen Staats übernahm.

37. Um diese Zeit rückte der König der Avaren, den diese in ihrer Sprache Kakan nennen, mit einem zahllosen Heere in das venetianische Gebiet ein   Ihm stellte sich Gisulf, der Herzog von Friaul mit den Langobarden, die er an sich ziehen konnte, kühnes Muthes entgegen, aber so tapfer er auch mit einer geringen Anzahl gegen die ungeheure Uebermacht stritt, so wurde er dennoch auf allen Seiten umringt und fast mit seiner gesammten Mann=schaft aufgerieben. Die Gemahlin dieses Gisulf aber Namens Romilda schützte sich mit den Langobarden, die entkommen waren, und mit den Weibern und Kindern der in der Schlacht Gefallenen hinter den Mauern von Forojuli. Sie hatte zwei schon erwachsene Söhne, Taso und Kakko, Raduald dagegen und Grimuald standen noch im Knabenalter. Auch vier Töchter hatte sie, von welchen die eine Appa, eine zweite Gaila hieß, die Namen der beiden übrigen haben sich nicht erhalten. Auch in den andern benachbarten Bur-

1) Bonifacius IV. 607—615.

gen vertheidigten sich die Langobarden, in Cormone, Nemas [1]), Osopus, Artenia [2]), Reunia [3]), Glemona, Ibligis [4]), das durch seine Lage ganz uneinnehmbar ist. In gleicher Weise verschanzten sie sich auch in den übrigen Burgen, damit sie nicht den Hunnen oder Avaren in die Hände fielen. Die Avaren aber überzogen das ganze Land Friaul, verheerten alles mit Feuer und Schwert, belagerten die Stadt Forojuli und boten ihre ganze Macht auf, sie zu erobern. Als nun ihr König oder Kakan gewappnet und mit großem Gefolge um die Mauern herumritt, um auszukunden, an welcher Stelle er die Stadt am leichtesten nehmen könnte, so erblickte ihn Romilda von den Mauern herab, und als sie sah, wie er im schönsten Mannesalter stehe, da erwachten die Begierden des ruchlosen Weibes und sie ließ ihm alsbald durch einen Boten sagen, sie wolle ihm, wenn er sie heurathe, die ganze Stadt mit allen, die darinnen seien, übergeben. Als das der Barbarenkönig vernahm, so versprach er mit hinterlistiger Bosheit, in ihren Vorschlag einzugehen und sie zum Weibe zu nehmen. Sie öffnete nun unverweilt die Thore von Forojuli und ließ, zum Verderben sämmtlicher Einwohner, den Feind in die Stadt. Die Avaren rückten mit ihrem Könige in Forojuli ein, plünderten alles, was sie fanden, übergaben die Stadt den Flammen und schleppten alle, die sie aufgriffen, in die Gefangenschaft fort unter dem trügerischen Versprechen, sie in Panonien anzusiedeln, von wo sie einst ausgezogen waren. Aber als die Avaren auf ihrem Heimzug nach dem sogenannten heiligen Feld gekommen waren, so beschlossen sie alle volljährigen Langobarden mit dem Schwerte umzubringen; die Weiber aber und Kinder vertheilten sie unter sich als Kriegsbeute. Sobald indeß Taso, Kakko und Raduald, die Söhne Gisulfs und der Romilda, den bösen Anschlag der Avaren merkten, bestiegen sie ihre Pferde und machten sich auf die Flucht. Einer von ihnen glaubte, ihr jüngster Bruder Grimuald [5]) sei noch zu jung, um sich auf einem Roß im vollen Laufe

---

1) Nimis. — 2) Artegna. — 3) Ragogna. — 4) Iplis, nach Andern Inviline. — 5) Der nachmalige Langobardenkönig.

halten zu können, und hielt es daher für besser, ihn mit dem Schwert umzubringen, als im Joch der Knechtschaft zurückzulassen und wollte ihn tödten. Wie er aber seinen Speer erhob, um ihn zu durchbohren, so weinte der Knabe und rief: „Durchstoße mich nicht, denn ich kann mich auf einem Roß halten." Da ergriff ihn sein Bruder am Arm und setzte ihn auf den glatten Rücken des Pferdes und ermahnte ihn, sich festzuhalten, wenn er könne. Der Knabe aber faßte mit der Hand die Zügel des Pferds und ritt seinen fliehenden Brüdern nach. Bei dieser Nachricht bestiegen die Avaren alsbald ihre Pferde und verfolgten sie, und während die drei andern in schleuniger Flucht entkamen, ward der Knabe Grimuald von einem Avaren, der schneller geritten kam, eingeholt; aber ob seinem zarten Alter mochte er den Knaben nicht tödten, sondern bewahrte ihn lieber zu seinem Dienst auf. Er kehrte also Grimualds Roß am Zügel führend nach dem Lager um und war hocherfreut über seine edle Beute, denn der Knabe war von schöner Gestalt, glänzenden Augen und langem, hellem Lockenhaar. Grimuald aber voll Schmerz, gefangen so dahingeschleppt zu werden und

„Große Gedanken im kleinen Busen bewegend [1])"

zog sein kurzes Schwert, wie er es in seinem Alter führen konnte, aus der Scheide und schlug den Avaren, der ihn mit sich führte, mit aller Macht auf den Kopf, und der Hieb ging bis auf das Gehirn, so daß der Feind alsbald vom Pferde sank. Der Knabe Grimuald aber wandte sein Roß um, floh fröhlich von dannen, bis er seine Brüder wieder eingeholt hatte und erfreute diese höchlich durch seine Befreiung und obenein durch die Erzählung von dem Tode des Feindes.

Die Avaren aber brachten alle Langobarden, die schon im Mannesalter standen, mit dem Schwert um, Weiber und Kinder schleppten sie in die Gefangenschaft. — Die Romilda, welche alles Unheil verursacht hatte, behandelte der König der Avaren seinem Eide zu lieb in einer Nacht als sein Weib, wie er ihr versprochen hatte, dann aber überließ er sie zwölf Avaren, die sie die

1) Virgil Georg. IV, 83.

ganze Nacht hindurch sich einander ablösend durch die Befriedigung ihrer Lust marterten; hierauf ließ er in offenem Felde einen Pfahl aufrichten und sie daran spießen, wobei er noch zum Hohn die Worte sprach: „Das ist der Mann, den du verdienst." Auf solche Weise fand die verruchte Vaterlandsverrätherin, die mehr ihrer Wollust als dem Wohl ihrer Mitbürger und Blutsverwandten dienen wollte, den Tod. Ihre Töchter aber gingen nicht auf dem Weg ihrer Mutter, sondern aus Liebe zur Keuschheit sorgten sie, daß sie nicht von den Barbaren geschändet würden und legten sich rohes Hühnerfleisch unter das Mieder zwischen die Brüste, das dann in der Wärme verweste und einen gräßlichen Gestank verursachte. Als nun die Avaren sich an sie machen wollten, so konnten sie den Gestank nicht aushalten und meinten sie stänken so von Natur, wichen voll Abscheu weit von ihnen zurück und sprachen: „Alle langobardischen Weiber stinken." Durch diese List retteten sich die edeln Mädchen vor den Begierden der Avaren und bewahrten ihre Keuschheit und hinterließen ein nützliches Beispiel für Erhaltung der Keuschheit denjenigen Frauen, denen etwas ähnliches widerfahren sollte. Sie wurden später nach verschiedenen Ländern verkauft und auf eine ihrer edeln Geburt würdige Weise vermählt: denn eine heurathete, wie erzählt wird, den König der Alamannen, eine andere den Fürsten der Baiern.

Es drängt mich an dieser Stelle, die allgemeine Geschichte zu unterbrechen und einiges über mein, des Schreibers, Geschlecht einzuflechten, und, weil die Sache es erfordert, in dem Verlauf der Erzählung ein wenig zurückzugreifen. Zu der Zeit, da das Volk der Langobarden aus Pannonien nach Italien kam, war auch mein Ururgroßvater Leupchis, der ein Langobarde von Geburt war, mitgezogen. Nachdem er etliche Jahre in Italien zugebracht hatte, so starb er mit Hinterlassung von fünf unmündigen Söhnen, die nun zu der Zeit, von der die Rede war, alle in Gefangenschaft geriethen und aus der Burg Forojuli in die Fremde nach dem Avarenland abgeführt wurden. Nachdem sie daselbst viele Jahre lang das Elend der Gefangenschaft erduldet und bereits das Mannesalter erreicht

hatten, so blieben vier von ihnen, deren Namen sich nicht erhalten
haben, in den Banden der Knechtschaft, der fünfte von den Brüdern
mit Namen Lopichis, der nachmals mein Urgroßvater wurde, be=
schloß, wie ich glaube auf Eingebung des Herrn der Barmherzigkeit
das Joch der Gefangenschaft abzuschütteln, und nach Italien wo er
noch wußte, daß das Volk der Langobarden ansäßig sei, zurück=
zukehren und seine Freiheit wieder zu erlangen. Auf seine Flucht
nahm er bloß einen Bogen mit dem Köcher und etwas Wege=
zehrung mit, wußte aber gar nicht, wohinaus er ziehen sollte: da
kam ein Wolf und wurde ihm Führer und Begleiter auf der
Reise. Wie der Wolf vor ihm herging, sich häufig nach ihm
umsah, wann er Halt machte auch stille stand, wann er aufbrach
wieder vorausging, da merkte er, daß ihm das Thier von
Gott zugeschickt sei, damit es ihm den Weg weise, den er nicht
kannte. Als sie auf diese Weise mehrere Tage durch das einsame
Gebirge gezogen waren, ging dem Wanderer das wenige Brob
das er hatte ganz aus. Mit leerem Magen schritt er weiter, wie
er aber von Hunger gänzlich erschöpft war, so spannte er seinen
Bogen und wollte den Wolf mit dem Pfeile tödten, um ihn zu
verzehren. Aber der Wolf wich dem Schusse aus und verschwand
aus seinen Augen. Lopichis wußte, als der Wolf ihn verlassen,
nicht, wohin er gehen sollte, dazu hatte er durch den Hunger alle
Kraft verloren, schon am Leben verzweifelnd warf er sich zu Bo=
den und schlief ein; da sah er im Traum einen Mann, der fol=
gende Worte zu ihm sprach: „Erhebe dich, der du schläfst! nimm
den Weg nach der Seite zu, wohin deine Füße gerichtet sind:
denn dort liegt Italien, wohin du willst.“ Sogleich stand Lo=
pichis auf und zog nach der Seite hin, von der er im Traum
gehört hatte und bald kam er zu der Wohnstätte von Menschen.
Es waren aber in jenen Gegenden Slaven ansässig. Eine bereits
ältliche Frau merkte wie sie ihn erblickte alsbald, daß er ein
Flüchtling sei und Hunger leide. Sie warb von Mitleiden er=
griffen, versteckte ihn in ihrem Hause und reichte ihm insgeheim
und ganz allmählich Nahrung, damit er nicht, wennn er auf ein=

mal bis zur Sättigung Speise erhielte, sein Leben verlöre. In angemessener Weise gab sie ihm so zu essen, bis er wieder völlig zu Kräften gekommen war; und als er ihr nun zur Fortsetzung der Reise kräftig genug erschien, so gab sie ihm noch Speise auf den Weg mit und wies ihn an, welche Richtung er einschlagen müßte. Nach einigen Tagen erreichte er Italien und kam zu dem Hause, in dem er geboren war. Er fand es so verödet, daß es nicht allein kein Dach hatte, sondern auch von Buschwerk und Dornen durchwachsen war. Er hieb sie nieder, an einem stattlichen Eschen= baum aber, den er innerhalb der Wände vorfand, hing er seinen Köcher auf. Durch Gaben seiner Verwandten und Freunde unter= stützt konnte er sein Haus wieder herstellen und nahm ein Weib; aber von dem Vermögen, das sein Vater gehabt hatte, konnte er nichts mehr herausschlagen; er blieb durch diejenigen, die sich durch langjährigen Besitz dasselbe angeeignet hatten, davon ausgeschlossen. Dieser nun wurde, wie ich schon oben angab, mein Urgroßvater. Er erzeugte meinen Großvater Arichis [1]), Arichis aber meinen Vater Warnefrit, Warnefrit endlich hat mit seinem Weibe Theude= linda mich Paulus und meinen Bruder Arichis gezeugt, auf den der Name unsers Großvaters überging. Dieß wenige habe ich über mein eignes Geschlecht anführen wollen; und nehme jetzt den Faden der allgemeinen Geschichte wieder auf.

38. Nach dem Tode Gisulfs, des Herzogs von Friaul über= nahmen, wie gesagt, seine Söhne Taso und Kakko die Regierung des Herzogthums. Sie besaßen zu ihrer Zeit das Land der Sla= ven, das Zellia [2]) genannt wird bis zu dem Orte Medaria [3]); daher kam es, daß bis zu den Zeiten des Herzogs Ratchis diese Slaven den Herzogen von Friaul Zins zahlten. Diese beiden Brüder brachte der römische Patricius Gregorius in der Stadt Opiter= gium [4]) durch einen hinterlistigen Anschlag ums Leben. Er ver= sprach nemlich dem Taso, ihm wie es Sitte war, den Bart zu scheeren und ihn zu seinem Sohne zu machen [5]), worauf denn

1) Heinrich. — 2) Cilly. — 3) Windisch Matrei. — 4) Oderzo bei
Treviso. — 5) Vgl. VI., 53. „Haar und Bart waren Zeichen und Tracht des Standes

Taso mit seinem Bruder Kakko und einer auserlesenen Schaar jun=
ger Männer nichts böses fürchtend zu Gregorius kam. Sobald
er jedoch mit seinen Leuten Opitergium betreten hatte, ließ der
Patricius die Thore der Stadt verschließen und bewaffnete Soldaten über Taso und sein Gefolge herfallen. Als Taso und seine
Leute das merkten, so rüsteten sie sich unerschrocken zum Streit,
nahmen, als ihnen Waffenruhe gewährt war, Abschied von einander,
und zerstreuten sich dann durch die verschiedenen Gassen der Stadt
dahin und dorthin und machten nieder wer ihnen in den Weg kam,
bis sie zuletzt, nachdem sie ein großes Blutbad unter den Römern
angerichtet hatten, selber den Tod fanden. Der Patricius Gregorius
aber ließ um des Schwurs willen, den er gethan hatte, Taso's
Kopf vor sich bringen und schnitt ihm, wie er versprochen hatte,
meineidig den Bart ab.

39. Nachdem diese Männer auf solche Weise umgekommen
waren, wurde Grasulf, Gisulfs Bruder, zum Herzog von Friaul
gemacht. Raduald aber und Grimuald sahen eine Erniedrigung
darin, unter der Gewalt ihres Oheims Grasulf zu stehen, da sie
schon beinahe das Mannesalter erreicht hatten; sie bestiegen ein
kleines Schiff und fuhren nach dem Lande von Benevent, zogen
dann zu ihrem alten Erzieher, dem Herzog Arichis von Benevent
und wurden von ihm aufs liebreichste aufgenommen und wie seine
Söhne gehalten. Zu diesen Zeiten wurde nach dem Tode Tassilo's,
des Herzogs der Baiern, dessen Sohn Garibald zu Aguntum [1])
von den Slaven besiegt und die bairischen Marken verheert. Die
Baiern rafften jedoch ihre Kräfte wieder auf, nahmen ihren
Feinden die gemachte Beute wieder ab, und jagten sie aus dem
Lande.

611 40. König Agilulf aber machte mit dem Kaiser Frieden auf

unmündiger Freier. Abschneiden des Haupthaars, bei Erwachsenen des Barts war
Gothen, Franken und Langobarden Symbol der Annahme an Kindesstatt. So adop-
tirte Alarich der Gothen König den Frankenkönig Chlodowig. Wer sich Haar und
Bart abschneiden ließ, unterwarf sich dadurch gleichsam der väterlichen Gewalt des
Abschneidenden. Ein Freier konnte sich durch Uebergabe seines abgeschnittenen Haares
in die Knechtschaft eines Andern geben." J. Grimm deutsche Rechtsalterthümer
S. 146. — 1) Innichen an der obern Drau in Kärnthen.

ein Jahr und dann nochmals auf ein zweites, auch mit den Fran=
ken erneuerte er den Frieden abermals. Nichtsdestoweniger ver=
wüsteten in diesem Jahre die Slaven Istrien auf eine klägliche
Weise und tödteten die Kriegsmannen. Im folgenden Monat
März starb zu Trident Secundus, der Knecht Christi, von dem [612]
ich schon mehrmals gesprochen habe: er hat bis auf seine Zeiten
herab eine gedrängte Geschichte der Langobarden abgefaßt. Zu
der Zeit schloß König Agilulf abermals Frieden mit dem Kaiser.
In denselben Tagen wurde Theudepert der König der Franken er=
mordet und eine äußerst blutige Schlacht von ihnen geschlagen. Ganz
zu derselben Zeit wurde auch Gundualb, der Bruder der Königin
Theudelinda und Herzog in der Stadt Asta durch einen Pfeilschuß [616]
getödtet, ohne daß Jemand den Anstifter des Mordes erfuhr.

41. König Agilulf, der auch Ago genannt wurde, beschloß,
nachdem er 25 Jahre regiert hatte, seine Tage und hinterließ sei=
nem Sohne Abaloald, der noch ein zarter Knabe war, sammt
dessen Mutter Theudelinda die Herrschaft. Unter diesen wurden die
Kirchen wieder hergestellt und viele reiche Schenkungen an heilige
Stätten gemacht. Als aber Abaloald den Verstand verlor und
wahnsinnig wurde, so wurde er, nachdem er 10 Jahre mit seiner
Mutter regiert hatte, vom Thron gestoßen und Arioald von
den Langobarden an seine Stelle gesetzt. Von den Thaten dieses [626]
Königs ist fast nichts zu meiner Kenntniß gekommen. Um diese
Zeit kam der heilige Columban, ein Schotte von Geschlecht, nach=
dem er in Gallien an dem Orte, der Luxovium 1) heißt, ein Klo= [602]
ster gegründet hatte, nach Italien, wo er von dem Langobarden= [612]
könig huldvoll aufgenommen wurde und das Kloster Bobium in
den kottischen Alpen erbaute, das 40 Meilen 2) von Ticinus ent=
fernt ist. An diesen Ort wurden von einzelnen Fürsten und
Langobarden viele Besitzungen geschenkt und es sammelte sich da=
selbst eine zahlreiche Genossenschaft von Mönchen.

42. Nachdem nun Arioald zwölf Jahre die Herrschaft über die

---

1) Luxeuil in der Freigrafschaft bei Besoul. — 2) acht deutsche Meilen.

Langobarden geführt hatte, schied er aus diesem Leben und Ro=
thari vom Geschlecht Arobus überkam das Reich der Langobarden.
Er war aber ein starker und tapferer Mann und ging den Weg
der Gerechtigkeit; im christlichen Glauben jedoch hielt er nicht die
richtige Bahn inne, sondern befleckte sich durch den Unglauben der
arrianischen Ketzerei. Die Arrianer nemlich sagen zu ihrem Ver=
derben, der Sohn sei geringer als der Vater und ebenso der hei=
lige Geist geringer als Vater und Sohn; wir katholische Christen
dagegen bekennen, daß der Vater und der Sohn und der heilige
Geist in drei Personen der Eine und wahrhaftige Gott sei, gleich
an Macht und Herrlichkeit. Zu den Zeiten Rotharis waren fast
in allen Städten seines Reichs zwei Bischöfe, ein katholischer und
ein arrianischer. Bis auf diesen Tag zeigt man sich noch in der
Stadt Ticinus, wo der arrianische Bischof an der Kirche des
heiligen Eusebius wohnte, und das Baptisterium hatte, während
der katholischen Kirche ein anderer Bischof vorstand.[1]) Der arrianische
Bischof jedoch, welcher in dieser Stadt war, mit Namen Anastasius,
trat zum katholischen Glauben über und regierte nachmals die Kirche
Christi. Dieser König Rothari ließ die Gesetze der Langobarden
welche bis dahin nur im Gedächtniß und durch den Gerichtsgebrauch
festgehalten worden waren, schriftlich aufsetzen und nannte dieses
Buch das Edikt. Es geschah dies aber, wie der König in dem
Vorwort zu seinem Edikt bezeugt, im sieben und siebzigsten[2]) Jahre,
seitdem die Langobarden nach Italien gekommen waren.

Zu diesem König schickte Herzog Arichis von Benevent
seinen Sohn Ajo. Als der auf dem Wege nach Ticinus in Ra=
venna ankam, so wurde ihm hier von den schlechten Römern ein
Trank gegeben, der ihn um seinen Verstand brachte; und seit der
Zeit war er nie wieder bei vollen und gesunden Sinnen.

43. Als nun Herzog Arichis, der Vater dieses Ajo, schon
hochbetagt sich seinem Ende näherte, so empfahl er, wohl wissend,
daß sein Sohn Ajo nicht recht bei Sinnen sei, den Radualb und

---

1) Diese Stelle hat Oelsner, Jahrbücher des fränk. Reichs unter K. Pippin.
S. 92 völlig mißverstanden. — 2) Im sechs und siebzigsten sagt Rothari.

Grimuald, die in der Blüthe des Mannesalters standen, den an=
wesenden Langobarden als seine eigenen Söhne und sprach zu ihnen,
diese würden besser, als es sein Sohn vermöge, die Herrschaft führen.

44. Nach dem Tode des Arichis nun, der fünfzig Jahre lang 641
Herzog gewesen war, wurde sein Sohn Ajo zum Führer der Sam=
niten gemacht und Raduald und Grimuald gehorchten ihm in al=
len Dingen als ihrem älteren Bruder und Herrn. Als Ajo bereits
ein Jahr und fünf Monate das Herzogthum Benevent verwaltet
hatte, so kamen die Slaven mit zahlreichen Schiffen und schlugen 642
nicht weit von der Stadt Sepontum ihr Lager auf. Sie machten
nun ringsherum verborgene Gruben, und wie Ajo in Radualds
und Grimualds Abwesenheit gegen sie zog und sie vernichten
wollte, so fiel sein Roß in eine dieser Gruben, worauf die Sla=
ven über ihn herstürzten und ihn mit manchem Anderen umbrach=
ten. Als das dem Raduald verkündet ward, so kam er eiligst
herbei und redete mit den Slaven in ihrer eigenen Sprache, und
sobald er sie dadurch lässiger im Kriegsdienst gemacht hatte, über=
fiel er sie, richtete eine große Niederlage unter ihnen an, rächte
Ajo's Tod und zwang die Feinde, die am Leben geblieben waren,
aus jener Gegend zu fliehen.

45. König Rothari eroberte nun von der tuscischen Stadt
Luna [1]) längs der Meeresküste alle Städte der Römer bis zur
fränkischen Grenze. Ebenso eroberte er auch die zwischen Tarvi=
sium und Forojuli gelegene Stadt Opitergium und zerstörte sie.
Mit den Ravennatischen Römern kämpfte er in der Provinz
Emilia an dem Fluß Scultenna [2]); in dieser Schlacht fielen auf
Seite der Römer 8000, die Uebrigen ergriffen die Flucht. Zu der
Zeit geschah in Rom ein gewaltiges Erdbeben, auch eine große
Ueberschwemmung war damals. Hierauf brach eine tödtliche
Krätzenkrankheit aus, bei der wegen der übermäßigen Aufschwel=
lung Niemand seine Verstorbenen erkennen konnte.

46. In Benevent aber wurde nach dem Tode des Herzogs

---

[1]) Nordwestlich von Lucca gelegen. — [2]) Tanaro im Modenesischen.

647 Rabuald, der fünf Jahre lang geherrscht hatte, dessen Bruder Grimuald Herzog und verwaltete 25 Jahre hindurch das samnitische Herzogthum. Er erzeugte mit einem kriegsgefangenen, jedoch adlichen Mädchen mit Namen Ita einen Sohn Romuald und zwei Töchter. Da Grimuald ein ungemein kriegerischer und in allem ausgezeichneter Mann war, so fiel er über die Griechen, die zu der Zeit gekommen waren, um das auf dem Berge Garganus gelegene Heiligthum des heiligen Erzengels [1]) auszuplündern, mit seinem Heere her und richtete ein schreckliches Blutbad unter ihnen an.

47. Nachdem aber König Rothari sechzehn Jahre und vier
652 Monate die Herrschaft geführt hatte, so schied er aus diesem Leben und hinterließ das Reich der Langobarden seinem Sohne Rodoald. Er wurde neben der Kirche des h. Johannes des Täufers beigesetzt; nach einiger Zeit öffnete Jemand von ungerechter Begierde entzündet bei Nacht sein Grab und nahm was er von Kostbarkeiten an dem Leichnam fand, mit fort. Diesem erschien nun der heilige Johannes im Traum und erschreckte ihn heftig und sprach zu ihm: „Warum hast Du dich vermessen, den Leichnam dieses Mannes anzurühren? Wenn er auch nicht den rechten Glauben hatte, so hat er sich doch mir anbefohlen. Weil Du nun das zu thun Dich erfrecht hast, so sollst Du von nun an nie wieder den Eintritt in meine Kirche haben.“ Und so geschah es auch. Denn so oft er das Heiligthum des heiligen Johannes betreten wollte, war es ihm sogleich, als würde seine Kehle von dem stärksten Faustkämpfer gepackt und er fiel plötzlich davon rückwärts zu Boden. Ich spreche damit die Wahrheit in Christo: es hat mir das einer erzählt, der es mit seinen eigenen Augen gesehen hat.

Rodoald übernahm also nach dem Begräbniß seines Vaters die Herrschaft der Langobarden und vermählte sich mit der Gundiperga, der Tochter Agilulfs und der Theudelinda [2]). Diese Kö-

---

1) Michael. — 2) Paulus irrt. Nach Fredegar Kap. 50. 51. 70. war Gundiperga König Arioalds und nach dessen Tode Rotharis Gemahlin, jetzt aber schon über 50 Jahre alt.

nigin Gundiperga erbaute nach dem Vorbild ihrer Mutter, wie diese in Monza so sie in Ticinus eine Kirche zu Ehren des heil. Johannes des Täufers, die sie mit Gold, Silber und Gewändern wundervoll ausschmückte und mit einzelnen Stücken reichlich beschenkte und in der auch ihr Leichnam begraben liegt. Als sie bei ihrem Gemahl des Ehebruchs angeklagt wurde, so erbat es sich ihr eigener Sklave, Karellus mit Namen, vom Könige, mit dem, der diese Beschuldigung gegen die Königin erhoben hatte, für die Keuschheit seiner Herrin einen Zweikampf zu bestehen. Er stritt nun allein mit jenem Ankläger und überwand ihn vor allerm Volke. Die Königin aber trat nach diesem Ereigniß in ihre alte Würde wieder ein.

48. Auch Rodoald ward, wie erzählt wird, von einem Langobarden, dessen Weib er geschändet hatte, ermordet nach einer Regierung von fünf Jahren und sieben Tagen [1]). Auf ihn folgte in 653 der Regierung des Reichs Aripert, der Sohn Gundoalds, welcher der Bruder der Königin Theudelinda gewesen war. Er erbaute in Ticinus dem Heiland ein Heiligthum, das vor dem westlichen Thor, das Marenka heißt, gelegen ist und stattete es mit verschiedenem Schmuck und genügendem Vermögen aus.

49. In diesen Tagen übernahm zu Konstantinopel nach dem Tod des Kaisers Heraklius dessen Sohn Herakleonas mit seiner Mutter Martina die Reichsgewalt und herrschte zwei Jahre. Nach seinem Tode folgte ihm sein Bruder Konstantinus, ein anderer Sohn des Heraklius und herrschte sechs Monate. Als auch dieser gestorben war, bestieg sein Sohn Konstantinus den Thron und führte 28 Jahre lang die Herrschaft.

50. Um diese Zeit zog die Gemahlin des Perserkönigs mit Namen Cäsara aus Persien und kam mit wenigen Getreuen und in bürgerlicher Kleidung aus Liebe zum christlichen Glauben nach Konstantinopel. Sie ward vom Kaiser ehrenvoll empfangen und nach einigen Tagen wie sie wünschte getauft, wobei die Kaiserin Pathenstelle vertrat. Wie das ihr Mann der Perserkönig vernahm,

---

1) Paulus irrt, indem er Jahre statt Monate schreibt: denn nach anderen Quellen herrschte Rodoald nur 6 Monate.

schickte er Gesandte an den Kaiser nach Konstantinopel ab, er solle ihm seine Gemahlin ausliefern. Die Gesandten erschienen vor dem Kaiser und meldeten die Worte des Perserkönigs, der seine Königin zurückforderte. Als der Kaiser, der von der ganzen Sache nichts wußte, solches hörte, gab er ihnen zur Antwort: „Von der Kö=nigin, die ihr suchet, müssen wir bekennen nichts zu wissen, außer daß ein Weib in ganz bürgerlichem Aufzug zu uns gekommen ist." Die Gesandten antworteten aber und sprachen: „Wenn es Eurer Hoheit beliebt, so möchten wir die Frau sehen, von der ihr redet." Als diese auf Befehl des Kaisers herbeikam, so fielen die Gesandten sobald sie sie erblickten ihr zu Füßen und zeigten ihr ehrfurchtsvoll an, daß ihr Gemahl sie zurückverlange. Da gab sie ihnen zur Antwort: „Geht und vermeldet euerm König und Herrn, daß wenn nicht auch er an Christum glaubt, wie ich jetzt an ihn glaube, ich nie mehr seine Ehegemahlin werde sein können." Die Gesandten kehrten nun also heim in ihr Land und berichteten alles was sie gehört hatten ihrem Könige. Da machte sich dieser alsbald auf und kam mit 60,000 Mann durchaus friedfertig nach Konstan=tinopel zum Kaiser, von dem er huldvoll und mit der gebührenden Würde empfangen wurde. Er bekannte sich mit allen seinen Leuten· zum Glauben an Christum, ward mit ihnen zusammen mit dem Wasser der heiligen Taufe übergossen und vom Kaiser aus der Taufe gehoben und im katholischen Glauben bekräftigt. Der Kaiser beehrte ihn noch mit vielen Geschenken, worauf er dann mit seiner Gemahlin in Friede und Freude nach seinem Lande heimzog[1]).

Um diese Zeit kam nachdem der Herzog Grasulf zu Forojuli gestorben war, das Herzogthum von Friaul an den Ago. Es starb auch in Spoletum Theudelapius und daselbst folgte Atto im Her=zogthum.

661 51. Aripert nun starb, nachdem er neun Jahre hindurch in Ticinus über die Langobarden geherrscht hatte und hinterließ seinen beiden noch im Jünglingsalter stehenden Söhnen Perctarit und

---

1) Vergl. die übereinstimmende Erzählung bei Fredegar Kap. 9.

Gobepert das Reich. Gobepert nahm seinen Herrschersitz zu Ticinus, Perctarit aber in der Stadt Mailand. Indeß entbrannte, von schlechten Menschen angeschürt, zwischen diesen Brüdern Zwietracht und Haß bis zu dem Grade, daß der Eine des Andern Reich an sich zu reißen strebte. Zu diesem Zweck sandte Gobepert den Herzog Garipald von Turin an Grimuald den damaligen tapfern Herzog von Benevent mit der Aufforderung, sobald als möglich herbeizurücken und ihm gegen seinen Bruder Perctarit Hülfe zu leisten, und versprach ihm dafür des Königs Tochter, seine Schwester, zum Weibe zu geben. Aber der Gesandte selber handelte verrätherisch gegen seinen Herrn und ermahnte den Grimuald zu kommen und das Langobardenreich, das die beiden unerwachsenen Brüder zerrissen, selbst an sich zu bringen, da er reif an Alter, mächtig und klug im Rath sei. Wie Grimuald das hörte, so richtete er alsbald seinen Sinn auf die Erlangung der Langobardenherrschaft und nachdem er seinen Sohn Romuald zum Herzog von Benevent eingesetzt hatte, brach er mit auserlesener Mannschaft gegen Ticinus auf, und verschaffte sich in allen Städten, durch die ihn sein Weg führte, Freunde und Hülfsgenossen zur Erlangung der Herrschaft. Den Grafen Transemund von Capua schickte er nach Spoletum und Tuscien ab, um die Langobarden dieser Gegenden für sich zu gewinnen. Dieser führte seinen Auftrag mit erfolgreicher Thätigkeit aus und schloß sich mit vielen Hülfsgenossen ihm auf seinem Marsch in Emilia an. Als nun Grimuald mit zahlreicher und starker Mannschaft in Placentia 1) angelangt war, so schickte er den Garipald, der als Gobeperts Gesandter zu ihm gekommen war, nach Ticinus voraus, um dem Gobepert seine Ankunft zu melden. Dieser sprach, als er vor Gobepert erschien, Grimuald ziehe in Eile heran; und als nun Gobepert ihn befragte, wo er dem Grimuald eine Wohnung bereiten solle, so gab Garipald zur Antwort, es zieme sich, daß Grimuald, der zur Unterstützung seiner Sache gekommen sei und seine Schwester heurathen werde, im Palast seine Wohnung

____

1) Piacenza.

habe. Und also geschah es auch. Denn wie Grimuald ankam, so erhielt er im Palast eine Wohnung. Derselbe Garipald aber, der Anstifter der ganzen Bosheit, beredete den Godepert, nicht anders als mit einem Panzer unter dem Kleide angethan sich mit dem Grimuald in eine Unterredung einzulassen, indem er ihn versicherte, Grimuald wolle ihn umbringen. Auf der andern Seite kam eben dieser Lügenkünstler auch zu Grimuald und sagte, wenn er sich nicht wacker vorsehe, so werde ihn Godepert mit seinem Schwert tödten, und zeigte ihm an, Godepert trage, wenn er zu einer Besprechung mit ihm komme, unter seinem Kleide einen Panzer. Was geschah? Als sie am andern Morgen zu einer Unterredung zusammenkamen, so umfaßte Grimuald nach der Begrüßung den Godepert und merkte nun sogleich, daß dieser einen Panzer unter seinem Kleide trage. Unverweilt zog er das Schwert und brachte ihn ums Leben und riß sein Reich und alle Gewalt an sich. Es hatte aber Godepert zu der Zeit bereits einen kleinen Sohn Namens Raginpert, der von den Getreuen Godeperts weggebracht und heimlich auferzogen wurde; Grimuald ließ ihn, da er noch ein Kind war, nicht weiter verfolgen. Bei der Kunde, daß sein Bruder ermordet worden, ergriff Perctarit, der in Mailand regierte, in größter Eile die Flucht und kam zu dem Avarenkönig, dem Kakan; seine Gemahlin Rodelinda und seinen kleinen Sohn Kuninkpert, die er zurückgelassen hatte, schickte Grimuald in die Verbannung nach Benevent. Garipald aber, auf dessen Veranlassung und Betreiben das alles geschehen war, — und nicht bloß das hatte er gethan, sondern auch auf seiner Gesandtschaftsreise einen Betrug begangen, indem er die Gaben, die er hätte nach Benevent bringen sollen, nicht ganz ablieferte — der Thäter solcher Werke also hatte eine kurze Freude. Es war nemlich in der Stadt Turin ein kleines Männchen zu Godeperts Dienerschaft gehörend. Da der wußte, daß Herzog Garipald am heiligen Ostertage zum Gebet nach der Kirche des heiligen Johannes des Täufers kommen werde, so stieg er auf den Taufstein des Baptisteriums, hielt sich mit der linken Hand an einen Pfeiler der Decke, wo Garipald vorübergehen

mußte und hatte unter seinem Gewand ein blankes Schwert; und
als nun Garipald kam und· an ihm vorüberging, so lüpfte er
sein Gewand, hieb ihm mit aller Macht mit dem Schwert in den
Nacken und schlug ihm mit einem Schlage den Kopf herab. Die
Begleiter Garipalds stürzten nun über ihn her, und tödteten ihn
mit vielen Wunden. Aber wiewohl er den Tod fand, so hatte
er doch den Tod seines Herrn Godepert auf eine glänzende Weise
gerächt.

Fünftes Buch.

1. Nicht lange nun nachdem Grimuald zu Ticinus in seiner 662
Herrschaft bestätigt worden war, vermählte er sich mit der ihm schon
vormals versprochenen Tochter König Ariperts, deren Bruder Gode=
pert er ermordet hatte. Das Beneventaner Heer, durch dessen Bei=
stand er die Herrschaft erlangt hatte, schickte er reich beschenkt nach
Hause, einen Theil davon behielt er jedoch zurück, um sie bei sich
wohnen zu lassen, und wies ihm große Besitzungen an.

2. Als er hierauf erfuhr, daß Perctarit ins Scithenland ge=
flohen sei und beim Kakan lebe, so schickte er Gesandte zu dem
Avarenkönig Kakan und ließ ihm sagen, wenn er dem Perctarit
noch länger Aufenthalt in seinem Reiche gewähre, so würden die
Langobarden das friedliche Verhältniß, in dem sie bisher zu ihm
gestanden, fernerhin nicht mehr bewahren können. Wie der Avaren=
könig das hörte, so rief er den Perctarit vor sich und hieß ihn
gehen wohin er wolle, damit nicht die Avaren seinetwegen mit den
Langobarden in Feindschaft kämen. Auf das hin machte sich Perc=
tarit auf zu Grimuald und kehrte nach Italien zurück: denn er
hatte gehört, daß er sehr milde sei. Als er nun nach der Stadt

Lauba[1]) kam, schickte er Unulf seinen Getreuen zu König Grimuald voraus, um diesem seine Ankunft zu melden. Unulf kam zum König und meldete ihm, daß Perctarit im Vertrauen auf seinen Schutz zurückkehre. Wie das der König hörte, gab er das Versprechen, jenem solle nichts Böses widerfahren, wenn er im Vertrauen auf seinem Schutz komme. Perctarit erschien also vor Grimuald und wie er bei seinem Eintritt sich ihm zu Füßen werfen wollte, so hielt ihn der König gnädig zurück und küßte ihn. Da sprach Perctarit zu ihm: „Ich bin dein Knecht; da ich wußte, daß du fromm und christlichen Sinnes bist, so bin ich, wiewohl ich unter den Heiden leben konnte, auf deine Gnade bauend, zu deinen Füßen gekommen." Der König erwiderte ihm darauf mit seinem gewöhn=lichen Schwur: „Bei dem, der mich hat geboren werden lassen, du sollst, nachdem du im Vertrauen auf meinen Schutz zu mir ge=kommen bist, in keiner Weise etwas Uebels erfahren, sondern ich werde so für dich sorgen, daß du mit Anstand leben kannst." Als=dann gab er ihm in einem geräumigen Hause eine Wohnung und hieß ihn nach seinen Mühsalen der Ruhe pflegen und ließ ihm aus öffentlichen Mitteln Unterhalt und alles, was er bedurfte, in reich=lichem Maße darreichen. Als nun Perctarit die vom König ihm angewiesene Wohnung bezogen hatte, fingen die Bürger von Ticinus an in ganzen Schaaren zu ihm zu strömen, um ihn zu sehen, ober, wenn sie ihn von früheren Zeiten her kannten, zu grüßen. Aber was kann nicht eine böse Zunge verderben? Bald kamen einige boshafte Schmeichler vor den König und erklärten ihm, er werde, wenn er nicht den Perctarit schnell aus der Welt schaffe, gar bald die Herrschaft und sein Leben verlieren; in dieser Absicht, versicherten sie, ströme die ganze Stadt zu ihm. Grimuald schenkte diesen Reden zu schnell Glauben, vergaß sein Versprechen, beschloß sogleich den Tod des unschuldigen Perctarit und überlegte, wie er ihn, da es schon spät am Tage war, am andern Morgen ums Leben bringen könnte. Er schickte ihm nun Abends mancherlei

---

1) Lodi.

Speisen auch treffliche Weine und verschiedene Getränke, um ihn trunken zu machen, damit er in dieser Nacht aufgelöst vom Trinken und im Wein begraben nicht an seine Rettung denken könnte. Da war aber Einer, der zu dem Gefolge von Perctarits Vater gehört hatte, der steckte, als er dem Perctarit den königlichen Schemel brachte, wie um ihn zu grüßen seinen Kopf unter den Tisch und flüsterte ihm heimlich zu, daß es der König auf seinen Tod abgesehen habe. Perctarit gab nun augenblicklich seinem Mundschenken die Weisung, ihm nichts als etwas Wasser in einer silbernen Schaale zu reichen; und als die, welche ihm die vielerlei Getränke vom König brachten, nach dessen Befehl ihn aufforderten, seine ganze Schaale auszutrinken, so sagte er, er wolle sie zu Ehren des Königs leeren, schlürfte aber nur etwas Wasser aus seinem silbernen Kelche. Als nun die Diener dem König berichteten, wie jener mit Begierde trinke, so sprach Grimuald mit froher Miene: „Er trinke nur zu der Säufer, morgen wird er den nemlichen Wein mit seinem Blut vermischt vergießen." Perctarit aber ließ den Unulf schleunig zu sich kommen und that ihm des Königs Vorhaben ihn umzubringen kund. Unulf schickte sogleich einen Diener nach seinem Hause, ließ sich Polster bringen und ein Lager neben Perctarits Ruhestatt bereiten. Unverweilt bot nun König Grimuald seine Leute auf, um das Haus in dem Perctarit schlief zu bewachen, damit er nicht irgendwie entkommen könnte. Als jetzt das Gelage aufgehoben war und alle sich entfernt hatten bis auf Perctarit, Unulf und den Kämmerer des Perctarit, die ihm durchaus treu waren, so eröffneten diese beiden jenem ihren Plan und beschworen ihn, während Perctarit sich auf die Flucht mache, sollte er[1] so lange als möglich den Glauben zu erwecken suchen, jener ruhe in seinem Schlafgemach. Als er sich damit einverstanden erklärt hatte, legte Unulf seine Polstertücher, sein Bett und ein Bärenfell dem Perctarit auf Rücken und Nacken, trieb ihn der Verabredung gemäß als wäre er ein Sklave vom Lande zur Thüre hinaus, gab ihm dabei viele Schelt-

---

[1] Der Kämmerer.

worte, schlug ihn mit einem Stock und hörte nicht auf ihn zu mißhandeln, so daß er unter den Tritten und Schlägen mehrmals zu Boden stürzte. Als die Leute des Königs, die als Wache aufgestellt waren, den Unulf fragten, was denn das sei, so sprach er: „Dieser nichtsnutzige Sklave hat mir das Bett in die Schlafkammer dieses betrunkenen Perctarit gestellt, der so voll Weins ist, daß er wie todt da liegt. Aber ich bin es nun satt, wie bisher mich nach seiner Thorheit zu richten, fortan werde ich, so lange mein Herr König lebt, in meinem eigenen Hause bleiben." Wie das jene hörten, so wurden sie, da sie es glaubten, sehr vergnügt, machten Platz und ließen ihn sowie auch den Perctarit, den sie für einen Sklaven hielten und der um nicht erkannt zu werden sein Haupt verhüllt hatte, frei abziehen. Als sie fort waren, blieb jener treue Kämmerer, nachdem er sorgfältig die Thüre verriegelt hatte, ganz allein im Hause zurück. Unulf aber ließ den Perctarit in der an den Fluß Ticinus stoßenden Ecke an einem Seil von der Mauer hinab und führte ihm soviel Gefährten als er konnte zu. Sie griffen nun Pferde die sie auf der Weide fanden auf und gelangten mit ihnen noch in der nemlichen Nacht nach der Stadt Asta, wo sich Perctarits Anhänger, die sich dem Grimuald noch gar nicht unterworfen hatten, befanden. Hierauf floh Perctarit in höchster Eile nach der Stadt Turin und von da über die Grenze Italiens nach dem Land der Franken. Und also errettete der allmächtige Gott durch seine barmherzige Fügung den Unschuldigen vom Tode und bewahrte zugleich den König, der von Herzen nur das Gute thun wollte, vor Sünde.

3. Aber König Grimuald meinte, Perctarit schlafe in seiner Wohnung und ließ von da bis nach seinem Palast an verschiedenen Punkten seine Leute in Reihe aufstellen, damit Perctarit durch ihre Mitte geführt würde und so in keiner Weise entfliehen könnte. Als nun die vom Könige Abgesandten kamen, um den Perctarit nach dem Palast zu rufen, und an der Thüre des Gemaches, worin sie ihn schlafend glaubten, klopften, so sprach jener Kämmerer, der innen war, bittend zu ihnen: „Habt Erbarmen mit ihm und lasset ihn

noch ein Weilchen ruhen, denn er liegt von seiner Reise erschöpft noch in tiefem Schlafe." Jene beruhigten sich dabei und meldeten dem König, daß Perctarit noch im tiefen Schlafe liege. Da sprach Grimuald: „So sehr hat er sich also gestern Abend mit Wein angefüllt, daß er gar nicht erwachen kann." Indeß befahl er ihnen, sogleich ihn aufzuwecken und nach dem Palast zu bringen. Als sie an die Thüre des Gemaches kamen, worin wie sie glaubten Perctarit schlief, fingen sie an stärker zu klopfen. Da lag ihnen jener Kämmerer abermals mit Bitten an, sie möchten doch den Perctarit noch ein Weilchen schlafen lassen. Aber sie schrieen voller Zorn, der Trunkenbold habe jetzt genug geschlafen, stießen alsbald mit den Füßen die Thüre des Gemachs ein und suchten nun drinnen den Perctarit in seinem Bett. Als sie ihn hier nicht finden konnten, vermutheten sie er befriedige sein natürliches Be= dürfniß. Wie sie ihn aber auch da nicht fanden, so fragten sie den Kämmerer, was denn aus Perctarit geworden sei, worauf jener antwortete, er sei entflohen. Da ergriffen sie ihn sogleich an den Haaren und schleppten ihn ganz wüthend und unter Schlägen nach dem Palast, führten ihn vor den König und er= klärten, er habe um die Flucht Perctarits gewußt und verdiene darum den Tod. Der König aber befahl ihn freizulassen und fragte ihn der Ordnung nach, wie Perctarit entkommen sei. Jener berichtete dem König alles, wie es sich zugetragen hatte. Darauf wandte sich der König an die Umstehenden und fragte sie: „Wie dünket euch um diesen Menschen, der solches gethan hat?" Da gaben alle mit Einem Munde zur Antwort, er verdiene unter Martern jeglicher Art zu sterben. Aber der König sprach: „Bei dem, der mich hat geboren werden lassen, dieser Mensch, der aus Treue zu seinem Herrn in den Tod zu gehen sich nicht scheute, verdient gut behandelt zu werden." Er nahm ihn sogleich unter seine Kämmerer auf, ermahnte ihn, ihm dieselbe Treue zu be= wahren, die er gegen Perctarit bewiesen, und versprach ihn reichlich zu bedenken. Als hierauf der König fragte, was aus Unulf ge= worden sei, so ward ihm gemeldet, er habe zu der Kirche des

heiligen Erzengels Michael seine Zuflucht genommen. Sofort
schickte er nach ihm und versprach ihm aus freien Stücken, es solle
ihm kein Leid widerfahren, er solle nur im Vertrauen auf seinen
Schutz kommen. Unulf warf sich dem Könige zu Füßen und er=
zählte auf die Frage des Königs, durch welche Mittel und Wege
Perctarit denn habe entkommen können, alles nach der Ordnung.
Da lobte der König seine Treue und Klugheit und ließ ihn huld=
reich im Besitze seines ganzen Vermögens und von allem, was er
haben konnte.

4. Als aber nach einiger Zeit Grimuald den Unulf fragte,
ob er sein Leben bei Perctarit zuzubringen wünsche, da antwortete
er und betheuerte es mit einem Schwur, er wolle lieber mit Perc=
tarit sterben, als anderswo im höchsten Genuß leben. Darauf
fragte der König auch jenen Kämmerer, ob er es vorziehe, bei ihm
im Palast zu bleiben oder bei Perctarit in der Fremde zu leben.
Als er eine ähnliche Antwort wie Unulf gab, da nahm der König
die Worte beider gütig auf, belobte ihre Treue und hieß den Unulf
alles was er wünsche aus seinem Hause mit fortnehmen, seine
Sklaven nemlich, seine Rosse und mancherlei Hausrath, und damit
ungefährdet zu Perctarit ziehen. In gleicher Weise entließ er auch
jenen Kämmerer. Sie nahmen also nach des Königs huldreichem
Willen ihre ganze Habe soviel sie brauchten und zogen damit unter
des Königs Schutz nach dem Lande der Franken zu ihrem geliebten
Perctarit.

5. In dieser Zeit rückte das Heer der Franken aus der
Provinz[1]) in Italien ein. Grimuald zog ihnen mit den Lango=
barden entgegen und täuschte sie durch folgende List. Er that
nemlich, als fliehe er vor ihrem Angriff und ließ sein Lager mit
sammt den Zelten voll mancherlei Schätzen besonders aber einer
Menge vorzüglichen Weins ganz menschenleer hinter sich. Als nun
die fränkischen Heerhaufen ankamen, glaubten sie, Grimuald und
die Langobarden hätten aus Schrecken ihr Lager im Stich gelassen,

---

1) Provence.

fielen alsbald voll Jubel um die Wette über alles her und richteten sich eine reichliche Mahlzeit her. Als sie nun aber von dem vielen Essen und Trinken beschwert im Schlafe lagen, überfiel sie Grimuald nach Mitternacht und richtete eine solche Metzelei unter ihnen an, daß nur wenige von ihnen entkamen und ihr Vaterland wieder erreichen konnten. Der Ort wo diese Schlacht geschlagen wurde heißt bis auf den heutigen Tag der Frankenbach[1]) und ist nicht weit von den Mauern des Städtchens Asta entfernt.

6. In diesen Tagen wollte der Kaiser Konstantinus, der auch Konstans genannt wurde, Italien den Händen der Langobarden entreißen, er zog aus Konstantinopel und kam seinen Marsch der Küste entlang nehmend nach Athen, von da fuhr er über das Meer und landete in Tarent. Vorher besuchte er jedoch einen Einsiedler, der in dem Rufe stand den Geist der Weissagung zu besitzen und befragte ihn mit Eifer, ob er das Volk der Langobarden, das in Italien wohnte, besiegen und beherrschen könne. Der Knecht Gottes erbat sich nun von ihm die Frist einer Nacht, um wegen dieser Sache zu dem Herrn zu flehen und gab dann am andern Morgen dem Kaiser diese Antwort: „Das Volk der Langobarden kann jetzt von Niemanden unterjocht werden, weil eine Königin, die aus einem andern Lande kam, im langobardischen Gebiet eine Kirche des heiligen Johannes des Täufers erbaut hat und deßhalb der heilige Johannes selber fortwährend für das Volk der Langobarden Fürbitte einlegt. Es wird aber eine Zeit kommen, da dieses Heiligthum mißachtet werden wird und alsdann wird das Volk zu Grunde gehen." Daß dieß also in Erfüllung ging, das habe ich erfahren, der ich mit ansah, wie eben diese in Monza gelegene Kirche des heiligen Johannes vor dem Untergang der Langobarden von schlechten Menschen verwaltet wurde, so daß die ehrwürdige Stätte unwürdigen Personen und Ehebrechern nicht ob ihres Verdienstes, sondern als Belohnung verliehen ward.

7. Als nun der Kaiser Konstans, wie schon erwähnt, in

<hr>

1) Rivus, Rivoli.

Tarent angelangt war, rückte er von da aus weiter und drang
in das Gebiet von Benevent ein und eroberte fast alle langobar=
dischen Städte, durch die er kam. Auch Luceria eine reiche Stadt
Apuliens nahm er nach einem tapfern Sturme ein, zerstörte sie
und machte sie dem Erdboden gleich. Agerentia jedoch konnte er
wegen der ungemein festen Lage des Orts durchaus nicht ein=
nehmen. Hierauf schloß er mit seinem ganzen Heere Benevent ein
und begann mit Eifer die Belagerung der Stadt, wo damals
Romuald, der noch sehr junge Sohn Grimualds, das Herzogthum
führte. Dieser schickte, sobald er von dem Anzug des Kaisers Kunde
erhielt, seinen Erzieher Sesuald über den Po zu seinem Vater
Grimuald und ließ ihn beschwören, so schnell als möglich zu
kommen und seinem Sohne und den Beneventanern, die er einst
selber gütig regiert hatte, mit Heeresmacht beizustehen. Als das
König Grimuald hörte, rückte er sogleich mit einem Heer gen Bene=
vent, um seinem Sohne Hülfe zu bringen. Unterwegs aber ver=
ließen ihn mehrere Langobarden und kehrten nach Hause zurück,
indem sie sagten, er habe den Palast ausgeplündert und gehe nun
nach Benevent zurück, um nicht wiederzukehren. Unterdessen setzte
das Heer des Kaisers mit allerlei Maschinen Benevent heftig zu.
Romuald aber mit seinen Langobarden leistete tapfern Widerstand:
zwar wagte er wegen der geringen Anzahl seines Heeres mit einer
so großen Menge nicht in offener Feldschlacht zu streiten, dagegen
brach er mit tüchtigen Jünglingen häufig ins feindliche Lager ein
und richtete daselbst großen Schaden an. Als nun sein Vater
Grimuald nahe heranrückte, so schickte er jenen schon erwähnten
Erzieher zu seinem Sohne, um ihm seinen Anzug zu melden. Als
dieser aber bereits in die Nähe von Benevent gekommen war, wurde
er von den Griechen gefangen und vor den Kaiser gebracht, der
ihn fragte, woher er komme; er sagte, er komme vom König Gri=
muald, der in Eile heranrücke. Darüber erschrak der Kaiser und
berieth sich sogleich mit den Seinigen über einen mit Romuald
abzuschließenden Vertrag, um dann nach Neapel zurückkehren zu
können.

8. Nachdem er nun Romualds Schwester, die Gisa hieß, als Geißel erhalten hatten, machte er mit ihm Frieden. Seinen Erzieher Sesuald aber ließ er an die Mauern führen und bedrohte ihn mit dem Tod, wenn er dem Romuald oder den Bürgern etwas von dem Anzug Grimualds melden würde, er sollte vielmehr versichern, es sei diesem unmöglich zu kommen. Jener versprach so zu thun, wie ihm befohlen ward; als er aber an die Mauer kam, verlangte er den Romuald zu sehen. Romuald eilte schnell herbei, da sprach er so zu ihm: „Harre aus, mein Gebieter Romuald, habe Zuversicht und laß dich nicht ängstigen, in Bälde wird dein Vater erscheinen und dir Hülfe bringen; denn wisse, in dieser Nacht steht er mit einem starken Heere am Fluß Sangrus. Nur flehe ich dich an, daß du dich meines Weibs und meiner Kinder erbarmst; denn mich wird dieses treulose Volk nicht am Leben lassen." Als er das gesprochen hatte, wurde ihm auf Befehl des Kaisers das Haupt abgeschlagen und mittelst einer Kriegsmaschine, die Petraria genannt wird, in die Stadt geschleudert. Da ließ Romuald das Haupt zu sich bringen, küßte es unter Thränen und befahl es an würdiger Stätte zu beerdigen.

9. Der Kaiser fürchtete nun den schleunigen Anzug König Grimualds, hob die Belagerung Benevents auf und zog nach Neapel. Sein Heer erlitt jedoch von Mitola dem Grafen von Capua an den Gewässern des Caloris an einer Stelle, die noch heutigen Tages Pugna (die Schlacht) heißt, eine bedeutende Niederlage.

10. Als aber der Kaiser in Neapel angekommen war, erbat sich wie erzählt wird einer seiner Großen mit Namen Saburrus 20,000 Mann Soldaten von ihm und versprach damit den Romuald siegreich zu bekämpfen. Er erhielt das Heer und zog damit nach dem Orte der Forinus heißt, und schlug hier sein Lager auf. Wie Grimuald, der bereits in Benevent angelangt war, dieß hörte, wollte er gegen ihn ausziehen. Da sprach sein Sohn Romuald zu ihm: „Es ist nicht nöthig, sondern gebt mir nur einen Theil von Eurem Heere. Ich will unter Gottes Beistand

mit ihm streiten, und wenn ich ihn besiege, so wird Eurer Hoheit
ein größerer Ruhm zufallen." Und so geschah es: er erhielt einen
Theil von seines Vaters Heer und zog damit und mit seinen
eigenen Leuten gegen den Saburrus aus. Ehe er den Kampf
mit diesem begann, ließ er an vier Stellen die Trompeten ertönen,
und alsdann fiel er kühn über die Feinde her. Wie nun beide
Theile im heißen Kampf waren, da nahm einer aus des Königs
Heer mit Namen Amalong, der gewöhnlich den königlichen Speer
trug, diesen Speer in seine beiden Hände und durchbohrte mit
Macht so ein Griechenmännlein, hob es aus dem Sattel und trug
es in freier Luft über seinem Haupt. Wie das griechische Heer
solches sah, ward es von ungeheurer Furcht ergriffen und wandte
sich zur Flucht, es erlitt eine vollständige Niederlage und holte sich
auf der Flucht den Tod, dem Romuald aber und den Langobarden
brachte es Sieg. So kehrte Saburrus, der seinem Kaiser lango-
barbische Siegeszeichen zu gewinnen versprochen hatte, mit wenigen
Mannen und mit Schande beladen zu ihm zurück; Romuald aber
hatte über seinen Feind einen Sieg errungen, zog im Triumph nach
Benevent zurück, und brachte seinem Vater Freude, allen aber durch
Verscheuchung der Furcht vor den Feinden Sicherheit mit.

11. Wie aber Kaiser Konstans sah, daß er nichts gegen die
Langobarden ausrichte, so ließ er seine ganze Wuth an seinen eigenen
Leuten, den Römern aus. Er verließ Neapel und zog nach Rom;
am sechsten Meilensteine vor der Stadt kam ihm der Papst Vitalianus mit den Priestern und dem Volk von Rom entgegen. Als
der Kaiser die Stätte des heiligen Petrus betrat, brachte er ein
mit Gold gewirktes Pallium als Gabe dar; er blieb zwölf Tage
in Rom. Alle von alten Zeiten her zum Schmuck der Stadt er-
richteten Erzwerke ließ er wegnehmen, sogar die Kirche der heiligen
Maria, die ehemals das Pantheon hieß und zu Ehren aller Götter
erbaut war, dann mit Erlaubniß der früheren Herrscher die
Stätte aller Märtyrer wurde, ließ er abdecken und die ehernen
Ziegel wegnehmen und sammt allen andern Kunstwerken nach Konstantinopel abführen. Hierauf kehrte der Kaiser nach Neapel zu-

rück und zog von da zu Lande weiter nach der Stadt Regium; alsdann betrat er Sicilien während der siebenten Indiction, und wohnte in Syrakus: hier übte er einen solchen Druck aus gegen das Volk, die Einwohner und Grundbesitzer in Kalabrien, Sicilien, Afrika und Sardinien, wie er vormals nie erhört war: die Frauen wurden sogar von ihren Männern, die Söhne von ihren Eltern getrennt. Aber auch noch viel anderes und unerhörtes hatte die Bevölkerung dieser Landschaften zu erdulden, so daß keinem eine Lebenshoffnung mehr übrig blieb. Selbst die geweihten Gefäße und die Schätze der heiligen Kirchen Gottes wurden auf kaiserlichen Befehl von den habsüchtigen Griechen weggenommen. Es blieb der Kaiser von der siebenten bis zwölften Indiction in Sicilien; endlich jedoch mußte er diese Sünde büßen und wurde, während er im Bade war, von seinen eigenen Leuten umge= bracht.

15. Juli 668

12. Nach der Ermordung des Kaisers Konstans in Syrakus riß Mezentius in Sicilien die Herrschaft an sich, aber gegen den Willen des oströmischen Heeres. Es zogen gegen ihn die Soldaten Italiens, ebenso die aus Istrien, aus Campanien, wieder andere aus Afrika und Sardinien nach Syrakus und nahmen ihm das Leben; auch viele von den Richtern wurden ermordet oder nach Konstantinopel abgeführt, mit diesen auch das Haupt des falschen Kaisers.

13. Als hievon das Volk der Sarrazenen Kunde bekam, das bereits Alexandria und Aegypten eingenommen hatte, so kam es plötzlich auf zahlreichen Schiffen nach Sicilien, drang in Syrakus ein und richtete unter der Bevölkerung der Stadt ein großes Blut= bad an. Nur wenige entkamen, die nach den festesten Burgen und den höchsten Bergen geflohen waren. Die Sarrazenen machten eine überaus reiche Beute, auch alles, was der Kaiser Konstans aus Rom mit fortgenommen hatte, die Kunstwerke in Erz und andern Stoffen raubten sie und kehrten damit nach Alexandria zurück.

14. Des Königs Tochter aber, die wie oben erzählt, von

Benevent als Geißel abgeführt worden war, wurde nach Sicilien gebracht und starb daselbst.

15. In dieser Zeit waren Regengüsse und Gewitter in solcher Menge, wie sie sich kein Mensch von früher her erinnern konnte; viele Tausende von Menschen und Thieren wurden vom Blitz er=schlagen. In diesem Jahre trieben die Gemüse, die man wegen des häufigen Regens nicht einsammeln konnte, neue Keime und ge=langten zur vollendeten Reife.

663   16. Wie aber König Grimuald den Griechen die Stadt und das Gebiet von Benevent entrissen hatte, gab er, als er nach seinem Palast zu Ticinus heimkehren wollte, dem Transamund, der bisher Graf von Kapua gewesen war und ihm bei der Erlangung der Herrschaft die trefflichsten Dienste geleistet hatte, seine Tochter, Ro=mualds zweite Schwester zum Weib, und machte ihn nach Atto, von dem oben die Rede war, zum Herzog von Spoletum. Als=dann kehrte er nach Ticinus zurück.

17. Wie ich schon oben bemerkte, folgte nach dem Tode Gra=sulfs von Friaul Ago im Herzogthum, nach welchem bis auf den heutigen Tag ein Haus in der Stadt Forojuli Ago's Haus heißt. Nach dem Tode dieses Ago wurde Lupus Herzog von Friaul. Dieser Lupus drang auf einem schon vor alten Zeiten durch das Meer gemachten Damme mit einem berittenen Heere nach der Anf. 663 nicht weit von Aquileja gelegenen Insel Grabus, plünderte die Stadt und kehrte beladen mit den geraubten Schätzen der Kirche von Aquileja wieder zurück. Diesem Lupus nun hatte Grimuald, als er gen Benevent zog, die Regierung in seinem Palast an=vertraut.

18. Während des Königs Abwesenheit schaltete Lupus, der seine Zurückkunft nicht vermuthete, mit großem Uebermuth zu Ticinus. Da er nun wohl wußte, daß seine übeln Handlungen dem König mißfallen würden, so zog er bei dessen Heimkehr nach Friaul und empörte sich im Bewußtsein seiner Schuld gegen den König.

19. Grimuald wollte keinen Bürgerkrieg zwischen Langobarden erregen und ließ darum an den Kakan, den Avarenkönig, die Auf=

forderung ergehen, mit Heeresmacht nach Friaul zu rücken, um
den Herzog Lupus zu vernichten. Und so geschah es auch. Der
Kakan rückte mit einem großen Heere herbei und an dem Ort der
Flovius [1]) heißt schlugen sich Herzog Lupus und die Friauler drei
Tage lang mit dem Heere des Kakan, wie mir das alte Männer
erzählt haben, die diese Schlacht mitgemacht. Am ersten Tage trug
er über jenes große Heer den Sieg davon und nur wenige von
seinen Leuten wurden verwundet; am zweiten wurde eine bedeutende
Anzahl von ihnen verwundet und getödtet, aber auch viele Avaren
kamen dabei um; am dritten Tage rieb er, so viele Streiter er
auch schon durch Wunden und Tod verloren hatte, nichtsdesto=
weniger das große Heer des Kakan völlig auf und machte reiche
Beute. Am vierten Tage jedoch sahen sie so zahllose Haufen gegen
sich heranziehen, daß sie nur mit Noth durch die Flucht entrinnen
konnten.

20. Hiebei nun fand Herzog Lupus den Tod, die übrigen,
die entkommen waren, schützten sich hinter den festen Mauern. Die
Avaren aber überschwemmten das ganze Land, plünderten und ver=
heerten es mit Feuer und Schwert. Wie sie das eine Zeit lang
getrieben hatten, forderte sie Grimuald auf, jetzt von der Ver=
wüstung abzulassen. Da schickten sie aber Gesandte an den König
und ließen ihm sagen, sie würden Friaul, das sie mit eigenen
Waffen erobert hätten, nicht wieder räumen.

21. Da sah sich Grimuald genöthigt, sein Heer aufzubieten,
um die Avaren aus dem Land zu schlagen. Mitten im Blachfeld
schlug er nun sein Lager und das Gastgezelte für die avarischen
Gesandten auf; da er aber nur einen kleinen Theil seines Heeres
bei der Hand hatte, so ließ er diese wenigen mehrere Tage lang
in verschiedener Tracht und Rüstung, als kämen immer wieder neue
Heereshaufen, an den Gesandten vorbeimarschiren. Wie nun die
Gesandten der Avaren dieselben Truppen immer in verschiedenem
Aufzuge kommen sahen, so glaubten sie, es sei das ein ganz zahl=

____

[1]) Zu deutsch Fluß; bei Wippach in Krain gelegen.

loses Langobardenheer. Grimuald aber sprach zu ihnen: „Mit dieser ganzen Heeresmasse, die ihr gesehen habt, werde ich alsbald über den Kakan und die Avaren herfallen, wenn sie nicht schleunig Friaul räumen." Wie nun die avarischen Gesandten was sie gesehn und gehört hatten, ihrem König vermeldeten, so zog dieser sogleich mit seinem ganzen Heer in sein Reich ab.

22. Nachdem Lupus wie schon berichtet umgekommen war, wollte sein Sohn Arnefrit dem Vater im Herzogthum von Friaul folgen; da er aber die Macht König Grimualds fürchtete, floh er zu dem Volk der Slaven nach Karnuntum[1]), was in verderbter Aussprache auch Karantanum genannt wird. Von hier aus zog er nachmals heran, um mit Hülfe der Slaven das Herzogthum zu erobern, wurde aber unweit von Forojuli bei der Burg Nemas von der Friaulern überfallen und getödtet.

663   23. Hierauf wurde Wechtari als Herzog von Friaul bestellt; er stammte aus der Stadt Vincentia und war ein gütiger und sein Volk mild regierender Herr. Als das Slavenvolk hörte, daß er nach Ticinus gezogen sei, sammelten sie eine starke Heeresmacht, um die Stadt Forojuli zu überfallen, sie kamen und schlugen nicht weit davon an dem Orte, der Broxas heißt, ihr Lager auf. Aber nach göttlicher Fügung war Herzog Wechtari schon am Abend zuvor ohne Wissen der Slaven von Ticinus wieder angelangt. Da indeß seine Grafen wie es zu gehen pflegt bereits nach Hause abgezogen waren, so rückte er bei der Nachricht von den Slaven mit nur wenigen Mannen, fünf und zwanzig an der Zahl, gegen sie aus. Als ihn nun die Slaven mit so wenigen herankommen sahen, so lachten sie und sprachen, da ziehe wohl der Patriarch mit seinen Pfaffen gegen sie zu Felde. Aber wie er an die Brücke des Flusses Natisio kam, wo die Slaven gelagert waren, so nahm er seinen Helm vom Haupte und gab sich ihnen dadurch zu erkennen, denn er hatte einen Kahlkopf. Sobald nun die Slaven sahen, daß es Wechtari selber sei, wurden sie ganz bestürzt und riefen, Wechtari

_____
1) Kärnthen.

sei da, und bei dem Schrecken, den Gott über sie kommen ließ, dachten sie mehr ans Laufen als ans Kämpfen. Da fiel Wechtari mit den wenigen, die um ihn waren, über sie her und richtete ein solches Blutbad unter ihnen an, daß von fünftausend nur wenige übrig blieben, die entkamen.

24. Nach diesem Wechtari erhielt Landari das Herzogthum Friaul, und nach dessen Tode folgte Rodoald.

25. Als nun, wie schon berichtet, Herzog Lupus umgekommen war, gab König Grimuald dessen Tochter Theuderada seinem Sohne Romuald, der in Benevent herrschte, zum Weibe. Er erzeugte mit ihr drei Söhne, Grimuald, Gisulf und Arichis.

26. An allen denen, die bei seinem Zuge nach Benevent von ihm abgefallen waren, nahm König Grimuald Rache.

27. Forumpopuli aber, eine Stadt der Römer, deren Ein= wohner ihm auf seinem Zuge gegen Benevent mancherlei Schaden zugefügt und seine von Benevent hin und her reitenden Boten zu wiederholten Malen verletzt hatten, richtete er folgendermaßen zu Grunde. Zur Zeit der Fasten rückte er ohne Wissen der Römer über die Barbo's Alpe 1) in Tuscien ein, überfiel ganz unvermuthet am heiligen Ostersamstag zu der Stunde, wo getauft wurde 2), die Stadt und nun begann ein Morden, bei dem selbst die Geistlichen, die die kleinen Kindlein tauften, an dem heiligen Becken nicht ver= schont wurden. Und so furchtbar suchte er diese Stadt heim, daß sie bis auf diesen Tag nur sehr wenige Einwohner zählt.

28. Es trug nemlich Grimuald einen unversöhnlichen Haß gegen die Römer im Herzen, weil sie einst seine Brüder Taso und Kakko meineidig verrathen hatten. Darum zerstörte er auch die Stadt Opitergium, wo sie ermordet worden waren, von Grund aus und vertheilte ihr Gebiet unter die Einwohner von Forojuli, Tar= visium und Ceneta.

---

1) per Alpem Bardonis. Gewöhnlich Barbo's Berg genannt, heute Bardi, ein bei Parma gelegener Appenninenpaß, zu unterscheiden von dem in Sardinien zwischen Aosta und Ivrea gelegenen Barbosberg. Otto von Freising sagt aber Gesta Frid. II, 13, daß man das ganze Appenningebirge so zu nennen pflege. — 2) Vergl. Bingham, Origg. IV, p. 249.

29. Zu diesen Zeiten verließ, man weiß nicht aus welcher Ursache, ein Bulgarenherzog Namens Alzeko sein Volk und kam mit allen Mannen seines Herzogthums ganz frieblich nach Italien zu König Grimuald und versprach ihm zu dienen und in seinem Lande zu wohnen. Der König schickte ihn zu seinem Sohn Romuald nach Benevent mit dem Befehl, ihm und seinen Leuten Wohnplätze anzuweisen. Romuald nahm sie huldreich auf und räumte ihnen geräumige Wohnsitze ein, die bis dahin ganz verlassen gewesen waren, Sepianum nemlich, Bovianum, Isernia und andere Städte nebst ihren Gebieten, dem Alzeko selbst aber gab er mit Veränderung des Namens der Würde, statt des herzoglichen den Titel Gastaldius [1]). Diese Bulgaren wohnen noch heutiges Tags in den genannten Orten und haben, obwohl sie auch lateinisch reden, ihre eigene Sprache noch durchaus nicht verlernt.

30. Nachdem, wie schon angeführt, Kaiser Konstans in Sicilien umgekommen war und der auf ihn folgende Thrann Mezentius seine Strafe erlitten hatte, kam das römische Reich an des Kaisers Konstantius Sohn Konstantinus, und er herrschte siebzehn Jahre über die Römer. Zu den Zeiten jenes Konstans aber wurden der Erzbischof Theodorus und der Abt Adrian, ein sehr gelehrter Mann, vom Papst Vitalianus nach Britannien gesandt und befruchteten daselbst viele Kirchen der Angeln mit dem Segen kirchlicher Lehre. Erzbischof Theodor hat in einem bewundrungswürdigem Werk mit großer Umsicht die Sündenstrafen bestimmt, wie viele Jahre lang nemlich man für eine jede Sünde Buße thun müsse.

31. In der Folgezeit erschien im Monat August am östlichen Himmel ein Kometstern mit ungemein glänzenden Strahlen, der später nach derselben Richtung hin wieder verschwand. Und nicht lange stand es an, so kam gleichfalls aus Osten eine verheerende Pest über das Volk der Römer. In diesen Tagen ließ der römische Papst Donus vor der Kirche des heiligen Apostels Petrus an dem

____

1) Ein häufig genanntes langobardisches Amt. Der Gastaldius war der Statt-halter des Königs in kleineren Bezirken und als solcher der nächste nach dem Herzog. Das Wort kommt her von gastaldan, constituere.

Orte, der das Paradies genannt wird, ein herrliches Pflaster von weißen Marmorblöcken legen.

32. Zu dieser Zeit herrschte in den gallischen Landen Dagipert über die Franken, mit dem König Grimuald einen festen Friedensbund geschlossen hatte. Da nun Perctarit auch noch im Lande der Franken Grimualds Macht fürchtete, so verließ er Gallien und zog nach der brittannischen Insel hinüber zu dem König der Sachsen.

33. Grimuald aber saß in seinem Palast neun Tage, nachdem 671 er sich zur Ader gelassen hatte; wie er nun seinen Bogen zur Hand nahm, um eine Taube zu schießen, da brach die Ader seines Armes wieder auf, die Aerzte legten ihm, wie erzählt wird, vergiftete Heilmittel darauf und führten so seinen Tod herbei. Zu dem Gesetzbuch, das König Rothari hatte anfertigen lassen, hat er einige Zusätze gemacht, die ihm heilsam dünkten. Er war von gewaltigem Körperbau, kahlem Haupte, starkem Barte, an Kühnheit der erste, durch Rath und That gleich ausgezeichnet. Sein Leib liegt in der Kirche des heiligen Bekenners Ambrosius begraben, die er selbst schon früher in der Stadt Ticinus erbaut hatte. Ein Jahr und drei Monate waren nach dem Tode König Ariperts verflossen, als er das Reich der Langobarden an sich brachte; er herrschte neun Jahre und hinterließ seinem Sohne Garibald, den ihm König Ariperts Tochter geboren hatte und der noch ein Knabe war, den Thron. Perctarit nun verließ, wie ich schon zu erzählen anfing, Gallien und bestieg ein Schiff, um nach der brittännischen Insel ins Sachsenreich zu fahren. Wie er aber schon eine Weile auf der See gefahren war, ließ sich von der Küste her eine Stimme hören, die fragte, ob sich Perctarit auf diesem Schiffe befinde. Als geantwortet wurde, Perctarit sei da, sprach jener Rufer weiter: „Saget ihm, er möge heimkehren in sein Vaterland, denn heute ist der dritte Tag, daß Grimuald aus dieser Welt geschieden ist". Auf diese Nachricht hin kehrte Perctarit augenblicklich um, konnte aber wie er gelandet war, den Menschen nicht finden, der ihm Grimualds Tod verkündet hatte; dieß brachte ihn auf

den Glauben, es sei das kein Mensch, sondern ein Bote vom Himmel gewesen. Sofort zog er nun der Heimath zu und wie er an die Klausen Italiens kam, so fand er hier bereits alle Diener des Palastes und das ganze königliche Gefolge, das ihn umgeben von einer großen Menge Langobarden erwartete. Er kehrte jetzt nach Ticinus zurück, vertrieb den Knaben Garibald und ward von sämmtlichen Langobarden auf den Thron gesetzt im dritten Monat nach Grimualds Tode. Es war aber ein gottesfürchtiger, katholisch gläubiger Mann, der fest an der Gerechtigkeit hielt und den Armen reichliche Almosen gab. Alsbald schickte er nun nach Benevent und ließ von da seine Gemahlin Rodelinda und seinen Sohn Kuninkpert zu sich bringen.

34. An jener Stelle, am Fluß Ticinus, von wo aus er einst geflohen war, ließ er gleich nach seinem Regierungsantritt seinem Herrn und Befreier ein Kloster bauen zu Ehren der heiligen Jungfrau nnd Märtyrerin Agatha, welches das neue heißt; hier versammelte er viele Jungfrauen und schenkte der Stätte Eigenthum und mancherlei Kostbarkeiten. Die Königin Rodelinde aber gründete außerhalb der Mauern der Stadt Ticinus eine Kirche der heiligen Mutter Gottes, welche „zu den Stangen" genannt wird, mit be= sonderer Kunst und zierte sie mit herrlichem Schmuck. An den Stangen [1]) aber heißt dieser Ort um deßwillen, weil hier vormals aufrechte Stangen standen, die nach langobardischer Sitte aus fol= gender Ursache gesetzt zu werden pflegten: wenn einer irgendwie im Kriege oder sonstwo umgekommen war, so setzten seine Bluts= verwandten auf ihren Grabstätten eine Stange, auf deren Spitze sie eine hölzerne Taube befestigten, die nach der Gegend hingewandt war, wo der Geliebte gestorben war, damit man nemlich wüßte, wo der Todte seine Ruhestätte habe.

Anf.
679 35. Nachdem nun Perctarit sieben Jahre lang allein regiert hatte, gesellte er sich im achten Jahre seinen Sohn Kuninkpert als Mitherrscher bei, mit dem er noch weitere zehn Jahre regierte.

.

---

1) ad perticas.

36. Während sie nun in tiefem Frieden lebten und überall ringsum Ruhe hatten, erhob sich gegen sie der Sohn des Bösen, mit Namen Alahis, und störte den Frieden im Langobardenreiche und verursachte blutigen Streit, der vielen das Leben kostete. Als Herzog von Trident gerieth er in Fehde mit dem Grafen der Baiern [1]), der in Bauzanum [2]) und andern festen Städten herrschte, und erfocht einen herrlichen Sieg über ihn. Dieß machte ihn über= müthig, also daß er sogar gegen Perctarit seinen König sich empörte und in der Stadt Trident verschanzte. Wie nun Perctarit gegen ihn ausgerückt war und ihn belagerte, da machte Alahis unver= muthet einen plötzlichen Ausfall aus der Stadt, eroberte des Königs Lager und trieb ihn selbst in die Flucht. Nachher kehrte er jedoch auf Betreiben Kuninkperts, des Sohnes des Königs, der ihn schon von früher her lieb hatte, in König Perctarits Gehorsam zurück. Mehrmals wollte ihn der König tödten lassen, immer aber ver= hinderte es sein Sohn Kuninkpert in dem Glauben, er werde fortan getreu sein. Auch ließ er nicht ab, bis er es bei seinem Vater auswirkte, daß er demselben auch das Herzogthum Brexia [3]) verlieh, so oft auch der Vater einwand, Kuninkpert thue das zu seinem eigenen Verderben, indem er damit seinem Feinde die Mittel in die Hand gebe, um die Krone an sich zu reißen. Denn in der Stadt Brexia hielt sich immer eine große Anzahl edler langobar= discher Großen auf, und durch ihren Beistand fürchtete Perctarit werde Alahis zu mächtig werden. In diesen Tagen ließ König Perctarit in der Stadt Ticinus nahe bei dem Palast mit großer Kunst ein Thor bauen, das auch das Palastthor heißt.

37. Nachdem er achtzehn Jahre lang und zwar zuerst allein, dann in Gemeinschaft mit seinem Sohn das Reich geführt hatte, schied er aus diesem Leben. Sein Leib wurde in der Kirche unsers 688 Herrn und Heilandes beigesetzt, die sein Vater Aripert erbaut hatte. Er war aber von würdiger Gestalt, vollem Körper und in allem sanft und mild. König Kuninkpert führte die Hermelinda aus

---

1) comite, quem illi gravionem dicunt. — 2) Botzen. — 3) Brescia.

dem Geschlecht der Angelsachsen als Gemahlin heim. Diese hatte
einst im Bade die Theodote erblickt, ein Mädchen aus einem sehr
edeln römischen Geschlechte, von anmuthiger Gestalt und mit langem
fast bis auf die Füße reichendem blonden Haar, und rühmte hierauf
deren Schönheit ihrem Gemahl dem König Kuninkpert. Der ließ
sich nicht merken, wie gerne er das von seiner Frau hörte, ent=
brannte aber in heißer Leidenschaft zu dem Mädchen. Und ohne
Säumen zog er auf die Jagd in den sogenannten Stadtwald und
nahm sein Weib Hermelinda mit sich. Nachts aber kehrte er sofort
nach Ticinus zurück, ließ die junge Theodote zu sich kommen und
schlief bei ihr. Nachmals jedoch schickte er sie in das Kloster, was
in Ticinus gelegen und nach ihr benannt ist.

38. Alahis aber vergaß der großen Wohlthaten, die ihm
König Kuninkpert erzeigt, vergaß auch des Schwurs, mit dem er
ihm Treue gelobt hatte und brachte auf Antreiben des Aldo und
des Grauso, zweier Bürger von Brexia und vieler andern Lango=
barden den bösen schon längst gefaßten Vorsatz zur Ausführung: er
setzte sich in Kuninkperts Abwesenheit in den Besitz der Herrschaft
und des Palastes zu Ticinus. Sobald Kuninkpert das erfuhr, floh
er von dem Ort, wo er sich gerade befand, auf die im larischen See
nicht weit von Comum gelegene Insel und setzte sich hier in festen
Vertheidigungsstand. Große Angst kam da über alle, die ihn liebten,
besonders aber über die Priester und Geistlichen, die dem Alahis
alle verhaßt waren. Es war aber zu der Zeit Damianus, ein
Mann Gottes, durch reinen Lebenswandel ausgezeichnet und mit
den edeln Wissenschaften zur Genüge vertraut, Bischof der Kirche
von Ticinus. Wie der nun sah, daß Alahis in den Palast ein=
gezogen war, schickte er, damit er nicht selbst oder seine Kirche
Uebels von ihm zu erfahren hätte, seinen Diakonus Thomas, einen
weisen und frommen Mann, an ihn ab und ließ durch ihn dem
Alahis den Segen seiner heiligen Kirche überbringen. Als dem
Alahis gemeldet wurde, der Diakonus Thomas stehe vor der Thüre,
um ihm vom Bischof den Segen zu überbringen, so sprach er, der
wie schon bemerkt die Geistlichen nicht leiden konnte, zu seinen

Dienern: „Geht und sagt ihm, er solle hereinkommen, wenn er saubere Hosen habe; sei das aber nicht der Fall, so möge er nur draußen bleiben." Thomas aber gab auf diese Rede zur Antwort: „Meldet ihm, daß ich saubere Hosen habe, denn ich habe heute frisch gewaschene angezogen." Da ließ Alahis abermals sagen: „Ich spreche nicht von den Hosen, sondern von dem, was in den Hosen steckt." Hierauf antwortete Thomas: „Geht und sagt ihm: Gott allein kann in dieser Hinsicht etwas tadelnswerthes an mir finden, er aber kann es durchaus nicht." Als nun Alahis den Diakonus bei sich sich hatte eintreten lassen, sprach er mit Scheltworten und in sehr rauhem Tone zu ihm. Da ergriff alle Priester und Geistlichen Furcht und Haß gegen den Tyrannen, denn sie hielten es für unmöglich, sein rohes Benehmen auszuhalten; und um so mehr sehnten sie sich nach Kuninkpert zurück, da sie den Alahis als einen übermüthigen Kronenräuber verfluchten. Indeß nicht gar zu lange saß die Rohheit und Barbarei auf dem angemaßten Throne.

39. Wie er eines Tags auf dem Tische Schillinge zählte, fiel ihm ein Tremissis[1]) von dem Tische herab, der Sohn des Aldo, noch ein zarter Knabe, hob ihn von dem Boden auf und gab ihn dem Alahis wieder. Dieser in der Meinung, der Kleine verstehe es noch nicht, sprach zu ihm: „Von diesen Dingern hat Dein Vater gar viele, die er mir, so Gott will, demnächst wird ablassen müssen." Als der Knabe Abends nach Hause kam und ihn sein Vater fragte, was der König heute mit ihm gesprochen habe, so erzählte er seinem Vater, was vorgefallen war und was der König zu ihm gesagt hatte. Die Kunde davon machte den Aldo sehr bestürzt, er ließ seinen Bruder Grauso zu sich kommen und theilte ihm alles mit, was der König in seinem argen Sinn geredet hatte. Sofort besprachen sie sich mit ihren Freunden und solchen, denen sie trauen konnten, und ersannen einen Plan, den Tyrannen Alahis vom Throne zu stoßen, ehe er ihnen Schaden zufügen könnte. In aller Frühe gingen sie in den Palast und sprachen zu Alahis:

---

1) Der dritte Theil eines Schillings, solidus.

„Was magst du immer in diesen Mauern sitzen? die ganze Stadt und alles Volk ist dir treu, und jener Trunkenbold Kuninkpert ist so heruntergekommen, daß ihm weiter gar keine Macht mehr zur Verfügung steht. Ziehe hinaus auf die Jagd und tummle dich mit deinen jungen Gesellen herum; wir schirmen dir unter= dessen mit deinen übrigen Getreuen diese Stadt. Aber auch das noch versprechen wir, daß wir dir in kurzem das Haupt deines Feindes Kuninkpert bringen werden." Alahis ließ sich durch ihre Worte überreden, zog hinaus nach dem großen Stadtwald und fing an, sich der Lust und der Jagd zu überlassen. Aldo aber und Grauso gingen nach dem Commaciner See, bestiegen ein Boot und fuhren zu Kuninkpert. Sobald sie zu ihm kamen, warfen sie sich ihm zu Füßen, gestanden ein, wie schlecht sie an ihm ge= handelt und thaten ihm kund, was für Reden Alahis arglistig gegen sie geführt und welchen Rath sie ihm zu seinem Verderben gegeben hätten. Da flossen denn auf beiden Seiten Thränen, Schwüre wurden gewechselt und der Tag bestimmt, an dem Kunink= pert kommen und ihm die Stadt Ticinus übergeben werden sollte. Und so geschah es auch. Am festgesetzten Tage erschien Kuninkpert vor Ticinus, wurde mit Freuden von ihnen aufgenommen und zog wieder in den Palast ein. Da liefen alle Bürger, vor allem der Bischof, die Priester und die ganze Geistlichkeit, Jung und Alt zu ihm, umarmten ihn unter Thränen urd sagten in unaus= sprechlicher Freude Gott Dank für seine Wiederkehr; er aber küßte sie alle, soviel er konnte. Alsbald ward ein Bote an Alahis abgesandt mit der Nachricht, Aldo und Grauso hätten ihr Ver= sprechen gelöst und ihm Kuninkperts Kopf gebracht, ja nicht bloß den Kopf, sondern den ganzen Leib: er sitze bereits im Palast. Wie Alahis das vernahm, wurde er schwer betroffen, wüthend und zähneknirschend stieß er viele Drohungen gegen Aldo und Grauso aus; alsdann zog er über Placentia nach Austrien[1]) zurück und brachte einzelne Städte theils mit Güte, theils mit Gewalt auf

______

1) Der östliche Theil des Reichs.

seine Seite. Wie er vor Vincentia kam, rückten die Bürger der Stadt zur Schlacht gegen ihn aus, aber bald wurden sie besiegt und nun seine Bundesgenossen. Von da zog er aus und nahm Tarvisium ein, und gleicherweise noch andere Städte. Während nun Kuninkpert ein Heer gegen ihn sammelte und die Friauler in treuem Gehorsam ihm zu Hülfe ziehen wollten, versteckte sich Alahis bei der Brücke über den Fluß Liquentia [1]), der acht und vierzig Meilen [2]) von Forojuli entfernt fließt auf dem Wege nach Ticinus, in dem sogenannten Capulanuswald, und wie das Heer der Friauler in zerstreuten Haufen heranzog, so zwang er sie alle, sowie sie kamen, ihm zu schwören, und traf sorgsame Vorkehrung, daß keiner von diesen umkehrte und es den Nachzüglern meldete; und so wurden alle, die aus Friaul kamen, an seine Fahnen gebunden. Alahis mit dem ganzen Ostlande und Kuninkpert mit seinen Mannen rückten nun gegen einander und schlugen auf der Ebene Coronate [3]) ihr Lager auf.

40. Kuninkpert sandte einen Boten an Alahis mit der Aufforderung zum Zweikampf, damit beiden Heeren die Mühe erspart werde. Aber Alahis wollte sich hierauf durchaus nicht einlassen. Als einer seiner Leute, der aus Tuscien stammte, ihm als einem tapferen und kriegsgeübten Manne zurede, kühn gegen Kuninkpert in den Streit zu ziehen, gab ihm Alahis zur Antwort: „Kuninkpert ist obwohl trunksüchtig und einfältigen Sinnes doch sehr kühn und von wunderbarer Stärke. Bei Lebzeiten seines Vaters, als wir noch junge Leute waren, wurden im Palast Widder von ganz besonderer Größe gehalten, und diese hob er, indem er sie an der Wolle des Rückens packte, mit ausgestrecktem Arm vom Boden, was ich nicht vermochte." Wie das der Tusker hörte sprach er zu ihm: „Wenn du nicht den Muth hast, dich mit Kuninkpert in einen Zweikampf einzulassen, so werde ich auch fürder nicht mehr dein Dienstmann sein." Und mit diesen Worten machte er sich

<hr>

1) Livenza. — 2) Neun bis zehn deutsche Meilen. — 3) Cornà in der Gegend von Como.

auf und floh sofort zu Kuninkpert hinüber und erzählte ihm den
ganzen Hergang. Es trafen also, wie schon erwähnt, beide Heere
auf der Ebene Coronate zusammen; wie sie aber schon so nahe
bei einander waren, daß sie handgemein werden mußten, trat
Seno hervor, ein Diakonus von Ticinus und Pfleger an der einst
von der Königin Gundiperga erbauten und in derselben Stadt
gelegenen Kirche des heiligen Johannes des Täufers, und sprach,
weil er ihn gar so sehr liebte und fürchtete, er möchte im Streite
fallen, zum Könige die Worte: „Mein Herr König! unser aller
Leben beruht auf deinem Wohlergehen: kommst du in der Schlacht
um, so wird der Tyrann Alahis uns alle auf verschiedene Weise
zu Tode martern. Möge dir also mein Rathschlag gefallen: gib
mir deine Rüstung und ich will ausziehen und mit dem Thrannen
streiten. Falle ich, so wirst du deine Sache wieder gut machen,
siege ich aber, so wird dir um so größerer Ruhm zufallen, da du
durch deinen Knecht gesiegt hast.“ Wie nun der König erklärte, er
werde das nicht zugeben, so drangen die wenigen Getreuen, die
zugegen waren, weinend in ihn, daß er dem, was der Diakonus
gesagt hatte, seine Beistimmung gäbe. Endlich ließ er sich auch,
wie er denn frommen Gemüthes war, durch ihre Bitten und
Thränen erweichen und gab dem Diakonus seinen Harnisch, den
Helm, die Beinschienen und die andern Waffen und ließ ihn in
seiner Rüstung in den Kampf ausziehen. Der Diakonus hatte
nemlich dieselbe Größe und Gestalt, so daß er von Jedermann
für König Kuninkpert gehalten wurde, als er in voller Rüstung
aus dem Zelt hervortrat. Die Schlacht begann nun und es wurde
mit aller Macht gekämpft. Alahis aber richtete die Hauptkraft
dahin, wo er den König vermuthete, und tödtete den Diakonus
Seno in der Meinung den Kuninkpert erschlagen zu haben. Wie
er jedoch ihm das Haupt abzuschlagen befahl, um es auf einen
Speer zu stecken und Gott Dank zu sagen, und er den Helm
herunternahm, erkannte er, daß er einen Geistlichen getödtet habe.
Da schrie er voll Wuth: „Weh mir! nichts ist gewonnen, wenn
wir dazu in den Kampf zogen, um einen Pfaffen zu tödten. Aber

das Gelübde thue ich jetzt, daß, wenn mir Gott abermals den Sieg verleihen wird, ich einen ganzen Brunnen mit Pfaffenhoden will füllen lassen."

41. Wie nun Kuninkpert sah, daß die Seinigen die Sache verloren gaben, so gab er sich ihnen sogleich zu erkennen, benahm ihnen dadurch ihre Furcht und stärkte alle Herzen zu neuer Sieges= hoffnung. Von neuem ordneten sich also die Reihen, auf der einen Seite bereitete sich Kuninkpert, von der andern Alahis zum Schlachtenkampf. Wie sie jetzt sich schon soweit genähert hatten, daß beide Heere handgemein wurden, trat Kuninkpert abermals hervor und rief dem Alahis die Worte zu: „Siehe! wie viel Volks auf beiden Seiten steht! Was ist es nöthig, daß so viele Menschen zu Grunde gehen? Messen wir beide, ich und er unsere Schwerter im Zweikampf, und wem von uns der Herr den Sieg verleihen will, der möge all' dieß Volk wohlbehalten und unversehrt beherrschen!" Wie nun Alahis von seinen Mannen aufgefordert wurde zu thun, was Kuninkpert ihm vorschlug, so antwortete er: „Ich kann das nicht thun, weil ich zwischen ihren Speeren die Gestalt des heiligen Erzengels Michael erblicke, bei dem ich jenem Treue geschworen habe." Da sprach einer von ihnen: „Aus Angst siehst du, was nicht vorhanden ist; du bist schon lange darüber hinaus, dir solche Gedanken zu machen." Unter dem Schall der Trompeten stürzten nun die Heere auf einander und da kein Theil zum Weichen gebracht wurde, so gab es ein ungeheures Blutver= gießen. Endlich fiel der grausame Tyrann Alahis und Kuninkpert errang unter des Herrn Beistand den Sieg. Das Heer des Alahis suchte bei der Kunde von seinem Tode das Heil in der Flucht, aber wen das Schwert verschonte, den begrub der Fluß Adda. Dem Alahis wurde das Haupt abgeschlagen und die Beine ab= geschnitten und nur der ungestalte Rumpf des Leichnams blieb zurück. Die Friauler Mannschaft machte diese Schlacht nicht mit, weil sie gegen ihren Willen dem Alahis geschworen hatte, und darum weder ihm, noch dem König Kuninkpert beistand, sondern während die übrigen den Kampf begannen, kehrten sie nach Hause

zurück. Nachdem nun Alahis ein solches Ende gefunden hatte, ließ König Kuninkpert den Leib des Diakonus Seno an der Thüre der Kirche des heiligen Johannes, welcher derselbe vorgestanden war, prächtig bestatten; er selbst aber kehrte als Herrscher mit Triumph und Siegesjubel nach Ticinus zurück.

Sechstes Buch.

1. Während sich das bei den Langobarden jenseits des Po[1]) zutrug, bot Romuald, Herzog von Benevent, ein zahlreiches Heer auf, belagerte und eroberte Tarent und in gleicher Weise Brundisium und unterwarf jenes ganze Land in weitem Umkreise seiner Herrschaft. Seine Gemahlin Theuderata erbaute in derselben Zeit vor den Mauern der Stadt Benevent eine Kirche zu Ehren des heiligen Apostels Petrus, und stiftete daneben ein Kloster für viele Mägde Gottes.

678   2. Nachdem Romuald sechzehn Jahre das Herzogthum geführt hatte, schied er aus dieser Welt; nach ihm regierte sein Sohn Grimuald drei Jahre über das Volk der Samniten. Mit ihm war Wigilinda vermählt, eine Schwester Kuninkperts und eine Tochter König Perctarits. Als auch Grimuald gestorben war, 681 wurde sein Bruder Gisulf Herzog und herrschte siebzehn Jahre über Benevent. Seine Gemahlin war Winiperga, die ihm den Romuald gebar.

653   Da in jenen Zeiten auf der Burg von Casinum, wo der Leib des heiligen Benedikt ruht, schon seit längeren Jahren eine öde Einsamkeit herrschte, so kamen Franken aus der celmanischen

_____
1) d. h. nördlich.

oder aurelianischen[1]) Gegend und nahmen, während sie bei dem ehrwürdigen Leib die Nacht betend zuzubringen vorgaben, die Gebeine des ehrwürdigen Vaters und die seiner Schwester Scholastika mit sich fort und brachten sie in ihre Heimath, wo dann zwei Klöster zu Ehren beider, des heiligen Benedikt nemlich und der heiligen Scholastika, erbaut wurden. Aber es ist gewiß, daß dieses ehrwürdige und über allen Nektar süße Gebein und die immer gen Himmel blickenden Augen und die übrigen Gliedmaßen, wenn auch halb verwest, uns verblieben sind. Denn allein der Körper des Herrn sah die Verwesung nicht; die Körper aller Heiligen aber sind ihr unterworfen, um in der ewigen Herrlichkeit wieder erneuert zu werden, mit Ausnahme derer, die durch göttliches Wunder unversehrt sich erhalten.

3. Als aber Robuald, der wie schon erwähnt Herzog von Friaul war, einmal sich aus der Stadt Forojuli entfernt hatte, kam Ansfrid von der festen Stadt Reunia und setzte sich ohne Geheiß des Königs in den Besitz des Herzogthums. Auf diese Kunde hin floh Robuald nach Istrien und gelangte von da zu Schiff über Ravenna nach Ticinus zu König Kuninkpert. Ansfrid aber nicht zufrieden mit dem Herzogthum Friaul, empörte sich gegen König Kuninkpert und wollte auch noch sein Reich haben; aber zu Verona ward er ergriffen, vor den König gebracht und geblendet in die Verbannung geschickt. Das Herzogthum Friaul aber verwaltete hierauf Robualds Bruder Ado ein Jahr und sieben Monate mit dem Titel eines Statthalters[2]).

4. Während solches in Italien geschah, kam in Konstantinopel die Ketzerei auf, welche in unserm Herrn Jesus Christus nur Einen Willen und Ein Handeln annimmt. Georgius der Patriarch von Konstantinopel, Macharius, Pyrrus, Paulus und Petrus waren die Urheber dieser Ketzerei. Ob dieser Ursache veranstaltete der Kaiser Konstantinus eine Versammlung von hundert=681 fünfzig Bischöfen, worunter auch vom Papst Agathon abgesandt

---

1) Maine und Orleans. — 2) loci servator.

zwei Legaten der heiligen römischen Kirche waren, nemlich der
Diakonus Johannes und Johannes, der Bischof von Portus [1]).
Sie insgesammt verdammten diese Ketzerei. In der Stunde fielen
mitten im Volke so viele Spinnweben, daß sich jedermann ver=
wunderte. Und das war ein Zeichen, daß die Unreinigkeit der
Ketzerei vertrieben war. Dem Patriarchen Georgius wurde Buße
auferlegt, die übrigen aber, die beharrlich ihm Recht gaben,
wurden mit der Strafe des Banns getroffen. Zu der Zeit faßte
Bischof Damianus von Ticinus unter dem Namen des Erzbischofs
Mansuetus von Mailand über diese Frage einen trefflichen und
rechtgläubigen Brief ab, der auf jener Synode von nicht geringem
Gewicht war. Die richtige und wahre Glaubensansicht ist aber
die, daß in unserem Herrn Jesu Christo gleichsam zwei Naturen
sind, eine göttliche und eine menschliche, wie auch ein doppelter
Wille und ein doppeltes Handeln angenommen wird. Willst du
aber wissen, worin sich die Göttlichkeit erweist? „Ich,“ so spricht
Christus, „ich und der Vater sind Eins [2]).“ Willst du wissen,
worin sich die Menschlichkeit zeigt? „Der Vater ist größer, denn
ich [3]).“ Siehe da seine menschliche Natur wie er im Schiffe
schläft; siehe da seine göttliche, wenn der Evangelist [4]) spricht:
„Da stand er auf und bedrohete den Wind und das Meer; da
ward es ganz stille.“ Dieß war die sechste allgemeine Kirchen=
versammlung, sie ward zu Konstantinopel gehalten und in griechischer
Sprache aufgezeichnet zur Zeit des Papstes Agathon und unter
Leitung des Kaisers Konstantinus, welcher sie im Innern seines
Palastes abhielt.

5. In diesen Zeiten war während der achten Indiktion eine
Mondfinsterniß. Fast um dieselbe Zeit war auch eine Sonnen=
finsterniß am zweiten Mai, um die zehnte Stunde. Und bald
darauf wüthete die Pest drei Monate lang, während des Juli,
August und September; und sie raffte die Menschen in solcher

<hr>

1) Porto an der Mündung des Tiber, jetzt ein unbedeutender Flecken. —
2) Joh. 10, 30. — 3) Joh. 14, 28. — 4) Matth. 8, 26.

Anzahl weg, daß Eltern und Kinder, Brüder und Schwestern zu zweien auf eine Bahre gelegt in der Stadt Rom zu Grabe getragen wurden. In gleicher Weise verheerte diese Pest auch Ticinus, so daß, da alle Einwohner ins Gebirge oder sonst aufs Land flohen, auf dem Markt und den Straßen der Stadt Gras und Sträucher wuchsen. Da haben es viele gesehen, wie zur Nachtzeit der gute und der böse Engel durch die Stadt gingen, und so vielmal wie der böse Engel, wie es schien, mit der Ruthe, die er in der Hand trug, auf Geheiß des guten an die Thüre eines Hauses klopfte, soviel Menschen starben am folgenden Tag in diesem Hause. Da wurde es einem durch ein Gesicht offenbart, daß die Pest nicht früher enden würde, als bis in der Kirche des heiligen Petrus die „Zu den Ketten" heißt, dem heiligen Märtyrer Sebastian ein Altar gesetzt werde. Und so geschah es: aus der Stadt Rom wurden Reliquien des heiligen Märtyrers Sebastian gebracht und ihm in der genannten Kirche ein Altar gesetzt und alsbald hörte die Pest auf.

6. Hernach geschah es, daß Kuninkpert mit seinem Stallmeister, der in langobardischer Sprache Marpahis [1]) heißt, in der Stadt Ticinus zur Ermordung des Aldo und Grauso einen Plan schmiedete: während dessen saß an dem Fenster, vor dem sie standen, eine große Mücke, die wollte Kuninkpert mit seinem Messer zerschneiden, um sie zu tödten, schnitt ihr aber nur einen Fuß ab. Wie nun Aldo und Grauso, die von des Königs Absicht nichts wußten, auf dem Wege nach dem Palast zu der daneben liegenden Kirche des heiligen Märtyrers Romanus kamen, begegnete ihnen ein hinkender Mann mit einem abgenommenen Bein und sagte ihnen Kuninkpert werde sie, wenn sie zu ihm kämen, umbringen. Wie sie das hörten, flohen sie von großer Furcht ergriffen an den Altar derselben Kirche. Nicht lange so wurde dem König Kuninkpert gemeldet, Aldo und Grauso hätten sich in die Kirche des heiligen Märtyrers Romanus geflüchtet. Da fing Kuninkpert an seinen Stall-

<hr>

1) Vgl. Buch II, Kap. 9.

meister zu schelten, warum er habe seine Absicht verrathen müssen. Dieser erwiderte ihm: „Mein Herr König, du weißt, daß, seitdem wir diese Sache besprochen haben, ich dir nicht aus den Augen gekommen bin: wie hätte ich also einem andern davon sagen können?" Da schickte der König nach Aldo und Grauso und ließ sie fragen, warum sie nach der heiligen Stätte geflohen seien? Sie gaben zur Antwort: „Weil uns angezeigt worden ist, daß der Herr König uns tödten wolle." Abermals schickte jetzt der König zu ihnen und ließ fragen, wer es gewesen, der ihnen solches angezeigt; wenn sie ihm den Verräther nicht nennen würden, so könnten sie keine Gnade bei ihm finden. Nun ließen sie dem König berichten, wie es sich zugetragen hatte, wie nemlich ein hinkender Mann, der einen abgenommenen Fuß und bis zum Knie ein Stelzbein gehabt habe, ihnen begegnet sei, und der habe ihnen ihren Tod angezeigt. Da merkte der König, daß selbige Mücke, der er den Fuß abgeschnitten, ein böser Geist gewesen sei und seinen geheimen Gedanken verrathen habe. Sofort ließ er nun den Aldo und Grauso unter Versicherung seines Schutzes aus der Kirche holen, verzieh ihnen ihre Schuld und hatte sie von nun an in seinem nächsten Gefolge.

7. Zu der Zeit stand der Grammatiker Felix, der Oheim meines Lehrers Flavianus, in großem Ansehen. Der König hatte ihn so lieb, daß er ihm außer reichen Gaben auch einen mit Silber und Gold geschmückten Stab verehrte.

8. In der nemlichen Zeit lebte auch Johannes Bischof von Bergamus, ein Mann von besonderer Heiligkeit. Als er einst den König Kuninkpert unter den Gesprächen der Tafel verletzt hatte, ließ ihm dieser bei der Heimkehr zur Herberge ein wildes und ungebändigtes Roß vorführen, das den Reiter unter lautem Wiehern zu Boden zu werfen pflegte. Sobald es aber der Bischof bestiegen hatte, wurde es so sanft, daß es ihn in leichtem Trabe bis nach Hause trug. Als das der König hörte, erwies er dem Bischof von dem Tage an die schuldige Ehrfurcht und machte ihm auch das Roß, das er durch seinen Ritt geweiht hatte, zum Geschenk.

9. Zu der Zeit wurde zwischen Weihnachten und dem Er-

scheinungsfest Nachts bei klarem Himmel in der Nähe der Plejaden ein Stern sichtbar, der ganz umschattet war, so etwa wie wenn der Mond hinter einer Wolke steht. Später im Februar stieg um die Mittagszeit ein Stern im Westen auf, der in großem Glanze strahlte und im Osten wieder unterging. Hernach im Monat März fand mehrere Tage lang ein Ausbruch des Berges Bebius[1]) statt, wobei ringsum alles Grüne von Staub und Asche versengt wurde.

10. Dazumal zog das ungläubige und Gott feindselige Volk der Sarrazenen mit großer Heeresmacht aus Aegypten nach Afrika, eroberte Karthago, plünderte es grausam und machte es dem Erd=boden gleich.

11. Unterdessen verstarb zu Konstantinopel der Kaiser 685 Konstantinus, worauf sein jüngerer Sohn Justinianus die Herrschaft des römischen Reichs überkam und sie zehn Jahre lang führte. Dieser entriß Afrika den Sarrazenen und schloß mit ihnen Frieden zu Wasser und zu Lande. Den Papst Sergius wollte er durch seinen Protospatarius[2]) Zacharias nach Konstantinopel abführen lassen, weil er der auf der Konstantinopolitanischen Kirchenver=sammlung angenommenen Irrlehre nicht beistimmen wollte. Aber die Soldaten von Ravenna und den umliegenden Kreisen verachteten die gottlosen Befehle des Kaisers und verjagten den Zacharias mit Schmach und Schande aus der Stadt Rom.

12. Diesem Justinian aber entriß Leo die Kaiserwürde und entsetzte ihn des Reichs und verbannte ihn während der drei Jahre seiner Herrschaft nach Pontus.

13. Gegen diesen Leo wieder stand Tiberius auf, riß das Reich an sich, und hielt ihn die ganze Zeit über so lange er regierte in derselben Stadt gefangen.

14. Zu der Zeit nahm die Kirchenversammlung zu Aquileja aus Unkenntniß des Glaubens Anstand, die Bestimmungen des fünften allgemeinen Konciliums anzunehmen, bis sie durch die heilsamen Ermahnungen des Papstes Sergius belehrt mit den

---

1) Der Vesuv, vgl. Procop. B. G. IV, 35. — 2) Der oberste Leibwächter des Kaisers, eine hohe byzantinische Würde.

übrigen christlichen Kirchen in ihre Anerkennung willigte. Jenes
Koncil war aber in Konstantinopel zu der Zeit des Papstes Vigilius
unter Kaiser Justinian gegen den Theodorus und alle die ‚Ketzer
gehalten worden, die behaupten, die heilige Maria habe bloß einen
Menschen, nicht Gott und Mensch zugleich geboren. Auf dieser
Kirchenversammlung wurde es katholischer Glaubenssatz, daß die
heilige Jungfrau Maria Mutter Gottes [1]) genannt werden solle,
weil sie nach dem katholischen Glauben nicht bloß einen Menschen,
sondern in Wahrheit Gott und Mensch geboren hat.

15. In jenen Tagen bekehrte sich Cedoald, der König der
Angelsachsen, der in seinem Lande viele Kriege geführt hatte, zu
Christus und zog nach Rom. Unterwegs ward er von König
Kuninkpert mit großen Ehren empfangen. Als er in Rom ange=
langt war, wurde er vom Papst Sergius getauft und Petrus ge=
nannt; noch trug er das weiße Kleid [2]), als er ins Himmelreich
einging. Sein Leib liegt in der Peterskirche begraben, und hat
eine Grabschrift. [3])

16. Zu der Zeit fingen in Gallien, da die Frankenkönige
in ihrer Entartung ihre alte Tapferkeit und Geistesstärke verloren,
die königlichen Hausmeier an, die Gewalt und was sonst den
Königen zu thun obliegt auszuüben, da es vom Himmel beschlossen
war, daß auf ihr Geschlecht die Frankenkrone übergehen sollte.
Damals war im königlichen Palast Arnulf Hausmeier, wie sich
nachher zeigte, ein Gott wohlgefälliger Mann von großer Frömmig=
keit, der nach dem Ruhm dieser Welt sich dem Dienste Christi
hingab, sich als Bischof hoch auszeichnete, endlich aber sich in die
Einsamkeit zurückzog, den Aussätzigen jegliche Dienste leistete und
das enthaltsamste Leben führte. In der Kirche zu Metz, wo er
Bischof gewesen ist, befindet sich ein Buch, das seine Wunder
und seine Enthaltsamkeit im Leben beschreibt. [4]) Auch ich habe in
dem Buch, das ich auf die Bitten des gütigen und frommen

---

1) Theotokos. — 2) Das die Neophyten, die Neugetauften trugen. — 3) In
zwölf Distichen; ihr Verfasser war Erzbischof Benedikt von Mailand, 681—725. —
4) Auszüge daraus in den Geschichtschreibern des VII Jahrhunderts S. 96—99.

Mannes Angelrammus, des Erzbischofs an jener Kirche, über die Bischöfe von Metz verfaßte, einige Wunder dieses heiligen Mannes Arnulf niedergeschrieben, die ich hier nur nicht wiederholen mag.

17. Unterdessen schied Kuninkpert, der von allen geliebte Fürst, endlich aus diesem Leben, nachdem er seit seines Vaters Tode zwölf Jahre allein über die Langobarden geherrscht hatte. Er hat auf der Ebene von Coronate, wo er die Schlacht gegen Alahis schlug, zu Ehren des heiligen Märtyrers Georg ein Kloster erbaut. Er war aber ein schöner und durch seine Güte ausgezeichneter Mann, dabei ein kühner Streiter. Unter reichlichen Thränen der Langobarden wurde er in der Kirche unseres Herrn und Heilandes, die weiland sein Großvater Aripert erbaut hatte, beigesetzt und hinterließ das Langobardenreich seinem Sohn Liut=pert, noch einem Knaben, dem er den Ansprand, einen weisen und erlauchten Mann, als Vormund zur Seite stellte.

18. Nach Verfluß von acht Monaten zog Herzog Ragin=pert von Turin, von dem schon oben die Rede war und den einst König Gobepert, als er von Grimuald getödtet wurde, als Kind hinterlassen hatte, mit starker Mannschaft heran, überwand Ans=prand und den Herzog Rotharit von Bergamus in offener Feld=schlacht bei Novariä und riß das Langobardenreich an sich. Aber noch in demselben Jahre starb er.

19. Hierauf begann sein Sohn Aripert den Kampf von neuem, stritt bei Ticinus mit König Liutpert, sowie mit Ansprand, Ato, Tatzo, Rotharit und Faro. Aber sie alle besiegte er; das Kind Liutpert nahm er lebendig in der Schlacht gefangen. Ans=prand floh nach der commacinischen Insel und setzte sich daselbst zur Wehr.

20. Wie aber Herzog Rotharit von Bergamus nach seiner Stadt zurückgekehrt war, warf er sich selbst zum König auf. Gegen ihn rückte nun König Aripert mit großer Heeresmacht, eroberte Lauda [1]), belagerte Bergamus und eroberte es in kurzer Zeit ohne

______
1) Lodi.

die geringste Schwierigkeit durch Mauerbrecher und andere Kriegs=
maschinen; den falschen König Rotharit nahm er gefangen, ließ ihm
Haupt und Bart scheeren und verbannte ihn nach Turin, wo er
nach einiger Zeit getödtet wurde. Ebenso ließ er dem gefangenen
Liutpert im Bade das Leben nehmen.

21. Auch gegen Anspraud schickte er ein Heer ab nach der
Insel Commacina. Bei dieser Nachricht floh Anspraud nach Cla=
venna[1]) und gelangte von da über die rhätische Stadt Curia[2])
zu Teutpert, dem Herzoge der Baiern und lebte bei diesem neun
Jahre. Ariperts Heer besetzte die Insel, auf die Anspraud ge=
flohen war, und zerstörte die Stadt darauf.

22. Nachdem sich nun König Aripert in der Herrschaft be=
festigt hatte, ließ er Anspraunds Sohn Sigipraud die Augen aus=
stechen und alle, die mit ihm durch Blutsverwandschaft verbunden
waren, strafte er auf mancherlei Weise. Auch Anspraunds jüngeren
Sohn Liutpraud hielt er gefangen; weil er ihm aber eine gering-
fügige Person und auch noch gar zu jung schien, that er ihm
nicht nur nicht das geringste körperliche Leid an, sondern ließ ihn
auch zu seinem Vater ziehen. Daß dieß auf Geheiß des all=
mächtigen Gottes geschah, der ihn zu der Leitung des Reichs vor-
bereiten wollte, daran läßt sich nicht zweifeln. Liutpraud zog also
zu seinem Vater ins Baierland und machte ihm durch sein Er=
scheinen eine unaussprechliche Freude. Anspraunds Frau aber mit
Namen Theoderada ließ König Aripert gefangen setzen und, als
sie prahlte, nach ihrem Weiberwillen werde sie noch Königin werden,
ihr Nase und Ohren abschneiden, und so ihr Antlitz häßlich ent=
stellen. Auf gleiche Weise wurde auch Liutprauds Schwester
Aurona ihrer Schönheit beraubt.

23. Zu der Zeit führte in Gallien im Frankenreich Arnulfs
Sohn Anschis[3]), der, wie man annimmt, nach dem einstigen Tro=
janer Anschises genannt wurde, unter dem Namen eines Haus=
meiers das Regiment.

____

1) Cleven, Chiavenna. — 2) Chur. — 3) Anfegis.

24. Nach dem Tode Ado's, den ich oben als Statthalter von Friaul erwähnte, erhielt Ferdulf das Herzogthum der aus Ligurien gebürtig war, ein falscher und hochmüthiger Mensch. Seine Sucht nach der Ehre eines Siegs über die Slaven brachte ihm selbst und den Friaulern großen Schaden. Er bezahlte nemlich einige Slaven, daß sie auf seine Aufforderung ein slavisches Heer in sein Gebiet schicken sollten. Dieß geschah auch, brachte aber über das Land von Friaul großes Verderben. Slavische Räuber=banden überfielen die Schafhirten und Heerden, die in ihrer Nach=barschaft weideten, und führten die gemachte Beute hinweg. Der Amtmann jenes Bezirks, der in langobardischer Sprache Sculdahis[1]) genannt wird, ein edler und an Leib und Seele tüchtiger Mann, verfolgte sie nun, konnte die Räuber aber nicht mehr einholen. Wie er hierauf zurückkehrte, begegnete ihm Herzog Fergulf und fragte ihn, was aus jenen Räubern geworden sei. Argait, so hieß er nemlich, erwiderte, sie seien geflohen. Da sprach Ferdulf höhnisch zu ihm: „Wann hättest du auch eine tapfere That vollbringen können, der du doch deinen Namen Argait von Arga[2]) führst?" Jener als tapferer Mann darüber von Zorn entbrannt, antwortete: „Wolle Gott, daß ich und du Herzog Ferdulf nicht eher aus diesem Leben gehen, als bis man erkannt habe, wer von uns beiden mehr der Arga ist." Nicht lange nachdem sie mit solchen Reden an einander gerathen waren, begab es sich, daß das Slaven=heer, dessen Erscheinen Herzog Ferdulf durch Geldzahlungen ver=anlaßt hatte, mit starker Macht hereinbrach. Da die Slaven ihr Lager auf dem höchsten Gipfel eines Berges aufgeschlagen hatten, wo man ihnen fast von allen Seiten nur sehr schwer beikommen konnte, so umzog Herzog Ferdulf mit seinem Heere den Berg, um sie auf einem ebneren Weg angreifen zu können. Da sprach Argait

1) Schultheiß. — 2) Der Furchtsame. In dem Gesetzbuch K. Rotharis heißt es §. 384: „Wenn einer einen andern im Zorn einen Arga schilt und er kann es nicht leugnen und sagt, er habe ihn so im Zorn gescholten, so soll er eidlich erklären daß er ihn nicht als einen Arga erkannt habe und hierauf für das be=leidigende Wort zwölf Schillinge zahlen. Bleibt er aber dabei und sagt, er könne das im Zweikampf beweisen, so überführe er ihn, wenn er kann, oder er zahle, wie oben."

zu Ferdulf diese Worte; „Denke daran, Herzog Ferdulf, daß du mich einen feigen und untüchtigen Mann, oder in unserer Sprache einen Arga, genannt hast. Der Zorn Gottes ergehe nun über den von uns beiden, der zuletzt an diese Slaven kommt." Und mit diesen Worten wandte er sein Roß und fing an den steilen sehr schwer zu besteigenden Berg hinan gegen das Lager der Slaven zu reiten. Ferdulf aber schämte sich, die Slaven nicht auf demselben schwierigen Weg anzugreifen und ritt ihm auf dem steilen und ungebahnten Weg nach. Das Heer hielt es für schimpf= lich, seinem Herzog nicht zu folgen und setzte sich gleichfalls in Bewegung. Wie nun die Slaven sie auf dem abschüssigen Boden gegen sich heranrücken sahen, rüsteten sie sich mannhaft zum Wider= stand und stritten mehr mit großen Steinen und Beilen als mit den Waffen wider sie, warfen sie von den Pferden und machten fast alle nieder. Und also erlangten sie den Sieg nicht durch ihre eigene Kraft, sondern durch den Zufall. Hier wurde der ganze Adel von Friaul aufgerieben, hier fiel Herzog Ferdulf und auch jener, der ihn so herausgefordert hatte, fand seinen Tod. Die vielen tapfern Männer, die hier durch übeln Hader und Unbesonnen= heit umkamen, hätten bei einträchtigem und verständigem Handeln Tausende von Feinden bezwingen können. Ein einziger Langobarde jedoch mit Namen Munichis, der nachmals der Vater der Herzoge Petrus von Friaul und Ursus von Ceneta wurde, führte damals eine tapfere und mannhafte That aus. Wie er nemlich vom Pferd geworfen war und ihm ein Slave, der sich augenblicklich auf ihn stürzte, die Hände mit Stricken gebunden hatte, wand er noch mit gefesselten Händen dem Slaven den Speer aus der Rechten, durchbohrte ihn damit und rollte sich dann gebunden wie er war den steilen Berg hinunter und so entkam er. Diese Geschichte habe ich hauptsächlich darum erzählt, damit nicht andern durch das Uebel der Eifersucht ähnliches widerfahre.

25. Nachdem nun Ferdulf auf solche Weise umgekommen war, kam Korvulus an seine Stelle, der jedoch nicht lange das Herzogsamt bekleidete, sondern wegen einer Beleidigung gegen den

König geblendet wurde und seine Tage aller Ehren beraubt verlebte.

26. Hierauf aber erhielt Pemmo das Herzogthum, ein verständiger und dem Lande nützlicher Mann. Zum Vater hatte er den Billo, der aus Bellunum stammte, aber wegen eines Aufruhrs, den er dort erregt hatte, nach Forojuli übersiedelte und hier im Frieden lebte. Die Gemahlin dieses Pemmo hieß Ratperga, die, weil sie von bäurischem Aussehen war, oftmals ihrem Mann anlag, er möge sie verstoßen und sich ein anderes Weib suchen, das einem so mächtigen Herrn besser als Gemahlin anstehe. Aber er als ein verständiger Mann sagte, ihr demüthiges und ehrerbietiges Betragen und ihre Züchtigkeit gefalle ihm mehr als Schönheit des Leibes. Mit dieser Frau nun zeugte Pemmo drei Söhne, den Ratchis, den Ratchait und den Ahistulf, lauter wackere Männer, deren Geburt die Niedrigkeit der Mutter zu Ehren brachte. Dieser Herzog nahm die Söhne all' der Edlen, die in jener Schlacht gefallen waren, zu sich und ließ sie mit seinen eigenen Söhnen erziehen, als hätte er sie selbst gezeugt.

27. In dieser Zeit eroberte Gisulf, Herzog von Benevent, die römischen Städte Sura, Hirpinum und Arcis. Dieser Gisulf rückte zur Zeit des Papstes Johannes [1]) mit seiner ganzen Macht in Kampanien ein und verheerte es mit Feuer und Schwert; er machte viele Gefangene und kam bis an den Ort, der Horrea heißt, und niemand konnte ihm widerstehen. Da schickte der Papst Priester an ihn ab mit apostolischen Geschenken, und löste alle Gefangenen wieder ein und bewog den Herzog mit seinem Heere zum Rückzug in sein Land.

28. Zu der Zeit stellte Aripert der Langobardenkönig durch eine Schenkung das Recht des apostolischen Stuhls auf das Gebiet der kottischen Alpen her, welche vormals demselben angehört hatten, aber ihm seit längerer Zeit von den Langobarden entrissen waren, und schickte die in goldenen Buchstaben darüber ausgestellte

---

1) Johann VI, der 701—705 auf dem römischen Stuhl saß. Andere meinen, es sei Johann V, 685—686.

Schenkungsurkunde nach Rom. In jenen Tagen kamen auch zwei Sachsenkönige zur Stätte der Apostel nach Rom und starben daselbst nach ihrem Wunsch in kurzer Zeit.

29. Auch Erzbischof Benedikt von Mailand kam damals nach Rom, um sein Recht auf die Kirche von Ticinus zu verfechten. Aber er wurde zu der Anerkennung gebracht, daß die Bischöfe von Ticinus seit alten Zeiten ihre Weihe von der römischen Kirche erhalten hätten. Es war übrigens dieser ehrwürdige Erzbischof Benedikt ein Mann von ausgezeichneter Frömmigkeit, der in ganz Italien großen Ruhm hatte.

703   30. Nach dem Tode des Herzogs Transamund von Spoletum erhielt sein Sohn Farualb das Herzogsamt. Der Bruder Transamunds war Wachilapus, der zugleich mit seinem Bruder das Herzogthum führte.

31. Justinianus aber, der nach dem Verlust seiner Krone in Pontus in der Verbannung lebte, setzte sich mit Hülfe des Bulgarenkönigs Terebellus wieder in den Besitz des Reichs und tödtete die Patricier, die ihn vertrieben hatten. Auch den Leo und Tiberius, die sich seinen Platz angemaßt hatten, bekam er in seine Gewalt und ließ sie mitten im Circus vor allem Volk umbringen. Dem Gallicinus, dem Patriarchen von Konstantinopel, ließ er die Augen ausreißen und schickte ihn nach Rom; an seiner Stelle machte er dann den Abt Cyrus, der ihn in seiner Verbannung in Pontus gepflegt hatte, zum Bischof. Er ließ den Papst Konstantinus[1]) zu sich kommen und erwies ihm große Ehren; auf dem Boden hingestreckt bat er ihn, für seine Sünden Fürsprache einzulegen und erneuerte alle Privilegien seiner Kirche. Als er ein Heer nach Pontus abgehen ließ, um den Filippikus, den er dahin verbannt hatte, zu ergreifen, gab sich derselbe ehrwürdige Papst viele Mühe, ihn davon abzubringen, ohne daß es ihm jedoch damit gelungen wäre.

32. Das Heer, das er gegen den Filippikus ausgeschickt hatte,

---

1) Regierte 700—715.

schlug sich auf dessen Seite und machte ihn zum Kaiser. Dieser rückte nun gegen Justinian nach Konstantinopel vor, lieferte ihm beim zwölften Meilenstein[1] vor der Stadt eine Schlacht, besiegte und tödtete ihn und setzte sich in den Besitz des Reichs. Es hatte 711 aber Justinian mit seinem Sohne Tiberius dieses zweite Mal sechs Jahre geherrscht. Diesem letzteren hatte Leo bei der Vertreibung jenes die Nase abschneiden lassen; als er sich nun wieder in den Besitz der Herrschaft gesetzt hatte, ließ er, so oft er einen Tropfen von der fließenden Stelle mit der Hand abwischte, beinahe jedes= mal einen seiner früheren Gegner hinrichten.

33. Nach dem in diesen Tagen erfolgten Tode des Patriarchen Petrus übernahm Serenus die Leitung der Kirche von Aquileja, ein Mann von einfältigem Gemüth und dem Dienste Christi ergeben.

34. Nachdem sich aber Filippikus, der auch den Namen Bar= danis führte, im Besitz der Kaiserwürde befestigt hatte, entsetzte er den Cyrus, von dem oben die Rede war, des Patriarchats und schickte ihn nach Pontus zurück, um daselbst seinem Kloster wieder vorzustehen. Dieser Filippikus richtete an Papst Konstantin Briefe voll verkehrter Glaubensansichten, die dieser nach dem Rath des apostolischen Stuhls nicht annahm. Dieß gab Anlaß zu den Malereien im Portikus von St. Peter, welche die Beschlüsse der sechs großen Kirchenversammlungen darstellten. Denn auch der= artige Malereien, die in der königlichen Stadt sich befanden, hatte Filippikus wegnehmen lassen. Darum faßte das römische Volk den Beschluß, weder auf Urkunden, noch auf Münzen den Namen oder das Bildniß des ketzerischen Kaisers zu setzen. So kam sein Bild in keine Kirche und auch sein Name wurde beim Gottesdienst nicht genannt. Ein Jahr und sechs Monate hatte er die Herrschaft ge= führt, als sich Anastasius, der auch Artemius genannt wurde, gegen ihn erhob, ihn vom Throne stieß und blendete, ihm aber doch 713 das Leben ließ. Dieser Anastasius übersandte dem Papst Kon= stantinus durch den Patricius und Exarchen Scolastikus Briefe nach)

---

1) Ungefähr 2½ deutsche Meilen.

Rom, durch die er sich als Anhänger des katholischen Glaubens bekannte und seine Anerkennung der sechsten heiligen Kirchenversammlung erklärte.

35. Nachdem nun Ansprand bereits neun Jahre im Baierland in der Verbannung zugebracht hatte, vermochte er endlich im zehnten Jahre den Teutpert zum Krieg. Der Herzog der Baiern rückte also mit Heeresmacht in Italien ein und lieferte dem Aripert eine Schlacht, in der auf beiden Seiten viel Volks umkam. Aber obschon zuletzt die Nacht dem Kampf ein Ende machte, so ist es doch sichere Thatsache, daß die Baiern das Feld räumten und Ariperts Heer siegreich in sein Lager zurückzog. Indem aber Aripert nicht im Lager bleiben wollte, sondern lieber sich nach der Stadt Ticinus wandte, entmuthigte er seine Leute und gab dem Feinde neue Kühnheit. Bald nachdem er in die Stadt eingezogen war, mußte er die Erfahrung machen, daß er sich ob dieser That das Heer verfeindet habe: er gab also dem Rathe Gehör, nach dem Frankenlande zu fliehen und nahm dabei so viel Gold, als ihm nöthig schien, aus dem Palast mit fort. Als er aber mit diesem Golde beschwert über den Ticinusfluß schwimmen wollte, wurde er davon zu Grunde gezogen und ertrank. Am andern Morgen ward sein Leichnam aufgefunden, im Palast gebührend besorgt und dann in der Kirche unsers Herrn und Heilandes beigesetzt, die der alte Aripert erbaut hatte. Dieser König ging in den Tagen, da er die Herrschaft führte, oftmals bei Nacht hinaus und da- und dorthin, um selbst zu erkunden, was man in den einzelnen Städten von ihm spräche, und erforschte sorgsam, wie die verschiedenen Richter Gerechtigkeit übten im Volk. Wenn die Gesandten fremder Völker zu ihm kamen, so erschien er in geringen Kleidern oder in Pelzwerk vor ihnen, und damit keine Absichten auf Italien in ihnen erwachten, ließ er ihnen niemals köstliche Weine oder sonst ausgesuchte Dinge vorsetzen. Er regierte aber, theils in Gemeinschaft mit seinem Vater Raginpert, theils allein, im ganzen bis ins zwölfte Jahr. Er war ein frommer Mann, ein Freund der Gerechtigkeit und gab reichliche Almosen: zu seiner Zeit entwickelte

Die Erde eine üppige Fruchtbarkeit, die Zeiten aber waren wild. — Sein Bruder Gumpert floh damals ins Frankenreich und verblieb hier bis an sein Ende. Ihm wurden drei Söhne geboren, von denen der älteste mit Namen Raginpert in unsern Tagen der aurelianischen Stadt[1]) vorstand. Nach dem Begräbniß Ariperts nun brachte Anspranb das Reich der Langobarden an sich, regierte aber nur drei Monate: er war ein Mann in allen Dingen ausgezeichnet, mit dessen Klugheit sich wenige messen konnten. Als die Langobarden sein Ende kommen sahen, setzten sie seinen Sohn Liutprand auf den königlichen Thron, worüber sich Anspranb, dem die Kunde davon noch zu Ohren kam, ungemein freute.

36. In der Zeit schickte Kaiser Anastasius eine Flotte nach Alexandria gegen die Sarrazenen ab. Sein Heer besann sich eines anderen und zog weiter auf dem Marsch nach Konstantinopel zurück, suchte den rechtgläubigen Theodosius hervor, wählte ihn zum Kaiser und setzte ihn wider seinen Willen auf den Thron des Reichs. Dieser Theodosius besiegte den Anastasius bei der Stadt 710 Nicea in einer schweren Schlacht und gestattete ihm dann, wie er ihm gelobt hatte, in den geistlichen Stand zu treten und die Priesterweihe zu nehmen. Er selbst aber ließ, sobald er die Herrschaft angetreten hatte, in der königlichen Stadt jenes verehrungswürdige Bild, auf dem die heiligen Koncilien gemalt waren, an dem alten Platz wieder aufstellen, von wo es Filippikus weggenommen hatte. In diesen Tagen schwoll der Tiberfluß so an, daß er aus seinem Bette trat und in der Stadt Rom viel Schaden anrichtete. Auf der breiten Straße stand das Wasser anderthalb mannshoch und von dem St. Peters Thor bis zur molvischen Brücke herab bildete es Einen See.

37. Zu diesen Zeiten pflegten viele Angeln, Vornehme und Geringe, Männer und Frauen, Herzoge und gemeine Leute, von der Liebe zu Gott getrieben aus Britannien nach Rom zu pilgern.

1) Orleans.

Im Frankenreich führte damals Pippin[1]) das Regiment, ein Mann von ungemeiner Kühnheit, der immer sogleich auf seine Feinde losstürzte und sie so schlug. Wie er einst gegen einen seiner Feinde über den Rhein gezogen war, fiel er von nur Einem Gesellen begleitet über jenen her und hieb ihn in seinem Zelte sammt seiner Umgebung nieder. Auch gegen die Sachsen führte er viele tapfere Kämpfe, insbesondere aber mit Ratpot, dem Friesenkönig. Er hatte mehrere Söhne, der vorzüglichste unter ihnen aber war Karl, der später sein Nachfolger in der Herrschaft wurde.

712 38., Wie aber Liutprand sich im Reich befestigt hatte, so wollte ihn Rothari, ein Blutsverwandter von ihm, umbringen. Er richtete in seiner Wohnung in Ticinus ein Gastmahl zu und versteckte die stärksten Männer bewaffnet in seinem Hause, um den König bei der Tafel ermorden zu lassen. Wie das dem Liutprand hinterbracht wurde, so ließ er ihn nach seinem Palast rufen, und fand nun, indem er ihn mit der Hand anfühlte, daß er, wie ihm gemeldet worden war, einen Panzer unter seinem Kleide trage. Wie Rothari merkte, daß er verrathen sei, zog er alsbald einen Dolch heraus, um den König zu durchstoßen. Dieser aber zog sein Schwert aus der Scheide. Einer der königlichen Leibwächter, mit Namen Subo, packte den Rothari im Rücken, wurde aber von ihm an der Stirne verwundet. Dann sprangen jedoch auch noch andere auf Rothari los und machten ihn auf der Stelle nieder. Auch seine vier Söhne, die nicht zugegen gewesen waren, wurden wo man sie fand getödtet. Es war aber Liutprand ein Mann von seltenem Muth: so ging er einst mit zwei Schildträgern, die, wie ihm gemeldet war, ihn zu ermorden beabsichtigten, ganz allein in den dicksten Wald. Hier zog er sein Schwert aus der Scheide, hielt es ihnen entgegen und rückte ihnen nun vor, daß sie ihn ermorden wollten und forderte sie auf, es nun zu thun. Da warfen sie sich ihm zu Füßen und gestanden ihm ihr ganzes Vorhaben. Auch noch mit andern machte er es in ähnlicher Weise, sobald

---

1) Pippin der Mittlere, Karl Martells Vater, starb 714.

sie aber ihre Schuld eingestanden hatten, verzieh er ihnen ihr Verbrechen.

39. Nach dem Tode Herzog Gisulfs von Benevent übernahm 698 sein Sohn Romuald die Herrschaft über das Volk der Samniten.

40. Um diese Zeit kam Petronax ein Bürger aus der Stadt 720 Brexia von der Liebe zu Gott getrieben nach Rom und zog, der Aufforderung des damaligen Papstes Gregorius Folge leistend, hierher nach der Burg von Casinum und gelangte zu dem Leib des heiligen Vaters Benedikt und wohnte daselbst mit einigen andern einfältigen Männern, die sich schon zuvor hier angesiedelt hatten. Diese erwählten sich den ehrwürdigen Mann Petronax zu ihrem Vorsteher. Nicht lange darauf, nachdem schon beinahe hundert und zehn Jahre verflossen waren, seitdem der Ort ganz unbewohnt dastand, wurde Petronax unter Beistand der göttlichen Gnade und der Verdienste des heiligen Benedikt der Vater von vielen vornehmen und geringen Mönchen, die ihm zugeströmt waren, richtete die Wohnungen wieder her, bestimmte die Lebensweise nach der Ordensregel und der Unterweisung des heiligen Benedikt, und setzte dieses heilige Kloster in den Stand, in dem man es heute sieht. Diesem ehrwürdigen Manne Petronax leistete in der Folgezeit der ausgezeichnete und Gott wohlgefällige Papst Zacharias viele Dienste, gab ihm die Bücher der heiligen Schrift und sonst manches, was das Kloster brauchte; insbesondere schenkte er ihm auch nach seiner väterlichen Güte die Ordensregel die der Vater Benedikt mit seinen eigenen heiligen Händen niedergeschrieben hat. — Das Kloster des heiligen Märtyrers Vincentius, das an der Quelle des Flusses Vulturnus liegt und jetzt durch die große Anzahl von Mönchen sich auszeichnet, wurde schon damals von drei edlen Brüdern[1]) erbaut, wie dieß in dem Buch, das der gelehrte Autpert, der Abt des Klosters, darüber verfaßt hat, geschrieben steht. — Noch zu Lebzeiten des heiligen Papstes Gregorius wurde die Burg von Cumä von den Langobarden aus Benevent eingenommen, aber unter An=

---

1) Tato, Taso und Paldo.

führung des Herzogs von Neapel, der einen nächtlichen Ueberfall machte, ein Theil der Langobarden von den Römern gefangen genommen, andere getödtet und die Burg selbst wieder erobert. Für die Befreiung derselben schenkte der Papst siebzig Pfund Gold, wie er versprochen hatte.

41. An die Stelle des Kaisers Theodosius, der indessen nach bloß einjähriger Herrschaft gestorben war [1]) trat Kaiser Leo.

42. Bei dem Volk der Franken entriß nach Pippins Tode sein Sohn Karl, den ich bereits erwähnte, nach vielen Kämpfen und Kriegen dem Raginfrid die Herrschaft. Nachdem er nemlich aus der Gefangenschaft, in der er gehalten wurde, mit dem Willen Gottes entkommen war, kämpfte er erst mit nur wenigen zwei oder dreimal gegen Raginfrid, zuletzt aber schlug er ihn in einer großen Schlacht bei Vinciacum. [2]) Er ließ ihm die einzige Stadt Andegavum [3]) als Wohnsitz und übernahm selbst die Regierung des gesammten Frankenvolkes.

43. In der Zeit bestätigte König Liutprand der römischen Kirche die Schenkung in den kottischen Alpen. Nicht lange nachher führte dieser Herrscher Guntrut, die Tochter Herzog Teutperts von Baiern, bei dem er in der Verbannung gelebt hatte, als Gemahlin heim, bekam aber nur eine einzige Tochter von ihr.

44. In diesen Zeiten eroberte Faroald der Herzog von Spoletum die unweit Ravenna gelegene Stadt Classis, mußte sie aber auf Befehl König Liutprands den Römern wieder herausgeben. Gegen diesen Herzog Faroald empörte sich sein Sohn Transamund, riß seine Gewalt an sich und machte ihn zum Geistlichen. In diesen Tagen kam Teudo der Herzog des Baiernvolkes nach Rom zur Stätte der heiligen Apostel, um daselbst sein Gebet zu verrichten

45. In Friaul wurde nach dem Tode des Patriarchen Serenus auf Betreiben Liutprands die Leitung der Kirche von Aquileja dem Kalixtus übertragen, einem ausgezeichneten Manne, der bis dahin Archidiakonus der Kirche von Tarvisium gewesen war.

---

1) Vielmehr wurde er des Throns entsetzt. — 2) Vinch bei Cambray. — 3) Angers.

Damals war Pemmo Herzog der Friauler Langobarden. Wie jene adlichen Söhne, die er mit seinen eigenen auferzog, bereits das Jünglingsalter erreicht hatten, kam ihm plötzlich die Kunde zu, daß die Slaven in ungeheurer Anzahl an dem Ort, der Lauriana heißt, erschienen seien. Da fiel er mit jenen Jünglingen zum dritten Mal über sie her und brachte ihnen eine blutige Niederlage bei; von langobardischer Seite aber fiel niemand weiter als Sigualb, der bereits hoch bei Jahren war, denn schon in jener früheren Schlacht, die unter Ferdulf vorfiel, hatte er zwei Söhne verloren. Bereits zweimal hatte er, wie er wünschte, an den Slaven Rache genommen, aber auch zum dritten Male ließ er sich vom Herzog und andern Langobarden nicht zurückhalten, sondern gab ihnen zur Antwort: „Jetzt habe ich den Tod meiner Söhne zur Genüge gerächt und will nun freudig den Tod hinnehmen, wenn es so kommen müßte." Und so geschah es auch und er fiel ganz allein in dieser Schlacht. Pemmo aber fürchtete, nachdem er viele Feinde getödtet hatte, er möchte noch einen von seinen Leuten in diesem Kampf verlieren und schloß mit den Slaven auf dem Schlachtfelde Frieden; und seit der Zeit bekamen die Slaven immer mehr Furcht vor den Waffen der Friauler.

46. Zu der Zeit setzte das Volk der Sarrazenen an dem Ort, der Septem [1]) heißt, aus Afrika über und eroberte ganz Spanien; zehn Jahre hernach kamen sie mit Weib und Kind und drangen in die gallische Provinz Aquitanien ein, um da zu wohnen. Karl hatte bis dahin einen Zwist mit Eudo, dem Fürsten von Aquitanien gehabt, jetzt aber verbündeten sie sich und kämpften einmüthig gegen die Sarrazenen. Die Franken fielen über die Sarrazenen 732 her und tödteten 375,000 von ihnen, auf Seite der Franken aber fielen nur 1500. Auch Eudo überfiel mit seinen Leuten ihr Lager, tödtete ebenfalls viele und plünderte alles.

47. In derselben Zeit rückte das Volk der Sarrazenen mit einem zahllosen Heere auch vor Konstantinopel und hielt die Stadt

drei Jahre lang ohne Unterbrechung umlagert, bis auf das inbrün=
stige Geschrei der Einwohner zu Gott viele von ihnen durch Hunger
und Frost, durch das Schwert und durch Krankheit umkamen und
sie so die Belagerung aufgeben und abziehen mußten. Sie brachen
von da auf und machten nun einen Angriff auf das Volk der
Bulgaren, das nördlich von der Donau seinen Sitz hat, wurden
aber auch hier geschlagen und flohen auf ihre Schiffe zurück. Als
sie dann auf die hohe See hinaussteuerten, wurden sie plötzlich
von einem Sturm überfallen, in dem ihre Flotte schweren Schaden
erlitt und die meisten von ihnen ertranken. In Konstantinopel
aber raffte die Pest dreimalhunderttausend Menschen hinweg.

48. Wie aber Liutprand hörte, daß die Sarrazenen nach der
Verwüstung Sardiniens auch die Stätte beunruhigten, wo die Gebeine
des heiligen Bischofs Augustinus einst vor der Plünderung der
Barbaren hingebracht und feierlich beigesetzt waren, so schickte er
dahin, brachte sie um hohen Preis an sich und ließ sie nach der
Stadt Ticinus führen, wo sie mit der einem so hohen Kirchen=
vater schuldigen Ehrfurcht bestattet wurden. In diesen Tagen wurde
die Stadt Narnia von den Langobarden erobert.

49. Zu der Zeit belagerte König Liutprand Ravenna, eroberte
und zerstörte Classis. Hierauf schickte der Patricius Paulus von
Ravenna Leute ab, um den Papst zu tödten, aber da die Langobarden sich zur Vertheidigung des Papstes stellten, die Spoletaner
auf der salarischen Brücke und die tuscischen Langobarden anderswo
Widerstand leisteten, wurde der Plan der Ravennaten vereitelt.
In der Zeit verbrannte der Kaiser Leo zu Konstantinopel die
Heiligenbilder und gebot dem römischen Priester gleiches zu thun,
falls er sich die kaiserliche Huld erhalten wolle. Aber der Papst
lehnte es mit Entrüstung ab. Auch das ganze Heer von Ravenna
und Venedig widersetzte sich einmüthig diesem Befehle, und wenn
sie der Papst nicht davon abgehalten hätte, so würden sie sich
einen neuen Kaiser gesetzt haben. König Liutprand eroberte die in
Emilia gelegenen festen Städte Feronianum, Mons Bellius,
Buxeta, Persiceta, Bononia, die Pentapolis und Auximum. Auch

Sutrium brachte er damals an sich, gab es aber nach einigen Tagen an die Römer zurück. In derselben Zeit ging der Kaiser Leo in seinem schlechten Treiben so weit, daß er alle Einwohner von Konstantinopel theils durch Gewalt theils durch Ueberredung bewog, alle Bilder, die sie vom Heilande oder seiner heiligen Mutter oder irgend welchen Heiligen hatten, herauszugeben, worauf er sie dann mitten in der Stadt verbrennen ließ. Viele aus dem Volke, die ein solches Verbrechen verhindern wollten, ließ er theils köpfen, theils auf andere Weise körperlich strafen. Da der Patriarch Germanus zu solchem ketzerischen Thun seine Zustimmung nicht geben wollte, wurde er abgesetzt und der Présbyter Anastasius an seine Stelle gesetzt.

50. Herzog Romuald von Benevent vermählte sich mit Guntberga, der Tochter der Aurona, König Liutprands Schwester; sie gebar ihm einen Sohn, dem er nach seinem Vater den Namen Gisulf gab. Nach dieser ersten Frau heirathete er die Ranigunda, eine Tochter des Herzogs Gaibuald von Brescia.

51. Zwischen Herzog Pemmo und dem Patriarchen Kalixtus brach in der Zeit schwerer Streit aus. Die Ursache davon war aber folgende. Schon vor längerer Zeit war der Bischof Fidentius aus der Stadt Julia gekommen und hatte sich mit dem Willen der früheren Herzoge in den Mauern der Stadt Forojuli niedergelassen und sie zum Sitz seines Bisthums gemacht. Nach seinem Tode folgte ihm Amator auf dem bischöflichen Stuhle. Bis dahin [737] nun hatten die früheren Patriarchen, weil sie der beständigen Anfälle der Römer wegen nicht in Aquileja wohnen konnten, ihren Sitz nicht in Forojuli, sondern in Kormona gehabt. Dem Kalixtus aber, der ein gar vornehmer Herr war, wollte es nicht gefallen, daß ein Bischof seiner Diöcese bei dem Herzog und den Langobarden wohnen, er aber bei dem gemeinen Volke sein Leben zubringen sollte. Er trat also gegen den Bischof Amator auf, vertrieb ihn aus Forojuli und richtete sich in seinem Hause seine Wohnung ein. Darob verbündete sich Herzog Pemmo mit vielen edlen Langobarden gegen den Patriarchen, führte ihn nach der am Meere

gelegenen Burg Pontium ab und wollte ihn von da in die See hinabstürzen, that es aber nach dem Willen Gottes doch nicht. Dagegen hielt er ihn eingeschlossen und gab ihm das Brod der Trübsal zu schmecken. Wie das König Liutprand vernahm, entbrannte er in großem Zorn, nahm dem Pemmo das Herzogthum und übertrug es seinem Sohne Ratchis. Da wollte Pemmo in das Land der Slaven fliehen, aber sein Sohn Ratchis legte bei dem Könige Fürbitte für ihn ein und verschaffte ihm die königliche Huld wieder. Nachdem nun Pemmo die Versicherung erhalten hatte, daß ihm kein Leid widerfahren solle, erschien er mit allen Langobarden, die sich bei jener That betheiligt hatten, vor dem König. Als nun Liutprand zu Gerichte saß, verzieh er dem Pemmo und seinen beiden Söhnen Ratchait und Aistulf dem Ratchis zu lieb, und hieß sie sich hinter seinem Stuhl aufstellen; dann aber rief er mit lauter Stimme alle die auf, die dem Pemmo beigestanden hatten, und befahl sie festzunehmen. Da konnte Aistulf seinen Schmerz nicht bezwingen und er würde mit dem schon gezückten Schwert den König durchbohrt haben, wenn ihn nicht sein Bruder Ratchis zurückgehalten hätte. Wie nun die Langobarden festgenommen wurden, da zog einer von ihnen mit Namen Herfemar sein Schwert und floh, sich vor seinen vielen Verfolgern mannhaft wehrend, nach der Kirche des heiligen Michael, und er allein ging durch des Königs Gnade straflos aus, während die übrigen lange Zeit in Ketten schmachteten.

738 52. Ratchis, der wie schon bemerkt, Herzog von Friaul geworden war, unternahm mit seinen Mannen einen Feldzug nach Karniola[1]), dem Lande der Slaven, tödtete eine große Anzahl von ihnen und verwüstete alles. Bei einem plötzlichen Ueberfall der Slaven konnte er seinen Speer nicht mehr aus den Händen des Waffenträgers nehmen und schlug den ersten, der ihm in den Weg kam, mit dem Stock todt, den er gerade trug.

735 53. Um diese Zeit schickte Karl der Frankenfürst seinen Sohn Pippin an Liutprand ab, damit dieser der Sitte gemäß sein Haar

1) Krain.

nehme. Indem er ihm nun sein Haupthaar abschnitt, trat er in ein väterliches Verhältniß zu ihm[1]) und schickte ihn alsdann königlich beschenkt zu seinem Erzeuger zurück.

54. In derselben Zeit fiel das Heer der Sarrazenen wieder 737 in Gallien ein und richtete große Verheerung an. Da lieferte ihnen Karl nicht weit von Narbona eine Schlacht und brachte ihnen wie schon früher eine große Niederlage bei. Hierauf fielen sie abermals in Gallien ein und kamen bis in die Provence, wo sie Arelate eroberten und ringsum eine allgemeine Zerstörung anrichteten. Da schickte Karl Gesandte mit Geschenken an den König Liutprand ab und bat ihn um Beistand gegen die Sarrazenen. Und ohne Zögern eilte dieser mit dem ganzen Heer der Langobarden zu seiner Hülfe herbei. Auf diese Nachricht hin floh das Sarrazenenvolk sogleich aus jenem Land, Liutprand aber zog mit seinem ganzen Heere nach Italien zurück. Mit den Römern führte dieser König viele Kriege und blieb in allen sieghaft; nur einmal wurde sein Heer bei Ariminum während seiner Abwesenheit geschlagen; und ein anderes Mal wurde, während er sich in dem Dorfe Pilleum in der Pentapolis aufhielt, eine große Menge von Leuten, die dem Könige Gaben und Geschenke oder den Segen von verschiedenen Kirchen bringen wollten, von den Römern überfallen und theils niedergemacht, theils gefangen genommen. Als Hildeprand des Königs Neffe und Peredeo der Herzog von Vincentia Ravenna belagerten, wurde Hildeprand bei einem plötzlichen Ueberfall der Venetianer von diesen gefangen, Peredeo nach tapferer Gegenwehr getödtet. In der Folgezeit zogen die Römer, von ihrem gewöhnlichen Hochmuth aufgeblasen, zu Hauf und unter Anführung des Herzogs Agatho von Perusia gegen Bononia, um diese Stadt, vor der damals Walchari, Peredeo und Rothari sich gelagert hatten, einzunehmen. Diese aber stürzten über die Römer her, richteten ein großes Blutvergießen unter ihnen an und schlugen, was am Leben blieb, in die Flucht.

---

1) Vergl. IV, 39.

55. In diesen Tagen empörte sich Transamund gegen den König, als ihn aber dieser mit einem Heere überzog, flüchtete er nach Rom. Sein Amt wurde dem Hilderich übertragen. Es starb aber Herzog Romuald der Jüngere von Benevent, der sechsund= zwanzig Jahre die Herzogswürde bekleidet hatte, und es blieb zurück Gisulf, sein noch unmündiger Sohn. Gegen diesen erhoben sich etliche und wollten ihn umbringen, aber das Volk von Benevent, das immer treulich zu seinen Herzogen hielt, tödtete jene und schützte das Leben seines Herzogs. Da aber Gisulf in seinem Knabenalter noch nicht im Stande war, soviel Volks zu regieren, so kam König Liutprand nach Benevent, nahm ihn zu sich und setzte statt seiner seinen Neffen Gregor zum Herzog von Benevent ein; dessen Gemahlin hieß Giselperga. Nachdem König Liutprand die dortigen Angelegenheiten wieder in Ordnung gebracht hatte, kehrte er nach seinem Königsitz zurück. Seinen Neffen [1]) Gisulf zog er mit väter= licher Liebe auf und vermählte ihn später mit der Skauniperga, einer aus vornehmem Geschlecht entsprossenen Frau. Er selbst aber
736 verfiel zu der Zeit in eine große Schwäche und kam dem Tode nahe. Die Langobarden vermeinend, er werde sterben, erhoben seinen Neffen Hildeprand vor den Mauern der Stadt bei der Kirche der heiligen Mutter Gottes, welche „zu den Stangen" heißt, zum König. Wie sie ihm aber der Sitte gemäß den Speer in die Hand gaben, flog ein Kukuk herbei und setzte sich auf die Spitze desselben. Da wollten einige kluge Männer aus diesem Zeichen erkennen, daß sein Regiment nichts gutes bringe. König Liutprand nahm die Nachricht davon nicht gleichmüthig auf, ließ sich jedoch, als er sich von seiner Krankheit wieder erholt hatte, seinen Neffen als Mit= regenten gefallen. Nach Verfluß einiger Jahre kehrte Transamund, der nach Rom geflohen war, wieder nach Spoletum zurück, tödtete
740 den Hilderich und erhob aufs neue frechen Aufruhr gegen den König.

56. Nachdem aber Gregor sieben Jahre Herzog von Benevent gewesen war, wurde er seines Lebens beraubt. Ihm folgte Godschalk und war drei Jahre lang Herzog von Benevent; seine Gemahlin

1) Eigentlich Großneffe.

hieß Anna. Wie nun dem König Liutprand die Kunde von diesen Vorgängen in Spoletum und Benevent zu Ohren kam, zog er abermals mit einem Heere nach Spoletum [1]). Als er in der Pen-

1) Wie Papst Gregor III. diese Angelegenheiten ansah, geht aus einem Briefe desselben an den Hausmeier (subregulus nennt er ihn) Karl Martell vom Jahre 740 hervor, wo es heißt: „Wir schweben in der äußersten Noth und Tag und Nacht rinnen die Thränen aus unsern Augen, da wir täglich sehen müssen, wie die heilige Kirche Gottes verlassen ist von ihren Söhnen, auf die sie ihre Hoffnung auf Rettung gesetzt hatte. Darüber klagen und seufzen wir unausgesetzt schmerzerfüllt, da wir sehen wie nun das Geringe, was im verflossenen Jahre geblieben war zu Unter- stützung und Unterhalt der Armen Christi und Bereitung von Licht im Gebiete von Ravenna jetzt von Liutprand und Hilprand den Königen der Langobarden mit Feuer und Schwert vernichtet wird. Und auch hieher in das Gebiet von Rom haben sie mehrfach ihre Heere geschickt und uns ähnlichen Schaden gethan und thun es noch; sie haben alle Gehöfte des h. Petrus zerstört und von Vieh was sie fanden mit fort- getrieben. Und von Dir, erlauchter Sohn, zu dem wir unsere Zuflucht genommen haben, ist uns bis jetzt keine Hülfe gekommen. Vielmehr laßt ihr jene Könige, ohne Einspruch dagegen zu erheben, ihre Heereszüge ausführen, indem ihre falsche Dar- stellung mehr bei Euch gilt, als unsere Wahrheit. Und nun verhöhnen sie uns und sprechen: „Er möge doch kommen der Karl, den Ihr angerufen habt, sammt dem Heere der Franken; und sie Euch helfen, wenn sie es können, und aus unserer Hand reißen.“

Glaube doch mein Sohn, nicht den falschen Berichten und Rathschlägen dieser Könige; denn es sind lauter Lügen, wenn sie Dir schreiben, daß sich die Herzoge von Spoletum und Benevent gegen sie vergangen hätten. Vielmehr verfolgen sie diese Herzoge bloß deshalb, weil sie im verflossenen Jahre nicht, wie es jene gethan haben, über den Besitz der heiligen Apostel herfallen und das ihnen gehörige Volk berauben wollten, sondern im Gegentheil erklärten, gegen die heilige Kirche Gottes und deren Volk nicht zu streiten. Die beiden Herzoge waren und sind bereit, den Königen nach altem Brauch Gehorsam zu leisten. Aber diese wollen einen Vorwand haben, sie und uns zu verderben, und berichten Euch falsches, um die erlauchten Herzoge zu verjagen und ihre eigenen schlechten Leute an ihre Stelle zu setzen, um die Kirche Gottes in noch größere Bedrängniß zu bringen und das Gut des heiligen Petrus an sich zu reißen und sein Volk in die Gefangenschaft abzuführen.

Damit Dir aber die Wahrheit offenbar werde, so sende, allerchristlichster Sohn, einen zuverläßigen Mann hieher, der sich nicht bestechen läßt, auf daß Dein frommer Sinn unsre Verfolgung und die Erniedrigung der Kirche Gottes gleichsam mit eigenen Augen erblicke.

Ich beschwöre Dich bei dem lebendigen und wahrhaftigen Gott und bei den heiligen Schlüsseln vom Grab des heiligen Petrus, die wir Dir zur Anbetung schickten, die Freundschaft der Langobardenkönige nicht über die Liebe zum Fürsten der Apostel zu setzen, sondern uns schleunigst zu erkennen zu geben, wie unsere Hülfe nächst Gott auf Dir beruht, auf daß allen Völkern Euer Glaube und guter Name offenbar werde und wir mit dem Propheten (Psalm 20, 2) sprechen können: der Herr erhöre Dich in der Noth, der Name des Gottes Jakobs schütze Dich!“

Die im Anfang des neunten Jahrhunderts geschriebene Chronik von Moissac (an der Garonne) fügt bei, daß sich der Papst und das römische Volk zugleich aus der Herrschaft der griechischen Kaiser in den Schutz des Frankenfürsten begeben haben.

tapolis von der Stadt Fanum nach Forum Sempronii [1]) marschirte,
fügten die Spoletaner, die sich mit den Römern verbündet hatten,
seinem Heere in einem auf dem Wege liegenden Wald schweren
Verlust zu. Der König übertrug dem Herzog Ratchis und seinem
Bruder Aistulf mit den Friaulern die Nachhut. Diese wurden von
den Spoletanern und Römern angefallen und einige von ihnen
verwundet; aber Ratchis mit seinem Bruder und andern besonders
tapfern Männern hielt die ganze Schwere des Kampfs aus, sie
stritten mannhaft, machten viele nieder und zählten, als sie mit
ihren Leuten aus dem Streit kamen, nur wenige Verwundete. Ein
ungemein tapferer Spoletaner, Berto geheißen, rief damals den
Ratchis beim Namen auf und stürzte wohlbewaffnet auf ihn los;
Ratchis warf ihn sogleich mit einem Stoß vom Pferd, und als ihn
seine Gesellen umbringen wollten, ließ er ihn nach seiner gewöhn=
lichen Milde laufen: auf Händen und Füßen kriechend, entkam er
so in den Wald. Als Aistulf auf einer Brücke von zwei starken
Spoletanern hinterrücks überfallen wurde, stieß er den einen mit
dem Speer über die Brücke hinab, ging dann sogleich auf den
andern los, tödtete ihn und schickte ihn seinem Kameraden ins
Wasser nach.

741   57. Wie Liutprand in Spoletum angelangt war, nahm er
dem Transamund das Herzogthum, machte ihn zum Geistlichen und
setzte seinen Neffen Ansprand als Herzog ein. Als der König aber
nach Benevent zog, und Godschalk von seiner Ankunft hörte, schickte
er sich an, auf einem Schiff nach Griechenland zu fliehen. Als
er aber schon sein Weib und all' seine Habe eingeschifft hatte und
nun zuletzt selbst einsteigen wollte, fielen die dem Gisulf anhäng=
lichen Beneventaner über ihn her und tödteten ihn. Sein Weib
indeß gelangte mit allem, was sie hatte, nach Konstantinopel.

    58. König Liutprand machte bei seiner Ankunft zu Benevent
seinen Neffen Gisulf wieder an dem ihm gebührenden Orte zum
Herzog und kehrte hierauf nach seinem Palast zurück. Dieser ruhm=

---

1) **Fossombrone** in der Mark von Ankona.

reiche König erbaute an den verschiedenen Orten, wo er sich aufzu=
halten pflegte, zur Ehre Christi viele Kirchen. Das Kloster des
heiligen Petrus, das vor den Mauern der Stadt Ticinus liegt
und „Der goldene Himmel" genannt wird, ist von ihm gestiftet.
Auch auf dem Gipfel von Barbosalp erbaute er ein Kloster, das
Bercetum heißt. In seinem Hofgut Olonna ließ er zu Ehren des
heiligen Märthrers Anastasius ein herrliches Bauwerk aufführen
und es zu einem Kloster einrichten. In gleicher Weise stiftete er
auch an vielen andern Orten Gotteshäuser. Auch in seinem eigenen
Palast erbaute er eine Kapelle unsers Herrn und Heilandes und
stellte, was unter keinem König vor ihm gewesen war, Priester und
Geistliche dabei an, die täglich den Gottesdienst für ihn abhalten
mußten.

Zu den Zeiten dieses Königs lebte in dem Orte, der Forum
heißt, am Fluß Tanarus, ein Mann von seltener Heiligkeit mit
Namen Baodolinus, der durch den Beistand der Gnade Christi sich
durch viele Wunder auszeichnete. Gar oft weissagte er das zu=
künftige, und sprach von entferntem wie von gegenwärtig geschehendem.
Als nun einmal König Liutprand in den Stadtwald auf die Jagd
gezogen war, verwundete einer seiner Begleiter, wie er auf einen
Hirsch seinen Pfeil abdrückte, wider seinen Willen des Königs Neffen,
nemlich seinen Schwestersohn Aufusus. Bei diesem Anblick brach
der König, der den Knaben sehr lieb hatte, über sein Unglück in
Klagen und Thränen aus und schickte sofort einen Reiter zu dem
Mann Gottes Baodolinus ab, auf daß er für das Leben des
Knaben zu Christus flehe. Während der aber zu dem Diener
Gottes ritt, starb der Knabe. Und Baodolinus sprach, sobald
jener zu ihm kam, die Worte: „Ich weiß, was dich zu mir her=
führt; aber das was du von mir verlangen sollst, kann nicht
mehr geschehen; denn der Knabe ist bereits todt." Als diese Worte
des Baodolinus dem König von dem Boten hinterbracht wurden,
so schmerzte es ihn zwar, daß er sich der Wirkungen seines Gebets
nicht mehr erfreuen konnte, aber er erkannte deutlich, daß der Mann
Gottes den Geist der Weissagung habe. Diesem nicht unähnlich

lebte zu Verona ein Mann mit Namen Teudelapius, der außer
vielem Wunderbaren, was er vollbrachte, auch vieles, was noch in
der Zukunft lag, mit dem Geist der Weissagung vorher verkündete.
Zu der Zeit lebte auch durch sein Leben und seine Werke berühmt
der Bischof Petrus von Ticinus, der als Liutprands Blutsver=
wandter von König Aripert weiland nach Spoletum verbannt wor=
den war. Wie dieser einst die Kirche des Märtyrers Sabinus be=
suchte, so wurde ihm von dem Heiligen vorher verkündigt, daß er
Bischof von Ticinus werden würde. Als dieses in der Folgezeit
geschah, so erbaute er dem heiligen Märtyrer Sabinus auf eigenem
Grund und Boden eine Kirche in Ticinus. Außer andern herrlichen
Tugenden zeichnete er sich in seinem Lebenswandel durch den Schmuck
jungfräulicher Keuschheit aus. Ein Wunder von ihm, das sich
nachmals zutrug, werde ich am geeigneten Orte erzählen.

744 Nachdem aber Liutprand ein und dreißig Jahre und sieben
Monate die Herrschaft geführt hatte, endete er schon hoch in Jahren
seinen Lebenslauf; sein Leib wurde in der Kirche des heiligen
Märtyrers Adrianus, wo auch sein Vater begraben liegt, beigesetzt.
Er war aber ein Mann von großer Weisheit, klug im Rath, sehr
gottesfürchtig und ein Freund des Friedens, im Streite gewaltig,
gegen Fehlende mild, keusch und züchtig, wachsam im Gebet, frei=
gebig gegen die Armen, mit den Wissenschaften zwar unbekannt,
aber den Philosophen gleich zu achten, ein Vater seines Volks und
ein Verbesserer der Gesetze. Im Anfange seiner Regierung eroberte
er viele feste Städte der Baiern, wobei er aber seine Stärke mehr
ins Gebet als in die Waffen setzte. Mit der größten Sorge hielt
er immer auf den Frieden mit den Franken und den Avaren.

III.

Die letzten Zeiten des Langobardenreichs.

I. Aus dem Leben der Päpste.

Aus dem Leben Papst Gregors II. 715—731.

Kap. 22. König Liutprand und der Patricius Eutychius von Ravenna schlossen ein Bündniß, um sich in ihren Plänen gegenseitig zu unterstützen. Der König nemlich wollte die Herzogthümer Spoletum und Benevent wieder unterwerfen, der Patricius aber seine früheren Anschläge gegen Rom und den heiligen Vater durchführen. Der König zog also nach Spoletum, ließ sich Treue schwören und Geißeln stellen und rückte dann mit seiner ganzen Streitmacht auf das Nerofeld.¹) Der Papst begab sich zu ihm hinaus und suchte sein Herz mit frommer Ermahnung zu erweichen, bis der König sich ihm zu Füßen warf und versprach, niemanden Leides zu thun und wieder abzuziehen. Liutprand legte seinen Mantel, Kriegsrock, Gürtel, sein vergoldetes Schwert und dazu noch eine goldene Krone und ein silbernes Kreuz bei dem Grab des Apostels nieder, und nachdem er seine Andacht verrichtet hatte, bat er den Papst, mit dem Exarchen Frieden zu schließen, was auch geschah.

25. Gregor starb und wurde in der Peterskirche beigesetzt am 11ten Februar der 14ten Indiction (731), worauf der bischöfliche Stuhl 35 Tage erledigt blieb.

Aus dem Leben Papst Gregors III. 731—741.

14. Zu den Zeiten dieses Papstes ward das Land der Römer unter die Gewalt der verruchten Langobarden und ihres Königs Liutprand gebracht. Dieser rückte vor Rom, schlug auf dem Nerofeld ein Lager auf, verheerte Campanien²) und ließ viele vornehme Römer nach langobardischer Weise scheeren und kleiden. Da sandte

---

1) Auf der rechten Seite des Tiber, neben dem Batikan, der damals noch außer den Mauern Roms lag. — 2) Die Campagna.

der heilige Vater in seiner großen Bedrängniß den Bischof Anastasius und den Priester Sergius über die See ins Frankenland, wo damals Karl (der Hammer) das Regiment führte, ließ diesem die Schlüssel zu dem Grabe des heiligen Apostels Petrus überreichen und ihn bitten, Rom aus der Gewalt der Langobarden zu erretten.

18. Papst Gregor starb und ward in der Peterskirche begraben am 28sten November in der zehnten Indiction (741), worauf der bischöfliche Stuhl vier Tage erledigt war.

Aus dem Leben des Papstes Zacharias. 741—752.

2. Zacharias, von Geschlecht ein Grieche, fand, als er sein Amt antrat, ganz Italien und besonders das Herzogthum Rom schwer bedrängt von Liutprand dem Langobardenkönig: die nächste Veranlassung dazu gab Herzog Trasimund von Spoletum, der in der Stadt Rom vor dem ihn verfolgenden Könige eine Zufluchtstätte gefunden hatte. Weil nun von dem verstorbenen Papst Gregor und dem Stephanus, dem damaligen Patricius und Herzog und dem ganzen römischen Volke, die Auslieferung des Trasimund verweigert worden war, so hatte der König die Stadt belagert und vier zu dem Herzogthum Rom gehörige Städte deshalb weggenommen, nemlich Ameria, Hortas, Polimartium und Blera[1]). Hierauf kehrte er heim nach seinem Palast im Monat August in der siebenten Indiction[2]).

3. Herzog Trasimund aber bot alle Mannschaft im Herzogthum Rom auf und rückte in zwei Abtheilungen in das Herzogthum Spoletum ein. Da ergaben sich ihm aus Furcht vor der Uebermacht der Römer die Marsikaner, Furkoniner, Balbenser und Pinnenser.[3]) Hierauf zogen sie durch das Sabinergebiet vor die

---

1) Amelia, Orte, Bomarzo, Bleda, sämmtlich nördlich von Rom und außer Ameria in dem westlich vom Tiber gelegenen Theil des Kirchenstaats gelegen. — 2) Die achte Indiction begann mit dem September 739. — 3) Alle im nördlichen Theil des Königreichs Neapel gelegen.

Stadt Reate,[1]) die sich ihnen sofort ebenfalls unterwarf. Von da rückten sie nach Spoletum und zogen hier im Monat Dezember der achten Indiction ein. Damals war großer Streit zwischen den Römern und Langobarden, weil die Beneventaner und Spoletaner es mit den Römern hielten.

4. Während nun Herzog Trasimund von Spoletum sich weigerte, das auszuführen, was er dem Papst, dem Patricius (Stephanus) und den Römern in Betreff der Wiedereroberung der um seinetwillen verlorenen vier Städte und sonst noch versprochen hatte, König Liutprand aber sich zu einem Heereszug gegen das römische Herzogthum rüstete, wurde der heilige Vater Gregor durch Gott abgerufen von dieser Welt und nach dem Willen Gottes Zacharias auf den päpstlichen Stuhl gesetzt.

5. Zacharias ließ alsbald eine Gesandtschaft an den König der Langobarden abgehen und brachte es dahin, daß er jene vier Städte, die er dem Herzogthum Rom entrissen hatte, wieder herauszugeben versprach. Als hierauf Liutprand sein Heer aufbot und gegen Herzog Trasimund vor Spoletum rückte, kam ihm das römische Heer auf Befehl des heiligen Mannes zu Hülfe. Wie aber Trasimund sah, daß er betrogen sei, zog er aus der Stadt Spoletum heraus und unterwarf sich dem Könige.

6. Wie nun aber Liutprand mit der versprochenen Herausgabe der vier Städte zögerte, da setzte der Papst wie ein wahrer Hirte des ihm von Gott anvertrauten Volkes seine Hoffnung auf Gott, und zog kühnen Muthes mit den Priestern und der Geistlichkeit von Rom nach der an der Spoletaner Grenze gelegenen Stadt Interamna, wo damals der König sich aufhielt. Als er nach der Stadt Horta gekommen war, und der König von seiner Ankunft hörte, sandte er ihm seinen Sendboten Grimuald, welcher ihm entgegen eilte und ihn nach der Stadt Narnia geleitete.

7. Zum Empfang des Papstes schickte nun der König seine Herzoge und Beamten und einen Theil des Heeres voraus; am achten Meilenstein aber von der Stadt Narnia erwartete ihn der

<hr>

1) Rieti im ehemaligen Kirchenstaat.

König selbst und geleitete ihn nun am Freitag nach der Kirche des heiligen Bischofs und Märtyrers Valentin in der Stadt Interamna im Herzogthum Spoletum.

8. Als sie am Sabbat wieder zusammenkamen, ermahnte Zacharias von göttlicher Gnade durchdrungen den König, abzulassen vom Krieg und Blutvergießen und immer dem Frieden nachzu= streben; und es gelang ihm durch seine frommen Ermahnungen, in allen Stücken bei dem König, der die Festigkeit und Ueber= redungsgabe des heiligen Mannes bewunderte, mit seinen Forde= rungen durchzubringen. Liutprand gab die vier Städte, die er vor zwei Jahren erobert hatte, wieder heraus und bekräftigte dieß durch eine besondere Schenkungsurkunde.

9. Außerdem trat er auch das vor fast dreißig Jahren von den Langobarden in Besitz genommene Sabiner Gebiet unter dem Titel einer Schenkung wieder an den heiligen Petrus den Apostel= fürsten ab, ebenso Narnia, Auxima, Ankona, Numana[1]) und das im Gebiet von Sutrium gelegene sogenannte Große Thal und schloß mit dem Herzogthum Rom Frieden auf zwanzig Jahre. Zugleich gab er auch die Gefangenen aus verschiedenen römischen Provinzen und besonders die Consuln Leo, Sergius, Victor und Agnellus von Ravenna heraus und ließ zu dem Ende die nöthigen Befehle in den langobardischen Theil von Tuscien und über den Po abgehen.

11. Am Montag darauf verabschiedete sich Liutprand von dem Papst und gab ihm zum Geleite seinen Neffen, den Herzog Agiprand von Clusium, den Gastaldus Acipert und den Gastaldus Ramning von Tuscien mit, die den heiligen Mann bis zu den betreffenden Städten geleiten sollten, und zugleich mit der Uebergabe der Städte und ihrer Bewohner beauftragt waren.

12. Das war während der zehnten Indiction geschehen. In der folgenden eilften Indiction[2]) ward die Provinz Ravenna hart bedrängt von König Liutprand. Als es kund wurde,, daß er sich

<hr>

1) Südlich von Ankona. — 2) Diese begann am 1. September des Jahres 742.

rüste, die Stadt Ravenna mit Heeresmacht zu belagern, da wandten sich der Patricius und Exarch Eutychius, der Erzbischof Johannes und das ganze Volk der Stadt und aus der Pentapolis und Aemilia an den Papst und baten ihn flehentlich, daß er ihnen helfe und sie errette. Der heilige Vater sandte nun seinen Haushofmeister den Bischof Benedikt und den obersten Notar Ambrosius mit Geschenken an den König ab und ließ ihn auffordern, seinen Kriegszug zu unterlassen und den Ravennaten die Burg Cäsina[1]) wieder herauszugeben. Als jedoch dieß keinen Erfolg hatte, und er die Hartnäckigkeit des Königs erkannte, da übertrug er dem Patricius und Herzog Stephan das Regiment in der Stadt Rom und zog selbst aus, nicht wie ein Miethling, sondern um als ein guter Hirte die verlorenen Schafe wieder zu gewinnen.

14. Als er in Ravenna angelangt war, sandte er den Priester Stephan und den obersten Notar Ambrosius voraus, um dem Könige seine Ankunft zu melden. Alsdann reiste er ihnen selbst nach und gelangte am 28sten Juni an den Po, wo ihn die langobardischen Großen im Auftrag ihres Königs empfingen. In ihrer Begleitung zog er dann nach Ticinus, wo König Liutprand seinen Sitz hatte.

15. Am andern Tage las er zur Feier der Geburt des heiligen Petrus auf den Wunsch des Königs die Messe in der vor den Mauern der Stadt gelegenen Kirche zum goldenen Himmel. Am dritten Tage aber ließ der König ihn durch seine Großen einladen, nach dem Palast zu kommen. Und als er sehr ehrenvoll vom Könige empfangen wurde, ermahnte er ihn mit heilsamen Worten, beschwor ihn auch, nicht weiter das Gebiet von Ravenna mit seinem Heere zu bedrängen, sondern vielmehr die entrissenen Ravennatischen Städte und die Burg Cäsina ihm zurückzugeben. Und nach hartnäckigem Zögern gab der König endlich nach, das Gebiete der Stadt Ravenna im früheren Umfange wieder herzustellen. Zwei Theile von dem zur Burg Cäsina gehörigen Gebiet gab er heraus; den dritten Theil aber wollte er noch bis zum ersten Juni des folgenden Jahres behalten, um die Rückkehr seiner Gesandten von Konstantinopel abzuwarten.

____
1) Zwischen Ravenna und Rimini.

17. Als der Papst mit allen seinen Begleitern wieder nach Rom zurückgekehrt war, da sagte er Gott Dank und beging noch einmal das Fest der heiligen Apostel Petrus und Paulus, und flehte den allmächtigen Gott um Barmherzigkeit an und daß er das Volk von Rom und Ravenna schütze vor dem Bedränger und Verfolger Liutprand. Und die göttliche Gnade verschmähte nicht sein Gebet: noch vor dem Juni des folgenden Jahres (744) nahm sie den König von dieser Welt, und nun hatte alle Verfolgung ein Ende. Und es war große Freude nicht allein bei Römern und Ravennaten, sondern auch bei dem Volk der Langobarden. Denn sein Neffe Hildeprand, den er als König hinterlassen hatte, wurde, weil er übel that, vom Thron gestoßen [1]), und nun wählten sich die Langobarden den Ratchis (von Friaul) der Herzog gewesen war, zum König. Papst Zacharias schickte alsbald eine Gesandtschaft an ihn ab und schloß mit ihm Frieden auf zwanzig Jahre, und nun hatte ganz Italien Ruhe.

22. In jener Zeit geschah es, daß mehrere venetianische Kauf=leute nach der Stadt Rom kamen und, Handelsgeschäfte vorgebend, eine große Anzahl von Sklaven männlichen und weiblichen Ge=schlechts aufkauften, um sie nach Afrika zu dem Volk der Heiden zu führen. Wie das der heilige Vater hörte, that er dem Einhalt, denn er hielt es für unrecht, daß die, welche auf Christum getauft waren, heidnischem Volk dienten: er erstattete also jenen Venetianern den Kaufpreis zurück und erlöste alle aus dem Joch der Sklaverei und gab ihnen die Freiheit.

23. Um diese Zeit zog Ratchis der König der Langobarden aus, um Perusia [2]) und die übrigen Städte der Pentapolis zu erobern und belagerte die Stadt mit Macht. Sobald der Papst das vernahm, reiste er in Begleitung einiger hohen Geistlichen eilig nach Perusia und bewog den König durch reiche Geschenke, die er ihm machte, von der Belagerung der Stadt abzulassen. Unter Gottes Beistand gelang es ihm auch durch seine Predigt des Kö=nigs Sinn auf das Geistliche zu richten. Nicht lange nachher

---

1) Nach der Chronik von Brescia schon nach siebenmonatlicher Regierung. —
2) Perugia.

nemlich legte Ratchis seine königliche Würde nieder und machte sich mit seinem Weib und seinen Töchtern auf zu der Stätte des heiligen Apostels Petrus, und nachdem er den Segen des Papstes empfangen hatte, trat er in den geistlichen Stand und ging mit seinem Weib und seinen Töchtern in ein Kloster.[1]

29. Papst Zacharias aber starb und ward am fünfzehnten März (den Tag nach seinem Tod) in der fünften Indiction beigesetzt in St. Peter, worauf der apostolische Stuhl zwölf Tage erledigt war.

Aus dem Leben des Papstes Stephanus II.
752 — 757.

5. Da der Langobardenkönig Aistulf[2] Rom und die benach=barten Städte schwer bedrängte und heftig gegen sie wüthete, schickte der heilige Vater im dritten Monat seines Apostolats[3] seinen Bruder den Diakonus Paulus[4] und den Primicerius[5] Ambrosius mit vielen Geschenken an den König der Langobarden ab, um den Frieden herzustellen und zu befestigen. Die genannten Männer kamen nun zu ihm, und übergaben die Geschenke, um desto leichter für ihre Sache erfolgreich zu wirken, und so schlossen sie mit ihm ein Friedens=bündniß auf vierzig Jahre ab.

6. Aber schon nach vier Monaten brach der treulose König den Frieden. Er legte den Einwohnern der Stadt Rom eine jähr=liche Kopfsteuer von einem Goldschilling[6] auf und vermaß sich die Stadt und die ganze Umgegend seiner Gewalt zu unterwerfen.

7. Als er das verderbliche Wüthen des Königs sah, berief Papst Stephan die Aebte der Klöster von St. Vincenz[7] und St. Benedikt[8] zu sich, schickte sie an seiner Statt zu ihm, und ließ

---

1) Ratchis ging nach Monte Cassino, seine Frau und seine Tochter Rattruba gründeten in der Nähe davon das Frauenkloster Plumbariola und beschlossen daselbst ihre Tage. Noch heute trägt ein Weinberg bei Monte Cassino den Namen la vigna di Rachisio. — 2) Der auf seinen Bruder Ratchis im Juli 749 gefolgt war. — 3) Also im Juni des Jahrs 752. — 4) Der sein Nachfolger auf dem heiligen Stuhle wurde. — 5) Der erste der sieben judices palatini, welche die obersten Richter und Verwaltungsbeamten in der Stadt Rom waren und unter der byzantinischen Herr=schaft den Papst wählten. — 6) Gegen 2⅛ Thlr. preuß. — 7) An den Quellen des Vulturnus. S. Paulus VI, 40. — 8) Monte Cassino.

durch sie den grausamen König inständig bitten, den Frieden zu be=
wahren. Aistulf empfing sie zu Nepe[1]), verschmähte aber ihre
Geschenke und schickte sie, ohne daß sie das geringste ausgerichtet
hätten, nach ihren Klöstern zurück.

8. Unterdessen kam der kaiserliche Silentiarius[2]) Johannes
nach Rom mit einem Schreiben an den Papst und einem andern
an den Langobardenkönig, worin dieser aufgefordert wurde, das
ganze Gebiet, das er in seinem teuflischen Sinn in Besitz genommen
hätte, seinem rechtmäßigen Herrscher zurückzustellen. Alsbald schickte
nun der Papst diesen kaiserlichen Gesandten in Begleitung seines
Bruders des Diakonus Paulus zu dem gottlosen König Aistulf
nach Ravenna[3]). Dieser entließ sie aber mit einer nichtssagenden
Antwort und schickte mit ihnen einen seines Volkes mit teuflischen
Vorschlägen versehen um nach der königlichen Stadt[4]) zu reisen.

9. Bei ihrer Rückkehr nach Rom erzählten die Gesandten dem
Papst, daß sie nichts ausgerichtet hätten. Da erkannte dieser des
Königs schlimme Absichten und schickte mit dem kaiserlichen seine
eigenen Gesandten nach Konstantinopel ab und ließ die Huld des
Kaisers anflehen, daß er, wie er ihm schon öfter geschrieben habe,
mit einem Heere herbeikäme und die Stadt Rom und ganz Italien
aus der Gewalt der Langobarden errette.

10. Während dessen entbrannte König Aistulf in heftiger Wuth:
wie ein brüllender Löwe ließ er nicht ab mit fürchterlichen Dro=
hungen gegen die Römer, sie alle müßten durch das Schwert um=
kommen, wenn sie sich seiner Herrschaft nicht unterwürfen.

15. Wie nun der heilige Vater trotz der großen Geschenke, die
er zu wiederholten Malen dem verruchten Langobardenkönig gemacht
und trotz der Fürbitte, die er für die ihm von Gott anvertraute
Heerde[5]) sowie für die verlorenen Schafe, nemlich das Exarchat von
Ravenna und das ganze Volk Italiens, so weit es jener König mit
teuflischer List an sich gerissen, eingelegt hatte, nichts von Aistulf er=
langen konnte, außerdem sah, daß vom Kaiser keine Hilfe zu erwarten

---

1) In der Nähe von Sutri nördlich von Rom. — 2) Ein hohes byzantinisches
Hofamt. — 3) Das dieser, wie nachher auch noch Istrien und die Pentapolis, im
Jahre 751 erobert hatte. — 4) Konstantinopel. — 5) Rom.

sei, so wandte er sich nach dem Beispiel seiner Vorgänger, Gregors des Zweiten und Dritten und Zacharias', die den erlauchten Franken=könig Karl um Hilfe angingen gegen die Unterdrückungen und Angriffe des nichtsnutzigen Langobardenvolks auf sie selbst und das römische Gebiet, an die Franken und schickte durch einen Pilger heimlich einen in tiefem Schmerz über das Unglück des Landes verfaßten Brief an König Pippin, in dem er ihn ersuchte, Gesandte nach Rom zu schicken und durch sie ihn zu sich abholen zu lassen.

16. Während nun das ganze Land rings um die Stadt Rom von dem König der Langobarden besetzt war, kam der Abt Rotdi=gang als Gesandter König Pippins an und meldete, daß dieser bereit sei, dem Wunsche des Papstes in allem nachzukommen. Und kurz nach ihm langte noch ein zweiter Gesandter (der Herzog Aut=char) an und bestätigte diese Botschaft.

19. Am vierzehnten Oktober der siebenten Indiction verließ nun 753 der heilige Vater die Stadt Rom, begleitet von den beiden fränkischen Gesandten und einer Anzahl von Geistlichen und römischen Großen.

21. Als er in die Nähe der Stadt Pavia kam, ließ ihm König Aistulf durch Boten sagen, er solle ihm mit keiner Sylbe von der Herausgabe der Stadt und des Exarchats von Ravenna oder ande=rer Gebietstheile reden, die er oder seine Vorgänger im Reich an sich gebracht hatten. Jedoch der Papst gab zur Antwort, er werde sich durch keine Drohung abhalten lassen, eine solche Forderung zu stellen. Wie er aber nach Pavia kam und vor den König trat, so machte er diesem große Geschenke und beschwor ihn unter Thrä=nen, seine Eroberungen wieder herauszugeben. Auch der Gesandte des Kaisers verlangte dieß und überreichte dabei einen kaiserlichen Brief. Aber es war nichts von dem König zu erlangen.

22. Die fränkischen Gesandten bedrohten nun den König heftig, daß er den heiligen Vater nach dem Frankenreich abziehen lasse. Da rief Aistulf den Papst zu sich und fragte ihn, ob es sein ernstlicher Wille sei, ins Frankenreich zu ziehen. Wie nun Stephanus dies durchaus nicht leugnete und als seine Absicht offen erklärte, da knirschte der König vor Wuth wie ein Löwe mit den Zähnen, und schickte dann

noch verschiedene Male einige seiner Großen heimlich zu ihm, um ihn zurückzuhalten und von seinem Vorsatz abzubringen.

23. Am folgenden Tage fragte der Langobardenkönig in Gegenwart des Bischofs Rotdigang den Papst Stephan nochmals, ob er ins Frankenreich ziehen wolle, worauf dieser antwortete: „Wenn du mich frei ziehen lassen willst, so ist es allerdings mein Wunsch, dahin zu gehen." Da wurde er vom König entlassen und am fünfzehnten November brach er in Begleitung der Bischöfe Georgius von Ostia und Wilharius von Nomentum und anderer Geistlichen und Beamten von der Stadt Pavia auf und trat seine Reise nach dem Frankenlande an.

24. In großer Eile erreichte er unter Gottes Führung die fränkischen Klausen, und gelangte von da nach Agaunum, dem Kloster des heiligen Moritz [1]), wo er der Verabredung gemäß mit dem Könige der Franken zusammentreffen sollte. Es fanden sich hier von Pippin abgesandt der Abt Fulrad und der Herzog Rothard ein, die den Papst Stephan höchst ehrenvoll weiter zu ihrem König geleiteten.

25. Wie aber Pippin die Ankunft des heiligen Vaters vernahm, zog er ihm eilig entgegen mit seiner Gemahlin, seinen Kindern und den Großen seines Reichs. Seinen Sohn Karl schickte er mit vielen vornehmen Männern fast hundert Meilen [2]) zu seinem Empfang voraus. Er selbst aber stieg fast drei Meilen vor seinem Palast zu Ponticone [3]) vom Pferde, kniete demuthvoll nieder und empfing den heiligen Vater zusammen mit seiner Gemahlin, seinen Kindern und Großen. Dann schritt er eine Strecke Wegs als sein Marschall neben dem Saumroß des Papstes einher.

754   26. Am sechsten Januar, dem Tag des Erscheinungsfestes, betraten sie den Palast von Ponticone. Da bat nun Papst Stephan alsbald flehentlich den allerchristlichsten König, daß er sich den Schutz des Friedens und die Sache des heiligen Petrus angelegen sein lasse; und der König versprach dem heiligen Vater eidlich, allen seinen Befehlen und Wünschen mit ganzer Kraft nachzukommen und die Rückgabe des Exarchats von Ravenna und des übrigen Rom zugehörigen Gebiets zu bewirken.

1) St. Maurice im Wallis. — 2) Etwa 40 deutsche Meilen. — 3) Ponthion in der Champagne nicht weit von Chalons gelegen.

27. Da es jedoch Winter war, so führte Pippin den Papst und dessen ganze Begleitung nach Paris und wies ihm das Kloster des heiligen Dionysius zur Wohnung an. Und hier war es, daß nach einiger Zeit König Pippin und seine beiden Söhne vom heiligen Vater zu Königen der Franken gesalbt wurden.

29. Hierauf zog König Pippin nach dem Orte, der Carisiacus[1] heißt und versammelte daselbst alle Großen seines Reichs. Und was er bereits mit dem Papste verabredet hatte, darüber wurde jetzt ein förmlicher Beschluß gefaßt.

30. Unterdessen bewog der gottlose Aistulf durch schlechte Rathschläge König Pippins Bruder Karlmann, der schon seit einiger Zeit im Kloster des heiligen Benedikt als Mönch lebte, nach dem Lande der Franken zu reisen und dort gegen die Befreiung des römischen Kirchenstaates zu wirken. Aber es gelang ihm nicht, das Herz seines Bruders in dieser Sache umzustimmen. Vielmehr erklärte der erlauchte König Pippin, als er die ganze List des gottlosen Aistulf erkannte, mit aller Macht für die Sache der heiligen Kirche streiten zu wollen, wie er dieß schon zuvor dem Papste versprochen hatte; und nach gemeinschaftlichem Beschluß beider wurde Karlmann nach Vienna[2] im Frankenlande in ein Kloster geschickt, wo er bald nachher (nemlich am 17ten August 755) aus diesem Leben schied.

31. Alsbald schickte nun König Pippin Gesandte an den Langobardenkönig Aistulf mit der Aufforderung, die Friedensverträge zu halten und die heilige Kirche wieder in ihre Rechte einzusetzen, und versprach ihm dabei große Geschenke. Zweimal, ja dreimal ließ er ihn auf den Rath des h. Vaters bitten und versprach ihm große Geschenke, wenn er nur friedlich den rechtmäßigen Eigenthümern ihr Gut zurückgebe. Aber jener, von der Sünde ergriffen, wollte nicht folgen.

32. Wie nun Pippin sah, daß das steinerne Herz Aistulfs auf keine Weise zu erweichen war, erließ er ein allgemeines Aufgebot gegen ihn. Als das Heer der Franken schon die Hälfte des Weges zurückgelegt hatte, schickte Pippin auf die Bitten Papst

1) Kiersy zwischen Soissons und Cambray. — 2) Südlich von Lyon gelegen.

Stephans noch einmal Gesandte an den Langobardenkönig ab, um wenn irgend möglich Blutvergießen zu verhüten.

33. Gleicher Weise ersuchte auch der heilige Vater den Aistulf in einem besonderen Briefe und beschwor ihn bei allen Geheimnissen Gottes und dem Tage des künftigen Gerichts, daß er gütlich und ohne Blutvergießen die heilige Kirche Gottes und den Staat der Römer wieder in ihre Rechte einsetze. Aber es war alles ohne Erfolg. Da baute König Pippin auf die Gnade des allmächtigen Gottes und zog mit seinem Heer gegen ihn. Einige seiner Großen aber mit ihren Mannen schickte er voraus, um die fränkischen Klausen in den Alpen zu besetzen und zu schirmen.

35. Als aber König Aistulf hörte, daß die Franken in geringer Anzahl zum Schutz der Klausen gekommen seien, fiel er pochend auf seine Macht im Frühdunkel über sie her. Jedoch Gott, der gerechte Richter, gab den wenigen Franken den Sieg, also daß das große Heer der Langobarden vernichtet wurde und Aistulf selbst nur dadurch ihren Händen entrann, daß er ohne Waffen bis nach der Stadt Pavia floh, wo er sich dann aus Furcht vor den Franken einschloß. Die Franken aber drangen in die Klausen ein, zerstörten die ganze Befestigung der Langobarden und machten große Beute.

36. Hierauf zogen König Pippin und Papst Stephan mit dem ganzen wieder vereinigten Heere vor die Stadt Pavia und belager= ten sie einige Zeit. Da lag aber der heilige Vater dem König inständig an, daß er nicht länger Christenblut vergießen, sondern den Streit auf friedlichem Wege enden möge.

37. Pippin sprach: „Es geschehe nach deinem Willen, gütiger Vater." Er ließ sich Geißeln von den Langobarden stellen und Aistulf gelobte sammt allen seinen Richtern mit einem furchtbaren und starken Eidschwur und bekräftigte es noch durch eine geschriebene Urkunde, daß er alsbald Ravenna und verschiedene andere Städte heraus=. geben wolle. Nachdem so der Friede zwischen Franken, Römern und Langobarden geschlossen war, zog König Pippin mit den lango= bardischen Geißeln in sein Reich zurück. Sobald sie aber von einander geschieden waren, fiel Aistulf der Langobardenkönig in

seine alte Meineidigkeit zurück und kam seinem Versprechen nicht nach.

41. Nicht lange war der Papst wieder in Rom eingezogen, als Aistulf mit einem zahlreichen Heere vor die Stadt rückte und sie drei Monate hindurch von allen Seiten belagerte und ihr scharf zusetzte. Alles was außerhalb der Mauern lag, wurde mit Feuer und Schwert verwüstet und zu Grunde gerichtet. Auch die Burg von Narnia [1]), die Aistulf erst kürzlich den fränkischen Gesandten übergeben hatte, entriß er wieder dem heiligen Stuhl.

42. Unverzüglich sandte nun der Papst Boten über die See ins Frankenland ab und ließ dem König Pippin alles melden, was der gottlose Aistulf gethan, und ihn bei dem Gericht des jüngsten Tages beschören, daß er nun nach Kräften vollbringe, was er alles dem heiligen Petrus versprochen hatte.

43. Da erließ Pippin der Frankenkönig vom Eifer des Glau= bens getrieben abermals ein allgemeines Aufgebot und zog nach dem Reich der Langobarden und zerstörte ihre Klausen von Grund aus. Wie er sich schon der Grenze näherte, trafen in Rom kaiser= liche Gesandte ein, nemlich der oberste Geheimschreiber [2]) Georgius und der Silentiarius Johannes, um weiter zu König Pippin zu ziehen. Der Papst that ihnen kund, daß der König bereits im Anzug sei und als sie es nicht glauben wollten, ließ er sie in Be= gleitung eines päpstlichen Gesandten nach dem Frankenland reisen. Sie fuhren zu Schiff nach Massilia [3]), hörten hier aber, daß König Pippin bereits die langobardische Grenze überschritten habe.

34. Diese Kunde machte die kaiserlichen Gesandten sehr be= stürzt und sie suchten den päpstlichen Gesandten mit List von der Weiterreise abzuhalten, sie wurden jedoch mit ihrer schlauen Absicht zu Schanden. Darum reiste nun der eine von ihnen, der Geheim= schreiber Georg, dem päpstlichen Gesandten in Eile voraus zu dem Frankenkönig und holte diesen nicht weit von der Stadt Pavia ein. Hier ließ er es weder an Bitten, noch an Geschenken und Versprechungen fehlen, um den König zu bewegen, Ravenna und

---

1) Narni nördlich von Rom. — 2) Protoasekreta. — 3) Marseille.

die übrigen Städte und Burgen des Exarchats der Herrschaft des Kaisers zu überliefern.

45. Aber es gelang ihm nicht, das feste Herz des Franken=königs zu bewegen; vielmehr erklärte dieser, er werde es in keiner Weise dulden, daß jene Städte der Herrschaft des römischen Stuhls entfremdet würden und nichts solle ihn von diesem Entschlusse ab=bringen. Mit diesem Bescheid entließ er ren kaiserlichen Gesandten.

46. Als nun aber Pippin der Frankenkönig die Stadt Pavia belagerte, da sah sich Aistulf genöthigt, die Städte, die schon in dem früheren Vertrag bezeichnet waren, herauszugeben; und außer ihnen räumte er auch noch die Burg Comiaclum[1]). Und über diese ganze Schenkung stellte Pippin eine Urkunde aus, die noch im Archiv unserer Kirche aufbewahrt wird.

47. Zur Empfangnahme der Städte ließ der König, während er selbst ins Frankenreich zurückkehrte, den Abt Fulrad zurück, der sich nun mit dem Bevollmächtigten König Aistulfs nach dem Ex=archat begab und sich die einzelnen Städte der Pentapolis und der Provinz Aemilia ausliefern, Geißeln von denselben stellen ließ und dann mit den angesehensten Einwohnern und den Schlüsseln der verschiedenen Städte nach Rom zurückkehrte. Hier legte er die Schlüssel und die von seinem König ausgestellte Schenkungs=urkunde beim Grab des heiligen Petrus nieder und übertrug dessen Stellvertreter, dem Papst und allen seinen Nachfolgern auf dem römischen Stuhl für ewige Zeiten den Besitz der nachfolgen=den Städte: Ravenna, Ariminum[2]), Pisaurum[3]), Conca, Fanum, Cesina, Senogallia[4]), Aesis[5]), Forum Populi, Forum Livii[6]) mit der Burg Sassubium, Mons Feltri, Acerres, Agiomons, Mons Lucati, Serra, das Kastell St. Marini, Bobium, Urbinum, Callis, Luciolis, Eugubium[7]) und Comiaclum. Außerdem kam auch die Stadt Narnia, die frliher von dem Herzog von Spole=tum erobert worden war, wieder in den Besitz von Rom.

---

1) Comacchio in den Sümpfen zwischen Ravenna und dem Po gelegen. — 2) Rimini. — 4) Pesaro. — 4) Sinigaglia. — 5) Jesi — 6) Forli. — 7) Gubbio. — 8) Im Jahre 721.

48. Mittlerweile starb der unselige König Aistulf von Gottes Hand getroffen auf der Jagd. Wie Desiderius, der von Aistulf zum Herzog von Tuscia bestellt worden war, davon Kunde bekam, sammelte er alsbald ein zahlreiches Heer und wollte das Reich der Langobarden an sich reißen [1]). Jedoch Aistulfs Bruder Ratchis, der früher König gewesen und jetzt Mönch war, verachtete ihn und viele langobardische Großen mit ihm widersetzten sich dem Desiderius und zogen mit Heeresmacht gegen ihn zu Felde.

49. Desiderius wandte sich nun an den Papst und bat ihn dringend, ihn zur Erlangung des Königthums zu verhelfen, und versprach ihm dabei eidlich, in allem nach seinem Willen zu thun, außerdem die übrigen Städte herauszugeben und ihm reiche Geschenke zu machen. Da ging der fromme Oberhirt mit dem ehrwürdigen Abt Fulrad zu Rathe und sandte seinen Bruder, den Diakonus Paulus und den Primicerius Christoph in Begleitung des Abts Fulrad nach Tuscien ab zu Desiderius, der sogleich seine früheren Versprechen durch eine schriftliche Urkunde und einen furchtbaren Eid bekräftigte.

50. Hierauf schickte der Papst sogleich den ehrwürdigen Priester Stephanus [2]) mit einem Schreiben an Ratchis und das ganze Volk der Langobarden ab: auch der Abt Fulrad ging mit einigen Franken dahin, und er hatte sich schon darauf gefaßt gemacht, nöthigenfalls mit einem römischen Heere dem Desiderius zu Hülfe zu kommen. Jedoch der allmächtige Gott lenkte es so, daß Desiderius unter dem Beistand des Papstes ohne weiteren Kampf den königlichen Thron bestieg.

51. Während dies geschah, ließ sich der heilige Vater durch seinen Gesandten alle die Städte überliefern, die König Desiderius versprochen hatte, nemlich Faventia [3]) mit der Burg Tiberiacum, Cavellum [4]) und das ganze Herzogthum Ferrara.

53. Papst Stephanus aber starb und ward begraben in der Kirche des heiligen Petrus am 24sten April in der zehnten Indiction. 757

---

1) Aus anderen Quellen und den Briefen Papst Stephans ergibt sich, daß dieser und Pippin den Desiderius als Kronprätendenten aufstellten, gegen den sich nun die nationale Partei erhob. — 2) Den nachmaligen Papst. — 3) Faenza. — 4) Am unteren Po gelegen.

Aus dem Leben des Papstes Stephan III. 768—772.

3. Papst Paulus[1]) lag in den letzten Zügen, da kam Herzog Toto aus der Stadt Nepe mit seinen Brüdern Konstantinus, Passivus und Paschalis, und brachte aus Nepe und anderen tuscischen Städten zahlreiche Mannschaft und dazu einen Haufen Bauern vom Lande zusammen; sie drangen durch das Thor des heiligen Pancratius in Rom ein, wählten sofort im Hause des Toto dessen Bruder Konstantinus, einen Laien, zum Papst und führten ihn mit Waffen und Panzer angethan auf den Lateran. Unterwegs griffen sie den Bischof Georg von Präneste auf und zwangen ihn, dem Konstantin die Priesterweihe zu geben.

4. Am andern Morgen ließ sich Konstantin in aller Frühe von dem nemlichen Bischof zum Subdiakonus und Diakonus weihen und hierauf sich vom ganzen Volk Treue schwören. Am folgenden Sonntag zog er umgeben von einer großen Schaar Bewaffneter nach der Peterskirche, wurde hier von dem Bischof Georg und den Bischöfen Eustratius von Albano und Citonatus von Portus zum Papst geweiht und saß nun ein Jahr und einen Monat lang auf dem römischen Stuhl.

5. Solche gottlose Neuerung konnten der Primicerius Christoph und sein Sohn der Schatzmeister Sergius nicht mit ansehen: sie erwirkten sich von Konstantin Reiseerlaubniß, indem sie vorgaben, nach dem Kloster unsers Herrn und Heilandes Jesu Christi[2]) gehen und daselbst Mönche werden zu wollen. In Spoletum aber baten sie den Herzog Theodicius. daß er sie über den Po zu König Desiderius geleite. Das wurde ihnen gewährt; und wie sie nun vor den König kamen, da lagen sie ihm flehentlich an. daß er ihnen Hülfe brächte und die Kirche Gottes von solchem Uebel erlösete.

7. Als sie der Langobardenkönig wieder entlassen hatte, gingen sie nach der Stadt Reate[3]). Von da aus zogen Sergius und der Priester Waldipert mit Reatinern und Furkoninern und andern Langobarden aus dem Herzogthum Spoletum aus und bran-

---

1) Der Bruder und Nachfolger Stephans II., der am 29sten Mai 757 gewählt wurde und am 28sten Juni 767 starb. — 2) Bei Spoletum. — 3) Rieti.

gen in der Abenddämmerung des 29sten Juli in der Stadt Rom ein.

9. Wie das Toto und Paſſivus am andern Morgen hörten, zogen sie mit einiger Mannschaft den Langobarden entgegen; bei ihnen waren auch der Secundicerius[1]) Demetrius und der nachherige Herzog Gratiosus, die mit den Langobarden im geheimen Einverſtändniß waren. Sobald sie diesen begegneten, fiel ein ganz besonders starker Langobarde mit Namen Rachipert den Herzog Toto an, dieser aber fiel über ihn her und tödtete ihn. Bei diesem Anblick wollten die Langobarden schon fliehen, jedoch Demetrius und Gratiosus durchbohrten den Toto von hinten mit ihren Speeren. Da enteilte Paſſivus nach dem Lateran und berichtete seinem Bruder Konstantin was vorgefallen war. Wie dieser solches vernahm, floh er mit Paſſivus und dem Bischof Theodor in eine Kapelle der Kirche des h. Venantius, woselbst sie sich einschloſſen, bis sie nach einigen Stunden von den Richtern der Stadt hervorgezogen und in festen Gewahrsam gebracht wurden.

10. Am folgenden Sonntag sammelte der Priester Waldipert, jedoch ohne Vorwissen des Sergius, einige Römer um sich und zog mit ihnen nach dem Kloster des h. Vitus. Hier holten sie den Priester Philippus hervor und führten ihn unter dem Rufe: „der heilige Petrus hat den Philippus zum Papst erwählt!“ wie es herkömmlich war nach der Kirche des Heilandes. Nachdem er daselbst von den Bischöfen die Weihe erhalten und allen seinen Segen ertheilt hatte, wurde er nach dem Lateran geleitet. Hier setzte er sich auf den päpstlichen Stuhl, ertheilte der Sitte gemäß abermals den Segen und setzte sich dann mit einigen geistlichen und weltlichen Großen zu Tische.

11. An dem nemlichen Tage kam noch der Primicerius Christoph an, und wie er nun von dieser Papstwahl hörte, da entbrannte er voll Zorns und schwur vor allem Volk, er werde nicht eher Rom betreten, als bis der Priester Philippus aus dem Biſchofſitz des Lateran vertrieben sei. Da zog Gratiosus mit einem Haufen Römer aus und vertrieb den Philippus: in großer Demuth

1) Der zweite nach dem Primicerius.

kehrte dieser alsbald in sein Kloster zurück. Den Tag darauf versammelte Christoph alle Priester und Prälaten, die Großen und die ganze Ritterschaft, die ehrbaren Bürger und alles römische Volk und alle stimmten mit Einem Mund für den frommen Priester Stephanus, wählten ihn zum Papst und führten ihn unter großem Jubel nach dem Lateran.

12. Etliche böse Menschen aber ergriffen den Bischof Theodor und rissen ihm Augen und Zunge aus, ebenso stachen sie auch dem Passivus die Augen aus und litten es dann nicht einmal, daß sie nach Hause gebracht und von ihren Leuten gepflegt wurden, sondern sie raubten all' ihr Hab und Gut und stießen sie in ein Kloster, wo Theodor unter den Qualen des Hungers und nach Wasser schreiend seinen Geist aufgab. Den Konstantin setzten sie auf ein Pferd und ließen ihn auf einem Weibersattel in das Kloster von Cellanova reiten.

14. Am Sonnabend wurde er jedoch wieder hervorgezogen und nach allen kanonischen Regeln abgesetzt: der Subdiakonus Maurianus trat herzu, nahm ihm die Stola vom Hals und warf sie ihm zu Füßen, dann löste er ihm die päpstlichen Sandalen ab. Und nun erhielt den Sonntag darauf [1]) Stephan die päpstliche Weihe und das ganze Volk von Rom that Buße, weil es sich der gottlosen Wahl des Konstantinus nicht widersetzt hatte.

15. Hierauf zog die ganze Mannschaft aus der Stadt Rom und von Tuscien und Campanien zu Hauf nach Alatrum [2]), wo der Tribun Gracilis, einer von der Partei des Konstantinus, sich aufhielt. Die Stadt wurde eingenommen und Gracilis nach Rom ins Gefängniß abgeführt. Aber nicht lange nachher wurde er auf Anstiften ruchloser Menschen aus seinem Kerler geholt, als sollte er in ein Kloster gebracht werden; wie sie aber ans Colosseum kamen, rissen sie ihm Augen und Zunge aus. Wenige Tage nachher zog Gratiosus, der schon soviel Böses angestiftet hatte, mit einem Haufen Soldaten aus Tuscien und Campanien in der ersten

---

1) Den 7ten August. — 2) Alatri im südlichen Theil des ehemaligen Kirchenstaats.

Dämmerung nach dem Kloster Cellanova, ließ dem Konstantinus die Augen ausstechen und ihn dann geblendet auf der Straße liegen.

15. Da standen auch etliche auf und sprachen, der Priester Waldipert, ein Langobarde von Geburt, habe mit dem Herzog Theodicius von Spoletum und einigen Römern einen Anschlag gemacht, den Primicerius Christoph und andere römische Große zu ermorden und die Stadt an die Langobarden zu verrathen. Es wurde daher Christoph mit einem Haufen Volks abgeschickt, ihn zu ergreifen, und als Waldipert in der Kirche der heiligen Mutter Gottes zu den Märtyrern eine Zuflucktstätte suchte, so ließ ihn Christoph mit dem Muttergottesbilde, das er umfaßte, herausreißen und in ein scheußliches Gefängniß im Lateran stoßen. Nach wenigen Tagen warfen sie ihn aber wieder hinaus auf den Hof, rissen ihm Augen und Zunge aus dem Kopf und brachten ihn dann in ein Spital, wo er bald an seinen Augenwunden starb.

28. Auf den Antrieb des Primicerius Christoph und des 769—770 Secundicerius Sergius verkehrte Papst Stephan durch Briefe und Gesandte mit Karl und dessen Bruder Karlmann, den Königen der Franken, um mit ihrer Hülfe für den Stuhl Petri die Gerechtsame zu behaupten, die der Langobardenkönig Desiderius beharrlich verweigerte. Darob entbrannte Desiderius in großer Wuth gegen Christoph und Sergius und sann auf ihr Verderben; und um sie in seine Gewalt zu bekommen, wollte er nach Rom reisen unter dem Vorwand bei St. Peter seine Andacht zu verrichten. Er bestach also insgeheim des Papstes Kämmerer Paulus mit dem Beinamen Afiarta und noch andere von dessen Anhang, daß sie jene beiden Männer um die Gunst des Papstes brachten. Wie Christoph und Sergius hiervon und zugleich von der Ankunft des Königs Desiderius hörten, so sammelten sie einen Haufen Volks aus Tuscien, Campanien und dem Herzogthum Perusia und rüsteten sich zu mannhafter Gegenwehr und schlossen die Thore der Stadt.

29. Unterdessen langte König Desiderius mit seinen Langobarden zu St. Peter an und ließ sofort den Papst bitten, zu ihm

herauszukommen [1]), was auch geschah. Sie besprachen sich über die Gerechtsame des römischen Stuhls, worauf dann der Papst nach der Stadt zurückkehrte. Der Kämmerer Paulus aber und seine ruchlosen Anhänger reizten der mit König Desiderius getroffenen Verabredung gemäß das römische Volk gegen Christoph und Sergius auf. Wie das diesen zu Ohren kam, sammelten sie ihre Schaaren und drangen bewaffnet in den Lateran ein, um ihre Widersacher zu ergreifen. Sie kamen bis in die Kirche des Papstes Theodor, wo der heilige Vater saß. Der schalt sie mit starken Worten aus, daß sie sich erfrecht hätten, mit Waffen in diese heilige Stätte zu bringen, und befahl ihnen, sich zu entfernen.

30. Am andern Tag begab sich Papst Stephan wieder hinaus zum König; der kam dießmal nicht mehr auf das Recht des römischen Stuhls zu reden, sondern besprach bloß die That des Christoph und Sergius. Dann ließ er die Thüren von St. Peter schließen und keinen der Römer, die mit dem heiligen Vater gekommen waren, hinausgehen. Hierauf schickte der Papst die Bischöfe Andreas von Präneste und Jordanes von Signia an das Thor der Stadt, welches zur Peterskirche hinausführt, wo sich Christoph und Sergius mit viel Volks aufgestellt hatten, und ließ ihnen sagen, sie sollten entweder in ein Kloster gehen zum Heil ihrer Seelen oder zu ihm nach St. Peter kommen. Jedoch aus Furcht vor den Langobarden weigerten sie sich deß und erklärten, sich lieber an die Römer, ihre Brüder und Mitbürger, als an ein fremdes Volk ergeben zu wollen.

31. Ueber das Volk indeß, das um sie war, kam, als es den Befehl des Papstes vernahm, große Bestürzung, ihre Herzen waren gebrochen und sie verliefen sich einer nach dem andern. Der Herzog Gratiosus selbst, ein Verwandter des Sergius, gab vor nach Hause gehen zu wollen und schlich sich in der Nacht mit etlichen Römern zu dem Papste. Ebenso machten es auch Christoph und Sergius, sie wurden aber von den langobardischen Wachen ergriffen und vor den König gebracht. Der Papst wünschte sie zu ret-

---

1) Die eigentliche Stadt Rom mit dem Lateran liegt auf der linken, St. Peter mit dem Vatikan und der Engelsburg auf der rechten Seite des Tiber.

ten und hieß sie in ein Kloster gehen; als er hierauf wieder in die Stadt ging, ließ er sie in der Peterskirche zurück mit der Absicht, sie in der Stille der Nacht sicher nach Rom hinüberzuschaffen.

32. Aber gegen Sonnenuntergang kamen die Gesellen des Paulus zu Hauf, holten im Einverständniß mit Desiderius den Christoph und Sergius aus St. Peter hervor und schleppten sie nach dem Stadtthor, wo sie ihnen die Augen ausstachen. Christoph wurde hierauf nach dem Kloster St. Agatha gebracht, wo er nach drei Tagen an seinen Schmerzen starb. Den Sergius sperrten sie in den Keller des Lateran, wo er bis zum Tode Papst Stephans blieb.

Aus dem Leben Papst Hadrians. 772—795.

4. Acht Tage schon nach dem Tode Stephans wurde der Diakonus Hadrianus, ein frommer und bei dem ganzen Volk beliebter Mann, von Geburt ein Römer, auf den apostolischen Stuhl erhoben. Alsbald setzte er die Richter geistlichen wie welt= lichen Standes wieder ein, die nach dem Hintritt Papst Stephans von dem Kämmerer Paulus Afiarta und seinen Parteigenossen verbannt worden waren. Ebenso befreite er die, welche in enger Kerkerhaft saßen.

5. Gleich nach seiner Weihe schickte der Langobardenkönig De= siderius die Herzoge Theodicius von Spoletum und Tunno von Eporedia [1]) und seinen Kämmerer Prandulus als Gesandte an ihn ab und drückte ihm seinen Wunsch aus, ein Freundschaftsbündniß mit ihm zu schließen. Der heilige Vater gab ihnen aber folgendes zur Antwort: „Ich wünsche mit allen Christen Friede zu haben, so auch mit eurem König Desiderius, und ich werde mich bemühen, den Bestimmungen des zwischen Römern, Franken und Langobarden abgeschlossenen Vertrages nachzukommen. Aber wie soll ich eurem Könige trauen nach dem, was mir mein Vorgänger, der selige Papst Stephan, über die Art berichtet hat, wie er sein Wort hielt? Danach ließ Desiderius alles unerfüllt, was er ihm am Grab des

1) Jvrea.

heiligen Petrus in Betreff der Gerechtsame der römischen Kirche eidlich versprochen hatte, und nur auf sein Anstiften geschah es, daß dem Primicerius Christoph und seinem Sohn Sergius die Augen ausgestochen wurden. Auch das hat mir Papst Stephan mitgetheilt, daß, wie er nachmals den Diakonus und obersten Richter Anastasius und den Subbiakonus Gemmulus an ihn abgesandt habe mit der Aufforderung zu thun was er gelobt, der König ihm zur Antwort gegeben habe: „Papst Stephan möge zufrieden sein, daß ich ihm den Christoph und Sergius aus der Stadt geschafft habe, und nicht weiter seinen Gerechtsamen nachfragen. Denn wenn ich ihm nicht helfen werde, so wird es ihm wahrlich schlecht ergehen, da Karlmann der Frankenkönig als Freund des Christoph und des Sergius entschlossen ist, deren Tod zu rächen, mit einem Heer nach Rom zu ziehen und den Papst gefangen zu setzen?"

6. Wie nun aber die Gesandten versicherten, daß König Desiderius dem Papste alle seine Versprechen unverbrüchlich halten werde, so schickte Hadrian, der ihnen Glauben schenkte, den Schatzmeister Stephanus und den Haushofmeister Paulus Afiarta an den Langobardenkönig ab, um die Sache zum Abschluß zu bringen. Jedoch schon in Perusia kam ihnen die Nachricht zu, daß Desiderius sich in den Besitz der Stadt Faventia, des ganzen Herzogthums Ferrara und von Comiaclum gesetzt habe.

7. Noch nicht zwei Monate waren verflossen, seitdem Hadrian den päpstlichen Stuhl bestiegen hatte, als dieß geschah. Desiderius belagerte hierauf Ravenna von allen Seiten und nahm das ganze Gebiet um die Stadt mit Menschen und Vieh und allem was darauf war, in Besitz. Wie nun jede andere Hoffnung verschwunden war, so schickten der Erzbischof Leo und die Bürger der Stadt in ihrer großen Bedrängniß und Hungersnoth die Tribunen Julianus, Petrus und Vitalianus nach Rom ab an den heiligen Vater und ließen ihn flehentlich bitten, ihnen Hülfe zu bringen.

8. Da ersuchte Papst Hadrian brieflich den König, jene Städte herauszugeben, und machte ihm heftige Vorwürfe, daß er sein

Versprechen so schlecht gehalten habe. Desiderius aber gab zur Antwort, er werde die Städte nicht eher herausgeben, als bis der heilige Vater selbst zu ihm gekommen, um die Sache mit ihm zu besprechen.

9. In diesen Tagen begab es sich, daß die Gemahlin und die Söhne Karlmanns des verstorbenen Frankenkönigs mit dem Autchar sich zu dem König der Langobarden flüchteten. Desiderius ließ es sich nun sehr angelegen sein, die Söhne Karlmanns auf den fränkischen Thron zu bringen, und suchte den Papst zu sich zu locken, um die Söhne Karlmanns von ihm zu Königen salben zu lassen, dadurch eine Theilung des fränkischen Reichs zu veranlassen, das enge Verhältniß zwischen dem Papst und dem König Karl zu lösen, und die Stadt Rom und ganz Italien unter langobardische Herrschaft zu bringen. Aber Papst Hadrian blieb in seinem Herzen fest wie ein Demant. Der obengenannte Paulus hatte zwar dem Desiderius versprochen, ihm den Papst zuzuführen, und gesagt: „Ich werde ihn vor dein Antlitz bringen und müßte ich sogar Stricke an seine Füße legen." Aber während er noch unterwegs war, kam es an den Tag, daß er es gewesen, der den geblendeten Sergius hatte tödten lassen. Damit nun die Kunde davon dem Paulus nicht zu Ohren komme und er nicht zu Desiderius zurückkehre und einen neuen Anschlag mit ihm verabrede, ließ Hadrian dem Erzbischof Leo ganz heimlich durch den Tribun Julianus sagen, er solle den Paulus auf der Rückreise von Desiderius in Ravenna oder Ariminum festhalten lassen. Und so geschah es auch.

10. Es hatte nemlich der Papst eine strenge Untersuchung über den Tod des Secundicerius Sergius angeordnet. Die Aussage der Wächter des Lateran ging dahin, daß acht Tage vor dem Tode Papst Stephans in der ersten Stunde der Nacht der Haushofmeister Calvenzulus mit dem Priester Lunisso und dem Tribun Leonatius, beides Einwohner der campanischen Stadt Anagnia, gekommen sei, den Sergius hervorgeholt und ihn jenen beiden übergeben habe. Calvenzulus sodann gab an, daß er den Befehl dazu von dem Haushofmeister Paulus Afiarta, dem Bezirks-

obmann [1]) Gregorius, dem Herzog Johannes, Papst Stephans Bruder, und dem Haushofmeister Calvulus erhalten habe.

11. Auch Lunisso und Leonatius wurden nun aus Anagnia herbeigeholt. Sie gestanden ein, daß sie auf Befehl der genannten Männer den Sergius getödtet hätten, und bezeichneten den Ort, wo sie ihn verscharrt. Daselbst fand man auch den Leichnam des Sergius, die Kehle mit einem Stricke zugeschnürt und den ganzen Leib voller Wunden.

14. Der Papst ließ hierauf die Körper des Primicerius Christoph und seines Sohnes Sergius ehrenvoll in der Peterskirche beisetzen. Die Untersuchungsakten aber schickte er an den Erzbischof Leo von Ravenna, um danach den Paulus ins Verhör zu nehmen, der auch alsbald seines Verbrechens geständig war.

15. Hadrian jedoch wünschte die Seele des Paulus zu retten und richtete an die Kaiser Konstantin und Leo die Bitte, dem Paulus in seiner Verbannung einen Aufenthaltsort in Griechenland zu gewähren. Zugleich wies er den Erzbischof Leo an, den Paulus über Venedig oder auf einem anderen Wege in die Verbannung nach Konstantinopel zu entlassen. Aber der Erzbischof, der den Paulus sehr haßte, antwortete, das gehe nicht wohl an, da König Desiderius den Sohn des Herzogs Mauricius von Venedig ge= fangen halte, und somit zu befürchten stehe, daß er den Paulus gegen jenen einwechsele. Das sagte er aber, um den Paulus ver= derben zu können.

16. Als hierauf der Papst den Schatzmeister Gregor an den König Desiderius absandte, trug er ihm zugleich auf, entschieden vom Erzbischof Leo zu verlangen, daß er dem Paulus kein Leid geschehen lasse, und diesen dann auf seiner Rückreise nach Rom mitzubringen. Aber kaum hatte Gregor Ravenna verlassen, um nach Ticinus zu reisen, als der Erzbischof den Paulus hin= richten ließ.

18. Desiderius der Langobardenkönig aber ließ zu derselben Zeit, da er die Städte des Exarchats an sich riß, auch das Gebiet

---

1) Defensor regionarius.

von Senogallia, Aefis, Monsferetri [1]), Urbinum, Eugubium und andern römischen Städten durch ein zahlreiches Heer besetzen, wobei es viel Blutvergießen, Rauben und Brennen gab; auch dem Gebiet der Stadt Rom fügte er großen Schaden zu. Zu wiederholten Malen ließ nun der heilige Vater den König brieflich und durch Gesandte beschwören, abzulassen vom Unrecht und die neu eroberten Städte herauszugeben, nur unter dieser Bedingung werde er zu ihm kommen. Aber nichts konnte das eherne Herz und den harten Sinn des Königs erweichen, sondern er fuhr fort, das römische Gebiet arg heimzusuchen und drohte sogar, mit dem ganzen Heere der Langobarden vor Rom zu rücken.

22. Da schickte der heilige Vater in seiner großen Noth und Bedrängniß Gesandte über das Meer zu Karl, dem König der Franken und Patricius von Rom, und flehte ihn an, so wie es sein seliger Vater Pippin gethan, der heiligen Kirche beizustehen und ihr gegen den König der Langobarden zu ihrem Recht zu verhelfen.

23. Wie aber Desiderius auf keine Weise den Papst bewegen konnte zu ihm zu kommen, die Söhne Karlmanns zu Königen zu salben und die Freundschaft König Karls aufzugeben, so machte er sich auf aus seinem Palast und zog mit seinem Sohn Adalgis, mit der Gemahlin und den Söhnen Karlmanns und dem Autchar an der Spitze eines langobardischen Heeres gegen Rom. Seinen Kanzler Andreas und zwei Richter schickte er voraus, um dem Papst seine Ankunft anzusagen; dieser aber erklärte den Gesandten: „Wenn der König sein Versprechen nicht hält und der Kirche die zu meiner Zeit ihr entrissenen Städte nicht herausgibt, so mag er sich die Mühe der Reise sparen: denn vorher werde ich ihn gar nicht sehen.“

24. Desiderius setzte nichtsdestoweniger seinen Zug gegen Rom fort; Papst Hadrian aber schaarte alle Mannschaft aus Tuscien, Campanien, dem Herzogthum Perusia und den Städten der Penta= polis um sich und rüstete sich in Rom zur Gegenwehr.

25. Außerdem schickte er dem König die Bischöfe Eustratius

____
1) Montefeltro.

von Albano, Andreas von Präneste[1]) und Theodosius von Tibur[2])
entgegen und drohte ihm mit der Strafe des Banns, wenn er die
römische Grenze überschreite. Auf das hin wandte Desiderius in der
Stadt Viterbium alsbald bestürzt um und zog nach Hause zurück.

26. Hierauf kamen bei dem apostolischen Stuhl Gesandte
König Karls an, nemlich Bischof Georg, Abt Gilfard und Alboin,
des Königs Liebling, und fragten an, ob König Desiderius die be=
treffenden Städte herausgegeben habe, wie er dieß durch Gesandte
habe versichern lassen. Der Papst legte die Sache dar, wie sie sich
verhielt, und schickte dann, als sie zurückkehrten, eigene Gesandte an
den König der Franken mit und ließ ihn beschwören, gleich seinem
Vater Pippin ihm gegen die Langobarden beizustehen.

27. Unterwegs wandten sie sich dem Auftrage ihres Königs
gemäß abermals an Desiderius und beschworen ihn, die Städte
herauszugeben und den römischen Stuhl in seinem Rechte zu lassen.
Aber es war ohne Erfolg. Sie zogen also weiter und berichteten
alles dem erhabenen und von Gott beschützten König Karl.

28. Da ließ dieser den Langobardenkönig noch einmal auf=
fordern, im Frieden seinen Verpflichtungen gegen den römischen
Stuhl nachzukommen und versprach ihm dazu noch eine Summe
von 14,000 Goldschillingen in Gold und Silber auszuzahlen.
Jedoch Desiderius ließ sich in seiner Halsstarrigkeit weder durch
Bitten noch durch Geschenke bewegen und die Gesandten mußten
unverrichteter Dinge zurückkehren.

29. Jetzt bot König Karl alle seine Mannen im Reich der
Franken auf, schickte einen Theil seines Heeres zur Besetzung der
Klausen voraus und rückte dann selbst über den Mont Cenis nach.
Desiderius aber hatte sich mit dem ganzen Langobardenheer in den
Klausen zu tapferem Widerstand gerüstet und sie noch auf jegliche
Weise befestigt.

30. Als König Karl die Klausen erreicht hatte, schickte er von
neuem Gesandte an Desiderius und bot ihm nochmals unter den
früheren Bedingungen Frieden an. Wie dieser darauf nicht ein=

1) Palestrina. — 2) Tivoli.

ging, so verlangte er nur wenigstens drei Söhne von langobar=
dischen Richtern als Geißeln für die Herausgabe der römischen
Städte und versprach dann ohne weiteren Kampf mit seinem Heere
wieder heimzuziehen.

31. Jedoch auch das vermochte nicht seinen boshaften Sinn
zu beugen. Wie aber der allmächtige Gott die Treulosigkeit und
den unerträglichen Hochmuth des Königs Desiderius ansah, da
sandte er, als die Franken am andern Tage schon nach Hause ab=
ziehen wollten, einen gewaltigen Schrecken über den König, seinen
Sohn Adalgis und alle Langobarden, also daß sie in derselbigen
Nacht ihr Lager und alles was darinnen war im Stich ließen und,
ohne daß sie jemand verfolgt hätte, insgesammt die Flucht ergriffen.
Wie das die Franken gewahr wurden, setzten sie ihnen nach und
tödteten viele von ihnen. Desiderius floh in größter Eile nach Pavia,
und schloß sich da mit den Richtern und vielen Langobarden ein
und rüstete sich zum Widerstand gegen die Franken. Sein Sohn
Adalgis zog sich mit dem Franken Autchar, der Frau und den Söhnen
Karlmanns nach Verona zurück, als der festesten Stadt des Reichs.

32. Der Rest der Langobarden kehrte zerstreut nach Hause
zurück. Aus Spoletum und Reate hatten, schon als Desiderius
nach den Klausen aufbrach, einige vornehme Männer sich in die
Gewalt des Papstes begeben, ihm Treue geschworen und sich wie
Römer scheeren lassen; und alle übrigen im Herzogthum Spoleto
wünschten sich dem h. Petrus und der römischen Kirche zu ergeben,
aber es war nur aus Furcht vor ihrem König unterblieben. Jetzt
aber, nach der Flucht aus den Klausen, wandten sich alle aus dem
ganzen Herzogthum Spoletum an den Papst, daß er sie in den
Dienst der Kirche aufnehme und wie Römer scheeren lasse. Er
willfahrte ihnen, und ließ sie alle groß und klein in der Peters=
kirche schwören, ihm als dem Stellvertreter des heiligen Apostels
Petrus und allen seinen Nachfolgern treu und gehorsam zu ver=
bleiben, sie und ihre Kinder und ihre ganze Nachkommenschaft.

33. Nachdem sie nun ihren Eid geleistet hatten, wurden sie
nach der Sitte der Römer geschoren. Hierauf setzte ihnen der heilige

Vater einen Herzog, den sie sich selbst gewünscht hatten, nemlich den Hildeprand, einen hochedlen Mann, der sich mit den ersten unter den Schutz des römischen Stuhls gestellt hatte. Und also brachte Papst Hadrian das Herzogthum Spoletum unter die Gewalt des heiligen Petrus. Aber auch die ganze Bevölkerung der Herzogthümer Firmum, Auximum und Ankona und von dem Kastell Felicitas [1]) begab sich nach ihrer Rückkehr von den longobardischen Klausen in den Schutz und die Gewalt des Papstes. Und nachdem sie den Eid der Treue geleistet, wurden auch sie zu Römern geschoren.

34. König Karl aber rückte mit seinem ganzen Heere vor Pavia und belagerte die Stadt von allen Seiten. Sodann schickte er ins Frankenland und ließ seine Gemahlin Hildegard und seine Söhne holen. Als er aber hörte, daß Adalgis nach Verona geflohen sei, ließ er seine Hauptmacht vor Pavia und zog mit einem kleinen aber trefflichen Theil seines Heers gegen Verona. Sobald er da angelangt war, ergaben sich ihm Autchar und Karlmanns Frau und Söhne freiwillig, worauf er kann nach Pavia zurückkehrte. Von da aus sandte er mehrere Heerhaufen gegen verschiedene langobardische Städte nördlich vom Po und eroberte sie.

35. Nachdem er sechs Monate mit der Belagerung Pavia's zugebracht hatte, empfand er ein starkes Verlangen, die Stätte des heiligen Petrus zu besuchen, zumal da das heilige Osterfest bevorstand. So zog er denn begleitet von vielen Bischöfen, Aebten und Richtern, Herzogen und Grafen und zahlreicher Mannschaft durch Tuscien hieher auf Rom zu. Wie aber Papst Hadrian vernahm, daß der König der Franken so plötzlich heranziehe, wurde er in großes Erstaunen versetzt und schickte sogleich die sämmtlichen Richter zu seinem Empfang etwa 30 Meilen ihm entgegen nach dem Orte der Novas heißt, woselbst sie ihn mit den Bannern [2]) empfingen.

36. Eine Meile von der Stadt aber empfingen ihn alle Knaben aus den Schulen, Oel- und Palmzweige in den Händen

1) Am obern Tiber nordöstlich von Arezzo gelegen. — 2) Bandora. S. oben Seite 5 und 24.

und Loblieder ihm zu Ehren singend. Und wie es beim Empfang des Exarchen oder des Patricius der Brauch ist, so ließ der Papst dem König Karl das Zeichen des Kreuzes entgegentragen und erwies ihm die höchsten Ehren.

37. Sobald aber der große Karl, der König der Franken und Patricius von Rom, die heiligen Kreuze sich ihm nahen sah, stieg er ab vom Pferde, um mit seinen Richtern zu Fuß nach St. Peter zu gehen. Der heilige Vater aber stand schon frühe des Sabbaths auf, eilte mit der ganzen Geistlichkeit nach St. Peter, und erwartete hier den Frankenkönig auf den Stufen der Vorhalle der Peterskirche.

38. König Karl küßte bei seiner Ankunft alle einzelnen Stufen und nahte sich so dem Papst, der oben in der Vorhalle an der Pforte der Kirche stand. Alsdann umarmten sie sich und indem Karl die rechte Hand des Papstes hielt, traten sie zusammen in die Kirche des heiligen Petrus, wo die gesammte Geistlichkeit und alle Diener Gottes mit lauter Stimme sangen: „Gesegnet sei der da kommt in dem Namen des Herrn!" So schritt nun König Karl mit dem Papst, mit den Bischöfen, Aebten, Richtern und allen Franken, die ihn begleitet hatten, zu dem Grab des Apostels Petrus: hier fielen sie alle nieder und beteten zu dem allmächtigen Gott und dem Fürsten der Apostel und priesen die göttliche Macht, daß sie ihnen auf die Fürbitten des heiligen Petrus den Sieg ver=liehen habe.

39. Nachdem er hier seine Andacht verrichtet hatte, bat der König den Papst um die Erlaubniß, in die Stadt Rom eintreten und hier in den verschiedenen Gotteshäusern beten zu dürfen. Sie zogen also sofort noch an dem nemlichen Ostersamstag nach Rom hinüber und in die Kirche des Heilandes neben dem Lateran, wo der König mit seinen Begleitern verweilte, bis der Papst das Sakrament der heiligen Taufe versehen hatte, und alsdann kehrte er nach St. Peter zurück.

40. Am Morgen des Sonntags, als am heiligen Osterfest, sandte der heilige Vater alle Richter und die ganze Ritterschaft der Stadt zu dem König und ließ ihn sammt allen Franken in

feierlichem Aufzuge nach der Kirche der heiligen Mutter Gottes zur
Krippe geleiten, wo er das heilige Meßopfer verrichtete. Als das
vorbei war, führte er ihn in den Lateran, um mit ihm an der
apostolischen Tafel zu speisen. Am zweiten und dritten Feiertage
las der Papst in gleicher Weise die Messe vor König Karl.

41. Am vierten Tage zog der heilige Vater mit den geist=
lichen wie weltlichen Richtern der Stadt nach der Peterskirche, um
sich mit dem Frankenkönig zu besprechen. Er beschwor ihn mit
Bitten und väterlichen Ermahnungen, jenes Versprechen in allen
Stücken zu erfüllen, das einst sein seliger Vater Pippin und er
selbst mit seinem Bruder Karlmann und allen fränkischen Richtern
dem heil. Petrus und dessen Stellvertreter, dem Papst Stephan
dem Jüngeren, während seines Aufenthalts im Frankenreich gemacht
hatte, und den heiligen Stuhl für ewige Zeiten in den sicheren
Besitz der ihm zugehörigen Städte und Gebiete zu setzen.

42. Nachdem er sich nun die frühere zu Carisiacus im
Frankenland ausgestellte Schenkungsurkunde hatte vorlesen lassen,
ließ König Karl mit Zustimmung seiner Richter nach dem Muster
der ersten eine neue Urkunde durch seinen Kaplan und Notar Itherius
aufsetzen, in der er den heiligen Stuhl in seinem früheren Besitz
bestätigte und ihm ein Gebiet zu übergeben versprach, unter Be=
zeichnung der Grenzen: nemlich von Luna [1]) angefangen, mit Ein=
schluß der Insel Korsika, die Besitzungen in den Gebieten von
Surium, Mons Bardonis, Bercetum, Parma, Regium, Mantua
und Mons Silicis, außerdem das ganze Exarchat von Ravenna
in seinem alten Umfang, die Provinzen Venetia und Istria, endlich
die Herzogthümer Spoletum und Benevent. Und nachdem diese
Schenkungsurkunde aufgesetzt war und Karl sie eigenhändig unter=
zeichnet hatte, ließ er sie auch von allen Bischöfen und Aebten,
Herzogen und Grafen unterschreiben.

44. Bei seiner Rückkehr nach Ticinus betrieb der Franken=
könig die Belagerung der Stadt mit aller Macht und da durch
den Zorn Gottes zugleich heftige Krankheiten unter den Ein=

---

1) Vgl. S. 7 Anm. 4.

wohnern ausbrachen, so bekam er endlich die Stadt mit dem König Desiderius in seine Gewalt, und unterwarf sich das ganze Reich der Langobarden. Den König Desiderius und seine Gemahlin aber führte er mit sich nach dem Frankenlande ab.

---

2. Aus der Chronik von Novalese.

III, 9. Als Desiderius der Langobardenkönig hörte, daß König Karl im Anzug gegen ihn sei, entbot er alle Großen seines Reichs zu sich und befragte sie was jetzt zu thun sei. Sie gaben ihm zur Antwort, er mit seinem kleinen Heere könne der Uebermacht der Franken nicht die Spitze bieten. „Aber laß," so sprachen sie, „alle Thäler und Pässe, die aus Gallien nach Italien herüber= führen, durch eine Mauer, die von Berg zu Berg gezogen wird, schließen und so ihnen den Weg versperren." Und also that er auch. Und bis auf den heutigen Tag sind noch die Grundmauern dieser Befestigung zu sehen.

10. Als dies nun von Desiderius geschehen war, und die Franken nirgends einen Uebergang finden konnten, rückte ein Theil des fränkischen Heeres einen Tag um den andern, zu tausend oder zweitausend Mann, heran und sie belagerten die Langobarden, die in ihren Verschanzungen standen. Es hatte nun König Desiderius einen Sohn mit Namen Algis, einen ungemein starken Jüngling: der pflegte zu Kriegszeiten mit einem eisernen Stock herumzureiten und seine Feinde damit zu Boden zu schlagen. Wie er aber sah, daß die Franken sich nicht rührten, überfiel er sie plötzlich, hieb mit seinen Leuten rechts und links auf sie ein und richtete ein arges Blutbad unter ihnen an. Da kam eines Tags ein langobardischer Spielmann [1]) zu Karl und sang ein Lied, das folgenden Inhalt hatte: „Welchen Lohn wird der empfangen, der den Karl ins Land Italien führt, auf Wegen, wo kein Spieß gegen ihn aufgehoben,

---

1) Dazu machte die Volkssage den Priester Andreas von Ravenna, der nach andern Karls Wegweiser war.

tein Schild zurückgestoßen wird, und keiner seiner Leute Schaden leiden soll?" Wie das dem König Karl zu Ohren kam, berief er den Mann zu sich und versprach ihm alles, was er fordern würde, nach erlangtem Sieg zu gewähren.

14. Das ganze Heer wurde nun zusammenberufen und Karl empfahl sich den Gebeten des Abts und der Brüder des Klosters [1]), nahm Abschied von ihnen und zog ab. Der Spielmann mußte jetzt vorausgehen: er ließ aber die gewöhnlichen Wege bei Seite liegen und führte den König über einen Bergsteig, wo es bis auf den heutigen Tag „der Frankenweg" heißt. Wie sie von diesem Berg niederstiegen, kamen sie in die Ebene des gavensischen Fleckens [2]), sammelten sich daselbst und stellten sich zum Kampf gegen Desiderius auf. Dieser hoffte Karl zur Schlacht vor sich zu haben, Karl aber eilte ihnen vom Gebirge herabsteigend in den Rücken. Sobald Desiderius dies erfuhr, warf er sich auf sein Pferd und floh nach Pavia. Die Franken aber ergossen sich über das ganze Land und eroberten und verwüsteten alles, Burgen und Dörfer. Jetzt trat nun der Spielmann vor den König und mahnte ihn an sein Versprechen. Der König sprach: „Fordere was du willst." Darauf antwortete er: „Ich will auf einen dieser Berge steigen und mit Macht in mein Horn stoßen, und soweit man es hören wird, das Land sollst du mir zum Lohne geben mit Männern und Weibern, die darin sind." Der König sprach: „Es geschehe, wie du gesagt hast." Der Spielmann verneigte sich, stieg auf einen Berg und blies. Dann stieg er sogleich wieder herab, ging durch Dörfer und Felder und wen er fand, fragte er: „Hast du Horn blasen hören?" Und wer nun antwortete: „Ja, ich hab's gehört." dem gab er eine Maul-schelle und sagte: „du bist mein eigen." Also verlieh Karl dem Spielmann das Land, soweit man sein Blasen hatte hören können; und er und seine Söhne nach ihm besaßen es, und bis auf den heutigen Tag heißen die Einwohner dieses Landes die Zusammen-geblasenen (Transcornati). Karl eroberte nun Turin und alle Städte und Burgen. Als er aber vor Pavia kam, lebte dort noch

1) Novalese. — 2) Giaveno.

der fromme Bischof Theodorus, der damals auf dem bischöflichen Stuhle saß. Wegen seiner Verdienste war es dem Karl vom Himmel verboten, so lange dieser Bischof auf Erden weile, die Stadt zu erobern. Und so war es dem Karl göttlich offenbart worden. Er zog also wieder von dort ab und nahm die Städte alle ein, nemlich Jvrea, Vercellis, Novaria, Placentia, Mailand, Parma, Tertona und die am Meere gelegenen sammt ihren Burgen. Nicht lange darnach starb jener fromme Bischof. Als sein Tod Karl gemeldet wurde, sammelte er sein ganzes Heer und zog vor Pavia, wo sich König Desiderius mit seinem Sohn Algis und seiner Tochter eingeschlossen hatte. Desiderius war sehr demüthig und gut. Jedesmal stand er, wie etliche erzählen, um Mitternacht auf und ging in die Kirchen der heiligen Michael und Syrus oder andere, um da zu beten; die Thore der Kirchen öffneten sich ihm sogleich von selbst vor seinem bloßen Anblick. Wie nun Karl die Stadt Pavia schon lange belagert hielt, schrieb des Desiderius Tochter einen Brief an Karl und schoß ihn mit einer Armbrust über den Fluß Ticinus; in dem Briefe stand, wenn sie der König zum Ehgemahl nehmen wolle, werde sie ihm die Stadt und den ganzen Schatz ihres Vaters überliefern. Karl antwortete ihr darauf so, daß die Liebe der Jungfrau nur noch stärker entzündet wurde. Sie stahl ihrem schlafenden Vater die Schlüssel der Stadt unter dem Kopfkissen weg und meldete dem König wieder vermittelst der Armbrust, er solle sich in dieser Nacht bereit machen auf ein gegebenes Zeichen in die Stadt zu rücken. Als nun Karl Nachts ins Thor einzog, sprang ihm das Mädchen fröhlich entgegen, aber im Gedränge gerieth sie unter die Hufe der Rosse und wurde, weil es finstere Nacht war, von diesen zertreten [1]). Ueber dem Gewieher der Pferde erwachte Algis, des Königs Sohn, zog sein Schwert und tödtete alle Franken, die in das Thor einzudringen suchten. Aber sein Vater verbot ihm, sich zu wehren, weil es Gottes Wille sei, daß die Stadt in Feindes Hand komme. Da entfloh Algis, als

1) Dieß erinnert an die schöne römische Sage von der Tarpeja, die Livius erzählt.

er sah, daß er ein so großes Heer nicht aufhalten könne, Karl aber nahm die Stadt in seinen Besitz und zog in die königliche Burg und ließ sich daselbst Treue schwören. Einige sagen, Karl habe dem König Desiderius in der Stadt Pavia die Augen ausstechen lassen.

21. Als nun Karl bereits im ruhigen Besitz von Italien war und sich in der Stadt Ticinus, die auch Pavia genannt wird, aufhielt, wollte Algis, der Sohn des Königs Desiderius, sehen was da vorging und gesprochen wurde nach Art der Neider, und wagte es selbst nach Pavia zu kommen. Denn er war, wie schon gesagt, von Jugend auf sehr stark, kühn von Muth und streitbar. Er fuhr zu Schiff dahin, nicht wie ein Königsohn, sondern umgeben von wenigen Leuten, wie einer aus geringem Stande. Von niemanden wurde er erkannt, bis zuletzt von einem ehemaligen treuen Diener seines Vaters. Es war aber schon lange her, daß er Vater und Reich verloren hatte. Wie er sich nun von jenem erkannt sah, so bat er ihn flehentlich und bei dem Eid der Treue, den er einst seinem Vater geschworen, daß er ihn nicht dem König Karl verrathen möchte. „Bei meiner Treue," antwortete jener, „ich will dich niemanden verrathen, so lange ich dich verhehlen kann." „So bitte ich denn," sagte Algis weiter, „setze mich heute, wenn der König zu Mittag speist, ans Ende eines Tisches und schaffe, daß alle Knochen die man von der Tafel aufhebt, vor mich gelegt werden." Der andere versprach es, denn er war's, der die königlichen Speisen auftragen mußte, und als es nun ans Essen ging, so that er alles der Verabredung gemäß. Algis aber zerbrach alle Knochen und aß gleich einem hungrigen Löwen, der seine Beute verschlingt, das Mark daraus, warf sie dann unter den Tisch und machte einen tüchtigen Haufen zusammen. Hierauf stand er vor den andern auf und ging fort. Der König, wie er die Tafel aufgehoben hatte und die Menge Knochen unter dem Tisch erblickte, fragte: „Wer hat, um des Himmels willen, soviel Knochen zerbrochen?" Alle antworteten, sie wüßten es nicht, einer aber sprach: „Es saß hier ein starker Degen, der zerbrach alle Hirsch-, Bären- und Ochsenknochen, als wären es Hanfstengel." Der König ließ augenblicklich den Speisaufträger

rufen und sprach: „Wer und woher war der Mann, der hier saß und die vielen Knochen zerbrach." Er antwortete: „Ich weiß es nicht, o Herr." Karl erwiderte: „Bei meines Hauptes Krone, du weißt es." Wie er sich entdeckt sah, fürchtete er sich und schwieg. Als aber der König erkannte, daß es Algis gewesen, war es ihm höchst ärgerlich, daß er ihn so ungestraft hatte von dannen gehen lassen, und er sprach: „Wo hinaus ist er gegangen?" Da versetzte einer: „Er kam zu Schiffe und wird so vermuthlich auch wieder weggehen." „Willst du," sprach ein anderer zum König, „daß ich ihm nachsetze und ihn umbringe?" „Auf welche Weise?" fragte Karl. „Gib mir deine goldenen Armspangen, und ich will ihn damit berücken." Der König gab sie ihm alsbald und er verfolgte ihn, um ihn zu tödten.

22. Jener eilte also schnell dem Algis zu Lande nach, bis er ihn einholte. Als er ihn von ferne sah, rief er ihn bei seinem Namen, und meldete ihm dann, daß Karl ihm seine goldenen Armspangen zum Geschenk sende, und schalt ihn, daß er so heimlich davongegangen, er solle nun mit seinem Schiff ans Land fahren. Algis that so: wie er aber näher kam und die Gabe auf der Spitze des Speers ihm darreichen sah, ahndete er Verrath, warf seinen Panzer über die Schulter, nahm seinen Speer zur Hand und rief: „Was du mir mit dem Speere reichst, will ich auch mit dem Speer empfangen. Sendet mir übrigens dein Herr betrüglich diese Gabe, damit du mich tödten mögest, so will ich ihm nicht nachstehen, und schicke ihm dafür meine Armspangen." Er reichte sie jenem hinüber, der in seiner Erwartung getäuscht heimkehrte und dem König Karl des Algis Armspangen brachte. Wie aber Karl sie anlegte, so fielen sie ihm bis auf die Schultern. Da rief Karl aus: „Es ist kein Wunder, daß dieser Mann Riesenstärke hat." Der König fürchtete aber diesen Algis allezeit, weil er ihn und seinen Vater des Reichs beraubt hatte; und weil er ein so gar starker Held war, darum wollte er ihn umbringen lassen.

23. Wie aber Algis so großer Gefahr entkommen war, begab er sich zu seiner Mutter der Königin Anza nach Brixia, wo sie ein reiches Münster gestiftet hatte.

3. Aus dem Leben der heiligen Amelius und Amicus.

Wie alle Flüsse in das Meer sich ergießen, so ergossen sich auch, nachdem die Langobarden von den Klausen geflohen waren, alle möglichen Völkerschaften unter König Karl in das Land Italien. Der König Desiderius stellte sich ihm aber doch noch einmal im offenen Felde entgegen mit seinem kleinen Heere. Denn wo Desiderius einen Priester hatte, da hatte Karl einen Bischof, wo jener einen Mönch, dieser einen Abt, wo jener einen Fußsoldaten, dieser einen Herzog und Grafen, wo Desiderius einen Mann, da konnte Karl dreißig ins Feld stellen.

Die Schlacht hub also an und drei Tage lang stritten die Langobarden mannhaft und wichen vor der ungeheuren Uebermacht nicht zurück. Am Ende des dritten Tags aber rief Karl von gött=lichem Feuer entflammt, seinen Hauptleuten zu: „Entweder fallet im Streite oder erkämpfet euch den Sieg.“ Da mußte Desiderius mit dem Heer der Langobarden bis zu dem Orte fliehen, der jetzt Mortaria heißt, damals aber ob seiner Lieblichkeit „das schöne Wäldchen“ genannt wurde. Hier hielt er mit den Seinigen Stand und sprach zu ihnen: „Tapfere Krieger, esset Brot mit mir, trinket Wasser und lasset eure Rosse sich etwas verschnaufen.“ Am andern Morgen aber zog König Karl wieder gegen sie und fand die Langobarden wohl gerüstet. Beide Heere stritten mannhaft und keine geringe Anzahl kam auf beiden Seiten um, und darum heißt der Ort bis auf den heutigen Tag Mortaria, das ist das Todten=feld. Von da floh Desiderius nach Pavia.

---

4. Aus der Chronik des Mönchs von Salerno.

9. Zu den Zeiten des Königs Desiderius zeichnete sich in ten Wissenschaften der Diakonus Paulus aus. Er stammte aus der Stadt Forojuli und nach dem Rang dieser Welt von nicht nie=drigen Eltern ab, vom König und von allen war er hoch geschätzt und geliebt, so daß der König in allen geheimen Sachen auf seinen Rath hörte. Um dieselbe Zeit vermählte sich Pipins Sohn Karl mit seiner Tochter; auch noch eine andere Tochter hatte der König,

mit Namen Adelperga, die gab er dem Arichis [1]) dem Herzog von Benevent zur Ehe. Als die Langobarden in leidenschaftlichem Haß sich gegen einander erhoben, schickten einige von den langobardischen Großen heimlich eine Gesandtschaft an Karl den König der Franken, daß er mit Heeresmacht käme und das Reich Italien seiner Herrschaft unterwürfe, und sie versicherten ihn, daß sie den Tyrannen Desiderius gebunden in seine Gewalt liefern und viele Schätze und allerlei mit Gold und Silber durchwobene Gewänder ihm übergeben wollten. Wie König Karl solches hörte, so zog er mit Franken, Alemannen, Burgundern und Sachsen und einem großen Heere nach Italien. Als König Karl nach Italien gekommen war, wurde König Desiderius von seinen Getreuen hinterlistig verrathen und von Karl gebunden seinen Mannen übergeben, und es sagen einige, daß er ihn habe des Augenlichts berauben lassen. Und Karl selbst ward als König von ganz Italien anerkannt: nur Herzog Arichis von Benevent verachtete seine Gebote, darum weil er selbst auf seinem Haupte eine kostbare Krone trage. Wie König Karl solches vernahm, wurde er höchlich erzürnt und rief den Schwur aus: „Wenn ich nicht mit dem Scepter, das ich in meiner Hand trage, dem Arichis die Brust einstoße, so will ich nicht leben."

. Der oben genannte Paulus stand dem König Karl zweimal nach dem Leben aus alter Treue zu Desiderius; und da solches dem Könige von seinen Getreuen berichtet war, so ließ er es doch lange hingehen wegen der großen Liebe, die er zu ihm trug. Aber als er es zum drittenmal versuchte, ließ er ihn greifen und in offener Versammlung vor sich führen, und redete ihn mit diesen Worten an: „Sage mir Diakonus Paulus, warum hast du mir zweimal und dreimal nach dem Leben gestanden?" Paulus hohen Sinns, wie er war, gab kühn zur Antwort: „Thue mir, wie du willst, aber ich rede die Wahrheit und es soll nichts falsches aus meinem Munde kommen! Ich bin ein Getreuer gewesen des ehemaligen Königs Desiderius und diese Diensttreue gilt bei uns auch heute noch." Wie er das in offener Versammlung vor allen Großen gesagt hatte,

1) Unser Heinrich.

befahl der König erzürnt seinen Mannen, sie sollten ihm unverzüglich
die Hände abhauen. Als diese aber sein Wort auszuführen sich an=
schickten, so fing der milde König wegen der gar großen Liebe, die
er zu ihm trug, und wegen seiner Geschicklichkeit tief aufzuseufzen
an und brach in die Worte aus: „O Wehe, wenn wir ihm die
Hände abhauen, wo finden wir einen so anmuthigen Schriftsteller
wieder?" Die Großen aber, die ihn umstanden, und die Vornehmen,
denen Paulus ob seiner Anhänglichkeit an König Desiderius verhaßt
war, gaben zur Antwort: „O Wehe, wenn du König diesen Dia=
konus ungestraft laufen lässest, so wird dein Reich keine Festigkeit
haben." Da sprach der König: „Saget mir, was euch nun gut
dünkt." Sie aber erwiderten aus bösem Munde: „Augenblicklich
sollen ihm die Augen ausgestoßen werden, damit er hinfort keine
Briefe oder Verschwörungen mehr gegen Eure Hoheit und Eure
Herrschaft mit seinen Händen anzetteln kann." Als er nun die
Härte und Grausamkeit seiner Leute sah, ward er sehr aufgeregt
und dachte darauf, ihn vor solchem Unglück zu bewahren, er sprach
also weiter: „Wo werden wir denn einen so herrlichen Dichter und
Geschichtschreiber wieder finden?" Als er dies gesagt, wollten seine
Großen lieber seinen Befehlen gehorchen und riethen ihm, er solle
ihn auf eine Insel in die Verbannung schicken, damit er sich dort
langsam abquäle. Das geschah: er wurde in Fesseln auf eine Insel [1])
in die Verbannung geschickt und lebte daselbst lange in Noth und
Pein. Aber da Paulus der Wahrheit folgte, die Christus ist, so
befreite ihn auch die Wahrheit wunderbar mit ihrer starken Macht.
Denn ein Mensch, der ihm oft gedient hatte, entführte ihn heimlich
von der Insel und brachte ihn nach Benevent. Wie das dem
Fürsten Arichis gemeldet wurde, so wurde er voll Freude, weil es
ihn schon lange verlangt hatte, seine Gestalt zu sehen und aus seinem
Munde die süßen Worte in sein Herz aufzunehmen. Alsbald schickte
er ihm nicht wenige seiner Großen und Ritter entgegen, die ihn
einholen sollten. Und als sie in herrlichem Aufzug nach Benevent

1) Leo von Ostia fügt bei: auf die Insel des Diomedes, die heutige
isola di Tremiti.

kamen, fiel der fromme Fürst ihm um den Hals und weinte vor
Freude und küßte ihn. Und als Paulus zu der Fürstin Adelperga,
der Tochter seines alten Herrn kam, verneigte er sich demüthig vor
ihr und sprach: „Ich habe deinen milden Vater verloren, aber der
Herr hat mir seine Kinder erhalten und läßt mich dazu noch deine er=
habenen Sprößlinge schauen." Da weinte die fromme Fürstin bitterlich.

10. Arichis aber, der fromme Herrscher, gab ihm Diener und
Kleider und Speise und Trank im Ueberfluß und ließ ihn in seinem
Schloß wohnen und pflag häufig Gespräche mit ihm über die freien
Wissenschaften. Und wenn sie sich miteinander über die heilige Schrift
unterhielten, so war der Fürst ganz unersättlich. Als einmal die Rede
auf König Karl gekommen war, so sprach Paulus unter anderem
folgende Worte: „Dieser Karl wird, soviel ich vermuthen kann,
mit großer Heeresmacht über dich kommen." Wie Arichis das
vernahm, verließ er Benevent und zog mit seinen Töchtern nach
Salernum, einer herrlichen, überaus festen, reichen und mit Lebens=
mitteln wohl versehenen Stadt, die er nun sofort zu seinem Schutze
noch ungemein erweiterte. König Karl aber bot ein mächtiges Heer
von Galliern, Sachsen, Alemannen, Langobarden und Burgundern
auf und zog zornentbrannt gegen die dem Arichis untergebenen 787
Anf.
Städte heran. Als das Arichis hörte, erschrak er sehr und ließ die
Mauern der Stadt Salernum zu ungeheurer Höhe aufführen und
schickte seine Sendboten durchs Land Benevent, daß alle Bischöfe
vor ihm erscheinen sollten. Als diese herbeikamen, ließ er sie in das
Innere seines Schlosses führen, ging dann zu ihnen und forderte,
wie das sein Brauch war, gesenkten Hauptes von ihnen den Segen.
Als sie diesen gespendet hatten, sprach der Fürst zu ihnen: „Nun
fromme Väter laßt uns rathschlagen, wie wir den verdammten Karl
aus unserem Gebiet bringen." Und sie hielten Rath, wie sein
grimmiger Zorn zu besänftigen wäre. Da legten etliche Bischöfe
härene Kleider an, setzten sich auf niedrige Lastesel und zogen ihm
so entgegen; und unterwegs lagen sie beständig dem Beten ob. Als
sie nach Kapua kamen, setzten sie in Eile über den Vulturnus. Da
sprach ein Mann zu ihnen: „Willkommen meine Herren: wohin

wollt ihr?" Sie aber gaben ihm zur Antwort und sprachen: „Zum großen König Karl wollen wir ziehen." Da sagte jener Mann: „Seht zu, der ist mit seinem Heere bereits an den Ort gekommen, der Garilianus heißt." Dahin wollten sie nun schnellen Laufs noch kommen. Aber sie fanden ihn mit seinem Heere schon am zwölften Meilenstein [1]) herwärts und nicht weit von seinem Lager stiegen sie von ihren Eseln und ein jeder ließ einen Geistlichen mit dem Bischof= stab vor sich hergehen. Als der König von weitem solches sah, so verwunderte er sich sehr, und wie ihm seine Leute sagten, es seien die Bischöfe von Benevent, so sprach er: „Für was kommen die Bischöfe von Benevent, da sie doch selbst schon ihrem Fürsten die Krone vom Haupt genommen haben?" Unter diesen Worten erschienen die Bischöfe und fielen vor ihm zur Erde nieder auf ihr Antlitz. Der König nun, milden Sinnes wie er war, hieß sie zwei und dreimal aufstehen, und wie sie sich endlich zaghaft erhoben hatten, sprach der König zu ihnen: „Ich sehe die Hirten ohne die Schafe." Aber jene faßten wieder Muth und erwiderten: „Der Wolf kam und zerstreuete die Schafe." Da fragte der König erzürnt: „Wer ist denn der Wolf?" Und jene antworteten ohne Furcht: „Du selbst bist es." Wie der sanftmüthige König ihren Muth sah, redete er in freundlicher Weise die Worte zu ihnen: „Obschon ein unseliger Sünder, bin ich doch wiedergeboren im heiligen Wasser und heiße nach dem Namen Christi ein Christ und stärke meinen Leib fleißig mit dem Zeichen des Kreuzes; für was nennet ihr mich nun einen Wolf?" Da gab einer der Bischöfe mit Namen David, der aus der Stadt Benevent war, mit klugen Worten das zur Antwort: „Zürne nicht Herr Kaiser, wenn ich rede. Wir thun Eurer Hoheit kein Unrecht, wenn wir Euch mit einem wilden Thier vergleichen: aber wie der Wolf seine Beute zerreißt, so würdest du auch, wenn du als Herr von Samnium kämest, gleich einem Wolfe die Leiber der Christen zerreißen." Alsdann ließ er den Herrn also zu dem Kaiser sprechen: Ich habe dich jüngst zum Kaiser gemacht, ich habe das Heer deines Widersachers und die Macht, die er gegen dich

1) 2¹⁄₂ deutsche Meilen.

gerüstet hatte, in deine Hand gegeben, ich habe deinen Feind in deine Gewalt gebracht, ich habe deinen Samen auf den Stuhl deiner Herrschaft gesetzt, ich habe dich mit leichter Mühe triumphiren lassen, und du begehrst zu triumphiren über meine Getreuen, die ich einst mit meinem Blut erworben habe?"

11. Als der Kaiser sich durch solche kluge Rede überwunden sah und keine Hinterthür mehr fand, um zu entschlüpfen, sprach er: „Wie kann ich meine Unternehmung wieder aufgeben, da ich doch jüngst einen Schwur gethan habe, ich wolle nicht leben, wenn ich mit dem Scepter, das ich in meiner Hand führe, dem Arichis nicht die Brust einschlage." Da sprach der Bischof von Salernum mit Namen Rodepert: „Höre mich an gnädigster Kaiser. Als der Vier= fürst Herodes, der über das Volk von Juda gesetzt war, mit seinen Gesellen einmal trunken zu Tische lag und er seinen Gefallen hatte an dem Tanz seiner Stieftochter, so versprach er dem Mädchen mit einem Schwur, er wolle ihr gewähren, was sie wünsche: wäre es nun da nicht besser gewesen, seinen Schwur zu brechen, als dem heiligen Johannes den Kopf abschlagen zu lassen?" „Allerdings wäre es besser gewesen", erwiderte der Kaiser. Und als der Bischof fortfuhr: „Wenn es also besser war, warum willst du es ihm dann nachthun?" so versetzte der Kaiser mit Gelassenheit: „Lege mir deut= lich und kurz dar, was ich nun thun soll." Da sprachen alle Bi= schöfe: „Wir wollen machen, daß du deinen Schwur halten kannst, ohne dich zu versündigen, und daß Arichis in deiner Gewalt stehe, damit du an ihm thuest, was du Gott gelobt hast." Die Bischöfe hatten noch nicht ausgeredet, als der König jubelnd und mit großer Freude zu ihnen sprach: „Thut wie ihr gesagt habt, denn seit solche Rede aus eurem Mund gekommen ist, bin ich so voller Freude, daß ich plötzlich ganz umgewandelt zu sein glaube." Und alsdann brachen sie auf und kamen auf dem Wege zu einer Kirche, die unweit der Stadt Kapua gelegen war. Die Bischöfe aber sprachen: „Diese Nacht noch, Herr Kaiser, laß uns ausruhen, am andern Morgen aber wollen wir thun, was wir gesagt haben." Da wurde er immer vergnügter und hoffte zu erlangen, was er wünschte.

So ging der Tag herum. Mit Anbruch des Morgens aber ließ der König die Bischöfe vor sich rufen und empfing sie mit freund= lichen Worten und sprach zu ihnen: „Was ihr mir bisher ver= sprochen habt, das bringet nun schleunig zu Ende." Da sagten die Bischöfe: „Folge uns o Herr, wir werden dir sicher zeigen, was du begehrst." Sofort sprang er von seinem Stuhl auf und ging mit ihnen. Nun führten ihn die Bischöfe zu der Kirche des h. Märtyrers Stephanus und ersuchten ihn einzutreten. Als er mit ihnen und etlichen seiner Großen eingetreten war, flehte er zuerst der Sitte gemäß zu dem Herrn um Gnade. Als er aber sein Gebet verrichtet hatte, wandte er sich zu den Bischöfen und sprach: „Haltet nun, was ihr gestern unserer Hoheit versprochen habt. Ich betheuere, daß ich den Arichis vor allen meinen Großen hoch halte und ihm seine Gewalt lassen will, nur das eine verlange ich, daß er eine Meile weit meine Waffen trage." Da zeigten ihm die Bischöfe in großer Furcht ein ungemein großes Bild des Arichis, das in einer Ecke der Kirche gemalt war. Hoch erzürnt wandte der König sein Gesicht ab und brach in die Worte aus: „Ihr seid es also, die bis jetzt solchen Spott mit mir getrieben. Aber länger werde ich es nicht dulden, vollbringet nur, was ihr gesagt habt, dann aber werde ich euch nach Gallien in die Verbannung schicken." Jene erschracken, aber sie bauten auf den Herrn und sprachen: „Was wir Eurer Hoheit kürzlich versprochen, das haben wir ge= halten; deine Drohungen fürchten wir nicht; thue was du willst; nicht nach Gallien sagen wir, sondern sogar nach Afrika schicke uns wenn du willst." Darauf erwiderte der Kaiser: „Habt ihr mir Koth zu zeigen versprochen oder einen Menschen? eine Menschen= gestalt oder bunte Farben?" Da antworteten sie: „Sei nicht zornig, Herr Kaiser!" (Denn so nannten ihn alle, die in seinem Dienst standen, da er eine kostbare Krone auf seinem Haupte trug. Kaiser aber darf durchaus nur der genannt werden, der über das römische, das heißt das konstantinopolitanische Reich herrscht. Die Könige der Gallier haben sich jetzt diesen Namen angemaßt, denn in alten Zeiten wurden sie nie so genannt.) „Ist denn Arichis nicht Koth?

Heißt es nicht in der Bibel[1]): Und Gott der Herr machte den Menschen aus einem Erdenkloß? Thue nur an seiner Gestalt, das heißt an seinem Bild, was du Gott gelobt hast; denn seine wirkliche Gestalt wirst du nicht sehen vor dem Tage des Gerichts." Wie er nun in allen Stücken sich überwunden sah, ging er wüthend vor Zorn auf jenes Bild zu und zerschlug mit dem Scepter, das er in seiner Hand führte, die Brust desselben und ließ die gemalte Krone zerstören und sprach dabei die Worte: „Also ergehe es jedem, der sich aufsetzt, was ihm nicht zukommt." Da warfen sich die Bischöfe zu Boden auf ihr Antlitz und flehten zu ihm, daß er gleich jetzt Frieden machen möge. Wie nun der allergnädigste König die Bitten so vieler Väter vernahm, schloß er einen festen Frieden zwischen den Beneventanern und den Franken und bekräftigte den Vertrag durch eine geschriebene Urkunde und ließ sich von den Beneventanern Geißeln stellen, darunter auch den Grimoalt, des Arichis Sohn. Wie das geschehen war, schieden sie von einander. Die Bischöfe gingen nach Hause zurück, der König aber kehrte auf dem Wege wieder um, den er gekommen war. Nach Salernum schickte er nur einen seiner Großen ab, um sich den Friedensvertrag bekräftigen zu lassen und die schon genannten Geißeln vom Fürsten Arichis in Empfang zu nehmen.

12. Als dieser Gesandte mit einem zahlreichen Gefolge nach Salernum kam, ward er von Arichis ungemein stattlich empfangen, wie das nun erzählt werden soll. Es sammelte nemlich Arichis ein großes Heer, um den Gesandten mit Pracht und Ehren zu empfangen und stellte seine Mannen in verschiedener Kleidung und Bewaffnung auf. Auf der Treppe seines Palastes stellte er in zwei Reihen Knaben auf, die Sperber oder ähnliche Vögel auf der Hand trugen; alsdann stellte er Jünglinge in der Blüthe des Alters auf und diese trugen Habichte oder andere Vögel der Art; einige von ihnen aber saßen am Brettspiel[2]). Gleich nach ihnen stellte er Männer

---

1) 1 Mos. 2, 7. — 2) In ähnlicher Weise empfängt Kaiser Karl die Gesandten des heidnischen Königs von Marsilie im Rolandslied, wo es V. 166. 167. heißt:

Sie vunden den keiser zware
Ob deme Schachzable.

auf, denen das Haar grau zu werden anfing [1]); zuletzt kamen Greise, die im Kreise herumstanden und einen Stab in der Hand hielten, und in deren Mitte saß der Fürst selber auf goldenem Stuhle. Als nun der Gesandte mit seinem Gefolge in die Nähe der Stadt kam, so schickte ihm Arichis nicht wenige von seinen Großen zum Empfang entgegen. Da glaubten die Franken, der Fürst selber befände sich unter ihnen, und fragten einander, wie er denn aussehe, damit sie ihm ihren ehrfurchtsvollen Gruß darbringen könnten. Als sie aber hörten, daß er gar nicht da sei, so zogen sie zusammen weiter und, wie sie die Stadt erreicht hatten, sogleich dem Palast zu. Und wie sie nun an die Treppe des Palastes kamen, trafen sie jene Knaben, die auf beiden Seiten aufgestellt waren. Bei diesem Anblick glaubten die Gesandten hier dem Fürsten selbst zu begegnen. Aber sie erhielten zur Antwort: „Geht nur weiter vor!" Als sie etwas weiter kamen und nun die anders-gekleideten in der Blüthe des Alters stehenden Jünglinge erblickten, meinten sie, hier müsse nun der Fürst ganz sicher sein. Aber sie erhielten zur Antwort: „Geht nur zu!" Wie sie nun voll Ver-wunderung weiter schritten, kamen sie zu den schon ältlichen Männern, die wieder anders gekleidet waren. Jetzt hatten sie keinen Zweifel mehr und suchten aufmerksam mit ihren Augen nach dem Fürsten. Aber sie erhielten zur Antwort: „Geht nur weiter vormärts!" Als sie endlich den Saal erreicht hatten, in dem der Fürst war, erblickten sie die edeln Gestalten der Greise, in deren Mitte auf goldnem Stuhl Arichis thronte. Sogleich sprang nun dieser von seinem Sitze auf und als sie sich gegenseitig grüßten, verspottete er ihn auf diese Weise, daß er absichtlich das Scepter, das er in der Hand trug, zu Boden fallen ließ. Wie der Gesandte das sah, hub er es sogleich wieder auf, überreichte es dem Fürsten und sprach ehrerbietig zu ihm die Worte: „Nicht was wir hörten, haben wir gesehen, sondern weit mehr haben wir gesehen, als wir zuvor hörten." Auf den Abend aber schickte ihnen der Fürst Arichis mancherlei

---

[1] Im Text heißt es: id ipsum hinc inde, ut diximus, canos spargens astare fecit.

Speisen, auch köstliche Weine und andere Getränke zu und wies dem Gesandten mit seinem Gefolge eine Wohnung bei Hofe an[1]).

13. Am andern Tage stattete ihm nun der Fürst selbst einen Besuch ab und erkundigte sich nach seinem Befinden. Hierauf antwortete der Gesandte: „Niemals erinnere ich mich, besser mich befunden zu haben, als jetzt." Und als er nun die ganze Weisheit des Arichis sah, den Palast, den er sich erbaut hatte, die Speisen seiner Tafel, die Wohnungen seiner Sklaven und der ganzen Dienerschaft, und ihre Kleidung und die Mundschenken, da sprach er voll Bewunderung weiter: „Es ist wahr, was ich bei mir zu Lande von deiner Weisheit und Herrlichkeit habe sagen hören: ich wollte denen, die es mir erzählten, nicht glauben, bis ich nun selbst gekommen bin und es mit eigenen Augen gesehen habe und finde, daß mir nicht die Hälfte kund gethan worden ist." Alsdann gab ihm Arichis seinen Sohn Grimoalt mit noch andern als Geißel und machte ihm reiche Geschenke. Jene aber verabschiedeten sich bei dem Fürsten und traten ihre Rückreise an. Manche erzählen, daß Kaiser Karl selbst als Gesandter verkleidet gekommen sei, um die gerühmte Herrlichkeit des Arichis zu sehen, und daß er der Gesandte, von dem ich eben sprach, gewesen sei.

14. Wie aber Grimoalt mit seinen Begleitern nach Pavia kam, ward er von dem König mit Freuden aufgenommen und blieb lange Zeit um ihn.

17. Nachdem nun Arichis neun und zwanzig Jahre und sechs Monate regiert hatte, entschlief er schon betagt eines sanften Todes zu Salernum und ward daselbst in der Kirche der heiligen Mutter Gottes begraben.

20. Dies wenige möge von dem vielen, das sich sagen ließe, genügen. Jetzt will ich die Grabschrift[2]), welche von dem gelehrten Diakon Paulus verfaßt wurde, hier einfügen. Arichis wurde drei und fünfzig Jahre alt und starb am 26. August des Jahres nach der Geburt des Herrn 787, in der zehnten Indiction. Seine und

---

1) Eine ähnliche Geschichte erzählt der Mönch von St. Gallen II, 6 von dem Empfang der byzantinischen Gesandten an Karls Hofe. — 2) In 26 Distichen.

der Fürstin Adalperga Kinder sind Romoald, Grimoalt, Gisolf,
Theoderada und Adelchisa.

36. Wie aber Paulus, von dem ich oben sprach, den Tod des
Fürsten Arichis und seines Sohnes Romuald erlebt hatte, verließ er
die Herrlichkeit dieser Welt und ging in das Kloster des heiligen
Benedikt. Daselbst zog er das Kleid der Frömmigkeit an und gelobte bis an sein Ende da auszuharren. Er lebte in größter Unschuld und Demuth und beobachtete ein Stillschweigen in über-
menschlicher Weise. Als der Abt und die Brüder ihn einmal darum
tadelten, daß ein übermäßiges Schweigen nicht gut sei und den Aus-
sprüchen der heiligen Väter ganz entgegen, so erwiderte er weise und
scharfsinnig, wie er war: „Ich habe vor Zeiten viel unnütze Worte
geredet: es ist billig, daß ich mich jetzt auch der erlaubten enthalte,
wie Papst Gregor sagt: „Wer unerlaubtes nicht gethan hat, der
möge erlaubtes thun, und wer unerlaubtes gethan hat, der enthalte
sich des erlaubten." Darauf entgegnete ihm der Abt: „Laß dir genügen an rem, was unser Vater Benedikt in seiner Ordensregel vor-
schreibt." Wie Paulus das hörte, gab er seinen angelobten Vorsatz
auf und begnügte sich bei der Klosterregel mit den übrigen Brüdern.

37. Da er aber von dem Abt und den Brüdern des Klosters
inständig gebeten wurde, eine Erklärung zu dem, was in der erwähnten Ordensregel dunkel war, zu verfassen, so gab er zur Antwort, daß er dies gern thun wolle, und erklärte alle dunkeln Stellen
in herrlicher Weise und gab dem Werk den Titel „über die Ordensregel". Auch noch manche andere Werke schrieb er in schöner Sprache.
Und nachdem er lange in der frommen Brüderschaft gelebt, vollendete
er dort auch hochbetagt den Lauf seines Lebens und wurde im
Kloster Cassinum, wo auch der heilige Benedikt ruht, beigesetzt; und
auf seinem Grabe habe ich noch die Inschrift gefunden, in der sein
Leben, seine Weisheit und sein Alter beschrieben ist. Er war aber
ein in allen Dingen verständiger Mann, des göttlichen Wortes wohl
kundig und mit den Wissenschaften ungemein vertraut. An der
Patriarchalkirche von Aquileja war er Diakonus. Den Palast,
den der Fürst Arichis in der Stadt Salernum erbaute, schmückte

er mit seinen Versen; weil sie aber in der Länge der Zeit verwittert und abgefallen sind, habe ich sie nicht mehr lesen können.

---

5. Aus der Chronik des Mönchs Benedikt vom Berg Sorakte[1]).

16. König Rachis nahm ein Weib aus der Stadt Rom mit Namen Taffia und brach das einheimische Gesetz der Langobarden und that nicht, was darin hinsichtlich der Morgengabe[2]) und des Mithiums[3]) bestimmt ist. Er machte aber Schenkungen nach römischem Rechte, wie es die Römer wollten. Darob ergrimmten die Langobarden gegen König Rachis und unterhandelten mit Aftulf über die Herrschaft. König Rachis zog nach der vor Alter zu Grunde gegangenen Stadt Pinna, daselbst wohnte ein Langobarde Namens Lupo, der war ohne Erben gestorben. Es heißt aber im Langobardenrecht, daß das Gut eines ohne Erben verstorbenen Langobarden an das königliche Haus falle. König Rachis trat also in den Besitz von dem ganzen Vermögen des Lupo. Die Königin Taffia ersuchte nun ihren Gemahl, daß er mit ihr nach dem Berge Syrapte (Sorakte) zu dem Kloster des heiligen Silvester gehe, um daselbst zu beten; denn die Römer pflegen öfters dahin zu gehen. Der König war seinem Weibe zu Willen und zog mit seinem Ge=folge dahin. Und König Rachis und die Königin Taffia stellten an das Kloster der heiligen Silvester und Nonnosus eine Schenkungs=urkunde aus über ein Gut, das Ustriciano hieß und im Gebiet von Spoletum, im Gau Pinnis gelegen war, sammt der dortigen Kirche

1) Zu S. 162. 163. — 2) Morgyncaph. — 3) Die langobardische meta, mithium (unser jetziges Miethe) ist der Kaufpreis, durch dessen Erlegung von Seiten des Mannes die Verlobung geschlossen wurde. Die eine Hälfte davon bildete den Brautschatz, die andere fiel an den Vater der Braut oder wer an dessen Stelle das Mundium, die Vormundschaft, über sie hatte. Nach langobardischem Recht war es jedoch dem Bräutigam verboten, mehr als den vierten Theil seines Vermögens als Morgengabe und mehr als 300 Schillinge als meta zu geben. In Limtprands Gesetzen (XVI, 8) ist ferner bestimmt: „Keinem soll es erlaubt sein, seinem Weibe in irgend welcher Form etwas weiteres zu geben, als was er ihr am Verlobungstage als Methium und Morgengabe schenkte. Was er ihr darüber gibt, soll nicht gültig sein."

und allem was dazu gehörte, wie er es von Herzog Lupo geerbt hatte. Drei Tage lang verweilte er auf dem Berge, dann kehrte er nach der Stadt Spoletum zurück. Die Langobarden waren darüber nach ihrer Art ganz wüthend und verlangten einstimmig von Astulf, daß er die Schenkung für ungültig erklären solle, die Rachis, der hinfort nicht mehr König sein dürfe, gemacht hatte. Astulf gelobte endlich so zu thun, wenn ihm die Langobarden die Herrschaft übertrügen.

17. Astulf wurde in der Kirche des heiligen Bischofs Ambrosius zu Mailand gekrönt; seine Erwählung fiel in den Monat Juni der zehnten Indiktion [1]). Hierauf berief er den Erzbischof Valerius von Ravenna und den Erzbischof Konaldus von Mailand und alle Bischöfe, Aebte und langobardischen Richter und Getreuen in Italien zu einer Versammlung und erließ Bestimmungen, wie es die Langobarden gewollt hatten und verkündete sie als Gesetze [2]).

---

6. Aus der Legende von der heiligen Julia.

Es lebte in der Stadt Brixia ein vornehmer Mann, fromm und gottesfürchtig mit Namen Desiderius. Als nun einst die Barone und die Mächtigen der Langobarden in Ticinum einen König wählen wollten, da sprach Desiderius zu seiner Frau Ansa: „Ich will gen Ticinum reisen, wo die Fürsten der Langobarden zusammengekommen sind, sich einen König zu setzen." Sein Weib aber lachte und sprach: „Geh hin, vielleicht wählen sie dich zu ihrem König." Er zog also von dannen und kam am ersten Tag bis zu einem Orte, der noch heute Lenum [3]) heißt; daselbst legte er sich zur Ruhe unter einen Baum nieder. Und wie er eingeschlafen

1) Die Chronik von Brescia sagt: „im Monat Juli" und, was jedenfalls richtiger ist, „in der zweiten Indiction", die mit dem August 749 endete. — 2) In dem bei dieser Gelegenheit erlassenen Gesetze „wurde vor allem über die Schenkungen, welche König Rachis und seine Frau Taffia gemacht hatten, beschlossen, daß alle die Urkunden, welche nach Aistolfs Regierungsantritt ausgestellt worden sind, nur dann Gültigkeit haben sollen, wenn König Ahistolf sie von neuem bestätigt haben würde." — 3) Leno zwischen Brescia und Cremona.

war, siehe da kam eine Schlange und wand sich um sein Haupt wie eine Krone. Sein Diener wollte ihn, wie er das sah, nicht aufwecken, aus Furcht, die Schlange möchte ihn verletzen. Unterdessen träumte dem Desiderius, es werde ihm das königliche Diadem auf's Haupt gesetzt. Als er nun erwachte und die Schlange, ohne ihn irgend verletzt zu haben, wieder fort war, da sprach er zu seinem Diener: „Steh auf, wir wollen gehen, denn ich habe einen Traum gehabt, nach dem ich glaube, König zu werden." Und unterwegs erzählte ihm nun der Diener, was ihm mit der Schlange begegnet war.

Wie er nun in den Hof kam, wo das Volk stand und wissen wollte, wen die Wahlfürsten zum König wählen würden, nachdem sie, ohne sich darüber einigen zu können, schon viele Tage hingebracht hatten, da sprachen die, welche im Hofe standen und warteten, zu Desiderius: „Gehe hinein zu ihnen Desiderius und sag ihnen, daß wir es alle müde sind, so lange auf ihre Wahl zu warten." Er trat also unbefangen zu ihnen ein und berichtete von dem Murren des Volkes, das auf die Wahl wartete. Als sie aber den Desiderius erblickten, von dem noch gar nicht die Rede gewesen war, da sprach einer von ihnen laut vor allen: „Dieser Desiderius hier ist ein adlicher Mann und obwohl nicht sehr begütert, doch tüchtig im Krieg. Laßt uns ihn zum König wählen." Und in kurzem waren nach Gottes Willen alle einstimmig für ihn und riefen ihn ins Krönungsgemach und bekleideten ihn mit den königlichen Abzeichen. Wie das im Hof bekannt wurde, da freuten sich alle insgesammt.

Desiderius aber vergaß nicht jenes Ortes, wo die Schlange sein Haupt umwunden hatte und baute daselbst zu Ehren unseres Herrn Jesu Christi und des heiligen Bekenners Benedikt ein großes und herrliches Kloster und verlieh ihm Privilegien und viel Landes. Seine Frau Ansa folgte dem Beispiel ihres Gemahls und stiftete aus ihrem eigenen Vermögen ebenfalls ein reiches und herrliches Kloster in der Stadt (Brescia) für Nonnen und begabte es mit Landgütern, Wiesen, Mühlen, Quellen, mit Hörigen und Leibeigenen in den Bisthümern Brixia, Cremona, Placentia und Regium und mit vielen Kostbarkeiten, wie es einer Königin der Langobarden geziemte [1])

7. Aus den Briefen der Päpste.

Briefe Papst Stephans II.

I.

An Pippin und seine Söhne Karl und Karlmann, vom Jahr 755. (9) [2]).

Darum hat Euch der König der Könige über viele Völker gesetzt, daß durch Euch die heilige Kirche erhöhet werde. Auch auf eine andere Weise hätte er seine heilige Kirche schützen und Gerechtigkeit für seinen Apostelfürsten erlangen können, aber weil er Euch prüfen wollte, darum befahl er uns, zu Euch zu reisen. Denn auf das Geheiß Gottes nnd im Vertrauen auf Euern Glauben haben wir so große Mühseligkeiten auf uns genommen und den weiten Weg in ein entlegenes Land gemacht in Schnee und Kälte, Hitze und Wasserfluth, über reißende Ströme und furchtbare Gebirge und durch mancherlei Gefahren [3]).

Und als wir vor Euer Antlitz kamen, haben wir die Sache des Fürsten der Apostel in Eure Hände gelegt, weil Ihr unseren Bitten ein Ohr geliehen und die Gerechtsame des heiligen Petrus zu wahren versprochen habt und auch zum Schutz der Kirche Gottes ausgezogen seid in den Kampf. Aber der allmächtige Gott hat die gerechte Sache des heiligen Petrus durch ein glänzendes Wunder vor Euch und allen Christen erwiesen: denn jene Feinde Gottes und der heiligen Kirche, die auf ihre Stärke trotzten und schnelle Füße hatten zum Blutvergießen, sind hergefallen über das Häuflein Eures Volks; aber Gott hat Euch durch die Hand des

---

1) S. oben S. 191. Kap. 23. — 2) Diese Nummer bezieht sich auf die Ordnung im Codex Carolinus. — 3) S. oben S. 165. Kap. 19 u. flg.

heil. Petrus den Sieg verliehen, also daß die zahllosen Schaaren der Feinde umkamen unter der Hand weniger. Und solche Furcht und Schrecken sandte Gott über sie, daß sie ganz vernichtet wurden [1]). Als aber der böse König Haistolf und seine Richter ihre Nieder= lage erkannten, haben sie mit schönen Reden und Rathschlägen und eidlichen Versprechungen Eure Klugheit getäuscht, und Ihr habt mehr ihren Lügen als uns, die wir die Wahrheit sprachen, Glauben geschenkt.

Alles, was wir Euch im voraus gesagt haben, hat sich nun erfüllt. Der Teufel hat das treulose Herz des Königs Haistolf gefangen, also daß er nichts von dem, was unter einem Eidschwur von ihm gelobt worden ist, gehalten und keine Handbreit Landes dem heiligen Petrus herausgegeben hat. Vielmehr hat er uns seit dem Tage, an dem wir uns von Euch trennten, so sehr bedrängt und geängstiget, daß es Menschenzungen nicht schildern können, und hat der heiligen Kirche Gottes, und unserer Niedrigkeit und Euern Gesandten große Mißachtung bewiesen, ja sogar auf unser Leben Anschläge gemacht. Das alles werdet Ihr von Eurem Rath, dem Abt Folrad, und seinen Begleitern hören. Darum bitte und be= schwöre ich Euch, erlauchte und von Gott beschützte Söhne, daß es Euch um die heilige Kirche Gottes erbarme. Vollendet das gute Werk, das ihr begonnen habt und eilet das zu erfüllen, was Ihr gelobt habt, wie denn geschrieben steht: „Es ist besser du gelobest nichts, denn daß du nicht hältst, was du gelobest" [2]). Denn wisset, daß die mit Eurer Hand bekräftigte Schenkungsurkunde der Fürst der Apostel fest in Händen hält. Säumet daher nicht, alles zu erfüllen, was die Schenkung enthält, und den heiligen Petrus wieder in den Besitz des Landes und der Städte und aller Geißeln und Gefangenen zu setzen. Denn darum hat Euch der Herr durch meine Niedrigkeit auf die Fürbitten des heiligen Petrus zu Königen gesalbt, daß durch Euch seine heilige Kirche erhöhet werde und der Fürst der Apostel wieder zu seinem rechtmäßigen Besitz gelange.

1) S. Seite 168. Kap. 35. — 2) Predig. V, 4.

II.

An die Frankenkönige Pippin, Karl und Karlmann, vom Febr. 756 [1]).   (4).

An die hohen Herren Pippin, Karl und Karlmann, die drei Könige und unsere römischen Patricier, sowie an sämmtliche Bischöfe, Aebte, Priester und Mönche und an die ruhmvollen Herzoge, Grafen und alles Volk im Reich der Franken; Papst Stephan und die sämmtlichen Bischöfe, Priester und Diakonen, sowie die Herzoge, Notare, Grafen, Tribunen und das ganze Volk der Römer, alle in der äußersten Bedrängniß.

Es sind über uns gekommen die Tage der Noth, sie sind da die Tage des Weinens und der Bitterkeit: denn es ist geschehen, was wir von den Langobarden fürchteten. Wir sind in Noth und Bedrängniß und auf allen Seiten eingeschlossen von dem verruchten König Haistulf und seinem Volk und flehen mit dem Propheten [2]) zu dem Herrn und sprechen: „Hilf du uns Gott, unser Helfer, um deines Namens Ehre willen errette uns!" und wieder [3]): „Ergreife den Schild und Waffen und mache dich auf, mir zu helfen!" Denn Ihr wißt, wie von dem obgenannten gottlosen König Haistulf und seinem ganzen Volke die Friedensverträge gebrochen worden sind und wir nichts von dem zu erlangen vermochten, was ausgemacht und durch einen Eid bekräftigt worden war. Ja am ersten Januar ist das ganze Heer der Langobarden von Tuscien her vor diese Stadt Rom gezogen und hat sich an den Thoren von St. Peter, von St. Pancratius und am portuensischen [4]) gelagert. Haistulf selbst aber ist mit andern Heerhaufen von einer andern Seite herangezogen und hat am salarischen [5]) und anderen Thoren ein Lager geschlagen und uns zu wiederholten Malen sagen lassen: „Oeffnet mir das salarische Thor, auf daß ich in die Stadt einziehe: und liefert mir

1) S. oben Seite 168. Kap. 41. 42. Derselbe Brief, nur noch mit einigen Zusätzen, ist auch an Pippin besonders gerichtet, · 2) Psalm 79, 9. — 3) Psalm 35, 2. — 4) Sämmtlich auf der rechten Seite des Tiber. — 5) Im nördlichen und links vom Tiber gelegenen Theile der Stadt.

euern Papst aus, so will ich Gnade an euch üben. Wo nicht, so werde ich eure Mauern zerstören und euch alle mit dem Schwert umbringen und ich will sehen, wer euch meinen Händen entreißen kann."

Aber auch die Beneventaner insgesammt sind vor Rom gezogen und lagern an den Thoren des heiligen Johannes und des heiligen Apostels Paulus[1]) und den andern Thoren dieses Stadttheils. Und sie haben alles Feld vor der Stadt weit und breit mit Feuer und Schwert verheert, alle Häuser bis fast auf den Grund niedergebrannt, die Kirchen Gottes angezündet, die geweihten Bilder der Heiligen ins Feuer geworfen oder mit dem Schwert zerstört, die heiligen Sakramentsgaben, das ist den Leib unseres Herrn Jesu Christi, in ihre unreinen Gefäße, welche sie Folles[2]) nennen, geschüttet und sie gegessen, nachdem sie sich schon mit Fleisch gesättigt hatten. Die Altartücher und allen Kirchenschmuck, es ist zu hart, es zu erzählen, haben sie fortgenommen und zu ihrem eigenen Gebrauch verwandt, die Diener Gottes, die Mönche, die zum Gottesdienst in den Klöstern weilten, auf die gröbste Weise mißhandelt, mehrere auch bis aufs Blut geschlagen, die Nonnen geschändet, alle dem heiligen Petrus oder einzelnen Römern gehörigen Häuser vor der Stadt, wie schon gesagt, angezündet und bis auf den Grund zerstört, alles Vieh weggetrieben, die Weinreben fast bis auf die Wurzel abgeschnitten, die Saaten zertreten und alles zu Grunde gerichtet, Männer und Weiber getödtet und viele andere gefangen fortgeführt, die unschuldigen Kindlein von den Brüsten ihrer Mütter gerissen und diese geschändet und getödtet. Selbst heidnische Völker haben niemals so viel Uebel angerichtet, und sogar die Steine weinen mit uns beim Anblick unseres Unglücks. Fünf und fünfzig Tage lang umlagern sie schon die Stadt von allen Seiten und streiten wider uns Tag und Nacht mit arger Wuth und stürmen mit allerlei Kriegsgeschütz gegen die Stadt, um uns, (was Gott verhüte!) zu unterjochen und mit dem Schwert umzu-

---

1) Beide südlich, diese in der Nähe des Tiber, jene am Lateran. — 2) Vgl. Grimm, Wörterb. III, Sp. 1874: Biereimer, Milcheimer, Gelte.

bringen. Höhnend rufen sie uns zu: „Ihr seid eingeschlossen von uns. Es mögen nun die Franken kommen und euch erretten aus unserer Hand." Auch die Stadt Narnia, die Ihr dem heiligen Petrus schenktet, haben sie erobert und noch einige andere Städte uns entrissen. Darum ist es uns in unserer Bedrängniß kaum möglich gewesen, diese Briefe, die unter Thränen geschrieben sind, und unsern Gesandten über die See zu Euch zu schicken.

So bitte und beschwöre ich Euch denn bei dem lebendigen und wahrhaftigen Gott und dem heiligen Petrus, daß Ihr schleunigst uns zu Hülfe eilet, damit wir nicht zu Grunde gehen. Verlasset uns nicht, so wird Euch auch Gott nicht verlassen in allem was Ihr unternehmet. Eilet, eilet und helfet uns, bevor das Schwert der Feinde zu unserem Herzen bringt, damit nicht die Völker des Erdkreises sprechen: „Wo ist das Vertrauen der Römer, das sie nächst Gott auf die Könige und das Volk der Franken setzten?" Laſſet uns nicht umkommen und versaget uns nicht Euern Beistand, damit nicht der Herr sein Ohr Euern Bitten verschließe und er nicht abwende sein Antlitz von Euch an jenem künftigen Tag des Gerichts, wann er mit dem heiligen Petrus und seinen übrigen Aposteln sitzet zu richten alle menschliche Gewalt und die Welt durchs Feuer, und der Spruch geschehe (was Gott verhüte!): „Ich kenne euch nicht, weil ihr nicht geholfen habt der Kirche Gottes und nicht in Schutz genommen ihr Volk, als es in Gefahr war."

Höret uns, Geliebteste und helfet uns. Noch ist es Zeit uns zu retten. Und wenn wir (was ferne sei!) sollten umkommen müssen, bedenket, auf wessen Seele diese Sünde fällt. Denn glaubet nur, wenn uns irgend ein Unglück treffen sollte, so werdet Ihr für alles Rechenschaft geben müssen vor dem Richterstuhl Gottes. Aber schaffet vielmehr, daß Ihr am Tage des Gerichts werdet sprechen können: „Unser Herr, Fürst der Apostel, heiliger Petrus, hier sind wir deine Schützlinge, wir haben den Lauf vollendet, wir haben Glauben gehalten, wir haben die dir anbefohlene Kirche Gottes errettet aus den Händen ihrer Verfolger, und stehen unbefleckt vor dir." Dann werden Euch in diesem Leben und in der künftigen Welt die himmlischen Freuden zum Lohne werden und Ihr werdet hören die liebliche Stimme [1]): „Kommet her ihr Gesegneten meines Vaters, ererbet das Reich, das euch bereitet ist von Anbeginn der Welt.“

Darum haben wir unsern Gesandten Georgius, unsern ehrwürdigen und frommen Bruder und Mitbischof, und den gottesfürchtigen Abt Warnehar, Euern Gesandten, und Thomarich und Comita, unsere edlen Gesandten, zu Euch geschickt, die Euch all' das Leid und Unglück, was wir von dem Volk der Langobarden und ihrem frechen Könige erduldet haben und noch erdulden, und was sie mit eigenen Augen gesehen haben, mündlich und genau erzählen sollen. Denen möget Ihr in allem wie uns selbst glauben. Der genannte Warnehar aber hat aus Liebe zum heiligen Petrus selbst den Panzer angelegt und auf den Mauern der Stadt Tag und Nacht Wache gethan und zu unser aller Schutz und Schirm als ein guter Streiter Christi mit allen Kräften gekämpft. Lebet wohl!

II.

An König Pippin vom Jahr 757. (8.)

Nicht mit Worten aussprechen können wir es, wie sehr wir uns über Deine That und Dein Leben freuen. Denn durch Dich ist es in unserer Zeit geschehen, daß die Mutter und das Haupt aller Kirchen, der Grundstein des christlichen Glaubens, die römische Kirche, die unter den Bedrängungen ihrer Feinde schwer seufzte, nun aufgerichtet ist zu großer und stetiger Freude. Während wir im verflossenen Jahr um diese Zeit auf allen Seiten von unsern Feinden 756 umlagert und in großer Noth waren, sind wir jetzt durch Deine starke Hülfe aus den drohenden Gefahren errettet, und lobpreisen den Herrn und singen mit dem Psalmisten: „Die rechte Hand des Höchsten kann alles ändern“ [2]); und rühmen seinen Namen um

1) Matth. 25, 34. — 2) Psalm 77, 11.

seiner großen Güte willen und sprechen: „Gelobet sei der Herr, der Gott Israels, denn er hat besucht und erlöst sein Volk" [1]). Dich allerchristlichster Sieger hat er uns erweckt als einen neuen Moses und König David. Denn wie diese das Volk Gottes errettet haben aus den Bedrückungen fremder Völker, so hast auch Du, vom Herrn gesegneter Sieger, die Kirche Gottes und ihr Volk gerissen aus der Hand ihrer Feinde.

Darum bitte ich Dich auch vertrauensvoll, daß Du Dein Werk zu Ende führest und auch die übrigen Städte sammt ihrem Gebiet der heiligen Kirche übergeben lassest. Denn auch unser lieber Sohn Folrad, Dein Getreuer, hat sich davon überzeugt, daß unser Volk nicht leben kann ohne jene Städte, welche immer mit ihm unter einer gemeinschaftlichen Herrschaft standen. Laß Dich also nicht von trügerischen Rathschlägen und Versprechungen der Menschen fangen und auf eine andere Seite bringen, sondern fürchte Gott mehr und vollführe alles, was Du dem heiligen Petrus gelobt hast.

Denn der Tyrann Haistulf, das Kind des Teufels, der nach dem Blut der Christen dürstete und die Kirchen zerstörte, ist von Gottes Hand getroffen und in den Schlund der Hölle gestoßen, in den nemlichen Tagen, in denen er ein Jahr zuvor ausgezogen war, die Stadt Rom zu verderben. Nun aber ist nach Gottes Willen durch Deinen starken Arm unter Vermittelung des Gott wohlgefälligen Mannes Folrad, deines Getreuen, Desiderius, ein überaus sanftmüthiger Mann, zum König über das Volk der Langobarden gesetzt und hat in Gegenwart Folrads eidlich versprochen, dem heiligen Petrus die übrigen Städte herauszugeben, nemlich Faventia, Imula und Ferraria sammt ihrem Gebiet, Wald und Feld. Außerdem hat er auch die Städte Ausimum, Ankona und Humana mit ihrem Gebiet, sodann durch den Herzog Garinod und den Grimoald auch noch die Stadt Bononia herauszugeben versprochen. Auch hat er erklärt, allezeit in Ruhe und Frieden

---

1) Luc. 1, 68.

mit der Kirche und unſerem Volke bleiben und Euch treu ſein zu
wollen, und hat uns erſucht, für ihn uns bei Dir zu verwenden,
daß Du mit ihm und dem ganzen Langobardenvolke immer Frieden
halten wollteſt.

Die Spoletiner Landsgemeinde hat ſich unter Deinem und
des heiligen Petrus Beiſtand einen Herzog geſetzt und ſie, ſowie auch
die Beneventaner, wünſchen ſich durch uns Deiner Hoheit anzu=
empfehlen. Darum bitten wir Dich, daß Du dem Deſiderius ge=
wogen ſeieſt, wenn er mit ſeinem ganzen Volk die von ihm be=
ſchworenen Verträge hält, daß Du ihn aber auch auffordern und
ermahnen läſſeſt, die übrigen Städte und Landſchaften ohne Ver=
zug an die Kirche herauszugeben.

In Betreff der Griechen bitte ich Dich ſolche Anordnungen zu
treffen, daß der heilige katholiſche Glaube rein und unerſchüttert
bleibe, und die Kirche Gottes wie vor andern, ſo auch vor der
Bosheit der Griechen geſchützt werde und in allem zu ihrem Eigen=
thum gelange.

Was Ihr mit dem Silentiarius [1] verhandelt und wie Ihr
ihn entlaſſen habt, darüber berichtet uns und leget zugleich eine Ab=
ſchrift des Briefes bei, den Ihr ihm mitgegeben habt, auf daß wir
wiſſen, wie wir in Uebereinſtimmung mit einander zu handeln
haben. Unſer geliebter Sohn Folrad hat in allen Dingen nach
Deiner Vorſchrift gehandelt, und wir ſchulden ihm großen Dank
für ſeine Bemühungen. Er wird Euch perſönlich von allem genau
berichten. Unſere Getreuen aber, den Biſchof Georg und den
Schatzmeiſter Johannes nimm freundlich auf und glaube ihnen in
allem, was ſie in unſerem Namen Dir ſagen werden, und laß ſie
mit gutem Erfolg und freudigen Herzens zu uns zurückkehren.

Auch das noch thun wir Dir zu wiſſen, daß Obtatus, der
fromme Abt vom Kloſter des heiligen Benedikt (in Monte Caſſino)
Dich bitten läßt, Du mögeſt ſeine Mönche von dannen ziehen laſſen,
die einſt mit Deinem Bruder gekommen ſind [2]. Jedoch thue, wie
Du für gut findeſt.

<hr>

1) S. oben Seite 169. Kap. 43 flg. — 2) S. oben Seite 167. Kap. 30.

Zur Chronologie Papst Stephans II.[1]

Nach der gewöhnlichen Annahme fiele der erste Zug Pippins gegen Aistulf ins Jahr 754, die Belagerung Roms durch die Langobarden und Pippins zweiter Zug ins Jahr 755, Aistulfs Tod ins Frühjahr 756. Dadurch würde sich auch das Datum der vorstehenden Briefe bestimmen.

Eine genauere Untersuchung führt indeß zu folgendem Ergebniß. Papst Stephan verweilte das ganze Jahr 754 hindurch im Frankenlande: am 28sten Juli salbte er Pippin und dessen Söhne zu Königen. Auf dem am ersten März 755 zu Bernacum abgehaltenen Reichstag wurde der Krieg gegen die Langobarden beschlossen, und auch erst in dieses Jahr setzen Einhard und die Lorscher Annalen den Zug nach Italien. Uebereinstimmend damit beruft sich der Biograph Papst Stephans in Kap. 46 auf den früheren, in der achten (mit dem August 755 endenden) Indiction zwischen Pippin und Aistulf abgeschlossenen Vertrag.

Hieraus ergiebt es sich nun von selbst, daß die Belagerung Roms und der dadurch verursachte zweite Zug Pippins nach Italien erst im Jahr 756 geschah. Und damit lösen sich auch die chronologischen Schwierigkeiten von Stephans letztem Briefe sehr leicht. Er ist geschrieben gerade ein Jahr nach der Belagerung Roms, also in den drei ersten Monaten des Jahrs 757, und wir finden auch die beiden päpstlichen Gesandten, den Bischof Georg und den Schatzmeister Johannes, die den Brief überbringen sollten, wirklich in diesem Jahre in Frankreich, wo sie nach dem betreffenden Kapitular König Pippins auf dem Reichs- und Kirchentag zu Compiègne vom Jahr 757 in amtlicher Eigenschaft auftreten.

Die Chronik von Brescia hat folgende Angabe: „Nach dem Tode Aistulfs regierte sein Bruder Ratchis, der früher König gewesen, damals aber ein Diener Christi war, in der königlichen Burg zu Ticinum vom Dezember bis zum März. Im Monat März aber kam das Reich der Langobarden an König Desiderius im Jahr 757, in der zehnten Indiction. Dieser schickte den Abt Anselm von Nonantula in die Verbannung, und er lebte die ganze Zeit, da Desiderius regierte, in der Verbannung.“

Diese wichtigen Angaben erhalten ihre vollkommene Bestätigung aus dem päpstlichen Briefe, wie aus andern Urkunden. Wenn jenem

---

1) Diese Abhandlung konnte um so mehr unverändert aufgenommen werden, als es Abels Verdienst ist, zuerst die Chronologie dieser Ereignisse richtig gestellt zu haben. Doch ist zu bemerken, daß auf eine genaue Zusammenstellung der Urkunden gestützt L. Oelsner, Jahrbücher des Fränk. Reichs unter K. Pippin, Excurs I. den ersten Feldzug Pippins in den Herbst des Jahres 754 setzt. *

zu Folge Aistulf gerade ein Jahr, nachdem er seinen Zug gegen Rom
unternommen hatte, gestorben war, so muß sein Tod in den Dezember
756 fallen: eine Urkunde von ihm datirt noch vom 25sten Oktober die=
ses Jahres. Von der zweiten Regierung des Ratchis gibt eine Ur=
kunde aus Pisa vom Februar 757 Zeugniß, in der er sich Diener Jesu
Christi und Fürst des Langobardenvolkes nennt. Gegen Ratchis, das
Haupt der Nationalpartei, erhob sich Desiberius und gelangte mit
Hülfe des Papstes und der Franken zum Thron[1]). Als Opfer dieses
Streites fiel der heilige Anselm, der Bruder von Aistulfs Gemahlin
Giseltrude und als solcher wohl ein Hauptgegner des Desiberius. Er
stammte nach seinem Lebensbeschreiber aus königlichem Geschlechte, war
bis zum Jahr 753 Herzog (wie man glaubt Ratchis Nachfolger in
Friaul) gewesen, wurde dann Stifter und Abt des reichen Klosters
Nonantula bei Modena und starb im Jahr 803. — Aus den Urkunden
Königs Desiberius ergibt es sich, daß er zwischen dem 19ten Februar
und 20sten März 757 zur Herrschaft gelangte[2]). Danach bestimmt sich
nun auch das Datum des obigen Briefs, der nach des Desiberius
Thronbesteigung, etwa einen Monat vor Stephans II. Tod geschrieben
sein muß.

Briefe Papst Paulus I.

I.

An König Pippin vom Jahre 758. (29.)

Unser Sohn, der König Desiberius, ist zu der Stätte der
Apostel gekommen, friedfertig und mit großer Demuth, und hat
uns versprochen, die Stadt Imula herauszugeben, unter der Be=
bingung jedoch, daß wir Gesandte an Deine Hoheit abschicken soll=
ten, und er die Geißeln, die Ihr habt, zurückbekomme und Ihr
Frieden mit ihm haltet. Wir bitten Dich also, daß Du diese Geißeln
unserem Sohne, dem Könige Desiberius, zurückgebest, die Friedens=
verträge mit ihm bekräftigest und Freundschaft mit ihm haltest, auf
daß das Volk Gottes beider Theile in Ruhe und Frieden leben
möge. Darum schicken wir zu Dir unsere Gesandten, unsern ehr=
würdigen Bruder und Mitbischof Georg und unsern geliebten Sohn,
den Priester Stephanus[3]) in Begleitung Deines Gesandten Ruobbert.

---

1) S. oben Seite 171. Kap. 48. — 2) Nach Oelsner a. a. O. am 3ten oder
4ten März. — 3) Den nachmaligen Papst.

II.
An König Pippin vom Jahr 758.   (15.)

Wir haben Dir, erlauchter Sohn und unser geistiger Mitvater,
unlängst in einem Brief[1]) die gottlosen und grausamen Thaten
geschildert, die der König Desiderius in diesen Landen begangen
hat. Wie wir nun sein verderbliches Thun ansahen, hielten wir
es für angemessen, Euern getreuen Gesandten Robbert bei uns
zurückzuhalten, damit er sich von der Bosheit des Königs Desi=
derius und des Langobardenvolkes mit eigenen Augen überzeuge
und Euch darüber sicherer berichte. Wie nemlich schon früher, so
hat auch jetzt wieder der Langobardenkönig die Städte der Penta=
polis durchzogen, die Ihr um Eurer Seele Heil willen dem heiligen
Petrus verliehen habt, hat alles mit Feuer und Schwert verheert,
ebenso die Herzogthümer von Spoletum und Benevent, die sich
unter euern Schutz begeben hatten, Eurer Herrschaft zum Hohn
verwüstet und den gefangenen Herzog Alboin von Spoletum und
mit ihm die Beamten, die dem heiligen Petrus und Euch den Eid
der Treue geleistet, schwer mißhandelt und ins Gefängniß geworfen.
Wie er aber gegen Benevent heranzog, flüchtete sich der Herzog
(Liutprand) von Benevent in die Stadt Otorantum[2]); und nach=
dem ihn nun Desiderius lange vergeblich aus der Stadt zu locken
gesucht hatte, setzte er den Argis zum Herzog von Benevent. Hier=
auf zog er nach Neapel und verhandelte daselbst im geheimen mit
dem kaiserlichen Gesandten Georg, demselben der früher bei Euch
im Frankenland war[3]), und ließ an den Kaiser Briefe abgehen,
worin er ihn aufforderte, ein Heer nach Italien herüber zu schicken,
dem er sich dann mit dem Heer der Langobarden anschließen wolle,
um so die Stadt Ravenna von zwei Seiten anzugreifen und sie
in die Gewalt des Kaisers zu bringen. Auch das hat er mit
dem kaiserlichen Gesandten Georg ausgemacht, daß eine kaiserliche

<hr>

1) Dieser Brief wurde in die von Karl veranstaltete Sammlung nicht aufgenom=
men, weil das Original schon halb zu Grunde gegangen war. — 2) Otranto. —
3) S. oben S. 169. Kap. 43. 44.

Flotte von Sicilien her vor Otorantum erscheinen, diese Stadt von den Griechen und Langobarden gemeinschaftlich belagert und erobert werden und mit allem was darinnen dem Kaiser zufallen solle; nur jenen Herzog und dessen Erzieher Johannes bedang sich der König Desiderius aus.

Hierauf kam der Langobardenkönig zu uns nach Rom. Wir ermahnten und beschworen ihn, die Städte Immula, Bononia, Ausimum und Ankona, seinem sowohl uns persönlich, als durch Eure Gesandten, den Abt Folrad und den Robbert, Deiner Hoheit und durch Dich auch dem heiligen Petrus gegebenen Versprechen gemäß, uns herauszugeben. Aber er wollte sich nicht im aller= geringsten dazu verstehen, sondern gab als ein rechter Heuchler vor, wenn er seine Geißeln von den Franken zurückbekomme, alsdann wolle er mit uns Frieden halten. Darum bitten wir Dich nun flehentlich, daß Du die Erlösung der Kirche Gottes, wie Du es zum Heil Deiner Seele dem heiligen Petrus gelobt hast, uner= schütterlich zu Ende führest und den König Desiderius strenge an= haltest, seinem Versprechen in allen Stücken pünktlich nachzukommen.

Unsere beiden Gesandten, der Bischof Georg und der Priester Stephanus, und Euer treuer Gesandter Robbert werden Deiner Hoheit mündlich von allem berichten, was vorgefallen ist und was nun die Lage der Dinge erheischt. Gerne hätten wir das brieflich gethan, aber wir konnten es nicht, weil uns der Langobardenkönig von allen Seiten nachstellt. Schon zwei Briefe haben wir ins= geheim an Euch abgehen lassen, wissen aber nicht, ob sie an Euch gelangt sind, und fürchten daher, daß sie von den Langobarden auf= gefangen werden. Deßwegen geben wir auch jetzt unsern Gesandten noch einen andern Brief mit, in dem wir das Verlangen des Kö= nigs Desiderius zum Schein unterstützen. Das geschieht jedoch nur darum, damit unsere Gesandten frei zu Euch nach dem Franken= lande reisen können, ohne dieß würden sie nicht durch das lango= bardische Gebiet kommen. Aber haltet Euch nicht im mindesten an den Inhalt dieses andern Briefs und gebet die Geißeln den Lango= barden nicht heraus: vielmehr beschwören wir Dich bei dem lebendigen

Gott und dem Leib des heiligen Petrus, daß Du den Desiderius
und das Volk der Langobarden strenge anhaltest, die obengenannten
Städte Dir und durch Dich dem heiligen Petrus herauszugeben.

Anm. Das Datum dieser beiden Briefe bestimmt sich nach dem darin
erwähnten Regierungsantritt des Herzogs Arichis, der wohl schon ins
Jahr 758 gesetzt werden muß. Vielleicht sind die beiden Briefe aber
auch erst im folgenden Jahre 759 geschrieben.

III.

An König Pippin. 758—763.   (39.)

Eure Hoheit weiß, wie unser Priester Marinus, der bei Euch
verweilt, an der Kirche Gottes und dem rechten katholischen Glauben sich versündigend mit dem kaiserlichen Geheimschreiber Georg
gegen unsern Stuhl und ebenso gegen Euch sich in gottlose Anschläge einläßt, was Ihr auch aus des Kaisers Brief entnehmen
konntet. Darum bitten wir Dich, Du mögest unseren frommen
Bruder, den Bischof Wilchar beauftragen, jenen Priester Marinus
an unserer Statt zum Bischof zu weihen, in einer von Euren
Städten, welche Eure Weisheit ihm anzuweisen für gut finden
wird, auf daß er sein Vergehen erkenne und bereue.

IV.

An König Pippin vom Jahr 760.   (21.)

Als neulich Eure Getreuen, der Gott wohlgefällige Remedius,
Euer Bruder [1]), und Herzog Auchar zu uns kamen, wurde zwischen
ihnen und dem Langobardenkönig Desiderius die Bestimmung getroffen, daß während des nächsten Monats April dieser dreizehnten
Indiction wir in den Besitz aller uns zustehenden Städte und Landschaften und Gerechtsame gesetzt sein sollten. Einen Theil davon

---

1) Damals Erzbischof von Rouen.

hat der König uns auch schon herausgegeben. Auf seine inständige Bitte thun wir dieß hiemit Eurer Hoheit kund durch unsern geliebten Sohn den Priester Petrus.

V.

An König Pippin vom Jahr 761. (14.)

Wenn Euch König Desiderius geschrieben hat, es sei von Seiten der Langobarden keine Verletzung unseres Gebiets vorgekommen, so glaubet nur, daß er Euch nicht der Wahrheit gemäß berichtet hat. Nachdem wir ihm wegen der von den Langobarden in unserem Gebiet angerichteten Verwüstungen Vorstellungen gemacht hatten, hat er in einem Briefe, den wir im vorigen Jahre Euch zuschickten, uns schwer bedroht. Das ganze Gebiet unserer Stadt Senogallia [1]) haben die Langobarden mit Feuer und Schwert verheert, viele Beute weggeschleppt, auch einige Menschen getödtet. Ebenso sind sie in Campanien eingebrochen und haben wie die Heiden gehaust, wofür wir bis jetzt keine Genugthuung von ihnen erhalten konnten. Auch Eure getreuen Gesandten Andreas und Gunderich haben sich jetzt von der Wahrheit unserer Angaben und den Lügen der Langobarden überzeugt, und wir bitten Euch daher, daß Ihr uns zu unserem Recht verhelfet.

VI.

An König Pippin vom Jahre 761. (?) (34.)

Eure Gesandten, der Bischof Wilchar, der fromme Felix und der erlauchte Ratbert, waren bereits abgereist, als uns die zuverlässige Nachricht zukam, daß die Griechen, die Feinde der Kirche Gottes und des rechten Glaubens, uns und die Ravennaten mit Krieg überziehen wollen. Darum bitten wir Dich, sogleich einen Gesandten an den König Desiderius abzuschicken, daß er uns im

---

1) Sinigaglia.

Nothfalle zu Hülfe eilen und unsern Nachbarn, den Beneventanern Spoletinern und Tuskanern befehlen solle, uns Beistand zu leisten. Auch bitten wir Euch, im nächsten März einen Gesandten zu uns zu schicken, der bei uns in Rom zu verweilen und falls es nöthig sein sollte, persönlich bei dem König Desiderius auf Hülfeleistung zu dringen hätte.   Denn aus keinem andern Grunde suchen uns diese verruchten Griechen heim, als um unseres heiligen und allein wahren Glaubens willen, den sie unterdrücken und zertreten möchten.

<h2 style="text-align:center">VII.</h2>

An König Pippin vom Jahre 764. (?)   (20.)

Ihr habt uns, allerchristlichster König, in dem Briefe, den unsere Gesandten, der Subdiakonus und Abt Johannes und der Bezirksobmann [1]) Pampilus, und Euer Gesandter der Kaplan Flaginus uns überbracht haben, zu wissen gethan, wie unsere und die kaiserlichen Gesandten von Euch aufgenommen worden und wie Ihr diese nicht anders als in Gegenwart unserer Gesandten empfangen und ihnen Bescheid gegeben habt.   Dasselbe haben auch unsere Gesandten selbst uns berichtet.   Zugleich ist uns auch der Brief zugekommen, den die kaiserlichen Gesandten Euch überbracht hatten, und ebenso eine Abschrift Eures Antwortschreibens an den Kaiser.   Auch die Antwort, die Ihr den kaiserlichen Gesandten gabt, und wie Ihr einen von ihnen, nemlich den Spatarius (Leibwächter) Anthi mit Euern Gesandten nach der königlichen Stadt (Konstantinopel) abgeschickt, den andern aber, den Eunuchen Synesius, bei Euch zurückgehalten habt, ist uns von Euch genau berichtet worden und hat uns große Freude bereitet.   In demselben Schreiben habt Ihr uns auch versichert, daß keine Lockung oder Versprechung Euch je losreißen könne von der Liebe und Treue, die Ihr dem heiligen Petrus und seinem Stellvertreter, unserem Vorgänger und Bruder, dem Papst Stephan gelobt habt.

---

1) S. oben S. 180. Kap. 10.

Schon öfters hat uns Tassilo, der Herzog der Baiern, gebeten, durch unsere Gesandten den Frieden zwischen Euch und ihm zu vermitteln. Wir schickten daher im letzten Mai unsere Gesandten, nemlich den Priester Philippus und den Ursus unsern Getreuen an Euch ab, in Ticinum aber ließ sie König Desiderius nicht weiter zu Eurer Hoheit reisen; den damals geschriebenen Brief legen wir jetzt für Euch bei [1]).

Ferner haben wir in dem kaiserlichen Euch durch den Spatarius Anthi und den Eunuchen Synesius überbrachten Briefe gelesen und müssen uns darüber gegen Euch äußern, daß Eure und unsere Leute, die das kaiserliche Schreiben zu verdolmetschen haben, einen falschen Sinn hineinzulegen wagen, und daß die betreffenden Gesandten nicht ihrem Auftrage gemäß handeln, sondern sich mit Geld dazu haben bestechen lassen, falsches zu berichten. Daran möge Eure Hoheit erkennen, wie groß die Bosheit unserer Feinde ist. Denn Ihr seid von Euren Leuten überzeugt, wie wir von den unsrigen, daß sie in keiner Weise so handeln können. Aber der Kaiser ist eben voll Zorns, weil wir ihm wegen seiner Verordnung über die Heiligenbilder ernstlich Vorstellungen gemacht haben. Auch das hat er in seinem Schreiben behauptet, unser geliebter Sohn, der Primicerius Christoph, habe seine Vorschläge ohne unser Wissen und Wollen gemacht und seinen und Euern Gesandten falsches vorgelesen. Aber wir rufen Gott zum Zeugen und Richter an, daß dem nicht so ist; in keiner Sache hat er je gegen unsern Willen gehandelt, sondern gegen unsern Vorgänger und Bruder, wie gegen uns sich immer als ein durchaus aufrichtiger und zuverlässiger Mann erprobt: und auch jetzt sind wir von seiner unverbrüchlichen Treue fest überzeugt. Befraget auch Ihr Eure Gesandten und Ihr werdet finden, daß es Lügen sind, die der Kaiser gegen uns vorgebracht hat.

1) Er ist jedoch nicht erhalten.

Briefe Papst Stephans III.

I.

An die Könige Karl und Karlmann. (769—770.) (47.)

Durch den Bischof Gauzibert und Eure andern Gesandten, Julcbert, Ansfred und Helmgar, sind uns die Schreiben zugekommen, in denen Ihr uns anzeigt, daß der Streit und Hader, der zwischen Euch obwaltete, nun beigelegt und an seine Stelle brüderliche Liebe und Eintracht getreten sei. Diese Kunde hat Eure geistliche Mutter, die heilige Kirche Gottes und ihr ganzes Volk mit unaussprechlicher Freude erfüllt. Ihr habt uns zugleich geschrieben, daß Ihr mit aller Eurer Macht jederzeit einstehen werdet für die Gerechtsame des heiligen Petrus nach dem Versprechen, das Euer seliger Vater dem Fürsten der Apostel geleistet hat. Wir beschwören Euch nun bei dem Tage des jüngsten Gerichts und der heilige Petrus selbst ermahnt Euch durch uns, unverzüglich der heiligen Kirche zu ihrem Rechte zu verhelfen; und sollte Euch irgend jemand sagen, die Langobarden hätten ihre Verpflichtungen gegen den heiligen Petrus erfüllt, so schenket dem nicht den allermindesten Glauben.

II.

An die Könige Karl und Karlmann, vom Jahr 770. (?)   (45.)

Es ist zu unserer Kunde gekommen, daß der Langobardenkönig Desiderius seine Tochter mit einem von Euch zu vermählen sucht, was eigentlich nicht eine Ehe, sondern eine Verbindung der schlechtesten Art wäre. Was für ein Wahnsinn wäre es, wenn das treffliche Volk der Franken, das alle andern überstrahlt, und Euer erlauchtes königliches Geschlecht durch eine Verbindung mit dem meineidigen und stinkenden Volk der Langobarden verunreinigt werden sollte, das man gar nicht zu den Völkern rechnen kann

und von dem die Aussätzigen kommen. Keiner, der bei gesunden
Sinnen ist, kann es glauben, daß so berühmte Könige sich in eine
so verwerfliche und abscheuliche Berührung einlassen: denn „was
hat das Licht für Gemeinschaft mit der Finsterniß? Oder was für
ein Theil hat der Gläubige mit dem Ungläubigen?"[1] Ihr seid
beide nach Gottes Willen und Rathschlag und nach der Vorschrift
Eures Vaters in rechtmäßiger Ehe mit schönen Gemahlinnen aus
einheimischem, fränkischem Geschlecht vermählt, denen Ihr in Liebe
zugethan sein müßt[2].

Es ist Euch wahrhaftig nicht erlaubt, sie zu verstoßen und an=
dere Weiber aus fremdem Volk zu nehmen. Denn keiner von
Euern Vorfahren, weder Euer Großvater, noch Euer Urgroßvater,
noch Euer Vater hat aus fremdem Volk eine Frau genommen:
und wer von Eurem erlauchten Geschlechte möchte sich nun, wozu
man Euch räth, durch eine Verbindung mit dem abscheulichen
Volk der Langobarden verunreinigen? Ihr dürft Euch nicht so
vergehen und zu den Weibern, die Ihr geheurathet habt, andere
nehmen. Solches thun die Heiden. Ihr aber bedenket, daß Ihr
von dem Stellvertreter Petri mit heiligem Oel gesalbt und geweiht
seid. Erinnert Euch auch, wie unser Vorgänger, der selige Papst
Stephan Euerem Vater angelegen hat, seine Gemahlin[3], Eure
Mutter, nicht zu verstoßen, und als ein christlicher König hat er
auf seine Ermahnungen gehört.

Vergeßt auch nicht, wie Ihr dem heiligen Petrus und seinem
Stellvertreter gelobt habt, der Freund unserer Freunde und der
Feind unserer Feinde allezeit sein zu wollen. Jetzt aber wollt Ihr,
damit ganz im Widerspruch, mit unsern Feinden einen Bund
schließen: denn das meineidige Volk der Langobarden ist von jeher
der Feind der Kirche Gottes gewesen. Erinnert Euch ferner, daß
als der Kaiser Konstantinus[4] Eure Schwester Gisila für seinen

<hr>

1) 2. Kor. 6, 14. 15. — 2) Karlmanns Gemahlin hieß Gilberga; bei Karl
meint Papst Stephan die Himiltrude, die ihm den Pippin geboren hatte, aber
nach den Lorscher Annalen, nach Paulus Diakonus und Einhard nur ein Kebsweib
war. — 3) Berthrada. — 4) Konstantinus Kopronymus regierte von 741 bis 775.

Sohn zur Ehe begehrte, Ihr sie weder in ein fremdes Volk, noch
gegen den Willen des apostolischen Stuhls heurathen lassen woll=
tet. Wie möget Ihr jetzt von dem Weg der Treue gegen die hei=
lige Kirche abgehen, die Ihr sowohl unserem Vorgänger dem Papst
Stephan, als auch uns in Briefen und durch Eure und unsere
Gesandten versprochen habt?

Darum ermahnt Euch durch mich der Fürst der Apostel, der
heilige Petrus, dem die Schlüssel des Himmelreichs von dem Herrn
gegeben sind und die Gewalt zu lösen und zu binden im Himmel
und auf Erden, und gleichermaßen beschwören auch wir Euch
sammt allen Bischöfen, Priestern, Aebten, Mönchen und der gan=
zen Geistlichkeit, allen Großen und Richtern und dem ganzen Volk
dieses Landes, bei dem lebendigen und wahrhaftigen Gott, bei
dem furchtbaren Tag des jüngsten Gerichts, bei allen göttlichen
Geheimnissen und dem heiligen Leib des Apostels Petrus, daß
doch ja keiner von Euch sich mit der Tochter des Königs Desiderius
vermähle. Ebenso wenig gebet Eure edle und von Gott geliebte
Schwester Gisila dem Sohn des Desiderius zum Weibe. Verstoßt
auch nicht Eure Weiber. Bedenket vielmehr, was Ihr dem hei=
ligen Petrus versprochen habt. Erhebet Euch kräftig gegen unsere
Feinde, die Langobarden, und zwinget sie, das Eigenthum der
Kirche Gottes und des römischen Staats herauszugeben. Denn
sie übertreten alles, was sie Euch versprochen haben, und bedrän=
gen uns Tag für Tag. Sie denken gar nicht daran, uns etwas
herauszugeben, vielmehr fallen sie in unser Gebiet ein. In Ge=
genwart Eurer Gesandten erkennen sie unsere Gerechtsame zum
Schein an, aber noch nie ist etwas zur Ausführung gekommen
und noch nicht das geringste haben wir wirklich erlangen können.
Ueber das alles werden Euch unsere Gesandte, der Priester Petrus
und der Bezirksobmann Pamphilus die genaueste Auskunft geben.

Diese unsere Ermahnung und Beschwörung haben wir am Grab
des heiligen Petrus niedergelegt, darüber das heilige Meßopfer
verrichtet und schicken sie so unter Thränen an Euch ab. Sollte
sich einer, was wir nicht wünschen, dagegen zu handeln, beikom=

men lassen, so wisse er, daß er durch die Gewalt meines Herrn, des heiligen Petrus, mit dem Banne belegt, aus dem Reiche Gottes verstoßen und mit dem Teufel und allen Gottlosen den ewigen Gluthen der Hölle übergeben werden wird. Wer aber nach dieser unserer Ermahnung thut, den wird der Segen des Herrn unseres Gottes erleuchten und mit allen Heiligen und Auserwählten Gottes wird er Theil haben an den ewigen Freuden des Himmels. Die Gnade des Herrn behüte Eure Hoheit.

Anm Die Heurath zwischen Abalgis und Pippins Tochter zerschlug sich: Gisila ging ins Kloster und wurde in Kala bei Paris Aebtissin Karl der Große aber vermählte sich noch im Jahre 770 mit des Desiderius Tochter, die der Biograph von Karls Vetter, dem heiligen Abalharb, Desiderata nennt.

III.

An die Königin Bertrada und den König Karl vom Jahre 771. (46.)

Mit großem Schmerz theile ich Euch die Todesgefahr[1]) mit, in der ich mich neulich befand. Es haben nemlich der verruchte Christoph und sein gottloser Sohn Sergius mit dem Dodo, dem Gesandten König Karlmanns, Deines Bruders, einen Anschlag auf unser Leben gemacht. Mit dem Dodo und seinen Franken und ihrem eigenen schlechten Anhang sind sie bewaffnet in den Lateran eingedrungen, haben die Thüren zertrümmert, die Teppiche mit ihren Lanzen durchlöchert und sind selbst in die Kirche des Papstes Theodor, in der wir saßen und die sonst niemand auch nur mit einem Messer zu betreten wagt, eingebrochen und wollten uns so tödten. Aber der allmächtige Gott hat uns aus ihren Händen errettet, so daß es uns mit Hülfe unseres Sohnes, des Langobardenkönigs Desiderius, der sich gerade bei uns befand, um seine Verpflichtungen gegen den heiligen Petrus zu erfüllen, gelang,

1) Vgl. oben S. 176.

sammt unserer Geistlichkeit nach St. Peter uns zu retten. Sofort
ließen wir nun den Christoph und Sergius durch einige Priester
auffordern, abzulassen von ihren bösen Anschlägen und zu uns
nach St. Peter zu kommen. Sie aber schaarten sich mit dem
Dodo und seinen Franken zu festem Widerstand zusammen, schlos=
sen die Thore, drohten uns und verwehrten uns so den Eintritt
in die Stadt. Als jedoch mittlerweile ihre Absicht ruchbar wurde
unter unserem Volk, wurden sie alsbald von ihrem Anhang ver=
lassen. Einige stiegen über die Mauern zu uns herüber, andere
öffneten die Thore und kamen so zu uns, und nun wurden auch
iene bösen Menschen selbst trotz ihres Sträubens in die Kirche
von St. Peter abgeführt. Das ganze Volk verlangte ihren Tod
und nur mit Mühe konnten wir sie den Händen der Menge ent=
reißen. Wie wir sie aber in der Stille der Nacht sicher nach der
Stadt bringen lassen wollten, wurden sie von etlichen, die ihnen
aufgepaßt hatten, überfallen und ihnen die Augen ausgerissen,
Gott ist deß Zeuge, ohne unser Wissen und Willen.

Glaubet uns, ohne die Hülfe unseres erlauchten Sohnes, des
Königs Desiderius, hätten wir und unsere ganze Geistlichkeit und
alle unsere Getreuen den Tod gefunden. Wie viel Schaden und
Unheil hat nicht dieser Dodo angerichtet, der uns nach dem Leben
steht, statt, wie es ihm von seinem Könige anbefohlen ist, treu
zu unserem und des heiligen Petrus Dienst zu sein. Und wir sind
fest überzeugt, daß unser erlauchter Sohn, der König Karlmann,
wenn ihm diese Freveltat zu Ohren kommt, es sehr mißbilligen
wird, daß dieser Dodo solchen Jammer über die Kirche Gottes
bringen wollte.

Mit unserem erlauchten und von Gott beschirmten Sohne,
dem König Desiderius, haben wir uns im besten Frieden vertragen,
indem er alle Gerechtsame des heiligen Petrus vollständig aner=
kannt hat, was Euch auch Eure Gesandten mittheilen werden.

Briefe Papst Hadrians.

I.

An Karl, den König der Franken und Langobarden und Patricius der Römer, vom Jahre 774.　(54.)

Wir haben erfahren, daß der anmaßliche Erzbischof Leo von Ravenna Gesandte an Euch abgeschickt hat, um zu unserem Nach=theil falsches zu berichten.　Sobald Ihr von Pavia nach dem Frankenland zurückgekehrt waret, hat er sich gegen den heiligen Petrus und uns aufgelehnt und verschiedene Städte von Aemilia, nemlich Faventia, Forum Populi, Forum Livii, Cäsina, Bobium, Comiaclum, das Herzogthum Ferrara, Imula und Bononia für sich in Anspruch genommen, weil ihm, wie er behauptet, diese Städte sammt der ganzen Pentapolis von Eurer Hoheit verliehen worden seien, und hat dieß alsbald durch seinen Gesandten Theo=phylaktus in der ganzen Pentapolis verkündigen lassen, um die Bewohner von uns abwendig zu machen.　Jedoch diese sind dazu keineswegs geneigt, sondern wollen treu im Dienst des heiligen Petrus verbleiben, wie sie es unter unserem Vorgänger, dem Papst Stephan waren, dem Du und Dein seliger Vater das Exarchat verliehen haben.

Nun aber hat der verruchte Erzbischof die Städte von Aemilia in Besitz genommen, daselbst nach seinem Belieben Vögte eingesetzt und die unsrigen vertrieben.　Und so ist die römische Kirche, deine geistliche Mutter, tief erniedrigt und wir sind herabgewürdigt und zum Gespött geworden; die Gewalt, die wir zu den Zeiten der Langobarden hatten, ist uns nun unter Euch entrissen, und es höhnen uns unsere Feinde und sprechen: „Was hat es Euch ge=nützt, daß das Volk der Langobarden unterjocht ward und unter das Reich der Franken kam?"　Ich bitte Dich also zu verfügen, daß jener Erzbischof wieder unserer Gewalt unterworfen und das ganze Exarchat von uns regiert werde, wie es zu den Zeiten Deines Vaters Pippin unter dem seligen Papst Stephan der Fall war.

II.

An König Karl, vom Jahre 775.   (59.)

Schon öfters haben wir Euch darauf aufmerksam gemacht, wie die Herzoge Hildibrand von Spoletum [1]), Arigis von Benevent und Rodcaus von Friaul nicht ablassen, böse Anschläge gegen uns und Euch zu schmieden. Als nun Eure Gesandten, der Bischof Possessor und der Abt Rabigaubus, auf dem Rückweg von Benevent sich sehr für den Herzog Hildibrand verwandten, daß wir ihm sein Vergehen verzeihen möchten, so haben wir nach ihrem Wunsch unsern getreuen Schatzmeister Stephanus nach Spoletum abgesandt, um sich mit dem Herzog zu besprechen und Geißeln von ihm in Empfang zu nehmen. Aber Hildibrand benahm sich mit großem Uebermuth gegen ihn: denn es waren Gesandte von den Herzogen Arigis von Benevent, Rodcaus von Friaul und Reginbald von Clusium [2]) bei ihm eingetroffen und hatten den Plan verabredet, im nächsten Monat März sich mit den Griechen und des Desiderius Sohn Athalgis zu verbinden, zu Wasser und zu Lande uns anzugreifen, die Stadt Rom zu erobern, uns selbst in die Gefangenschaft abzuführen, den Athalgis aber wieder auf den Thron der Langobarden zu erheben und von Euch abzufallen. Darum beschwöre ich Euch bei dem lebendigen Gott und dem Fürsten der Apostel, unverzüglich uns zu Hülfe zu eilen, damit wir nicht zu Grunde gehen.

Anm. Abalgis war, wie sich aus einer Vergleichung der betreffenden Urkunden ergibt, schon im Jahre 759, und zwar zwischen dem 6ten und dem 20sten August, von seinem Vater zum Mitregenten gemacht worden.

Die in diesem Briefe berichtete Verschwörung hatte die Empörung des Herzogs Rodgaus zur Folge, die aber noch im Frühjahr des Jahres 776 von dem aus Sachsen herbeieilenden Frankenkönig rasch unterdrückt wurde.

1) Vgl. S. 184. Kap. 33. — 2) Chiusi westlich von Perugia.

III.
An König Karl, vom Jahr 778.   (65.)

Ihr habt in Eurem Briefe des Handels mit Sklaven er=
wähnt, als wären deren von Seiten unserer Römer an das gott=
lose Volk der Sarazenen verkauft worden. Aber niemals ist von
uns oder mit unserem Willen ein solches Verbrechen begangen
worden, vielmehr fuhren die verruchten Griechen immer an der
langobardischen Küste herum und kauften Sklaven auf, indem sie
sich mit den Langobarden befreundeten und durch diese die Sklaven
erhielten. Wir haben deßwegen den Herzog Allo aufgefordert, eine
Flotte auszurüsten und die Schiffe der Griechen zu verbrennen,
aber er gehorchte uns nicht. So haben wir denn selbst, um die=
sem Verbrechen zu steuern, die griechischen Schiffe im Hafen unserer
Stadt Centumcella [1]) verbrennen lassen und die Mannschaft lange
im Kerker gehalten. Aber von den Langobarden, wie gesagt, sind,
da sie die Hungersnoth schwer bedrängte, viele Sklaven verkauft
worden, ja es sind manche Langobarden freiwillig auf die grie=
chischen Schiffe gegangen, da sie verzweifelten, anders ihr Leben zu
fristen.

IV.
An König Karl, vom Jahr 780 (?)   (64.)

Die verruchten Neapolitaner und die gottverhaßten Griechen
haben nach dem bösen Rath des Herzogs Arighis von Benevent
die dem heiligen Petrus zugehörige Stadt Terracina überfallen und
in Besitz genommen. Wir haben nun ohne Euern Rath gegen
dieselben nichts unternehmen mögen, aber wir bitten Euch dem
Wulfuin zu befehlen, bis zum ersten August mit allen Tuskanern
und Spoletanern und dem uns und Euch unterworfenen Theil der
Beneventaner herbeizurücken, um Terracina wieder zu gewinnen
und zugleich auch Cajeta, Neapel und unser im Neapolitanischen
gelegenes Gebiet zu erobern.

1) Bei Civitavecchia gelegen.

Wir haben zu diesem Zweck schon zu Ostern[1]) mit den fal=
schen Neapolitanern durch ihren Bevollmächtigten Petrus unter=
handelt und ihnen vorgeschlagen, sie sollten uns fünfzehn ihrer vor=
nehmsten Söhne als Geißeln stellen und uns wieder in den Besitz
der Stadt Terracina setzen; falls dann der griechische Patricius in
Sicilien unser Gebiet herausgeben wolle, sollten sie die Geißeln
und die Stadt wieder zurückerhalten.   Aber wir konnten es ohne
Euern Beistand nicht dahin bringen: die Schuld davon trägt ganz
allein der treulose Herzog Arighis von Benevent, der mit ihnen
und dem Patricius von Sicilien in fortwährender Verbindung steht
und täglich den Sohn des vormaligen Langobardenkönigs Desiderius
erwartet, um mit ihm vereint uns zu bekriegen.

V.

An König Karl, vom Jahr 787 oder 788.   (90.)

Eure Gesandten, der Kaplan Roro und Betto, sind zu uns
gekommen und haben sich bei uns nach dem verruchten Athalgis,
dem Sohne des Königs Desiderius erkundigt, ob er wirklich nach
Italien gekommen sei.   Wie wir nun von dem Bischof Campulus
von Cajeta und durch Briefe aus der Pentapolis erfahren haben,
so hält er sich mit den Gesandten des Kaisers in Calabrien an
der Grenze des Herzogthums Benevent auf, und führt dabei nur
Böses gegen uns und Euch im Schild.
Wenn wir nun das alles ins Auge fassen, so scheint es uns
in keiner Weise angemessen, den Grimuald, des Arichis Sohn,
nach Benevent ziehen zu lassen.   Indeß thut, wie es Eure Weis=
heit für gut findet; sollten jedoch die Beneventaner nicht, wie sie
es versprochen haben, Euern Befehlen nachkommen, so schickt so=
gleich ein Kriegsheer gegen sie.   Wir haben auch bereits mit Euern
Gesandten ausgemacht, daß, wenn die Beneventaner nicht bis zum
ersten Mai Euern Willen thun, Euer an der Grenze bereit gehal=

1) am 11. April 779 oder 26. März 780.

tenes Heer sogleich über sie herfalle: später wäre es wegen der Hitze des Sommers nicht rathsam, wollte man aber vom Mai bis zum September damit warten, so hätte man ganz unzweifelhaft von dem Adalgis und den Griechen etwas zu besorgen, denn griechische Gesandte verweilen bei ihm und wieder andere in Neapel.

Glaubet also, darum bitten wir Euch sehr, was den Grimuald, des Arichis Sohn, betrifft, niemanden mehr als uns; Ihr könnt Euch darauf verlassen, daß Italien nicht ruhig bleibt, wenn Ihr den Grimuald nach Benevent gehen laßt. Wie ich insgeheim von dem Bischof Leo erfahren habe, so beabsichtigt des Arichis Wittwe Adalberga, sobald ihr Sohn Grimuald in Benevent angelangt ist, mit ihren beiden Töchtern (Theoderaba und Adelchisa) zum Schein zu dem heiligen Erzengel (Michael) auf dem Berge Garganus zu wallfahren, von da aber nach der bloß achtzig[1]) Meilen entfernten Stadt Tarent zu reisen, wo sie ihre Schätze verborgen hat. Ihr dürft aber nicht glauben, daß ich Euch solches mittheile, weil ich nach dem Besitz der von Euch dem heiligen Petrus verliehenen Städte begierig bin, sondern es geschieht bloß aus Sorge für die Sicherheit der heiligen römischen Kirche.

VI.
An König Karl, vom Jahr 788. (88.)

Als ich neulich die Capuaner, die zu uns gekommen waren, am Grabe Petri diesem heiligen Apostel und uns und Euch Treue hatte schwören lassen, wünschte einer derselben, der Priester Gregorius, eine geheime Unterredung mit uns und eröffnete uns, als im vergangenen Jahre Karl der große König von Capua wieder abgezogen gewesen sei, habe sein Herzog Arichis Gesandte an den Kaiser abgeschickt und ihn bitten lassen, ihm die Würde des Patriciats und das Herzogthum Neapel zu verleihen und ihm zugleich seinen Verwandten[2]) Athalgis mit Heeresmacht zu Hülfe zu schicken, und habe dagegen versprochen, sich als Griechen scheeren und kleiden zu lassen. und unter kaiserlicher Herrschaft zu stehen.

1) Zwei und dreißig deutsche Meilen. — 1) Den Bruder seiner Gemahlin.

Wie das der Kaiser vernahm, schickte er zwei seiner Leib=
wächter und den Steuereinnehmer von Sicilien als Gesandte zu
ihm. Zugleich brachten sie goldgestickte Kleider, ein Schwert, einen
Kamm und Scheeren mit, um den Arichis, wie er es versprochen
hatte, zu kleiden und zu scheeren und ihn zum Patricius zu machen.
Den Romuald, des Arichis Sohn, wollten sie als Geißel mit sich
nehmen. Seinen Verwandten Athalgis aber, ließ er ihm sagen,
könne er jetzt nicht zu ihm schicken, sondern werde ihn mit einem
Heer bei Trevisum[1]) oder Ravenna landen lassen. Indeß nach
dem Willen Gottes wurden die Anschläge der Bösen zu Schanden:
sie fanden den Herzog Arichis und seinen Sohn Romuald bereits
todt[2]). Und da gerade Euer Gesandter der Diakonus Atto zu
Salernum war, so wollten die Beneventaner die Griechen gar
nicht aufnehmen. Erst nach der Abreise des Atto kamen sie zu
Lande aus dem griechischen Gebiet nach Salernum und verhandel=
ten daselbst drei Tage lang mit des Arichis Wittwe Athalberga
und den Beneventaner Großen. Diese sprachen zu den Gesandten:
„Wir haben Sendboten an den König Karl geschickt und ihn um
unsern Herzog Grimuald gebeten. diese Bitte auch durch den Dia=
konus Atto nochmals an ihn gestellt. Darum ist es besser, ihr
wartet in Neapel, bis wir den Grimuald bekommen, und was
Arichis nicht vollbringen konnte, das mag dann, wenn er die
väterliche Gewalt erlangt hat, sein Sohn Grimuald thun und
alles ausführen, was sein Vater mit dem Kaiser verabredet hat,
und auch wir wollen dann unser Versprechen halten.“ Sie gelei=
teten also die Gesandten mit großen Ehren zu Lande nach Neapel,
wo sie von den Griechen festlich und mit Fahnen empfangen
wurden und nun den Gang der Dinge abwarten. Sie verkehrten
beständig mit dem Bischof Stephanus und dem Konstantinus,
beides Bürger von Neapel, in feindlicher Absicht. Dem Kaiser haben
sie den Tod des Arichis und seines Sohnes gemeldet und warten
nun auf weitere Verhaltungsbefehle von ihm.

1) Treviso. — 2) Romuald wurde nach dem Mönch von Salerno am 21sten
Juli in der zehnten Indiction, also einen Monat vor seinem Vater begraben.

IV.

Anhang.

1. Die Wanderung der Langobarden.

Aus Skandanan, das heißt aus dem Norden, soll das suevische
Volk der Langobarden nach der im Vorwort zu König Rothari's
Gesetzbuch [1]) uns überlieferten Volkssage gekommen sein. Wäre
aber auch diese Bezeichnung noch viel weniger unbestimmt, so würde
man doch irren, wollte man mit Paulus Diakonus unser Skandi=
navien darunter verstehen. Die Langobarden haben so wenig als
die Gothen, von denen die Sage dasselbe berichtet, ihre ursprüng=
liche Heimath in der skandinavischen Halbinsel gehabt.

Schon Fredegar (ums Jahr 660) erzählt in seinem Auszug
aus Gregor von Tours, das Volk der Langobarden sei aus Scha=
tanavia ausgezogen, „das zwischen der Donau und dem großen
Ozean liegt." Wenn wir schon hienach die Heimath der Lango=
barden nicht außerhalb Deutschlands suchen dürfen, so gibt uns
eine spätere, aber nicht minder auf der Volkssage beruhende Er=
zählung noch einen genaueren Anhaltspunkt.

In einer zu Gotha befindlichen Handschrift geht dem langobar=
dischen Gesetzbuch eine kurze Geschichte des Volks voraus, die in
ihrem zweiten Theil meist nur eine Umschreibung der „Geschichte
von der Langobarden Herkunft" ist, im ersten Theile aber die lango=
bardische Sage in einer ganz eigenthümlichen Gestalt uns vorführt.
Sie ist unter Karl dem Großen zwischen den Jahren 807 und 810
in Italien von einem wahrscheinlich langobardischen Geistlichen abge=
faßt, der die Langobardengeschichte des erst wenige Jahre zuvor ge=
storbenen Paulus Diakonus noch nicht gekannt zu haben scheint. Hier
heißt es nun, die Langobarden hätten ihre ersten Wohnsitze am Ufer

---

1) Mon. Germ. LL. IV. p. 614 f. die sog. Origo gentis Langobardorum, welche
oben S. 3—8 mitgetheilt ist.

des vindilischen Stroms gehabt, worunter ohne Zweifel die Ostsee zu verstehen ist, deren Anwohner die Wandalen, Windiler, Winniler waren. Von da aber seien sie aufgebrochen und haben dann ihre neuen Wohnsitze in Skatenau, am Ufer der Elbe aufgeschlagen.

An der Elbe also hätten wir das langobardische Skandinavien zu suchen: und eben dahin weisen uns auch die ältesten und sicher= sten historischen Zeugnisse. Am linken Ufer der unteren Elbe sand die Langobarden schon Tiberius auf dem Heereszug, den er im Jahre 5 nach Chr. unternahm. Die Angaben des Strabo und Pto= lomäus stimmen damit überein, und auch die nahen Beziehungen, in denen die Langobarden zu den Cheruskern standen (wie Tacitus berichtet, kämpften sie im Jahre 17 auf Seiten Armins gegen Marbod, und setzten im Jahr 47 den vertriebenen König Italikus, Armins Neffen, wieder in sein Reich ein), deuten darauf hin. Und gerade in dieser Gegend an der unteren Elbe ist es, wo wir noch im Mittelalter die vom Volk der Langobarden in den alten Sitzen zurückgebliebenen Barden, wie sie mit verkürztem Namen auch bei Paulus Diakonus heißen, und den Bardengau finden und wo bis auf den heutigen Tag die Stadt Bardewik bei Lüneburg von der alten Heimath des Langobardenvolks Zeugniß gibt.

Begegnen uns auch schon ums Jahr 172 Langobarden an der Donau, die in dem Heere der Markomannen gegen den Kaiser M. Aurelius kämpften, so blieb doch das ganze Volk bis über die Mitte des vierten Jahrhunderts hinaus in den Gegenden an der Elbe sitzen. Eine Angabe in der um die Mitte des fünften Jahr= hunderts geschriebenen Chronik des Prosper von Aquitanien, wo= nach die Langobarden im Jahre 379 von ihren in der Nähe des Meeres und am äußersten Ende Deutschlands gelegenen Sitzen aus= gezogen wären, ist zwar ein späteres Einschiebsel, aber im allge= meinen wohl durchaus richtig.

Der Auszug der Langobarden, dessen Ursachen in der großen Völkerbewegung des vierten Jahrhunderts zu suchen sind, wurde allmählich von der Sage in ihrer Weise ausgeschmückt. Die ein= fache Erzählung bei Fredegar und in der Origo G. L., die dann bei Paulus Diakonus weiter ausgeführt ist, hat ihre jüngste und ausgebildetste Gestaltung in der dänischen Sage erhalten, wie sie uns Saxo Grammaticus und das dänische Volkslied überliefert haben [1]). In Dänemark, so berichtet die Sage, herrschte König Snio (Schnee), da brach im Land Hunger und Noth aus. Der König gab ein Gesetz, welches Gastereien und Trinkgelage verbot; aber das wollte nicht helfen, sondern die Theurung nahm immer zu. Der König ließ seinen Rath versammeln und beschloß, den dritten Theil des Volks tödten zu lassen. Ebbe und Aage, zwei mannliche Helden, saßen zu oberst im Rath; ihre Mutter hieß Gambaruk, wohnte in Jütland, und war eine weise Frau. Als sie dieser den Entschluß des Königs vermeldeten, mißfiel es ihr höchlich, daß so viel unschuldig Volk umkommen sollte: „ich weiß bessern Rath, der uns frommt; laßt Alte und Junge loosen, auf welche unter diesen das Loos fällt, die müssen aus Dänemark fahren und ihr Heil zur Seee versuchen." Dieser Rathschlag wurde allgemein beliebt und das Loos geworfen. Es fiel auf die Jungen und alsbald wurden die Schiffe ausgerüstet. Ebbe und Aage waren nicht träg dazu und ließen ihre Wimpel wehen; Ebbe führte die Jüten und Aage die Gunbinger [2]) aus.

Saxo Grammaticus läßt sie nun zu Schiff nach Blekingia (die Provinz im südlichen Schweden) kommen und von da an Moringia, Gutlandia vorbei nach Rugia fahren, von wo aus sie zu Land weiter zogen und nach langen Wanderungen Italien erreichten.

Nach Paulus ziehen die Langobarden aus Skandinavia über das räthselhafte Skoringa (bei dem J. Grimm an den auf Helgoland genannten Hafen Skiringesheal erinnert, während andere es mit dem englischen shore, Ufer in Verbindung bringen) nach Mauringa, worunter man das Flachland im Osten der Elbe zu verstehen hat, und von da weiter über Goland (Gotlanda? oder, wie einige Handschriften geben, Rugulandia, d. h. das Küstenland der Rugier? vielleicht aber auch an der Saale, Elster und Mulde zu

---

1) D e u t s c h e S a g e n. Herausgegeben von den Brüdern G r i m m II, 388. —
2) Auch bei Paulus I, 13 ist Agelmund, Ajo's Sohn aus dem Geschlecht der Gunginger oder, wie eine Handschrift hat, der Gunbinger.

suchen) nach Anthaib, Banthaib und Burgundhaib. Diese
eigenthümlichen Namen sind aus dem althochdeutschen Worte Eiba
zu erklären, das Gau bedeutet und z. B. in der Zusammensetzung
Wetareiba, Wetterau vorkommt. Auch Bant muß etwas ähnliches
wie Gau bedeutet haben, was Grimm aus den vielen damit endi=
genden Gau= und Völkernamen beweist, von denen Brabant sich
noch bis heute erhalten hat. In Burgundhaib haben wir das
Land der Burgunder, die im ersten Jahrhundert zwischen Oder
und Weichsel wohnten, um die Mitte des zweiten in feindliche Be=
rührung mit den damals in der Gegend der Karpathen angesesse=
nen Gepiden geriethen, dann an der Donau und Marosch in Ver=
bindung mit den Wandalen gegen Kaiser Probus (276—282)
kämpften und erst von hier aus sich den Weg in ihre bekannten,
späteren Wohnsitze bahnten. Offenbar ging der Zug der Lango=
barden nach Osten oder vielmehr Südosten: und dahin, nur in
noch fernere Gegenden weist uns auch das Anthaib im Prolog
und bei Paulus. Das slavische Volk der Anten war im sechsten
Jahrhundert nach Prokop nördlich von der Donau und dem schwar=
zen Meer, nach Jordanes zwischen Dniester und Dniepr ansäßig.
Wir befinden uns also in den Gegenden, wo die Langobarden mit
Amazonen und Bulgaren zu kämpfen hatten, welche letztere häufig
in Verbindung mit den Anten genannt werden und damals die
Donau noch nicht überschritten hatten.

Abweichend hievon berichtet die oben erwähnte Erzählung in
der Gothaer Handschrift, die Langobarden seien von der Elbe nach
Sachsen gezogen in die Gegend von Patespruna (Paderborn), „wo
sie, wie unsere alten Väter angeben, lange Zeit wohnten und viele
Kriege und Gefahren bestanden.“ Hier hätten sie dann den Agel=
mund zum König gemacht und mit ihm ihre alte Heimath wieder
einzunehmen versucht, was den östlichen Zug der Wanderung an=
deutet. Von da kommen sie nach Beovinidis (Böhmen), „wo man
noch bis auf den heutigen Tag das Haus und die Wohnung ihres
Königs Wacho sieht“. ziehen dann, um einen fruchtbareren
Boden zu gewinnen, nach Thracien und nehmen endlich von hier

aus Pannonien ein, wo sie mit den Avaren, ihren früheren Feinden, ein Freundschaftsbündniß schließen und zwei und zwanzig
Jahre wohnen bleiben.

Wir haben hier eine auf unmittelbarer Volkssage beruhende
Erzählung, die uns in rascher Folge bis in die Zeiten König
Albuins herabführt und, wiewohl unabhängig und im einzelnen
abweichend von der Origo, doch in den Hauptzügen mit dieser
übereinstimmt.

Von jenen östlichen Ländern, mögen wir sie nun Anthaib,
Thracien oder das Amazonenland nennen, ziehen die Langobarden
wieder rückwärts und nehmen gegen das Ende des fünften Jahrhunderts das Land der im Jahr 487 von Odoaker unterworfenen
und zerstreuten Rugier in Besitz. Rugiland ist das heutige Unter-
österreich, mochte aber auch noch Theile von Mähren und Ungarn
umfassen. Es ist nicht unwahrscheinlich, daß sie von den Herulern
wieder aus Rugiland vertrieben wurden, die damals auf dem
Gipfel ihrer Macht standen. Nach Prokop waren auch die Langobarden ihnen unterworfen, und dieser Umstand könnte zur Erklärung ihrer neuen Wanderung dienen. Unter König Tato nemlich
zogen sie wieder die Donau abwärts in die offenen Ebenen, die
wir wohl an der Theiß zu suchen haben, womit auch die Erzählung in der Gothaer Handschrift übereinstimmt, die dieß eine Rück-
wanderung nennt.

Mit der Besiegung und Vernichtung der Heruler ums Jahr
512 beginnt eine neue Epoche für die Langobardengeschichte. Es
wird die Unterjochung der Sueven gemeldet, unter denen vielleicht
die früher an der March seßhaften Quaden zu verstehen sind.
Sehr viel hat jedoch auch die Annahme für sich, daß dieß die
Schwaben seien, die Prokop zwischen Venetier und Karnier setzt,
wo auch von Cassiodor ein Suavia genannt wird, und als deren
letzten Rest wir die kleine Kolonie der Gottscheer südöstlich vom
Zirknitzer See in Krain anzusehen hätten, die inmitten der durchaus slavischen Bevölkerung deutsche Art und Sprache bis heute rein
bewahrt haben, ja noch um die Mitte des sechzehnten Jahrhunderts,

wie ein österreichischer Gelehrter der Zeit berichtet, ihren schwäbi=
schen Dialekt sprachen.

Ums Jahr 526 setzten die Langobarden, nach Prokop aufge=
fordert von Justinian, über auf die rechte, westliche Seite der Donau,
wo sich, durch die Ränke der Oströmer geschürt, bald unversöhn=
liche Feindschaft mit den Gepiden entzündete. Albuin stand in
seinem blinden Hasse nicht an, sich mit den Avaren zur Unter=
jochung des germanischen Bruderstamms zu verbinden. Die Ge=
piden unterlagen, aber der unnatürliche Bund mit dem fremden
Avarenvolk, der auch noch in späteren Zeiten für die Langobarden
tragische Folgen nach sich zog, blieb nicht unbestraft: es waren
wohl weniger die Lockungen Italiens, als die seit dem Untergang
der Gepiden immer bedenklicher werdende Macht der Avaren, was
die Langobarden bestimmte, die reichen Donauländer zu räumen
und ihren gefährlichen Bundesgenossen zu überlassen. Im Monat
Mai des Jahres 569, wie der gleichzeitige Abt Sekundus be=
richtet, zog König Albuin mit seinem Volk in Italien ein und
hier fanden endlich die Langobarden das Ziel ihrer langen Wan=
derung.

2. Das Christenthum bei den Langobarden.

Schon dem flüchtigen Leser muß das gänzliche Stillschweigen,
das Paulus hinsichtlich der Bekehrung seines Volkes zum Christen=
thum beobachtet, als eine höchst fühlbare Lücke in seiner langobar=
dischen Geschichte entgegentreten: es ist um so auffallender, als
dem Paulus in seiner Stellung als Geistlicher die kirchengeschicht=
liche Seite von besonderem Interesse sein mußte und auch, wie die
zahlreichen aus der allgemeinen Kirchengeschichte in sein Werk ein=
geflochtenen Erzählungen beweisen, wirklich war. Jedoch auch in
seinem Schweigen erscheint er uns als der Schriftsteller, der mit
treuem, nationalem Sinne die Geschichte seines Volkes aufgefaßt
und wiedergegeben hat. Es läßt sich kaum verkennen, daß die

Langobarden nicht mit größerem Widerwillen, aber mit größerer Gleichgültigkeit als irgend ein anderer deutscher Stamm das Christenthum aufnahmen: nirgends hat es sich weniger mit nationalen Erinnerungen oder Bestrebungen verschmolzen, die Märtyrer und Heiligen, die Legenden und Wundergeschichten fehlen bei den Langobarden fast gänzlich, der heilige Barbatus von Benevent steht einsam da und auch er hat seine Bedeutung erst nach dem Ende des Reiches erhalten. Bei diesem Volke konnte sich die Geschichte nicht zu einer „Kirchengeschichte" gestalten, wie es bei den Franken durch Gregor von Tours, bei den Angelsachsen durch Beda den Ehrwürdigen geschah: denn auch in der Klosterzelle von Monte Cassino war Paulus Langobarde geblieben.

König Albuin war, als er Italien eroberte, bereits ein Christ, dieß ergibt sich schon mit ziemlicher Sicherheit aus dem, was Paulus Diakonus (II, 12. 27) von seinem Benehmen gegen den Bischof Felix und die Stadt Pavia erzählt. Einen noch stärkeren Beweis dafür bietet die Familiengeschichte der langobardischen Könige. Albuins Frau ist eine Enkelin Chlodwigs des Frankenkönigs, seine Mutter Rodelinda hat zum Großoheim den König der Ostgothen Theoderich den Großen. Die zwei Töchter König Wacho's sind mit fränkischen Königen vermählt, waren also gewiß auch schon getauft. Aber Prokop kennt die Langobarden schon zu der Zeit, da sie von den Herulern besiegt und aus Rugiland vertrieben werden, als Christen, und nun kann man auch die Glaubwürdigkeit der obwohl späten Angabe in der Gothaer Handschrift nicht mehr beanstanden, wonach die Langobarden während ihres Aufenthalts in Rugiland, also gegen das Ende des fünften Jahrhunderts, unter König Godehoc oder Claffo zum Christenthum übergetreten sein sollen.

Die arianische Lehre herrschte bei allen deutschen Stämmen an der untern Donau, den Gothen, Gepiden und namentlich auch den Rugiern, und unter dieser Form fand das Christenthum auch bei den Langobarden Eingang. In einem ums Jahr 560 geschriebenen Briefe ermahnt der Bischof Nicetius von Trier die Chlob-

suinda, ihren Gemahl Albuin von der arianischen Ketzerei abzubringen und ihn nach dem Vorbild ihrer Großmutter Chlothilde,
Chlodwigs Gemahlin, zum katholischen Christenthum zu bekehren.
Als Arianer zogen die Langobarden in Italien ein, und die Uebel,
die das eroberte Land in der nächstfolgenden Zeit zu erdulden hatte,
wurden besonders durch diesen Umstand ungemein vergrößert. „Im
siebenten Jahre nach dem Einbruch der Langobarden (576) geschah
es, daß die Kirchen geplündert und die Priester ermordet wurden,"
berichtet uns Paulus.

Nachdem jedoch dieser erste Sturm vorüber war, konnte sich
auch bei den Langobarden die dem Arianismus innewohnende ge=
geringere Lebenskraft nicht verleugnen und schneller als anderswo
erlag er dem Katholicismus. Es ist schon oben hervorgehoben
worden, daß die Langobarden weniger als die meisten übrigen
deutschen Völker von religiösem Eifer erfüllt waren: um so leichter
mußte es nun einem so kraftvollen Manne wie Papst Gregor I
werden, die Herrschaft der katholischen Lehre anzubahnen. Auf das
wirksamste wurde er dabei von der bairischen Herzogstochter
Theudelinda unterstützt, die im Mai 589, ein Jahr vor Gregors
Wahl, mit König Authari sich vermählt hatte und dem katholischen
Glauben mit dem größten Eifer zugethan war.

Im Anfange freilich waren ihre Bemühungen noch ohne Erfolg,
denn König Authari hielt fest an der arianischen Lehre. Ein
Brief Papst Gregors an sämmtliche Bischöfe Italiens gibt hier=
über den sichersten Aufschluß: „Da der verruchte Autharit an dem
letzten Osterfest (590) die Söhne der Langobarden auf den katho=
lischen Glauben zu taufen verhindert hat, um welcher Sünde
Willen ihn auch Gott umkommen ließ, also daß er das folgende
Osterfest nicht mehr erlebte, so sollt ihr alle Langobarden in euern
Sprengeln ermahnen, daß sie, weil jetzt überall schwere Krankheit
herrscht [1]), ihre auf die arianische Ketzerei getauften Kinder in die
katholische Gemeinschaft aufnehmen lassen, auf daß sie den Zorn

---

1) Vgl. Paulus Diac. III, 23. 24.

des allmächtigen Gottes besänftigen. Ermahnet also wen ihr könnet, führet sie mit aller Macht auf den Weg des wahren Glaubens und predigt ihnen ohne Unterlaß das ewige Leben."

Authari's Nachfolger, König Agilulf, war kirchlich milder und nachgiebiger gesinnt, aber das drohende Schisma ging ihm sehr zu Herzen und am liebsten hätte er es wohl gesehen, wenn seine Gemahlin, die Königin Theudelinda, sich zum arianischen Glauben bekehrt hätte. Und eine Zeitlang schien in der That Aussicht dazu vorhanden, wie die Briefe Papst Gregors zur Genüge beweisen. Durch die Kaiserin Theodora und den Bischof Theodor von Cäsarea bewogen, hatte Justinian, um die Monophysiten, welche die Beschlüsse der Synode von Chalcedon (451) nicht anerkennen wollten, zu befriedigen und dadurch die Einheit in der Kirche herzustellen, die in der Kirchengeschichte unter dem Namen der drei Kapitel bekannten Glaubenssätze der zu Chalcedon als rechtgläubig anerkannten Bischöfe Theodor von Mopsuestia, Theodoret von Cyrus und Ibas von Edessa, im Jahr 544 als Irrthümer verdammt, mit der ausdrücklichen Bestimmung, daß dieß der Gültigkeit des Konzils von Chalcedon im übrigen keinen Eintrag thun solle. Die im Jahr 553 von Justinian nach Konstantinopel berufene fünfte Kirchenversammlung bestätigte gehorsam der kaiserlichen Theologie diese Verdammung. Dieß verursachte, da die meisten Bischöfe des Abendlandes und Papst Vigilius selbst das Konzil von Chalcedon (451) dadurch verletzt sahen, eine Kirchenspaltung, die auch fortdauerte, als Papst Pelagius im Jahr 555 und seine Nachfolger die Beschlüsse der Kirchenversammlung von Konstantinopel anerkannten und durchzusetzen sich bemühten[1]). Auch Theudelinda hielt an den drei Kapiteln fest und verwarf die Beschlüsse von Konstantinopel, und sie zeigte dabei so große Entschiedenheit, daß Gregor alles aufbieten zu müssen glaubte, um ihren Austritt aus der katholischen Kirche zu verhindern. Er sandte ihr durch den Bischof Konstantius von Mailand ein Schreiben, in dem er ihr auf sein

---

1) Vgl. Paulus Diac. III, 26. IV, 33.

Gewissen betheuerte, daß die Beschlüsse von Chalcedon, an denen er selbst unverbrüchlich festhalte, zu Konstantinopel nicht im mindesten verletzt worden seien, und sie beschwört im katholischen Kirchenverband zu verbleiben. Aber der Bischof mochte den Brief gar nicht abgeben, weil darin jener fünften Synode Erwähnung geschehe. Gregor billigt das und sucht nun in einem zweiten verbesserten Schreiben jedes Aergerniß zu vermeiden.

Dieses zarte und vorsichtige Benehmen scheint seine Früchte getragen zu haben: wir hören fernerhin nichts mehr von einem Zwiespalt zwischen dem Papst und der Königin und der ganze Streit um die Kapitel kam allmählich in Vergessenheit.

Von jetzt an neigte sich der Sieg mehr und mehr auf die Seite des Katholicismus und Theudelinda brachte es dahin, daß der Thronerbe Adaloald, den sie im Anfang des Jahres 603 gebar. katholisch getauft wurde, wie dieß schon zuvor bei ihrer Tochter Gundiperga geschehen war. Ein Jahr vor seinem Tode hatte Papst Gregor noch die Freude, dieses entscheidend wichtige Ereigniß zu erleben, das ihm die sichersten Aussichten auf eine baldige Bekehrung des ganzen Langobardenvolks eröffnete. Dem Briefe, in welchem er die Königin ob dieser frommen Handlung lobt, legt er als Geschenk für den jungen Adaloald ein Kreuz mit Holz von dem Kreuz des Herrn und ein Evangelienbuch in kostbarer Lade und für seine Schwester drei mit Edelsteinen verzierte Ringe bei.

Man hat vielfach angenommen, daß König Agilulf selbst zum katholischen Glauben übergetreten sei, und die eigenthümliche Angabe Gregors von Tours, daß König Authari den Paulus zum Nachfolger gehabt habe, in der Weise dafür angeführt, daß man, durchaus willkürlich, in diesem Paulus den katholischen Taufnamen Agilulfs finden wollte. Mit weit mehr Grund konnte man sich dabei auf Paulus Diakonus berufen, der (IV, 6) schreibt, der König habe festgehalten am katholischen Glauben. Aber einen förmlichen Uebertritt setzt auch dieß nicht voraus, vielmehr flicht Paulus unmittelbar darauf einen ums Jahr 599 geschriebenen Brief Gregors an Theudelinda ein, in welchem diese vom Papst ermahnt wird, es bei ihrem Gemahl dahin zu bringen, „daß er nicht länger sich fernhalte von der Gemeinschaft der Christen." Als im Jahre 600 Bischof Konstantius von Mailand gestorben war, nahm König Agilulf die Ernennung eines neuen Bischofs für sich in Anspruch. In Bezug hierauf schreibt nun Papst Gregor an das Volk und die Geistlichkeit von Mailand: „Das Schreiben Agilulfs, von dem ihr mir berichtet, laßt euch nur gar nicht anfechten, denn niemals werde ich einen Bischof anerkennen, der von Nichtkatholiken und insonderheit von Langobarden erwählt ist." Noch im letzten Jahre seines Lebens war Agilulf Arianer, wenn er auch den Katholiken sich äußerst günstig erwies. Der h. Columban [1]), dem er im Jahr 612 eine Freistatt zu Bobium gewährte und der sich die Bekämpfung der Arianer eifrigst angelegen sein ließ, schreibt im Jahr 615 an Papst Bonifacius IV, während die bisherigen Könige die katholische Kirche zu Gunsten des Arianismus schwer bedrückt hätten, wünsche Agilulf sie zu kräftigen. „Die Absonderung seines Volkes von der katholischen Kirche (Schisma) bekümmert ihn sehr um der Königin, um seines Sohnes und wohl auch um seiner selbst Willen, denn er soll erklärt haben, er würde gerne glauben, wenn er nur fest überzeugt wäre." Zwar könnte man diese Ausdrücke sowie die in den Briefen Gregors auf den fortdauernden Streit um die drei Kapitel beziehen, in dem Agilulf auf antirömischer Seite steht [2]), zumal da der ganze im Auftrag des Königs geschriebene Brief Columbans diese Streitsache zum Hauptgegenstand hat. Aber der gleich im Eingange genannte und zu Columban als dem „ausländischen Christen" in Gegensatz gebrachte „benachbarte Arianer" kann kein anderer als Agilulf sein; und daß der förmliche Uebertritt des Königs zur katholischen Kirche so ganz unerwähnt geblieben wäre, ist doch kaum anzunehmen.

Mit Adelwald kam ein katholischer König auf den Thron. Da er erst dreizehn Jahre alt war, regierte seine Mutter Theude-

<hr>

1) S. dessen Leben im VII. Jahrhundert. — 2) Paulus Diak. IV, 33.

linda für ihn und führte nun aus, was sie unter Agilulf noch
nicht hatte durchsetzen können. „Die Kirchen wurden — so erzählt
Paulus — wiederhergestellt (d. h. den Katholiken wieder einge-
räumt) und viele reiche Schenkungen an heilige Stätten gemacht.“
Aber ihr Eifer scheint sie zu weit geführt zu haben: es trat eine
Reaction ein, Adelwald wurde vom Throne gestoßen und konnte
trotz der Hülfe, die ihm Papst Honorius und der Exarch Isaak
von Ravenna leisteten [1]), nicht mehr gegen den Arioald aufkommen, der, wie der ganz gleichzeitige Mönch Jonas in seinem
Leben des Abtes Bertulf von Bobium (Columbans zweiter Nachfolger) zu wiederholten Malen berichtet, ein eifriger Arianer war.
Theudelinda scheint diesen Umschwung nicht mehr erlebt zu haben:
sie war wohl im Jahr 625 gestorben. Die Kirche aber hat ihre
Verdienste belohnt und sie in die Reihe der Heiligen aufgenommen:
am 22ten Januar wird ihr Gedächtniß gefeiert.

Bereits war aber die katholische Lehre so erstarkt bei den
Langobarden, daß sie nicht mehr unterdrückt werden konnte. Unter
Arioalds Nachfolger Rothari gab es bereits in allen lango-
bardischen Städten einen katholischen Bischof neben dem arianischen.
In der Gothaer Handschrift lesen wir: „Zu den Zeiten König
Rothari's ging das Licht auf in der Finsterniß, die Langobarden
hatten heftige Streitigkeiten in den Kirchensachen und standen den
Geistlichen bei.“ Bei rem eifrig katholischen Standpunkt des
Schreibers bedürfen diese Worte keiner weiteren Erläuterung.
Rothari's Sohn Robuald war ohne Zweifel ebenfalls Arianer,
wurde aber schon nach fünf Monaten ermordet. Mit seinem Nach-
folger Aripert, dem Sohn von Theudelindens Bruder Gunduald,

---

1) Honorius schreibt an den Exarchen: „Es ist uns hinterbracht worden, daß die
Bischöfe diesseits des Po dem Petrus, des Paulus Sohn, gerathen haben, den König
Adalualb zu verlassen und sich an den Tyrannen Arioald anzuschließen. Petrus aber
ist ihrem gottlosen Rath nicht gefolgt, vielmehr wünscht er, seinem dem König Ago,
Adalualds Vater, geschworenen Eide treu zu bleiben. Weil es nun unrecht ist vor
Gott und den Menschen, daß diejenigen eine solche That anrathen, welche sie doch
bestrafen sollten, so bitte ich Euch, sobald ihr den Adalualb unter Gottes Beistand
wieder in sein Reich eingesetzt habt, jene Bischöfe hierher nach Rom zu schicken, auf
daß ihnen ein solches Vergehen nicht ungestraft hingehe.“ — Vgl. auch Fredegar
Kap. 49. 50.

beginnt die Reihe der katholiſchen Könige [1]). Damit war indeß der
Arianismus noch nicht unterdrückt. Von dem heiligen Johannes,
der um die Mitte des ſiebenten Jahrhunderts Biſchof von Ber=
gamo war, wird erzählt, daß er die Einwohner von Fara an der
Abba, ja den König Grimuald ſelbſt, von der arianiſchen Ketzerei
zum Glauben an Chriſtum bekehrt habe. Durch den Bau einer
dem h. Ambroſius, einem entſchiedenen Gegner der Arianer, ge=
weihten Kirche beſiegelte Grimuald ſeinen katholiſchen Glauben.
Der Uſurpator Alahis wird als der letzte Arianer genannt, der
Biſchof Johannes erlitt unter ihm den Märtyrertod. Aber durch
ſeinen Haß gegen die katholiſche Geiſtlichkeit untergrub er ſeine
Herrſchaft und erleichterte dem Kuninkpert die Rückkehr auf den
väterlichen Thron. Von jetzt an hören wir nichts mehr von kirch=
lichen Streitigkeiten und unter König Liutprand erſcheint die
katholiſche Religion als die herrſchende und Staatsreligion. König
Ratchis nennt ihn „den Pfleger des wahren Glaubens“ und er
ſelbſt beruft ſich in Geſetzen auf den Papſt als „das Oberhaupt
der Kirchen und Prieſter in der ganzen Welt.“

Während ſo allmählich die Arianer in den Schooß der römi=
ſchen Kirche geführt wurden, ging auch die Bekehrung der vielen
Heiden vor ſich, die ſich noch unter den Langobarden befanden.
Ein großer Theil des Volks war bei der Eroberung Italiens noch
ungetauft [2]). Auch Papſt Gregor muß noch zur Bekehrung der
heidniſchen Langobarden ermahnen, und wenn ſelbſt Herzog Ariulf
von Spoletum, der 601 ſtarb, noch ein Heide war [3]), ſo läßt ſich
leicht denken, wie es bei dem niederen Volke mit dem Chriſtenthum
beſchaffen war. Gregor erzählt in ſeinen Dialogen, daß eine An=
zahl Langobarden im Jahr 579 unter Geſang und Tanz den
Dämonen den Kopf einer Ziege geopfert hätten. Zur Zeit des Königs

<hr>

1) Ihm wird die Unterdrückung der Arianer nachgerühmt, in einem Rhythmus,
den ein gewiſſer Steffan in höchſt barbariſcher Sprache zu Ehren des Königs
Kuninkpert verfaßt hat, vorzüglich zum Preiſe der von ihm in Pavia gegen das
Schisma von Aquileſa verſammelten Synode. — Paulus erwähnt ſie gar nicht und
ſcheint den Rhythmus nicht gekannt zu haben. Er iſt in der Sammlung der lango=
bardiſchen Geſchichtſchreiber neu herausgegeben und auch in die Separat-Ausgabe
des Paulus aufgenommen. — 2) Paulus Diak. IV, 6. — 3) Paulus Diak. IV, 16.

Arioald, so schreibt Jonas im Leben des Abts Attala, kam der Mönch Meroveus zwischen Bobium und Tertona an dem Fluß Pra zu einem heidnischen Heiligthum im Walde; er zündete ein Feuer darunter an, ward aber darüber von den Verehrern des Heiligthums ergriffen und schwer mißhandelt. Noch Liutprand verordnet in seinen Gesetzen vom Jahr 727: „Wer an einem Baum, den die Landleute einen heiligen Baum [1]) nennen, oder an Quellen betet oder Götzendienst oder Beschwörungen treibt, der soll die Hälfte seines Wehrgelds erlegen." Indessen war auch in dem römischen Theile Italiens das Heidenthum noch nicht ausgerottet: die Verehrung von Bäumen, die Papst Gregor in Terracina zu bekämpfen hat, mag sich auf die Langobarden zurückführen lassen, aber auch auf Sardinien gab es, wie Gregor im Jahr 594 an die Kaiserin Konstantina schreibt, noch zahlreiche Heiden, aus deren Duldung der griechische Statthalter ein einträgliches Gewerbe machte; und als Gregor einige Bischöfe zur Bekehrung der Heiden auf die Insel schickte, so trieb der Statthalter seine Heidensteuer auch noch bei den Getauften ein.

Den lehrreichsten Blick in die religiösen Zustände der Lango= barden läßt uns das Leben des heiligen Barbatus von Benevent thun, das zwar erst nach Paulus im Laufe des neunten Jahr= hunderts geschrieben ist, in der Hauptsache aber doch das Gepräge der Glaubwürdigkeit trägt und am passendsten diese Untersuchung beschließen mag.

Aus dem Leben des heiligen Barbatus von Benevent.

Zur Zeit, da Grimoald König der Langobarden war und sein Sohn Romuald über die Samniten herrschte, lebte der treffliche Priester Barbatus zu Benevent, hochberühmt durch seine Thaten und Wunder. Obwohl die Langobarden damals bereits das

---

1) sanctivum; in alten Ausgaben steht sanguinum, aber nicht in Handschriften.

Wasserbad der heiligen Taufe empfangen hatten, hielten sie doch noch an dem alten Brauch des Heidenthums und beugten sich vor dem Bilde einer Schlange [1]), statt, wie sie hätten thun sollen, vor ihrem Schöpfer. Außerdem verehrten sie auch einen Baum, der nicht weit von den Mauern von Benevent stand, als heilig: sie hingen ein Fell daran auf, ritten dann alle zusammen um die Wette, so daß die Pferde von den Sporen bluteten, hinweg, warfen mitten im Lauf mit Wurfspießen rückwärts nach dem Fell, und erhielten dann jeder einen kleinen Theil davon zum Verzehren. Und dieser Ort heißt noch heute Woban [2]). Wie das Barbatus sah, predigte er ihnen unaufhörlich, wer zwei Herren zugleich diene, könne nicht zum Heile gelangen, und nimmermehr den Kindern Gottes beigezählt werden, wer sich unter das Joch des Teufels begebe. Aber sie hörten nicht auf ihn, sondern in ihrem wilden Sinn dachten sie an nichts anderes, als an Krieg und Waffenspiel und erklärten, der Brauch ihrer Vorfahren sei der beste, das seien die Streitbarsten gewesen, und darum verschmähten sie das göttliche Wort.

Zu der Zeit zog Kaiser Konstantinus mit einem zahllosen Heere 663 heran, um den Langobarden Italien wieder zu entreißen, eroberte und zerstörte fast alle Städte von Apulien und belagerte dann mit Macht die Stadt Benevent, in der Herzog Romuald mit wenigen aber tapferen Langobarden sich hielt, und bei ihnen war auch der heilige Barbatus. Als sie nun schon alle Hoffnung aufgegeben und beschlossen hatten, die Thore der Stadt zu öffnen und draußen alle zusammen im Kampf zu fallen, da trat der fromme Priester Barbatus zu ihnen und sprach: „Bekehret euch zu dem Herrn, damit ihr errettet werdet, und laßt ab von eurem Götzen-

---

1) Vipera. Davon hatte ein ganzer Stadttheil von Benevent im Mittelalter den Namen Vipera. Und wahrscheinlich wird noch jetzt die zweiköpfige Schlange aus Bronze in Benevent aufbewahrt, die man für das alte langobardische Götzenbild hält und von der Stefano Borgia im zweiten Theil seiner Geschichte von Benevent (Rom 1764) eine Abbildung gibt. — 2) So ist nach einer Vermuthung, der auch J. Grimm zustimmt, das Votum des Textes zu erklären. Der späte, lateinische Schreiber verstand das deutsche Wort nicht und machte, wenn wir nicht noch lieber den Text für verdorben halten wollen, Votum daraus „quia stulte illic persolvebant vota".

dienst und gelobet dem Herrn allein zu dienen, so wird er euch
erlösen." Wie das Romuald hörte, gelobte er von allem abzu=
lassen, was er nach dem Brauch seines Volkes bisher verehrt
hatte, und allein Gott zu dienen. Und seinem Beispiel folgten
alle nach. Da ging Barbatus in die Kirche der heiligen Mutter
Gottes und flehte mit Inbrunst zu dem allmächtigen Gott. Und
der Herr verschmähte nicht das Gebet seines Dieners. Am fol=
genden Morgen zog der Kaiser von Benevent ab und nach Neapel
zurück. Da nahm der heilige Barbatus alsbald ein Beil und ging
hinaus zum Wodan und hieb den verfluchten Baum, an dem die
Langobarden so lange Zeit hindurch ihren Götzendienst getrieben
hatten, mit eigenen Händen von der Wurzel an um und streute
Erde darüber, also daß keine Spur mehr davon zu finden ist.

3. Zu den Stammtafeln der langobardischen Könige.

Zwei Punkte sind es, die uns bei einer genealogischen Ueber=
sicht der langobardischen Königsgeschlechter besonders in die Augen
fallen: einerseits neulich der bei flüchtigem Lesen kaum geahnte
verwandtschaftliche Zusammenhang, in dem die einzelnen langobar=
dischen Fürsten zu einander, sodann die enge Verbindung, in der
sie zumal in den ältesten Zeiten mit den Häuptern anderer deut=
scher Stämme stehen.

Bei aller Spaltung und obwohl über ganz Europa zerstreut,
fühlten sich doch die einzelnen deutschen Völkerschaften als Ein
großes Brudervolk. Am deutlichsten stellt sich das in den Heu=
rathen der deutschen Stammeshäupter dar und namentlich die lan=
gobardische Geschichte ist in dieser Hinsicht höchst lehrreich. Es
findet sich außer Ratchis kein Beispiel, daß ein langobardischer
Fürst eine nicht deutsche Frau genommen hätte, dagegen sind sie
vielfach mit Gothen, Thüringern, Franken, Herulern, Gepiden,
Baiern, Angelsachsen verwandt und verschwägert, so daß sich zu=
letzt eine große deutsche Fürstenfamilie herausstellt, das Bild eines

mächtigen Baumes, dessen Zweige, Einem Stamm entsprossen, sich
wieder zusammenfassen in ihren Kronen und Wipfeln.

Dasselbe für den Aufbau germanischer Staatsordnung entschei=
dend gewordene Bewußtsein ursprünglicher und organischer Zusam=
mengehörigkeit tritt, um einen Blick auf das Sonderleben der ein=
zelnen Stämme zu werfen, wieder hervor in dem Verhältniß zwi=
schen Fürst und Volk. Das Gefühl treuer Anhänglichkeit an das
angestammte Fürstengeschlecht, seit dem Anfang unserer Geschichte
das stille, fast unbewußte Grundgesetz im staatlichen Leben der
deutschen Völker, allmählich zu bestimmten Rechtssätzen verkörpert,
ist die Grundlage für die fürstliche Erbfolge und die monarchische
Ordnung in den europäischen Staaten geworden.

Auch in der Geschichte der Langobarden fehlt es nicht an den
schönsten diesem Gefühl entsprungenen Zügen; aber bei keinem
andern deutschen Stamm hat sich daraus so wenig eine feste recht=
liche Ordnung in der Thronfolge entwickelt wie bei den Langobar=
den. Es gibt hier kein Geschlecht der Merwinger, der Balthen
oder Amaler, an das sich wie bei den Franken, den West= und
Ostgothen die Volksgeschichte knüpft. Seit der Mitte des sechsten
Jahrhunderts, wo mit König Walther das Geschlecht der Lethinger
ausstirbt, bestimmen, so hat es wenigstens den Anschein, nicht
Gesetz und Herkommen, sondern Willkür oder Glück, die Herrsch=
sucht der Männer oder die Launen der Weiber, die königliche Erb=
folge bei den Langobarden. Jedoch bei genauerer Prüfung zeigt
sich auch in dieser Unregelmäßigkeit Ordnung. Die beigefügten
Stammtafeln lassen von Leth bis zu Liutprand hinab einen ver=
wandtschaftlichen Zusammenhang deutlich erkennen, den enger und
ausgedehnter nachzuweisen bloß die Dürftigkeit der Quellen un=
möglich macht. Als unumstößlich sicher stellt sich aber der Satz
heraus, daß bei den Langobarden der Thron auch auf die weibliche
Linie vererbte [1]), wie dieß im geraden Gegensatz zu dem salischen

<hr>

1) Paulus Diakonus erwähnt selbst einen Fall, der dies deutlich erweist. L. G.
I, 17 nemlich läßt er den Lamissio unter anderem sagen: die Langobarden sollten sich
die Schmach vorstellen, daß die Tochter ihres Königs (Agelmund), die sie sich zur
Königin erwählt hätten, in Feindeshand gefallen sei.

Recht der Franken auch bei den Schwaben sich findet. Hält man dieses Ergebniß fest, so erscheint die ganze langobardische Geschichte in einem anderen Lichte.

Das Geschlecht der Gunginger erlosch schon mit dem dritten König Lamicho, denn auch dieser war nach der Madrider Handschrift der Origo ein Gunginger. Fortan haftet das Thronrecht Jahrhunderte lang an dem Geschlechte König Leths; es vererbt sich, als der Mannstamm der Lethinger in der siebenten Generation ausgestorben ist, auf Seitenlinien und auf die weibliche Nachkommenschaft. Durch die Angabe der Gothaer Handschrift, daß Auduin die Menia, des Königs Pisses Gemahlin zur Mutter gehabt habe, kommt jener in nahe Verbindung mit König Wacho; es fanden aber ohne Zweifel noch nähere verwandschaftliche Beziehungen zwischen beiden statt, die dem Auduin ein Anrecht auf die Vormundschaft und Erbfolge König Walthers gaben. Mit der Ermordung Albuins und der Entführung seiner einzigen Tochter und Erbin brach die neue Herrscherreihe schon nach 25 Jahren wieder ab. In der Wahl Clephs und der darauf folgenden königlosen Zeit, zeigt sich die vom Volksrecht sich losmachende Willkür mit ihren verderblichen Folgen. Mit der Erhebung Authari's auf den Thron knüpfte man wenigstens an den letzten König wieder an; aber durch seine Vermählung suchte sich Authari ein seine Herrschaft sicherndes und kräftigendes Erbrecht zu erwerben. Es war weniger die Tochter des Baiernherzogs, als die Enkelin König Wacho's, die er heurathete [1]). Theubelinda war mehr als die bloße Gemahlin des Königs, sie war selbst die erbberechtigte Königin, und nicht romantische Galanterie, sondern die

1) Hierin geht Abel doch zu weit. Es war in der That wohl mehr die angestrebte Verbindung mit einem mächtigen fremden Herrscherhause als Rücksicht auf die Abstammung von König Wacho, welche Authari leitete. Denn nach Gregor von Tours (IX, 25) bewarb er sich zuerst um die Hand der Schwester Childeperts II, und erst als dies fehlgeschlagen, um Theubelinde von Baiern. Agilulf sodann verdankte seine Erhebung auf den Thron wohl ebenfalls weniger der romantischen Neigung Theubelindens und seinem galanten Benehmen (P. G, III, 35), als seiner Verwandtschaft mit König Authari oder einer Usurpation, wie dies schon Waitz in der neuen Ausgabe der Langobardengeschichte angedeutet hat. R. J.

Anerkennung dieses Erbrechts war es, was die Langobarden ver=
mochte, der verehrten Fürstin die Wahl eines zweiten Gemahls
und damit des Königs anheimzugeben. Ganz derselbe Fall wie=
derholte sich bei Theudelindens Tochter Gundiperga: nach dem
Tode ihres Bruders Adelwald vererbte auf sie das Thronrecht,
und mit ihrer Hand ging es auf Arioald und Rothari über. Als
mit König Roduald Theudelindens Geschlecht erlosch, kam die
Krone an ihren Neffen Aripert, Wacho's Urenkel, und blieb bis zu
Aripert II bei dessen Nachkommen. Grimuald allein unterbricht
die Reihenfolge, aber auch er sucht der angemaßten Herrschaft eine
rechtliche Grundlage zu geben durch seine Vermählung mit Theu=
berata, Ariperts Tochter: demgemäß hinterläßt er auch, politische
Rücksichten außer Augen setzend, den Thron nicht seinem älteren
und der Regierung gewachsenen Sohn Romuald, sondern dem
unmündigen Garibald, den ihm die Theuberata geboren hatte.

Mit Ansprand kommt ein neues Geschlecht zur Herrschaft,
wenigstens reißen für uns die Verwandtschaftsfäden ab, die das=
selbe mit dem alten Lethingerstamme verbinden. Die Folgen davon
treten bald genug hervor: der Unsicherheit in der Thronfolge in
Verbindung mit der Kinderlosigkeit der Könige ist es allermeist
zuzuschreiben, daß das Langobardenreich so schnell seinem Unter=
gang entgegeneilte, seitdem nicht mehr Liutprands Kraft und Weis=
heit die Geschicke des Volks lenkte.

I. Stammtafel.

	Die Gunginger	Die Lethinger	Das Geschlecht Arobus
I.	Agio		
II.	Agelmund		Odochoras
III.	Lamicho		Mammo
IV.		Leth	Falcho
V.		Aldihoc	Paracho
VI.		Godehoc	Uveo
VII.		Cleph I.	Igelzo
VIII.		Tato — Unichis	Alaman
IX.	Das Geschlecht Beleos	Ilbichis, Rumetrub; Wacho † um 540 — 2. Austrigusa die Gepibin	Alamunb
X.	Cleph II. † 574, Ansane	3. Garibald von Baiern, Walbrada, 1. Theubebald von Auster † 553	Nazo
XI.	1. Authari † 590	Theudelinda † um 625., 2. Agilulf † 616	Ranbigilb
XII.		1. Arioald † 636, Gundiperga	2. Rothari † 652
XIII.		Roduald † 653.	

VII. K. Theodemir
der Ostgothe
† um 475

VIII. Theoderich d. Große   Amalafrida   Bisinus (Fisud, Pisses)   Robulf
† 526   K. von Thüringen   der Herulerkönig

IX. K. Theodat   Amalaberga   Hermanfrid   1. Ranigunba   Wacho   3. Sigilinda
† 536   K. v. Thüring.   † u. 540
                             † 531

X. Amalafrid   Robelinda   Auduin   Waltari
† um 560   † um 547

XI. Chlodsuinda   Albuin   (Grasulf?)

XII. Albsuinda   Romilda   Gisulf   Grasulf
Herzog v. Friaul † 610   Herz. v. Friaul

XIII. Lupus   Taso Kako   Robuald   1. Ita   Grimuald   2. Theuderata
Herz. v. Friaul   Herz. v. Friaul   Hz. v. Benev.   † 671
                   † um 626   † 638

XIV. Arnefrit   Theuberata   1. Romuald I.   1. Gisa   2. Garibald   1. N. N.   Transamund I.   Wachilapius
Hz. v. Benev.   Herz. v. Spoletum
† 678   † 703

XV. Wigilinda   Grimuald II.   Gisulf I.   Arichis   Faroald
K. Pertaris   † 681   Gem. Winiperga
Tochter   † 698

XVI. 1. Guntberga   Romuald II.   2. Ranigunba   Transamund II.
Liutpr. Nichte   † 724

XVII. Gisulf II.   Skauniperga
† 749

XVIII. Liutprand
† um 758.

III. Stammtafel.

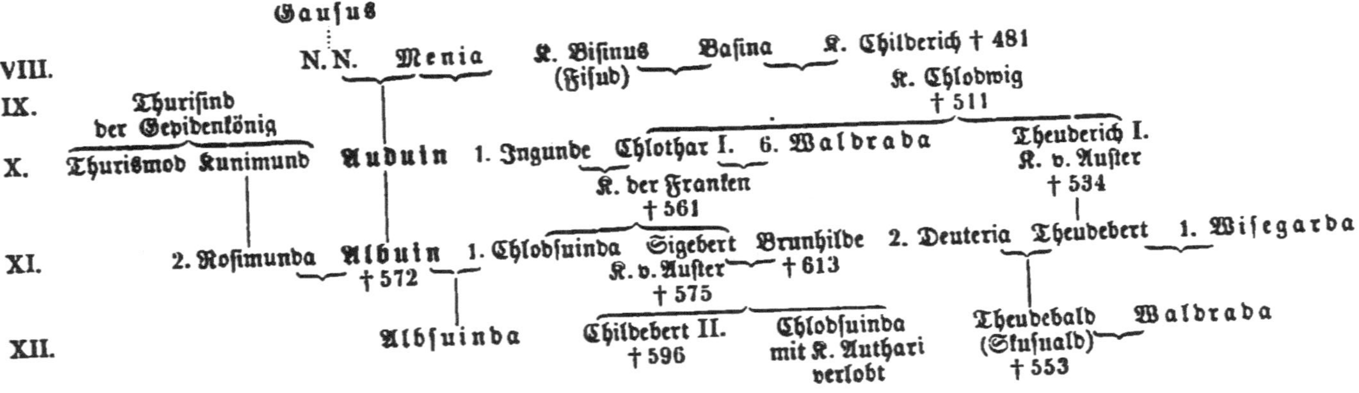

IV. Stammtafel.

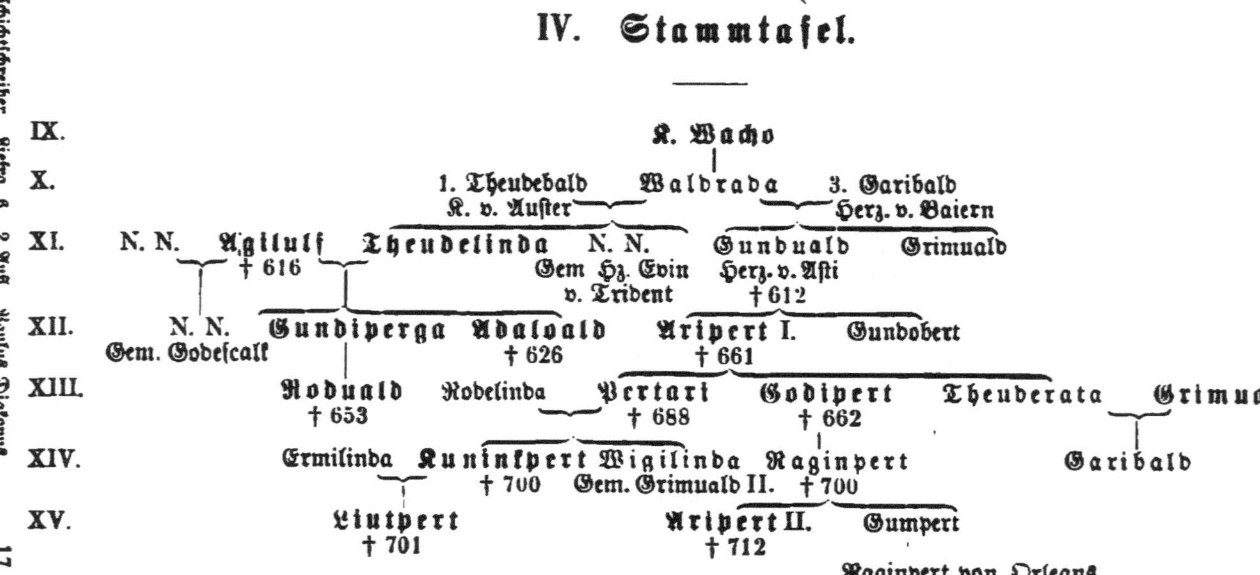

V. Stammtafel.

—

XIII.				Theodo II. Herzog von Baiern
XIV.	Ansprand †712		Theodepert Grimoald Theodebald	
XV.	Sigiprand	Aurona Liutprand †744 Tochter	Guntrud Hugbert	
XVI.	Hildeprand Gregor Ansprand Herz. von Benevent Herz. von Spoletum	Aususus Guntberga Romuald II.		
XVII.		Gisulf II. Herzog von Benevent. Skauniperga		

VI. Stammtafel.

—

XIV.   Billo

XV.   Pemmo   Ratperga
                  Herz. von
                   Friaul

XVI. Taffia Ratchis Ratchait Aistulf Giseltrude Abt Anselm
XVII.   Ratrub   † 756

—

VII. Stammtafel.

—

XVII.   Desiderius   Anfa

XVIII. Karl d. Gr. Desiberata Liutberga Abalgis Adelperga Arichis
              (Berterab?) Gem. Taffilo   v. Benev.
                    von Baiern   † 787

XIX.   Romoald   Grimoald   Gifulf
                                       † 807

Inhalt.